RAINHA
DAS
CHAMAS

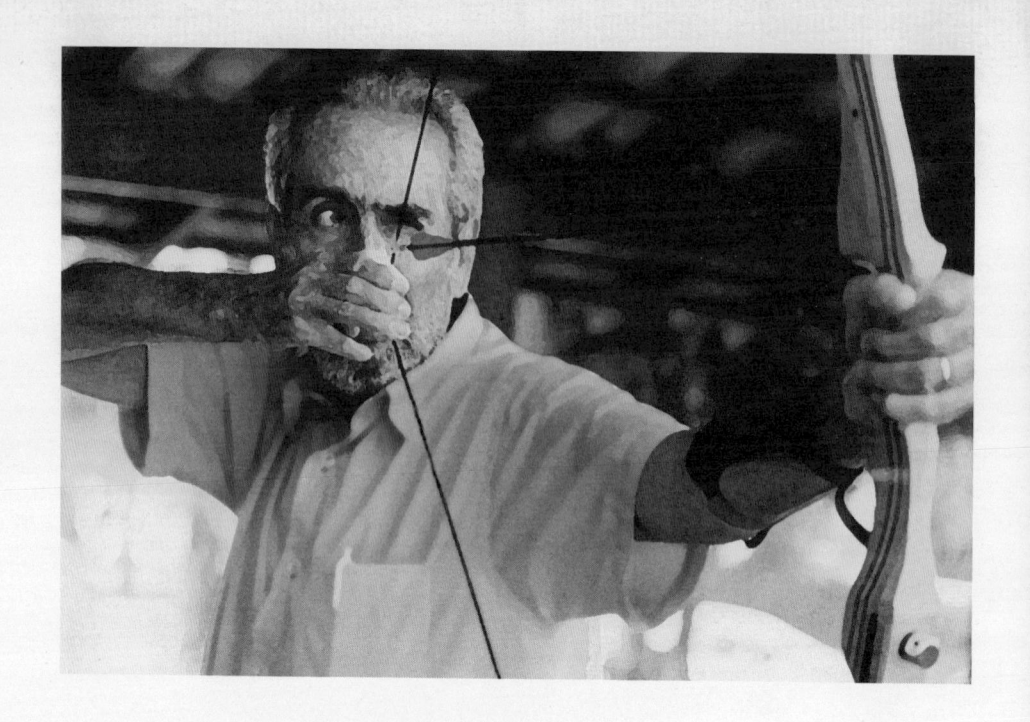

O Arqueiro

GERALDO JORDÃO PEREIRA (1938-2008) começou sua carreira aos 17 anos, quando foi trabalhar com seu pai, o célebre editor José Olympio, publicando obras marcantes como *O menino do dedo verde*, de Maurice Druon, e *Minha vida*, de Charles Chaplin.

Em 1976, fundou a Editora Salamandra com o propósito de formar uma nova geração de leitores e acabou criando um dos catálogos infantis mais premiados do Brasil. Em 1992, fugindo de sua linha editorial, lançou *Muitas vidas, muitos mestres*, de Brian Weiss, livro que deu origem à Editora Sextante.

Fã de histórias de suspense, Geraldo descobriu *O Código Da Vinci* antes mesmo de ele ser lançado nos Estados Unidos. A aposta em ficção, que não era o foco da Sextante, foi certeira: o título se transformou em um dos maiores fenômenos editoriais de todos os tempos.

Mas não foi só aos livros que se dedicou. Com seu desejo de ajudar o próximo, Geraldo desenvolveu diversos projetos sociais que se tornaram sua grande paixão.

Com a missão de publicar histórias empolgantes, tornar os livros cada vez mais acessíveis e despertar o amor pela leitura, a Editora Arqueiro é uma homenagem a esta figura extraordinária, capaz de enxergar mais além, mirar nas coisas verdadeiramente importantes e não perder o idealismo e a esperança diante dos desafios e contratempos da vida.

RAINHA DAS CHAMAS

LAURA SEBASTIAN

ARQUEIRO

Título original: *Ember Queen*

Copyright © 2020 por Laura Sebastian
Copyright dos mapas © 2018, 2019, 2020 por Isaac Stewart
Copyright da tradução © 2021 por Editora Arqueiro Ltda.

tradução: Raquel Zampil

preparo de originais: Luara França

revisão: Carolina M. Leocadio e Natália Klussmann

diagramação: Valéria Teixeira

capa: Alison Impey

imagem de capa: Billelis

adaptação de capa: Miriam Lerner | Equatorium Design

impressão e acabamento: Lis Gráfica e Editora Ltda.

CIP-BRASIL. CATALOGAÇÃO NA PUBLICAÇÃO
SINDICATO NACIONAL DOS EDITORES DE LIVROS, RJ

S449r

Sebastian, Laura
  Rainha das Chamas / Laura Sebastian ; ilustração Isaac Stewart ;
tradução Raquel Zampil. - 1. ed. - São Paulo : Arqueiro, 2021.
  384 p. : il. ; 23 cm. (Princesa das Cinzas ; 3)

  Tradução de: Ember Queen
  Sequência de: Dama da Névoa
  ISBN 978-65-5565-111-9

  1. Ficção americana. I. Stewart, Isaac. II. Zampil, Raquel.
III. Título. IV. Série.

21-69268   CDD: 813
                                  CDU: 82-3(73)

Meri Gleice Rodrigues de Souza - Bibliotecária - CRB-7/6439

Todos os direitos reservados, no Brasil, por
Editora Arqueiro Ltda.
Rua Funchal, 538 – conjuntos 52 e 54 – Vila Olímpia
04551-060 – São Paulo – SP
Tel.: (11) 3868-4492 – Fax: (11) 3862-5818
E-mail: atendimento@editoraarqueiro.com.br
www.editoraarqueiro.com.br

PARA TODAS AS GAROTAS
que nunca se sentiram fortes o bastante
para ser a heroína de sua própria história.
Vocês são fortes.

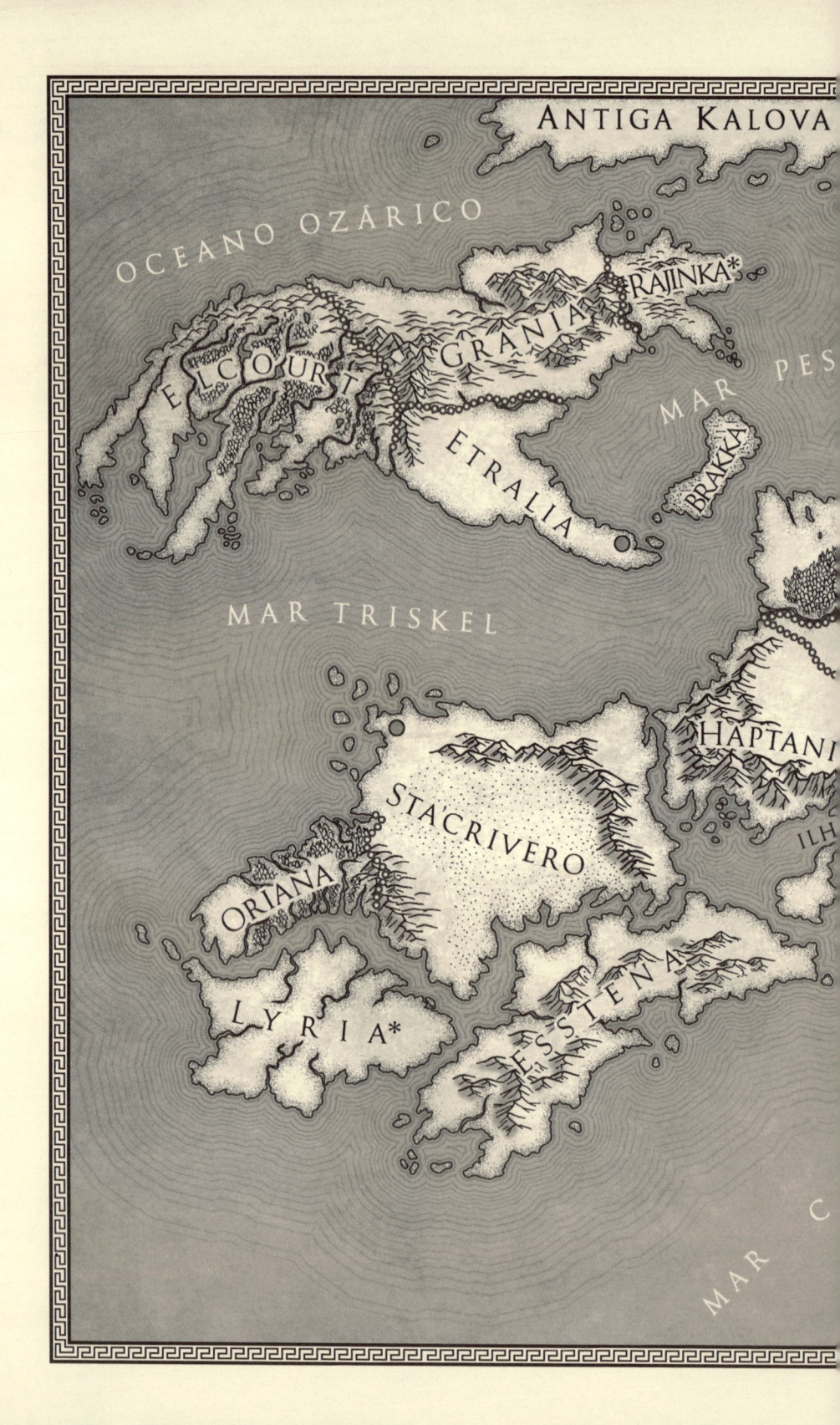

MAR ORIENTAL

TIMMOREE

CANADON

KOTA*

BINDOR

NADOL*

TIAVA*

YOXI*

DORAZ

GORAKI*

ILHAS
VECTURIANAS*

ASTREA*

LEGENDAS

● – CAMPO DE
REFUGIADOS

✳ – CONQUISTADO
POR KALOVAXIA

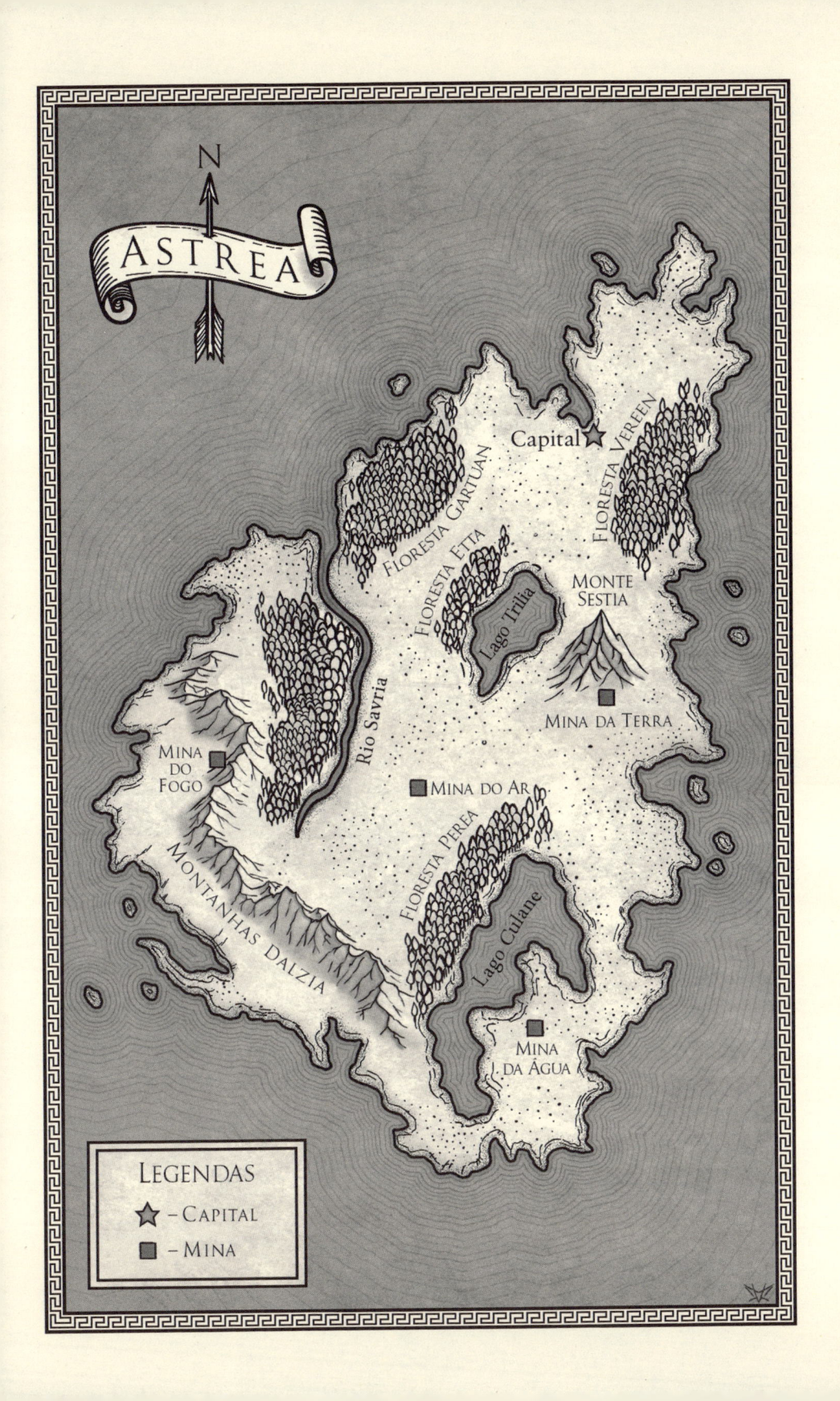

PRÓLOGO

─────◆─────

PASSEI GRANDE PARTE DOS SEIS PRIMEIROS anos da minha vida morrendo de medo do trono da minha mãe, da mesma forma que a maioria das crianças tem medo de monstros que espreitam debaixo da cama. Ficava aterrorizada de olhar para ele: alto, de um preto sombrio, com extremidades pontiagudas, esculpidas à semelhança de chamas escuras. Eu me lembro da certeza que eu tinha de que, se o tocasse, queimaria a mão.

Todos os dias eu via minha mãe se sentar naquele trono e acreditava que ele a segurava ali, que os dedos do trono, feitos de obsidiana, se cravavam na pele dela. Eu via quando ele a transformava em outra pessoa, alguém que eu não reconhecia. A mulher que ocupava o centro do meu mundo desaparecia, a mãe de fala suave que beijava minha testa e me pegava no colo, que todas as noites cantava para que eu dormisse. No trono, uma estranha assumia o controle de seu corpo – sua voz trovejava, suas costas se mantinham totalmente eretas. Ela falava com ponderação e autoridade, sem o menor vestígio de sorriso na voz. Quando o trono finalmente a libertava, ela estava exausta.

Agora que cresci, sei que o trono não era o monstro que eu acreditava que fosse. Sei que ele não tinha um controle físico sobre a minha mãe. Sei que, quando ela se sentava nele, ainda era ela. Mas também compreendo que, de certa forma, eu estava certa. Sentada ali, ela não era exatamente a mesma pessoa.

Em geral, minha mãe era apenas minha. Sentada naquele trono, ela pertencia a todo mundo.

DEDUÇÃO

— ◆ —

O SOL ME CEGA QUANDO, COM AS pernas fracas, saio pela boca da caverna. Ergo um braço pesado e dolorido para proteger os olhos, mas o esforço para executar até mesmo esse pequeno gesto faz o mundo à minha volta girar. Meus joelhos fraquejam e o chão vem ao meu encontro, com a dureza e aspereza das pedras. Dói, mas, ah, é tão bom me deitar, ter ar fresco nos pulmões, ver a *luz*, ainda que isso tudo de uma só vez seja demais.

Minha garganta está tão seca que respirar machuca. Há sangue coagulado em meus dedos, nos meus braços e nos cabelos.

Vagamente percebo que é meu, mas não sei de onde veio. Minhas lembranças são um deserto: me lembro de entrar na caverna, de ouvir as vozes dos meus amigos me implorando que voltasse. E então... nada.

– Theo – chama uma voz, familiar, mas muito distante.

O som de mil passos ressoa no chão, fazendo minha cabeça latejar. Eu estremeço, tentando fugir do som, me encolhendo ainda mais.

Mãos tocam minha pele – meus pulsos, um ponto atrás da minha orelha. Elas são tão frias que fazem com que eu me arrepie.

– Ela está... – diz uma voz.

Blaise. Tento dizer seu nome, mas nada sai da minha boca.

– Ela está viva, mas o pulso está fraco e a pele, quente – afirma outra voz. Heron. – Temos que levar Theo para dentro.

Braços me erguem e me carregam; de Heron, acho. Mais uma vez, tento falar, mas não consigo emitir som algum.

– Art, seu manto – diz Heron, o peito retumbando contra o meu rosto a cada palavra. – Cubra a cabeça dela. Os olhos dela estão supersensíveis.

– É, eu lembro – fala Art.

Ouço o farfalhar de um tecido e o manto dela cai sobre meus olhos, envolvendo meu mundo novamente em escuridão.

Agora eu me permito mergulhar nela. Meus amigos estão comigo, então estou segura.

• • •

Quando torno a abrir os olhos, eu me vejo em um catre no interior de uma tenda. O sol ofuscante, filtrado pelo espesso algodão branco, agora é suportável. Minha cabeça ainda lateja, mas é uma sensação insípida e distante. Minha garganta não está mais seca e dolorida e, se me concentro, tenho uma lembrança imprecisa de Artemisia despejando água em minha boca aberta. O travesseiro sob minha cabeça ainda está úmido no ponto onde ela errou o alvo e a água escorreu.

Agora, porém, estou sozinha.

Eu me obrigo a me sentar, embora o movimento intensifique a dor que se irradia por todos os meus nervos. Os kalovaxianos retornarão mais cedo ou mais tarde, e quem sabe por quanto tempo Cress vai manter Søren vivo? Há tanto a ser feito e praticamente não temos tempo.

Pondo os pés descalços no chão de terra, eu me levanto com esforço. Nisso, a aba da tenda se abre e Heron entra, dobrando o corpo alto a fim de passar pela pequena abertura. Quando me vê acordada e de pé, ele vacila, piscando algumas vezes para ter certeza de que não está imaginando coisas.

– Theo – diz ele devagar, experimentando o som do meu nome.

– Faz quanto tempo? – pergunto baixinho. – Desde que entrei na mina? Heron me examina por um momento e responde:

– Duas semanas.

As palavras me lançam para trás e eu torno a me sentar no catre.

– Duas semanas – repito. – Pareciam horas, no máximo um ou dois dias.

Heron não parece surpreso com essa informação. Por que ficaria? Ele passou pela mesma experiência.

– Você se lembra de dormir? – pergunta ele. – Comer? Beber? Deve ter feito isso em algum momento, caso contrário seu estado seria bem pior.

Balanço a cabeça, tentando agarrar as lembranças, mas muito pouco se consolida o suficiente para que eu capture. Retalhos, pequenos detalhes, fantasmas que podem não ter sido reais, fogo correndo em minhas veias. Nada mais do que isso.

– Vocês deviam ter me deixado – digo a ele. – Duas semanas... O exército de Cress pode voltar a qualquer momento, e Søren...

– Está vivo, segundo relatos – interrompe Heron. – E os kalovaxianos não receberam nenhuma ordem para voltar aqui.

Eu o encaro.

– Como você pode saber disso? – pergunto.

– Espiões – diz, como se a resposta devesse ser óbvia.

– Não temos espiões – replico, devagar.

– Não *tínhamos* espiões. Mas soubemos que o novo theyn estava em sua terra natal, a dois dias daqui. Conseguimos converter vários de seus escravos antes de eles retornarem à capital. Acabamos de receber nossa primeira mensagem. O theyn ainda não ordenou que as tropas voltassem para cá. Além disso, a maioria do exército debandou. Agora somos apenas Blaise, Artemisia, Erik, Dragonsbane e eu, mais um grupo daqueles que ainda estão se recuperando da batalha. Mas mesmo eles vão partir com Dragonsbane para um local seguro em um ou dois dias.

Eu mal o ouço, ainda tentando conceber a ideia de espiões. Só consigo pensar em Elpis, no que aconteceu da última vez que fiz alguém de espião.

– Eu não aprovei o uso de espiões – digo a ele.

– Você entrou na mina no dia em que o plano foi elaborado – retruca Heron, sem alterar a voz. – Você não estava presente para aprovar nada, e não tínhamos tempo para esperar o seu retorno. Se é que haveria um retorno.

Uma resposta morre em minha garganta e eu a engulo.

– Se eles morrerem...

– Terá sido um risco necessário – diz Heron. – Eles sabiam que esse era um risco quando se apresentaram como voluntários. Além disso, a kaiserin não é tão paranoica quanto o kaiser, pelo que ouvimos dizer. Ela acha que você está morta, acha que não somos uma ameaça, e ela tem Søren. Acredita que venceu, então está ficando negligente.

A kaiserin. Haverá um dia em que, ao ouvir esse título, eu pense primeiro em Cress e não na kaiserin Anke?

– Você disse que o exército foi embora. Para onde?

Heron deixa escapar um longo suspiro antes de me responder:

– Você perdeu muitas brigas enquanto esteve ausente... Eu quase sinto inveja de você. O chefe vecturiano enviou a filha, Maile, para nos ajudar, junto com suas tropas. Sem Søren, ela e Erik são os que mais têm experiência em batalhas, mas eles não concordam em nada. Erik quer marchar direto para a capital para tomar a cidade e resgatar Søren.

– Isso é tolice – digo, balançando a cabeça. – É exatamente o que eles esperariam e, mesmo que não fosse, não temos contingente para esse tipo de cerco.

– Foi exatamente o que Maile disse – observa Heron, repetindo meu gesto. – Ela falou que devíamos continuar e seguir para a mina da Terra.

– Mas não podemos fazer isso sem passar pelas cidades mais populosas, e aí não vamos contar nem mesmo com a cobertura de florestas ou montanhas. Vai ser impossível não sermos descobertos, e então Cress terá um exército à espera para nos receber na mina da Terra.

– Que é exatamente o que Erik disse. Está vendo, você está atualizada.

– Então quem venceu? – pergunto.

– Ninguém. Ficou decidido que vamos mandar as tropas para as cidades ao longo do rio Savria. Nenhuma delas é densamente povoada, mas conseguiremos conter os kalovaxianos, libertar seus escravos, aumentar nossas fileiras e reunir tanto armas quanto comida. E, o mais importante, nossas tropas não ficarão aqui esperando, como alvos fáceis.

– Que é o que somos no momento – replico, esfregando as têmporas. A dor de cabeça que começa a se instalar nada tem é ver com a mina dessa vez. – E agora estou aqui para desempatar, suponho.

– Mais tarde. Assim que você puder caminhar sozinha de verdade.

– Eu estou bem – declaro, em um tom mais enérgico do que o necessário.

Heron me observa com cautela. Ele abre a boca, mas logo torna a fechá-la, balançando a cabeça.

– Se você está pensando em perguntar alguma coisa sobre as minas, não me lembro de absolutamente nada – digo de imediato. – A última coisa que me lembro é de entrar... Depois disso, tudo é só um borrão.

– Você vai se lembrar com o tempo – afirma ele. – Para o bem ou para o mal. Mas eu nunca tenho vontade de falar da minha experiência. Imaginei que você sentiria o mesmo.

Engulo em seco, afastando o pensamento. Um problema para outro dia. No momento, já tenho problemas demais diante de mim.

– Mas tem alguma coisa incomodando você – digo a Heron. – O que é?

Ele pesa a pergunta na mente por um instante.

– Funcionou?

Por um segundo, não sei a que ele se refere, mas de repente me lembro: a razão por que entrei nas minas, o leve poder que eu tinha sobre o fogo antes, efeito colateral do veneno de Cress. Entrei naquela mina para reivindicar meu poder, na esperança de que ele seja suficiente para enfrentar Cress quando chegar a hora.

Se funcionou? Só tem um modo de saber.

Levanto a mão esquerda, com a palma voltada para cima, e invoco o fogo. Mesmo antes de desdobrar os dedos, sinto o calor vibrando debaixo deles, mais forte do que jamais senti. Ele vem facilmente quando o chamo, como se fosse parte de mim, à espreita logo abaixo da superfície. Não só está mais brilhante, mais quente: é mais do que isso. Para mostrar a Heron, eu o lanço no ar, mantenho-o ali, suspenso, porém ainda vivo, ainda fulgurante. Os olhos de Heron se arregalam, mas ele não fala nada enquanto ergo a mão e a flexiono. A bola de fogo me imita, adquirindo ela mesma o formato de mão. Quando mexo os dedos, ela acompanha cada movimento. Fecho a mão e ela faz o mesmo.

– Theo – diz ele, a voz, um sussurro rouco. – Eu vi a extensão do poder de Ampelio quando ele me treinou. Ele não sabia fazer isso.

Engulo em seco e me aposso da chama outra vez, apagando-a em minha mão e transformando-a em cinzas.

– Se você não se importa, Heron – respondo, meu olhar fixo nos pigmentos escuros que mancham minha pele exatamente como a coroa de cinzas fazia –, Mina ainda está aqui? Ela é...

– A curandeira – completa ele, assentindo. – Sim, ela ainda está aqui. Está ajudando com os feridos. Vou buscá-la.

Quando ele sai, limpo as cinzas das mãos e deixo-as cair no chão de terra.

• • •

Quando Mina entra na tenda, já estou mais acostumada a ficar de pé, embora eu sinta como se meu corpo não fosse meu por completo. Cada movimento, cada respiração, parece um esforço, e faz todos os músculos doerem. Mina deve perceber, porque ela dá uma olhada em mim e abre um sorriso de cumplicidade.

– É normal – diz ela. – Quando saí da mina, as sacerdotisas explicaram que os deuses haviam me quebrado e me refeito. Isso resumia bem como eu estava me sentindo.

Faço que sim com a cabeça, voltando a me sentar no catre.

– Quanto tempo dura? – pergunto.

Mina dá de ombros.

– Minha dor durou poucos dias, mas varia. – Ela faz uma pausa, correndo os olhos por mim. – O que você fez foi uma tolice inacreditável. Entrar na mina quando você já possuía um grau de poder... quando já era um recipiente meio cheio... Você estava pedindo pela loucura das minas. Tem consciência disso, não tem?

Olho para o chão. Faz algum tempo que não sou censurada assim por alguém preocupado com meu bem-estar. Vasculho a mente em busca da última pessoa; pode muito bem ter sido minha mãe. Talvez Hoa também tenha feito isso, à sua maneira sem palavras.

– Eu conhecia os riscos – respondo.

– Você é a rainha de Astrea – continua ela, como se eu não tivesse falado nada. – O que faríamos sem você?

– Vocês teriam persistido – replico, dessa vez mais alto. – Eu sou uma pessoa só. Perdemos muito mais na guerra, muito mais no próprio cerco de Astrea, inclusive minha mãe. Sempre persistimos. Eu não teria feito diferença.

Mina me encara com calma.

– Ainda assim foi tolice – insiste. – Mas suponho que também foi coragem.

Dou de ombros novamente e digo:

– O que quer que tenha sido, funcionou.

Mostro a ela o mesmo que mostrei a Heron, como agora posso não só invocar o fogo, mas também torná-lo uma extensão de mim mesma. Mina me observa o tempo todo com os lábios contraídos, sem dizer nada até eu ter terminado e mais uma vez lançar as cinzas no chão.

– E você dormiu – diz ela, mais para si mesma do que para mim.

– Profundamente, até onde sei – completo, em tom seco.

Ela dá um passo em minha direção.

– Posso tocar sua testa? – pergunta.

Faço que sim com a cabeça e ela pressiona as costas da mão em minha testa.

– Você não está quente – constata antes de estender a mão e tocar a mecha branca em meus cabelos castanho-avermelhados.

– Já estava aí – digo a ela. – Após o veneno.

Ela assente.

– Eu me lembro. É diferente do cabelo da kaiserin, não é? Creio que você deva agradecer a Artemisia... Se ela não tivesse usado logo o próprio dom em você para anular o veneno, você teria sido muito mais afetada. Se não a tivesse matado de imediato, a mina certamente teria.

– Você não viu Cress, a kaiserin, pessoalmente – digo, mudando de assunto. – Mas a essa altura deve ter ouvido histórias sobre seu poder.

Mina considera minhas palavras.

– Ouvi histórias – responde com cautela. – Embora eu ache que histórias sempre exageram.

Eu me lembro de Cress matando o kaiser apenas com as mãos escaldantes em torno de seu pescoço, o caminho de cinzas que ela deixou sobre a mesa com a ponta dos dedos. Ela irradiava poder de uma forma que eu nunca vi igual. Vi com meus próprios olhos. Não sei se alguém poderia exagerar isso.

– É como se... ela nem tivesse que invocar o seu dom. Ela matou o kaiser em poucos segundos, apenas com as mãos.

– E você ainda não se sente forte o suficiente para enfrentá-la – adivinha Mina.

– Não acho que exista alguém que seja. Você já ouviu falar em Guardiões matando com toda essa facilidade?

Ela balança a cabeça.

– Nunca ouvi absolutamente nada sobre Guardiões matando. Não era esse o modo de agir. Se os crimes justificassem a execução, a pessoa era executada por meios mais mundanos. Os Guardiões nunca matavam com os dons concedidos a eles pelos deuses. Seria uma espécie de sacrilégio, uma perversão de algo sagrado.

Penso em Blaise indo para o campo de batalha, sabendo que poderia morrer, mas determinado a matar tantos kalovaxianos quanto possível antes. Seria isso uma perversão de seu dom? Ou existem regras diferentes agora, em tempos de guerra?

– As crianças que vi antes, as que você estava testando... – digo, lembrando-me do garoto e da garota com o mesmo poder instável de Blaise. – Como elas estão?

– Laius e Griselda – responde ela. – Eles estão bem, na medida do possível, suponho. Assustados e traumatizados com os experimentos medonhos que os kalovaxianos fizeram com eles. Mas os dois são fortes, não só na luta.

Ela faz uma pausa por um segundo antes de continuar:

– Seu amigo hipotético foi muito útil. Eles gostam dele, por mais reservado que seja. É muito importante descobrir que você não está tão sozinho no mundo quanto imaginou.

Quando contei a Mina sobre Blaise, eu me referi a ele apenas de modo hipotético, embora ela tenha entendido logo. Agora, ao que parece, ela sabe exatamente quem ele é. No entanto, não tem medo dele, tampouco de Laius e Griselda.

– Você contou para mais alguém sobre o que descobriu? – pergunto a ela, que cerra os lábios.

– Não descobri nada, Vossa Majestade – responde ela, dando de ombros. – É só uma hipótese, e isso não é motivo suficiente para deixar todo mundo em polvorosa. As pessoas têm medo do que não compreendem e, em tempos como estes, o medo pode levar a decisões perigosas.

Se as pessoas soubessem quanto Blaise, Laius e Griselda são fortes e instáveis, poderiam matar os três. Isso não é novidade para mim, mas ouvir essa insinuação me tira o ar.

– Todos viram o que Blaise fez no navio – digo. – Eles viram como ele quase se destruiu, além de levar junto todos à sua volta. Mas ninguém machucou Blaise depois disso.

– Não – concorda ela. – Na verdade, imagino que daqui a alguns séculos cantarão canções folclóricas sobre esse episódio, já que ninguém se machucou. Para eles, Blaise é um herói agora. Um herói tão poderoso que não pôde se controlar, mas ainda assim um herói. Só não esqueça: isso pode mudar de uma hora para outra.

IMPASSE

◆

MINA SUGERE QUE UMA CAMINHADA TALVEZ me faça bem e, embora meu corpo proteste fortemente contra a ideia, sigo o conselho dela. Tenho que apoiar a maior parte do meu peso em Heron, e mesmo assim meus músculos gritam a cada passo. No entanto, não posso negar que o ar fresco em meus pulmões e o sol em minha pele compensam a dor. E, enquanto caminho, os músculos começam a relaxar e a dor se torna um pouco mais tolerável.

É estranho ver o acampamento da mina tão vazio, uma cidade abandonada de casernas vazias com apenas uns poucos lugares ocupados pelos doentes e feridos. Heron aponta as casas que estão funcionando como enfermarias quando passamos por elas, mas isso é desnecessário. Fica claro pelos sons que vazam das paredes: acessos de tosse, gritos abafados, gemidos de dor. Sons que ameaçam me afogar em um mar de culpa.

Um número muito maior está vivo e bem, digo a mim mesma. *Muitos mais estão livres.*

Heron tenta me distrair, indicando outros edifícios que sobreviveram à batalha. A comida é racionada e servida no velho refeitório, explica ele, e um grupo de homens e mulheres que ficaram se ofereceu para caçar e colher a fim de evitar que nossos estoques se esgotem rápido demais. Quando partirmos para alcançar as tropas, ainda vamos levar comida conosco.

Até mesmo os antigos alojamentos de escravos estão sendo utilizados, embora, compreensivelmente, ninguém queira dormir ali. Em vez disso, os grilhões foram retirados, os móveis, realocados, e o lugar serve como depósito de armas e centro de treinamento quando é preciso fugir do calor sufocante do sol.

– Quem está treinando? – pergunto a Heron quando ele aponta uma das salas de treinamento recém-adaptadas. – Pensei que as tropas tivessem partido.

– Nem todas – responde ele com cautela. – A maior parte das pessoas que sabíamos terem sido abençoadas nas minas completou o treinamento rapidamente e partiu para dar continuidade a ele com alguns anciãos. Mas outras ainda precisam de ajuda.

Abençoadas. Os kalovaxianos haviam mantido mais de uma dezena de astreanos abençoados neste acampamento. Fazendo experiências com eles, eu lembro, embora o pensamento me faça estremecer. Vi com meus próprios olhos as evidências: cortes na pele, dedos das mãos e dos pés decepados, um homem tivera até mesmo um dos olhos arrancado.

– Elas foram treinadas assim tão rápido? – perguntei, surpresa.

Quando entrei na caverna, nenhuma delas estava em condições de andar pelo acampamento, muito menos de lutar.

– Ajudei com a cura física – diz Heron, dando de ombros. – Mas as feridas mentais e emocionais são outra história. Muitas delas viam o treinamento como uma forma de cura. Elas queriam treinar. Art, Blaise e eu cuidamos disso, ao lado de alguns dos anciãos astreanos familiarizados com o treinamento, ainda que eles mesmos não fossem Guardiões. Essas pessoas não estão totalmente treinadas, é claro, mas fizeram um bom progresso durante o pouco tempo que tivemos. E devem estar dando continuidade ao treinamento agora mesmo, enquanto conversamos.

Certa vez, Artemisia me falou do que sente quando mata, de quanto é bom tomar algo de volta. Parece que ela não está sozinha nisso.

– Vou ter que começar a treinar em breve – digo.

– Vamos nos concentrar em fazer você andar sem ajuda primeiro – responde Heron.

Sou arrancada de meus pensamentos por um par de braços que envolvem a minha cintura e me erguem do chão, me rodopiando no ar. Um grito sobe à minha garganta, mas, antes que eu o solte, o dono dos braços fala, e eu reconheço a voz.

– Bem-vinda de volta à terra dos vivos – diz Erik, me pondo novamente no chão.

Eu me viro de frente para ele e atiro os braços em torno de seu pescoço.

– Você acredita que senti a sua falta? – pergunto a ele com uma gargalhada.

– Eu não acreditaria se me dissesse que não sentiu – replica ele, me dando um abraço apertado.

– Cuidado com ela! – adverte Heron. – Ainda está um tanto frágil.

Erik exibe uma expressão de desdém.

– Rainha Theodosia? Já vi rochedos mais frágeis.

Eu sorrio, mas me desvencilho de seu abraço com delicadeza.

– Obrigada, mas Heron não está errado.

Assim que digo isso, Erik dá um passo atrás, me examina da cabeça aos pés e solta:

– Está parecendo mesmo que você atravessou um ou dois infernos.

– Talvez três – admito.

– Theo! – grita uma nova voz, e eu me viro a tempo de ver Artemisia correndo em minha direção, o punhal reluzente na bainha presa em seu quadril e o cabelo azul voando atrás dela.

Ao contrário de Erik, ela não sabe me abraçar. Em vez disso, dá um tapinha meio sem jeito em meu ombro.

– Como você está? – pergunta, com cautela.

– Estou viva, que é mais do que tínhamos o direito de esperar – respondo com um sorriso. – E funcionou.

O sorriso dela se abre.

– Espero que sim – diz ela. – Caso contrário, seu novo título seria bem infeliz.

Franzindo a testa e olhando dela para Erik e em seguida para Heron, repito:

– Meu novo título?

Eles trocam sorrisos, mas é Artemisia quem faz uma mesura dramática, seguida por reverências de Erik e Heron.

– Salve, Theodosia – diz ela. – Rainha das Chamas e da Fúria.

Os três se levantam com o mesmo sorriso, mas não se trata de uma piada, por mais leveza que ela tente dar à cena. Rainha das Chamas e da Fúria. É um título duro. Forte, sim, mas também brutal. Pela primeira vez entendo que, quer eu tenha sucesso ou não, esse será o meu legado. Penso em todas as pinturas de minha mãe feitas em aquarelas suaves, ela com vestidos esvoaçantes de chiffon. Penso nos poemas escritos em sua homenagem, odes a sua beleza, sua bondade e seu espírito gentil. A Rainha da Paz, era como a chamavam. Um tipo totalmente diferente de rainha.

Alguma coisa se acende em minha memória, lutando para emergir em meio à névoa das minas.

"*Eu morri como a Rainha da Paz e a paz morreu comigo*", disse-me minha mãe. "*Mas você é a Rainha das Chamas e da Fúria, Theodosia, e vai atear fogo no mundo deles.*"

Não sei o que era aquilo na mina – se era o fantasma da minha mãe, uma invenção da minha imaginação ou outra coisa totalmente diferente –, mas sei que, de alguma forma, eu ouvi esse novo nome antes mesmo de ele ser criado, e esse pensamento me causa inquietação.

• • •

Não podemos elaborar um plano sem Blaise, então mando os outros reunirem os líderes que restam no acampamento e sigo em direção aos quartéis de treinamento, onde, segundo me disseram, Blaise passa quase todo o tempo. Heron não queria que eu fosse sozinha, mas assegurei-lhe que estava me sentindo bem o bastante para cruzar o acampamento sem me apoiar nele, e ele cedeu.

Na verdade, não tenho certeza se consigo mesmo fazer isso. Embora eu esteja me sentindo melhor, cada passo é um esforço. Mas prefiro lidar com a dor a ter Heron ou qualquer outra pessoa por perto quando reencontrar Blaise.

"*Não faça isso. Não me deixe*", pediu ele antes que eu entrasse na mina, suas últimas palavras dirigidas a mim não muito tempo depois de eu fazer uma súplica semelhante a ele. Um não deu ouvidos ao outro.

A culpa me invade quando me lembro de como a voz dele falhou, de quanto ele pareceu perdido naquele momento, como se eu tivesse cortado a última corda que o prendia a esta vida. Como se ele já não estivesse tão determinado a deixá-la...

Lembro a mim mesma que ele foi embora primeiro. Seguiu para os braços da morte duas vezes quando pedi a ele – ou melhor, implorei – que não fosse. Ele não pode estar com raiva de mim por fazer o mesmo.

E agora? Contra todas as probabilidades, ainda estamos os dois aqui e temos que enfrentar as consequências disso.

Encontro a caserna descrita por Heron: afastada das outras e com os restos de uma cerca ainda enterrados no chão. Lembro-me de vê-la durante a batalha, uma grande tenda preta que reluzia com reflexos vermelhos ao sol. Søren explicou que a cerca fora feita de ferro misturado com Pedras do Fogo, embora ela já tenha sido quase toda destruída agora.

Quando abro um pouco a porta, encontro um ambiente escuro, iluminado apenas por uma grande vela no centro. A pouca luz permite que eu veja Blaise, Laius e Griselda. Estes dois últimos ainda são quase que só ossos, mas há uma plenitude em seus rostos e a pele perdeu parte da palidez – embora, talvez, essa impressão se deva em grande parte à luz da vela. Porém, mesmo isso não é suficiente para disfarçar as sombras que se assemelham a hematomas sob seus olhos.

As mesmas sombras que Blaise exibe, prova de que eles não dormem.

Estão mais fortes do que da última vez que os vi. Isso fica evidente na maneira como Griselda salta pelo ar, lançando uma bola de fogo do tamanho da minha cabeça na parede de pedra. O fogo se apaga ao entrar em contato com a pedra, mas deixa um rastro queimado. As paredes estão cobertas por esses rastros, agora mais pretas do que cinzentas.

Ela aterrissa no solo um instante depois, o corpo dobrado, sem fôlego, mas com o fantasma de um sorriso nos lábios, tênue e sombrio, porém inconfundível.

– Muito bem – digo, assustando os três.

Griselda endireita o corpo de um jeito brusco, seus olhos me encontrando. Ela não pode ter muito mais do que 15 anos, não muito mais jovem do que eu. De repente me ocorre que, se duas semanas se passaram desde que entrei nas minas, agora estou com 17 anos.

– Vossa Majestade – diz Griselda, oscilando em uma mesura desajeitada, seguida por uma reverência de Laius.

– Não há necessidade disso – respondo antes de me obrigar a olhar para Blaise.

Ao contrário dos outros dois, ele tem a mesma aparência de quando o vi pela última vez: os mesmos olhos verdes cansados e uma expressão dura de raiva. Mas é a maneira como ele me olha que me parece um soco no estômago. Ele me olha como se eu fosse um fantasma, sem saber o que sentir: medo ou alívio.

"Você tem medo de mim?", certa vez ele me perguntou, e fui forçada a admitir que sim. Ele não pode estar com medo de mim agora – não da mesma forma –, mas talvez esteja assustado. Em relação ao que eu possa dizer, o que ele possa fazer, de que outra maneira posso partir seu coração.

Ele me abandonou primeiro, lembro a mim mesma, mas esse pensamento não é o bálsamo de que preciso.

Blaise pigarreia e desvia o olhar.

– Está na hora do almoço – diz ele, olhando de Laius para Griselda. – Vão comer alguma coisa e voltem daqui a uma hora.

– Na verdade, por que não tiram o restante da tarde de folga? – sugiro. – Preciso pegar Blaise emprestado hoje.

Blaise balança a cabeça.

– Uma hora – insiste ele.

Laius e Griselda olham de mim para ele com olhos arregalados. Posso ser a rainha deles, mas Blaise é seu professor. Os dois deixam a barraca o mais rápido que podem, antes que eu tenha a chance de objetar à fala de Blaise. A porta bate com força quando eles saem e o som repercute nas paredes, ecoando no silêncio deixado em sua esteira. O silêncio se prolonga depois que o eco termina, mas, por fim, eu me obrigo a rompê-lo.

– Precisamos definir uma estratégia de comum acordo – digo a ele. – Vamos nos reunir com os outros líderes para decidir. Isso vai levar mais de uma hora.

Ele balança a cabeça sem olhar para mim.

– Meu tempo vai ser mais bem empregado aqui.

– Preciso de você lá – replico, a frustração crescendo em meu peito, quente e sufocante.

– Não – insiste ele. – Não precisa.

Por um momento, as palavras me faltam. Não foi assim que imaginei nosso encontro.

– Pensei que você pelo menos fosse ficar feliz por eu não estar morta – digo, por fim.

Ele me olha como se eu tivesse lhe desferido um soco.

– É claro que estou, Theo. Cada instante em que você esteve lá embaixo, eu implorei aos deuses para que a deixassem voltar, e agradecerei a eles o resto da vida pelo fato de você estar aqui diante de mim agora.

– Não vou pedir desculpas por ter entrado naquela mina. Eu sabia o que estava fazendo e conhecia os riscos, mas valia a pena por Astrea. Você deve ter pensado a mesma coisa quando entrou naquela batalha.

– Por *você* – contesta ele, as palavras afiadas feito adagas. – Eu amo Astrea... não me entenda mal... Mas, quando me postei na proa daquele navio e me forcei até o limite, quando entrei naquela batalha sabendo que podia não sair dela... foi por você.

Essas palavras são ao mesmo tempo armas e carícias, mas a raiva contida nelas serve de combustível para a minha própria fúria.

– Se fosse realmente por mim, você teria me escutado quando pedi para não fazer aquilo – afirmo.

Ele balança a cabeça.

– Você tem um ponto cego no que diz respeito a mim – replica ele, a voz fria como nunca ouvi antes. – Seu julgamento é falho. Heron e Artemisia, e até mesmo o *prinkiti,* teriam me dito para fazer a mesma coisa. Fiz o que você nunca teria sido capaz de me pedir, e também não vou pedir desculpas por isso. Quando o mundo vira de pernas para o ar e eu não sei de mais nada, minha única certeza é você. Não importa onde estamos ou contra quem lutamos, eu estou sempre lutando por você. E você está sempre lutando por Astrea, acima de qualquer coisa.

Recuo um passo, tropeçando.

– Você não pode me acusar disso – digo, a voz baixa. – Que tipo de rainha eu seria se colocasse você... se colocasse qualquer um, *qualquer coisa*... acima de Astrea?

Ele balança a cabeça, sua raiva esgotada.

– É claro que não acuso você, Theo – responde ele, baixinho. – Só estou explicando a você a minha posição.

Não há nada que eu possa dizer diante disso, nada que possa fazê-lo mudar de ideia, nada que faça qualquer um de nós se sentir melhor. Após um momento, ele volta a falar:

– Você não precisa de mim para discutir estratégia. Já tem Art para isso, além de Dragonsbane e os líderes dos outros países. Você me quer lá como um conforto, só que não precisa mais de conforto. Você não precisa de mim, mas Laius e Griselda, sim.

As palavras parecem espinhos se cravando na minha pele e eu saio antes de dizer alguma coisa de que vá me arrepender de verdade. No entanto, quando fecho a porta e volto à luz do sol, eu me pergunto se foram as palavras em si que doeram tanto ou se foi a verdade por trás delas.

EMBATE

A ÚLTIMA VEZ QUE ESTIVE NA CASERNA do antigo comandante foi com Søren, Cress e o kaiser e, embora ela tenha sido limpa depois disso, os ecos do que aconteceu ali permanecem. A mesa de mogno ainda mostra o rastro de madeira queimada por onde Cress arrastou os dedos. Há cinzas incrustadas no veio da madeira da cadeira em que o kaiser se sentou; há uma mancha vermelha no tapete, indicando o ponto em que o vinho envenenado que bebi caiu e o queimou. Há coisas que limpeza nenhuma pode eliminar. *Devíamos demolir o prédio quando formos embora*, penso.

Eu poderia viver feliz pelo resto da vida sem pôr os pés nessa sala novamente, mas a privacidade, a mesa e a série de mapas de Astrea e do resto do mundo fazem dela o melhor lugar para discutir estratégia. Ainda assim, tenho dificuldade em desviar o olhar da mancha no tapete.

"É uma troca simples, Thora. A sua morte ou a do seu povo."

Mais uma vez, sinto o veneno abrir caminho queimando pela minha garganta, obliterando os pensamentos sobre qualquer outra coisa, senão o fogo, a dor. Mais uma vez, vejo Cress pairando sobre mim, seu olhar distante porém curioso me observando, enquanto me contorço em agonia, da mesma forma que costumava olhar uma tradução na qual encontrava alguma dificuldade.

Ela acredita que estou morta agora. O que vai fazer quando descobrir que não estou? Talvez estejamos quites neste momento, mas uma coisa não mudou: Cress não hesitou em tentar ela mesma me matar, e eu não consegui fazer o mesmo com ela quando tive a oportunidade. Só isso já é o suficiente para me assustar.

– Theo – chama uma voz, arrancando-me de meus pensamentos.

Afasto os olhos da mancha de vinho e vejo Dragonsbane empoleirada no canto da mesa, as pernas cruzadas de uma forma que poderia parecer afetada se fosse qualquer outra pessoa. Não tenho a ilusão de esperar qualquer tipo de reencontro emocionante com ela, no entanto ela me dirige um breve aceno de cabeça que, presumo, signifique que se sente feliz que eu esteja viva.

Erik e Sandrin, o ancião astreano do campo de refugiados sta'criverano, também estão ali, junto com uma garota que é rapidamente apresentada como Maile, de Vecturia, a filha caçula do chefe Kapil e, a julgar por sua aparência, o oposto de seu pai solene e pacífico. Embora os dois sejam morenos, de cabelos longos e negros, Maile tem uma expressão mais colérica e um olhar permanentemente furioso que faz com que pareça estar o tempo todo pensando em acertar um soco em alguém.

Nos próximos dias, Sandrin e Dragonsbane partirão por mar para levar a um lugar seguro os astreanos que não podem ou não desejam lutar. Ao que parece, esse é o único acordo a que conseguem chegar.

– Não podemos ficar aqui muito mais tempo – digo quando terminam de me atualizar. – A kaiserin vai mandar um exército para cá a qualquer momento, se é que já não tem um a caminho.

Maile ri, olhando para os outros.

– Ela passa duas semanas perambulando no escuro só para nos dar um aviso tão óbvio que uma criança poderia ter chegado à mesma conclusão – comenta ela antes de tornar a me olhar. – O que exatamente você imagina que estávamos fazendo enquanto você enlouquecia na mina?

– Eu não enlouqueci – rebato bruscamente. – E, pelo que ouvi, vocês pouco fizeram na minha ausência além de bater boca uns com os outros.

– A maior parte das nossas tropas partiu para retomar as cidades ao longo do rio Savria. Mas, assim que desenharmos um plano para tomar a capital, eles tornarão a se juntar a nós – informa Erik, encostado na parede de pedra perto da porta.

Ele não parece estar prestando muita atenção em nenhum de nós, concentrado como está em descascar uma maçã com um pequeno canivete do tamanho de seu polegar.

Maile emite um som de desdém e diz, revirando os olhos:

– A capital. Você ainda está cismado com esse plano idiota.

É um plano idiota. Eu sei disso e imagino que, lá no fundo, Erik também saiba. Mas, como lhe tiraram sua mãe há pouco tempo e a vida que ele conhecia foi virada completamente de pernas para o ar, Søren é o único parente que lhe resta, a única coisa familiar em um mundo estranho e assustador. Não posso acusá-lo de estar sendo tolo, só posso esperar que ele mesmo perceba isso.

– Tomar a mina da Terra também é um plano idiota. Era esse o seu, não era? – pergunto.

Traço com o dedo a rota que precisaríamos seguir para alcançá-la, passando por várias cidades grandes e pequenas, de onde, de qualquer uma delas, partiria uma mensagem para Cress assim que nos avistassem. Daria no mesmo se enviássemos uma carta para ela anunciando nossas intenções.

Maile emite um grunhido, mas não retruca. Ergo os olhos para Dragonsbane.

– Qual a sua ideia, tia? Acho difícil acreditar que você não tenha suas opiniões. Por favor, compartilhe-as com o grupo.

Dragonsbane aperta os lábios.

– Maile tem razão, em certo sentido – diz ela, após um momento. – Todo tipo de Guardião tem suas forças, é claro, mas em termos de batalha... se pudéssemos liberar a mina da Terra, qualquer Guardião que adicionarmos às nossas fileiras terá a força de vinte soldados sem talentos especiais.

Ela inclina a cabeça para um lado, pensativa, e continua:

– Mas você também está certa, Theo. A kaiserin seria alertada, sem dúvida alguma, e nos recepcionaria com o grosso de suas tropas. Não teríamos qualquer chance.

– Essas são as nossas opiniões – observo. – Qual é a sua?

Dragonsbane desliza o dedo pelo mapa, seguindo a rota da mina do Fogo até Doraz.

– A imperatriz Giosetta me deve um favor considerável. Ela concordou em receber os refugiados astreanos até a guerra ser vencida. Mas quem sabe possa ser persuadida a nos emprestar algumas de suas tropas também. Talvez eu pudesse levar essas tropas por aqui.

Os dedos dela prosseguem a partir de Doraz, descendo pela costa leste de Astrea, onde se localiza a mina da Terra.

– Teríamos ainda um dia de jornada terra adentro, mas as chances de sermos avistados diminuem de forma significativa. Sobretudo se vocês estiverem causando problemas para a kaiserin em outra parte.

Aceno com a cabeça afirmativamente.

– E você pode persuadir Giosetta? – pergunto, lembrando-me da imperatriz de Sta'Crivero.

Ela era uma das melhores pretendentes que conheci lá, mas ainda é uma governante com suas próprias necessidades e seus próprios interesses. Duvido que nos ceda tropas apenas por ter um coração bondoso.

Dragonsbane pondera a minha pergunta.

– Após o cerco da mina do Fogo, você se tornou um investimento menos arriscado, e há muita gente que ficaria feliz em ver os kalovaxianos levados à ruína… Giosetta é uma dessas. Ela cresceu perto da fronteira gorakiana, você sabe. Viu os kalovaxianos destruírem aquela terra, viu os reflexos dessa atitude. Ela vai precisar de uma compensação, é claro, mas não é de todo impossível.

– Que tipo de compensação? – pergunto, as palavras saindo ásperas.

Não esqueci que Dragonsbane prometeu aos sta'criveranos a mina da Água sem o meu consentimento. Não vou subestimá-la mais uma vez.

Dragonsbane deve ter percebido minha desconfiança, pois sorri mostrando os dentes.

– Giosetta vem tentando me tornar um corsário a serviço de Doraz. Talvez eu concorde. Quando a guerra terminar, imagino que não haja mais nenhum dragão kalovaxiano para que eu seja uma maldição – diz ela, referindo-se ao significado de seu nome: maldição do dragão.

Como sempre, é difícil decifrar as intenções dela, mas pode ser um pedido de desculpa por Sta'Crivero. O que quer que seja, eu aceito.

– Muito bem então – digo, tornando a olhar para o mapa. – Enquanto você faz isso, para onde o restante de nós pode ir? A mina do Ar fica mais perto…

– Em termos de distância, sim – afirma Dragonsbane. – Mas nós teríamos que transpor as montanhas Dalzia e atravessar o rio Savria com todas as nossas tropas ou contorná-lo. Sem contar que há várias das mesmas cidades grandes e pequenas que você mencionou pelas quais teríamos que passar, no meio de uma paisagem em grande parte árida, sem lugar algum onde nos esconder.

Olho para o mapa, para a grande extensão de terra no centro de Astrea. Dragonsbane tem razão. Podíamos ter ido daqui para a mina do Ar sem sermos descobertos antes de liberarmos a mina do Fogo, mas agora somos muitos. Teríamos sorte se chegássemos até mesmo ao rio Savria antes que a kaiserin fosse informada de nossos passos.

– E a mina da Água? – pergunto após um momento. – É a mais distante, mas nós conseguiríamos nos manter na costa, tendo as montanhas como cobertura. Apesar de existirem alguns vilarejos no caminho, poderíamos evitar passar por eles ou mesmo lutar, conforme necessário, e não seriam uma grande ameaça. Guardiões da Água podem não ter a força física dos Guardiões da Terra, mas Artemisia é bastante forte, e eu consigo pensar em alguns truques de guerra que fazem uso do ilusionismo.

Ninguém responde de imediato, no entanto todos se entreolham.

– Tivemos notícia dos espiões que colocamos na casa do novo theyn – diz Sandrin após um momento. – Parece que ele foi informado de que o rei Etristo ficou... mais do que um pouco aborrecido com o fato de você ter fugido de Sta'Crivero roubando propriedade dele.

– Vocês eram refugiados – observo. – Não eram propriedade dele.

Muito embora eu me lembre de que os refugiados que encontrei tenham sido designados às piores funções, aquelas que ninguém mais queria, e que recebiam uma ninharia pelo trabalho. Aos olhos dos sta'criveranos, eles eram pouco mais do que escravos.

– Não – concorda Sandrin. – Mas os navios que vocês roubaram eram. No entanto, imagino que ele esteja sentindo a perda do campo de refugiados igualmente.

– Certo – digo. – Eu me esqueci dos navios. Qual o nível da raiva dele?

– Suficiente para conspirar com a kaiserin... mais do que já estava fazendo. Fomos informados de que os enviados sta'criveranos e os kalovaxianos farão um acordo daqui a cinco dias.

– Um acordo – repito devagar. – Um acordo para quê?

– Tropas sta'criveranas, provavelmente – diz Dragonsbane. – Mas, o que quer que seja, o filho de Etristo, o príncipe Avaric, virá garantir o acordo em pessoa. Portanto, podemos supor que se trata de algo importante. O acordo acontecerá na mina da Água. Nossas fontes afirmam que os sta'criveranos devem chegar por volta do meio-dia daqui a cinco dias, e o acordo ocorrerá no pôr do sol. Se continuássemos nessa direção, nós os encontraríamos lá.

Alguma coisa me parece errada, mas levo alguns instantes para me dar conta do que é.

– Eles não mandariam Avaric até aqui para trazer tropas... Ele não é um general, não tem experiência alguma. E o exército sta'criverano, na melhor das hipóteses, está abaixo da média. Você mesma disse: eles nunca tiveram que travar uma guerra. Por que fazer um acordo?

Maile dá de ombros.

– Corpos são corpos, e nós já estamos em desvantagem mesmo.

Balanço a cabeça.

– Não faz sentido. Tem mais coisa aí. E o que o rei Etristo pretende ganhar com isso?

– A mina da Água – responde Dragonsbane. – Parece que, mesmo que nosso acordo não tenha dado certo, ele está mais determinado do que nunca a conquistá-la.

Como Sta'Crivero enfrenta uma seca profunda, tenho certeza de que sim. Mas, por algum motivo, essa explicação faz ainda *menos* sentido.

– Então o rei Etristo está mandando seu herdeiro percorrer toda essa distância e vir até aqui, um país destruído pela guerra, na expectativa de que ele volte de mãos abanando, apenas com uma promessa? Não existe razão alguma para o príncipe vir pessoalmente.

Sandrin inclina a cabeça.

– Você acha que tem mais coisas envolvidas nesse acordo?

– Acho. E não sei o que é, mas, se tanto os sta'criveranos quanto os kalovaxianos querem tanto assim, eu também quero.

Faço uma pausa, fitando o mapa, como se pudesse encontrar respostas ali em vez de apenas linhas, nomes e rotas.

– Podemos estar seguindo para uma armadilha – digo. – Ou podemos preparar a armadilha para eles.

– Como? – pergunta Dragonsbane.

– Ilusões – respondo. – A força da mina da Água. Se os sta'criveranos chegarem ao meio-dia, quando os kalovaxianos irão ao encontro deles?

Dragonsbane e Maile se entreolham.

– A distância a percorrer é menor a partir da capital – diz Dragonsbane após um momento. – Eles vão a cavalo, provavelmente um pequeno grupo. Imagino que tentariam chegar lá na mesma hora.

Devagar, faço que sim com a cabeça.

– Podemos atrapalhar a jornada deles? Pôr algumas horas entre a chegada dos sta'criveranos e a deles?

Dragonsbane pensa um pouco.

– Sim, podemos fazer isso. Enviar alguns espiões para os lugares onde eles vão descansar. Soltar os cavalos, partir as correias de algumas selas, misturar alguma coisa na comida para fazer mal a eles. Por quê?

– Se conseguíssemos anular as forças sta'criveranas antes da chegada dos kalovaxianos, poderíamos enviar Artemisia e alguns outros Guardiões da Água no lugar dos sta'criveranos, disfarçados, para interceptar o que quer que pretendam negociar. Teríamos que partir o mais rápido possível, chegar lá antes das outras partes, mas...

– E Søren? – pergunta Erik, a voz baixa. É a primeira coisa que ele diz há algum tempo. Eu quase me esqueci de sua presença. – Theo, você prometeu que faríamos tudo que pudéssemos.

Mordo o lábio. O que uma parte de mim mais queria era marchar direto para a capital com o fogo na ponta dos dedos, queimando tudo e todos que se pusessem entre mim e Søren. Mas, se ele estivesse aqui, me chamaria de idiota só por considerar tal ideia.

– O prinz é a última de nossas prioridades – diz Sandrin antes que eu possa falar.

– É provável que já esteja morto, de qualquer maneira – acrescenta Dragonsbane. – Você faria o resgate de um cadáver.

– E já vai tarde, se quer saber – diz Maile.

A frustração fica estampada no rosto de Erik e imagino que ele esteja se segurando para não gritar. Eu não o culpo. Não sei o que está acontecendo com Søren agora, mas não deve ser nada agradável. Ainda assim, os outros têm pontos válidos. É pesar a vida de um contra a de milhares.

– Eu sei o que prometi, mas Søren não pode ser prioridade agora – digo, olhando para Erik. – Ele foi com Cress para proteger o restante de nós, e foi um sacrifício nobre. Tentar resgatá-lo assim seria desperdiçar esse sacrifício, e tenho certeza de que, se perguntássemos a ele o que devemos fazer, ele diria a mesma coisa.

Vejo o choque e a dor cruzarem o rosto de Erik antes de desaparecerem sob uma máscara de pedra que o deixa assustadoramente parecido com seu pai, o kaiser. Sem dizer uma palavra, ele deixa a sala intempestivamente, batendo a porta com tanta força que quase espero vê-la se estilhaçar.

Um silêncio desconfortável perdura até eu quebrá-lo:

– Alguém tem um plano melhor do que o da mina da Água?

– Você não tem um plano para a mina da Água – observa Dragonsbane, de um jeito suave. – Tem uma ideia.

– E precisamos agir logo se quisermos que ela funcione – retruco. – Partiremos ao amanhecer e formularemos o restante do plano no caminho. A menos que alguém tenha uma ideia melhor...

Corro os olhos pela sala, mas ninguém fala nada, nem mesmo Maile.

– Muito bem – digo. – Mandem um aviso para as tropas. Ordenem que nos encontrem na floresta Perea o mais rápido possível. Vamos nos reagrupar e atacar de lá.

...

Encontro Erik do lado de fora da caserna dos oficiais, à minha espera.

– Você me disse que salvaríamos Søren – diz ele assim que me vê. – Você me *prometeu*.

Sustento o olhar de Erik e faço um gesto afirmativo com a cabeça antes de baixar os olhos.

– Eu sei. Mas eles têm razão, Erik. Se tentarmos salvar Søren agora, será à custa de todos os outros. Além disso, não existe um caminho direto para a capital que termine com qualquer um de nós vivo. Você sabe disso.

Erik fecha os olhos com força, balançando a cabeça.

– Ele é meu irmão, Theo – insiste ele, a voz falhando. – Não podemos deixá-lo morrer.

– Não sabemos se isso vai acontecer – digo, embora as palavras soem ingênuas até mesmo aos meus ouvidos. – Cress não levaria Søren até a capital só para matá-lo. Ela podia ter feito isso aqui. Se ela está mantendo-o vivo, é por uma razão.

– A execução pública de um prinz traidor é razão suficiente – argumenta ele.

Balanço a cabeça.

– O controle que ela tem do trono é frágil e há muita gente na capital que acredita que Søren é o herdeiro legítimo. A melhor chance de Cress se manter no trono é se casando com ele.

– São apenas suposições.

Dou de ombros e respondo:

– Você também só está supondo. Mas eu conheço Cress. Ela é esperta demais para matar Søren... pelo menos não antes de tentar usá-lo para se beneficiar.

– Se você estiver certa, Søren não vai concordar com isso – diz ele, a voz esmorecendo.

Meu estômago se revira e dá um nó. Cress não é tão sádica quanto o kaiser, digo a mim mesma, mas não tenho certeza do quanto de verdade há nisso. Ela é uma garota despedaçada, e não sei mais do que é capaz.

– Ele pode resistir à tortura – respondo, afastando esses pensamentos da minha mente.

Tortura. A palavra paira entre nós, afiada e feia, tingindo todas as coisas. Fico enjoada ao pensar em Søren sendo torturado – por *minha* causa. Porque concordei com os termos de Cress e tomei o veneno que ela me deu, mesmo quando Søren implorava a mim que não o tomasse.

– Você prometeu – repete Erik, e as palavras parecem punhais.

– O que eles pensariam, Erik? – pergunto, a frustração transparecendo em minha voz. – Eu era a pessoa mais jovem naquela sala e eles precisam me ver como igual, não como uma adolescentezinha apaixonada tentando salvar um garoto. Vamos encontrar um meio de salvar Søren. Eu pretendo cumprir a promessa, mas temos que ser inteligentes. Estou pedindo que você confie em mim.

Erik hesita e, por um momento, temo que vá dizer não. Em vez disso, ele sorri de um jeito sombrio.

– Que ironia – provoca ele. – Não creio que Søren tenha exercitado muito a paciência quando se tratava de você.

As palavras me atingem como um tapa, enquanto a culpa se acumula no fundo do meu estômago.

– Talvez não – digo. – E veja aonde isso o levou. Há pessoas demais dependendo de mim para que eu cometa os mesmos erros.

CONTENDA

EXISTE UMA ANTIGA BALADA ASTREANA QUE fala do sol se pondo sobre o mar Calodeano, mas ela vive na peleja da minha memória tão fragmentada e desfocada, de tal modo que tudo que resta é uma ideia vaga e difusa. Ainda assim, ouço o fantasma da melodia em minha mente agora enquanto observo o vívido sol laranja mergulhar no horizonte e lançar um brilho quente nos picos serrilhados da cordilheira que assoma acima de nós, colorindo o céu com pinceladas em tons de violeta, salmão e turquesa, com o sussurro das estrelas surgindo nas áreas em que o céu está mais escuro.

Estou em casa, penso, e meu peito se aperta em torno dessas palavras como se nunca mais quisesse soltá-las.

Meu próprio espanto me pega de surpresa. Sei que me encontro em Astrea desde que pus os pés na praia há semanas, mas não creio que tenha verdadeiramente apreciado esse fato até agora. Estou em casa e, se puder, nunca mais vou deixar estas terras.

– Se já acabou sua sessão lacrimejante por causa de um pôr do sol, podemos começar – diz Artemisia, embora ela mesma não pareça indiferente ao cenário.

Dou as costas para o pôr do sol, ficando de frente para ela e Heron. Talvez Artemisia mostre sua exaustão de forma mais palpável, escudada pela rabugice, mas eu a vejo em Heron também, nos ombros caídos, nos olhos pesados. Pela vontade deles, estariam sentados no refeitório agora, com um pratão de comida à sua frente, entabulando uma conversa descontraída, antes de uma noite de sono reparador. Em vez disso, porém, me seguiram, embrenhando-se na mata da cordilheira, sem nada além de alguns pedaços de biscoito de massa dura e carne--seca para refrear a fome.

E fizeram isso porque pedi a eles. Não como rainha (isso poderia ter funcionado com Heron, mas certamente Art teria sugerido alguns usos novos para minha coroa, se eu a tivesse mencionado). Não, eles estão aqui como meus amigos, e estou grata por isso.

Não faz muito tempo, eu pensava que era incapaz de confiar em alguém, mas aqui estamos nós, e eu confiaria nesses dois em qualquer situação.

Por isso os arrastei até o meio das montanhas, distante dos olhos curiosos dos outros.

Respiro fundo para me equilibrar e olho para minhas mãos, fazendo surgir bolas de fogo na palma delas.

Heron já me viu fazer isso, mas Artemisia lança um olhar de cautela para minhas mãos.

– Muito bem – diz ela. – Mas você já podia fazer isso antes da mina. Até mesmo antes do veneno.

Heron volta a atenção para ela com a boca escancarada e eu me dou conta de que nunca tinha contado a ele.

– Ela podia fazer *o quê*? – Então ele torna a olhar para mim. – Você podia fazer *o quê*?

Suspiro, fechando as mãos e extinguindo as chamas.

– Não era a mesma coisa – digo a ambos. – Eu não conseguia controlar o fogo e nunca era assim tão forte… Calor, sim, até mesmo abrasador, mas não chamas robustas. Nunca era assim.

A boca de Heron ainda está aberta, mas após um segundo ele a fecha.

– Você nunca me contou – observa ele.

Dou de ombros.

– Não contei a ninguém. Art descobriu por acidente. Durante um tempo, pensei que estivesse enlouquecendo ou que fosse amaldiçoada… Eu não sei. Parecia mais fácil carregar esse segredo sozinha.

– Como lá na capital, quando você não contou para a gente que o kaiser queria se casar com você? – pergunta Heron, balançando a cabeça. – Deveria ter nos contado. Blaise também não sabia?

– Não – respondo, desviando o olhar. – Ele já tinha muito com que se preocupar. Eu não queria dar a ele mais motivos.

Heron assente lentamente, pesando suas próximas palavras com cuidado antes de perguntar:

– É por isso que ele não está aqui agora?

Não respondo de imediato. Só cruzo os braços.

– Nós dois decidimos que uma certa distância nos faria bem – digo, tentando manter a voz estável e isenta de emoções.

Artemisia bufa.

– Vamos ver quanto tempo isso dura. Vocês dois são iguaizinhos. Precisam um do outro como o mar precisa da lua.

Essas palavras despertam uma irritação profunda em mim.

– Bem, ele mesmo me disse que não preciso dele e eu não tenho tempo nem energia para acalmar o ego dele. Além disso, se Blaise está tão determinado a correr desenfreado para a autodestruição, a escolha é dele, mas não vou aplaudir esse processo.

Artemisia e Heron trocam olhares que não consigo decifrar, então ela dá um suspiro.

– Muito bem, você pode invocar o fogo com facilidade e Heron disse que você pode mudar a estrutura, o que é… diferente – diz ela. – Mas só isso não vai ajudar muito quando tiver que usar o fogo contra um inimigo.

Um inimigo. Aprecio o fato de ela usar um termo vago em vez de citar o nome de Cress. Pergunto-me se algum dia, ao ouvir esse nome, deixarei de ter a sensação de que uma faca está sendo cravada entre minhas costelas. Eu a afasto da mente e me concentro no fogo, fazendo-o ressurgir em minhas mãos.

Artemisia faz sinal para que eu me aproxime.

– Recomeçando o treino de combate – diz ela com um sorriso irônico. – Tente lançar as chamas.

Eu levo um susto.

– Em você? – pergunto. – Não quero machucar você.

Artemisia ri.

– É fofo que você pense que conseguiria me machucar.

Olho para Heron, que parece prudente, porém resignado. Ele faz que sim com a cabeça. Levo meu braço direito até atrás e lanço o fogo, imaginando-o como uma bola. Ele se separa da minha mão, mas, assim que se encontra no ar, encolhe e desaparece em uma nuvem de fumaça.

– Está vendo? – diz Artemisia. – Eu falei que você não me machucaria.

Com a testa franzida, tento de novo com a mão esquerda, mas a mesma coisa acontece.

– Ampelio conseguia lançar o fogo – digo. – Ele fazia parecer fácil.

– Qualquer coisa parece fácil quando se pratica bastante – observa Heron. – Quanto mais o fogo se afasta de você, mais fraco ele se torna. Você precisa lançar não só a chama, mas também o seu poder.

– Falando assim, parece simples, mas eu não sei como fazer.

– Foco e prática – replica Heron. – Agora, tente de novo, mas lance seu poder com ele, não só o fogo. A pedra deve ajudar. Imagine que está canalizando seu poder através dela.

Eu toco a pedra de Ampelio em meu pescoço e respiro fundo, me concentrando, antes de invocar outra vez uma bola de fogo em minha mão direita.

– Você ainda quer que eu a atire em você? – pergunto a Artemisia.

Ela sorri.

– Faça o seu pior – diz ela.

Quando atiro a bola de fogo, sinto o movimento no peito, assim como no braço. O pendente de Ampelio pulsa de encontro à minha pele, como um segundo batimento cardíaco. Dessa vez, o fogo deixa a minha mão e mantém a forma, embora vá enfraquecendo à medida que atravessa o ar. Artemisia ergue a mão antes que ele a atinja e a água jorra das pontas de seus dedos, transformando a bola de fogo em vapor.

– Melhor – diz ela. – Mas ainda está fraco. Vamos tentar de novo.

Quando voltamos, descendo a montanha, cada músculo em meu corpo dói. Quase sinto falta das aulas de esgrima. No entanto, por mais dolorida que esteja, também me sinto inteira e em paz pela primeira vez nos últimos tempos. Eu me sinto *bem*. Sei que esse é só o começo e que estou longe de ser capaz de enfrentar Cress, mas estou caminhando para isso e, por hoje, é o que basta.

– Então você não vai para a capital resgatar Søren – comenta Artemisia quando pegamos a descida serpenteante de volta ao acampamento.

Pensar em Søren é como descer uma escada esperando que haja um degrau a mais do que existe. Faz com que meu mundo se desequilibre.

– Não – digo, torcendo para parecer mais firme do que me sinto. – Seria tolo correr para lá sem guerreiros, sem um plano. Se Søren estivesse aqui, ele nos diria a mesma coisa.

– É a decisão certa – responde Art, com um movimento afirmativo da cabeça. – E você não diminuiu seu prestígio priorizando um prinz inimigo diante de aliados que são, na melhor das hipóteses, hesitantes em seu apoio.

– Ele não é inimigo – digo com um suspiro.

Artemisia balança a cabeça.

– Nós sabemos isso e, talvez, depois de tudo, outros também possam acreditar nisso, mas ainda existe um grande abismo entre ser um inimigo e ser um de nós, e é um abismo que ele nunca vai cruzar.

– Eu sei – concordo. – Mas prometi a Erik que o salvaria. E nós iremos... quando pudermos.

A expressão de Heron se torna momentaneamente dura.

– Erik é mais imprudente do que você – diz ele, a voz baixa. – Ele não vai se deixar enrolar com promessas e, se vamos enfrentar os kalovaxianos, precisamos dos soldados de Goraki, por mais escassos que sejam.

– Erik tem pouco poder sobre Goraki, na verdade – comenta Artemisia, com um suspiro. – Ele é o filho bastardo do kaiser, e agora que a mãe dele não está... – Ela se interrompe, me lançando um olhar, e eu tomo o cuidado de não demonstrar uma reação. – Agora que ela não está mais aqui, o poder dele é mais fraco ainda. Se decidir abandonar nossa aliança e ir atrás de seu irmão kalovaxiano, é bem provável que vá sozinho. Ele não pode ser idiota a ponto de não saber disso.

– Ele acabou de perder a mãe e Søren é a única família que ainda tem – diz Heron. – Erik não é idiota; ele compreende o risco. Talvez simplesmente não se importe com isso.

Antes que Art e eu possamos responder, Heron apressa o passo, nos ultrapassando e ficando alguns metros à nossa frente.

– Eles têm passado muito tempo juntos – revela Art quando ele não pode mais ouvir, a voz receosa.

Não fico surpresa. Erik me disse que estava interessado em Heron e, embora Heron seja bem mais reservado em relação às coisas do coração, lembro-me de quanto seu rosto se avermelhava quando Erik estava por perto e de como ele de repente ficava tímido e desajeitado.

– Quanto tempo? – pergunto a ela.

– Heron não é do tipo que sai falando dos detalhes de sua vida pessoal, ao contrário de outras pessoas que conheço – diz ela com um olhar contundente em minha direção. – Mas acho que começou com o *molo varu*. Peguei Heron algumas vezes escrevendo mensagens, lendo outras, mas, quando eu perguntava se tinha notícias de Goraki, ele dizia que não. O que quer que fosse, depois da batalha, as coisas pareceram progredir bem rápido. Eles passam a maior parte das noites juntos.

– É bom. Imagino que os dois precisem de conforto e companhia. Ambos sofreram perdas. Fico feliz que tenham pelo menos encontrado algo positivo no meio de tanta guerra, dor e sofrimento.

– Suponho que sim – concede Artemisia, os olhos se estreitando. – Mas evoluiu tão rápido... e perder Leônidas destruiu Heron. Quando o encontrei depois que ele escapou da mina da Terra, estava um trapo humano, coberto de feridas em carne viva e todo quebrado. Ele se reconstruiu lenta e dolorosamente ao longo deste ano. Acho que ter você e um propósito foi melhor para ele do que você imagina. Uma coisa estranha acontece com Heron... A maioria das pessoas que perderam tanto quanto ele se fecha. É como você e eu sobrevivemos, e Blaise ainda mais, acho. Mas Heron é diferente. Ele não mantém as pessoas a distância. Ele se agarra a elas como alguém que se afoga. É uma característica que admiro, mas que também me assusta. Não quero vê-lo com o coração partido outra vez.

Ouço claramente a advertência em sua voz.

– Vou fazer o que puder para manter Erik do nosso lado – garanto a ela.

– Mas eu não tinha percebido que você era tão romântica.

Artemisia me fuzila com o olhar.

– Não sou – diz ela de um jeito brusco. – Só não suporto lamúrias.

– É claro – replico.

– Você não está se lamuriando – observa ela após um momento. – Pensei que estaria. Você se apegou ao *prinkiti*... a Søren. E também a Blaise. E agora aqui está você sem nenhum dos dois.

Mordo o lábio inferior.

– Não vou mentir para você e dizer que não sinto falta de Søren. É claro que sinto. E de Blaise também, e daquilo que éramos um para o outro. Mas Blaise disse que eu vou sempre escolher Astrea no fim das contas, e neste momento, sobretudo, Astrea precisa de mim. Não tenho qualquer utilidade para ela se ficar me preocupando com alguém que não se preocupa consigo mesmo.

Artemisia me olha de lado e faz um gesto com a cabeça, determinada.

– Ótimo – diz ela. – E agora nunca mais precisamos falar do seu coração.

Ficamos um momento em silêncio antes que eu faça a pergunta que há algum tempo está na minha mente:

– E o seu coração? Faz um tempo que não vejo Spiros. Desde Sta'Crivero.

– Ah, ele está por aí, mas acho que vem mantendo distância de mim e, por extensão, de você – explica ela, dando de ombros. – Parece que feri os sentimentos dele.

– Ele parecia gostar de você. Não como amigo, mas como algo diferente. Art ri.

– Sim, ele não era muito sutil. Por isso os sentimentos feridos.

– Você não gosta dele? – pergunto.

Ela fica em silêncio por um segundo.

– Gosto, mas não é a mesma coisa. Não é o que você sente por Søren e Blaise, ou o que Heron sente por Erik. Eu gostaria que fosse, ainda que isso tornasse as coisas desnecessariamente complicadas. Mas não, eu não gosto dele assim. Na verdade, nunca gostei de ninguém assim, mesmo anos atrás, antes das minas, quando todas as garotas da minha idade estavam se apaixonando e suspirando por garotos… Bem, eu nunca fui de suspirar, acho.

– Ah – digo, sem saber o que mais falar.

Ela dá de ombros novamente.

– Não estou dizendo que não… você sabe… que não *amo* pessoas. Existem pessoas que acho atraentes, suponho. É só que… não me sinto atraída por elas dessa forma devastadora que parece afetar todos vocês.

– Entendo – respondo, o que é, pelo menos, uma meia verdade.

Completamos o restante da caminhada em um silêncio que não é incômodo. Artemisia é um enigma que se revelou a mim em seus termos, em farpas, sombras e insinuações que aos poucos formaram um retrato vagamente definido dela. Talvez a imagem nunca fique completa, mas talvez por isso mesmo seja ainda mais bonita.

DEVANEIO

———— ◆ ————

Quando durmo, sonho com Cress. Ela está no convés de um navio kalovaxiano, perto da figura de proa em formato de dragão, as mãos pálidas como ossos entrelaçadas às costas. Seu vestido é feito de fumaça espessa e ondulante e espirala em torno de sua figura em redemoinhos escuros que se retorcem e contorcem sobre a pele. Os cabelos brancos têm um corte reto na altura dos ombros, como das últimas duas vezes que a vi, as pontas chamuscadas. Não crescem mais, eu me dou conta. Estão mortos na raiz.

Ela deve sentir a minha presença, porque se volta, o rosto expressivo, sombrio e exangue. A princípio, seu olhar me atravessa, mas então os olhos ajustam o foco e encontram os meus. Sua boca se curva em um sorriso desagradável.

– Você veio me assombrar – diz ela, não parecendo surpresa. – Confesso que esperava que viesse.

Abro a boca para dizer que é ela quem está me assombrando, antes de me dar conta do que há de estranho na cena: Cress está em um barco e, embora ele balance violentamente, como se estivesse no meio de uma tempestade, ela parece serena.

– Você não está enjoada com o movimento do navio – afirmo.

Ela vira o rosto para olhar o mar escuro e violento.

– Não – diz ela. – Não fico mais mareada. Muita coisa mudou desde que você morreu.

– Não estou morta.

O sorriso dela se torna triste.

– Quando você pensou que eu estava morta, você sentiu isso? – pergunta Cress.

Por um momento, não sei o que responder.

– Não – admito. – Mas não fui eu quem matou você. Quando dei o veneno a Elpis, sabia que não tinha mais volta. Eu me odiei por isso, mas não tive tempo para ficar remoendo o assunto. Ainda havia muito por fazer, muito para planejar. Não tive tempo para sentir a sua morte até depois de saber que você havia sobrevivido.

Cress franze a testa.

– Elpis. Era esse o nome da garota? Eu não me lembrava.

– Não deve lembrar mesmo – digo. – Não sei se alguma vez você prestou atenção nela.

– Mas eu devo ter me lembrado em algum momento – diz ela, os vincos na testa se aprofundando.

Ela dá um passo na minha direção, depois outro, até estar a uma distância em que pode me tocar.

– Eu não poderia sonhar com ele se não me lembrasse.

– Este não é o seu sonho – digo, mas Cress me ignora.

– Também não sinto a sua morte – continua ela, parecendo vagamente desapontada.

Ela está tão perto agora que posso sentir sua respiração na minha pele, e essa sensação me dá um calafrio. Posso *senti-la* como se ela estivesse de fato parada na minha frente.

– Pensei que sentiria. Mas não sinto mais muita coisa mesmo.

– Eu não estou morta – repito, a voz mais forte desta vez. – Você não me matou. Estou mais forte do que nunca e, quando nos reencontrarmos, vamos acabar com isso de uma vez por todas. E eu lhe garanto que, quando esse dia chegar, você vai sentir alguma coisa.

Os olhos dela se cravam nos meus, um canto da boca se ergue em um sorriso zombeteiro. Ela estende a mão para tocar o meu rosto, porém, ao contrário da última vez, sua mão não está quente. Em vez disso, a sensação é de gelo tocando a minha pele. Eu me encolho, me afastando dela, mas isso só parece diverti-la, e ela mantém a mão pressionada com firmeza em meu rosto.

– Você sabe por que resistiu em nossa última batalha? – pergunta ela.

Não respondo, mas aparentemente ela não espera que eu o faça.

– Porque você fez uma colcha de retalhos de guerreiros de diferentes países com diferentes crenças, diferentes objetivos. No entanto, embora seus números fossem impressionantes, você cometeu um erro grave. Porque, em uma colcha assim, basta um fio ser cortado para que a coisa toda se desmanche. Deve ser um espetáculo e tanto. Só queria que você estivesse aqui para ver tudo se desmantelar.

Meu estômago fica embrulhado.

– O que você está dizendo? – pergunto. – O que você fez? Mandou tropas?

Ela sorri.

– Não, tropas não – responde ela, balançando a cabeça. – Por que eu desperdiçaria tropas em uma missão quando um único mensageiro bastaria? Aqueles homens e mulheres que se juntaram a você, eles não merecem uma morte gloriosa. Isso é nobre demais para traidores como eles... como você também foi. Não, vou deixar que eles morram de um jeito patético. E, então, os nomes deles se perderão no vento, assim como o seu. O meu nome, no entanto, nunca desaparecerá. Meu nome vai ficar nos livros de história, será gravado em pedra e sobreviverá por muito tempo depois que eu me for.

A voz dela se torna estridente no final, arranhando minha mente como o som de metal raspando em metal. Eu me encolho e me afasto dela, mas dessa vez ela me detém, levando sua outra mão ao outro lado do meu rosto e me mantendo ali.

– Talvez nos vejamos novamente, Thora – diz ela, a voz retornando ao tom melódico normal. – Mas não agora e não neste mundo. Talvez não existam guerras no próximo.

Ela pressiona os lábios negros no meu rosto e o frio que eles deixam se espalha pela minha pele até eu não conseguir sentir mais nada.

ALARME

———— ◆ ————

O SOM DE UM SINO REPICANDO ME arranca do sono um instante antes de Artemisia entrar em minha tenda, os olhos acesos. Se há uma coisa que aprendi sobre Artemisia é isto: qualquer coisa que ilumine seus olhos em geral é um problema da mais alta ordem. Por isso, me obrigo a me pôr de pé, pegando o manto pendurado na ponta do meu catre.

– Um ataque? – pergunto a ela, enquanto ouço as palavras de Cress em minha mente: *Por que eu desperdiçaria tropas em uma missão quando um único mensageiro bastaria?* Mas aquilo foi só um sonho, e isto decididamente não é.

– Não sei – diz Artemisia. – Mas pretendo descobrir, e as pessoas costumam ser mais solícitas com você do que comigo.

Não posso resistir a bufar enquanto visto o manto.

– Isso é porque eu pergunto com educação.

– É porque você é uma *rainha* – replica ela.

Calço as botas o mais rápido que posso, embora não pareça rápido o bastante para Art, que bate o pé no chão, impaciente.

– Bem, você sempre pode se apresentar como princesa Artemisia se achar que ajuda – digo, puxando o último cadarço e me levantando.

Art me olha com cara de quem ficaria feliz em me morder. Tecnicamente, é a verdade: como filha de uma princesa astreana, ela pode reivindicar o título se quiser. Mas creio que preferiria reivindicar um enxame de abelhas.

– Nem brinque com isso – retruca ela. – Vamos logo!

Ela dá meia-volta e sai da tenda, seguindo à minha frente. O céu ainda está escuro e o sol é uma mera sugestão no horizonte, mas o acampamento já foi desfeito e parece pronto para nossa partida, que deveria ser dali a uma hora, embora talvez já fosse tarde demais. À nossa volta o acampamento está um caos, com pessoas correndo de um lado para outro em pânico.

– Vamos ter que arranjar uma tiara para você – continuo dizendo a Art, correndo para alcançá-la e tentando acalmar o medo que se infiltra em meu coração. Tenho que gritar para ser ouvida acima dos sinos e do som da massa. – E *definitivamente* temos que aprimorar suas habilidades diplomáticas.

Ela ignora minhas palavras, agarrando meu braço e me puxando em meio à multidão na direção do grupo de guerreiros já reunidos no portão do nosso acampamento em fila única, uma parede humana de espadas em punho com armaduras descasadas sobre as roupas.

– O que está acontecendo? – pergunta Art a eles.

Ninguém olha para ela, mantendo os olhos fixos no horizonte. Art, porém, não é alguém que se permita ser ignorada.

– Sua Majestade Real, a rainha Theodosia, gostaria de saber se sua vida se encontra possivelmente em perigo, se isso não for pedir muito – anuncia ela, elevando o tom da voz.

Com isso, um dos guerreiros se volta para nós.

– Vocês não deveriam estar aqui – diz ele antes de levantar o elmo. Spiros. Ele mal olha para mim e seus olhos se esquivam dos de Art. – Pediram que a rainha fosse mantida na tenda.

– No entanto, não me disseram o motivo – contrapõe Artemisia. – Você não acha que ela tem o direito de saber o que está acontecendo em seu próprio acampamento?

– Assim que soubermos o que ele quer, a rainha será a primeira a saber. Por enquanto, porém, ele é uma ameaça – informa Spiros, a voz firme.

Em meu sonho, Cress disse que enviaria um único mensageiro.

– Ele… Seria um *berserker*? – pergunto.

Spiros me olha, assentindo uma vez.

– É a nossa teoria, Vossa Majestade. Mas ninguém quer chegar perto dele o suficiente para confirmar. Ele está cruzando o campo devagar e temos arqueiros à espera da ordem para atirar.

– E quem vai dar essa ordem? – indago, mas Spiros dá de ombros. – Vocês conseguem ver se o homem é astreano?

Spiros balança a cabeça.

– Para mim, parece kalovaxiano, embora eu suponha que possa ser de qualquer uma das terras do Norte. Pele pálida, cabelos louros.

– Se é do Norte, não pode ser um *berserker* – observo.

– Provavelmente não – concorda Spiros. – Mas, se chegar muito perto do acampamento e explodir, pode levar todos nós com ele. Ninguém quer correr esse risco.

Uma guerreira se volta para nós.

– Ele está gritando alguma coisa – diz ela. – Difícil entender o que é.

– Está perto o suficiente agora para distinguirmos seu rosto! – grita um terceiro guerreiro, segurando uma luneta junto a um dos olhos.

Dou um passo em sua direção, a mão estendida.

– Posso? – pergunto.

O guerreiro, outro da tripulação de Dragonsbane, desconfio, olha para Spiros, buscando permissão. Aparentemente ele dá, porque o guerreiro me passa a luneta, dando um passo para o lado de modo a abrir espaço para que eu possa ver. Levo a luneta ao olho.

Preciso de um momento para encontrar a figura solitária que se aproxima, e mais alguns instantes para ajustar o foco de modo que seu rosto se torne nítido. Com mãos trêmulas, abaixo a luneta e a devolvo ao guerreiro.

– Eu o conheço – digo. – Um dos mensageiros do kaiser.

Por que eu desperdiçaria tropas em uma missão quando um único mensageiro bastaria?

Foi apenas um sonho, torno a dizer a mim mesma, mas a dúvida me incomoda. Afasto o pensamento da mente e me volto para Spiros.

– Deixe-o se aproximar do portão e ouça o que ele tem a dizer. Depois me leve a mensagem. Vou reunir os outros líderes e decidiremos como proceder.

Spiros assente.

– Será feito.

– E, Spiros… – digo. – Ele não pode saber que estou viva. Se souber, vai contar à kaiserin e ela vai mandar todos os batalhões que tiver lá para me matar. Não estamos prontos para isso.

Ele pensa por um momento.

– Vou dar a ordem.

• • •

A tensão no antigo gabinete do comandante é palpável e pesa contra minha pele como se eu tivesse acabado de entrar em uma casa de banhos.

Dragonsbane já se encontra acomodada na cadeira de couro atrás da mesa e se inclina para trás com as botas sobre o tampo. Embora pareça perfeitamente à vontade, ela aperta as mãos com tanta força no colo que os nós dos dedos estão começando a ficar brancos.

Maile e Sandrin ocuparam as duas outras cadeiras. Sandrin me oferece seu lugar, mas eu recuso, balançando a cabeça. Já é bem difícil estar nessa sala. Duvido que consiga ficar sentada.

Eu me dirijo até onde Erik está parado, ao lado da janela, encostado na parede com os braços cruzados. No entanto, assim que me aproximo, ele se descola da parede e atravessa a sala. Parte de mim quer segui-lo, fazê-lo falar comigo, mas para quê? Não há nada de novo que eu possa dizer a ele. Resgatar Søren é impossível neste momento; assim que deixar de ser, vamos pôr um plano em ação. As palavras não soam reconfortantes nem para mim.

Ninguém fala enquanto esperamos por notícias. Um flagrante contraste com nosso último encontro. Naquela ocasião, todos falávamos, uns por cima dos outros, mas agora reina o silêncio. Não tenho certeza do que prefiro. O sino enfim parou de tocar e o acampamento está tão quieto que cada rajada de vento e canto de pássaro me faz pular.

Os kalovaxianos nunca nos deixariam ficar com a mina. Nós sabíamos disso. Cress sabia quando prometeu, assim como eu sabia quando aceitei. Não era isso realmente o que estávamos negociando; era a minha morte pela chance de o meu povo se recuperar o suficiente para lutar. Mas eu não estou morta e, como a maioria de nossas tropas já partiu, não chegamos nem perto de estar preparados para uma luta, então suponho que nenhuma de nós conseguiu o que queria.

No entanto, ela não sabe que estou viva. Não pode saber. Mesmo em meu sonho, ela pensava que eu era uma visão, enquanto eu pensava o mesmo dela. E agora, o que eu penso? Mesmo no silêncio da tenda, não consigo encontrar uma resposta. A ideia de que meu sonho com Cress tenha sido algo mais do que um sonho é ridícula demais para ser considerada.

E ainda assim... ela me disse que estava enviando um único mensageiro, e aqui estamos nós, com um único mensageiro em nossos portões.

Eu conheço Cress. Sei como ela pensa. É possível que eu soubesse que ela enviaria um mensageiro justamente porque a conheço. É uma explicação mais simples e mais cômoda, mas que pesa em meus ombros como uma mentira.

Expulsando o pensamento da minha mente, eu me obrigo a andar da maneira que posso, de um lado para outro no pequeno espaço. O sossego e o silêncio estão começando a me enlouquecer.

Dragonsbane me encara, a veia em sua testa latejando de leve.

– Você precisa fazer isso? – pergunta ela, cada palavra um punhal de gelo.

– Preciso – digo, não me dando ao trabalho de elaborar. Paro diante da mesa. – Você tem experiência em batalhas. Se tivesse que arriscar um palpite sobre o que está acontecendo, qual seria?

Dragonsbane suspira, cruzando um tornozelo sobre o outro.

– Eu não podia me dar ao luxo de palpitar. Não dávamos oportunidades de mensageiros se aproximarem no mar. Disparávamos até se entregarem... sem chances, sem conversa. Este tipo de batalha é... bem, não é exatamente o meu forte.

Parece ser doloroso para ela admitir isso.

Maile se inclina para a frente na cadeira.

– A explicação mais simples é que estão nos avisando de seu retorno, nos dando uma chance de fugir.

Balanço a cabeça.

– Não creio que os kalovaxianos desperdiçariam tempo com um aviso. Além disso, eles estão ficando sem braços para trabalhar nas minas. Deixar alguém sair deste acampamento sem estar acorrentado seria uma decisão tola, e os kalovaxianos não são tolos. Todos nós sabemos muito bem disso.

Os olhos de Maile disparam na direção de Erik e ficam ali, pesados e um tanto acusadores.

– O que você acha? – pergunta ela.

Erik olha para Maile, surpreso.

– Não sei mais do que você – diz ele.

Mas Maile não se deixa dissuadir. Ela se levanta da cadeira e anda na direção de Erik. Os pelos na minha nuca se arrepiam enquanto os observo, sem saber exatamente o que está se passando entre eles. Nada de bom, isso é certo.

– Acho difícil acreditar nisso – diz Maile. – Você é um deles, não é?

Cada músculo no corpo de Erik se retesa como uma corda de arco puxada. Seus olhos se estreitam e ele parece prestes a socar Maile, o que me preocupa. Abro a boca para falar, mas Erik me interrompe com o olhar antes de se voltar para Maile.

– Tenho sangue kalovaxiano, sim. Por força. Por violência. Mas não sou um deles, não mais do que você – diz ele, a voz tão baixa que tenho que me esforçar para ouvi-lo. – A única coisa que os kalovaxianos me deram foi habilidade com a espada e, se tornar a insinuar outra coisa além disso, ficarei feliz em mostrar essa habilidade para você.

Maile hesita, dando um passo para trás.

– Está me ameaçando? – indaga ela, sua voz aumentando em um crescendo trovejante.

Erik dá de ombros, mas não nega.

– Só se você for mesmo a idiota que até seus soldados dizem que é – retruca ele, cada palavra destilando ácido. – Você é?

– Já chega – interrompe Dragonsbane, tirando as pernas da mesa e plantando-as com firmeza no chão, como se estivesse pronta para se levantar a qualquer momento. – Vocês são dois idiotas se acham que é produtivo brigar entre si em vez de contra o inimigo que está literalmente em nossa porta.

O rosto de Maile fica vermelho e os maxilares permanecem cerrados. No entanto ela se afasta de Erik, retirando-se para o outro lado da sala.

– Não estou dizendo nada que as outras pessoas não estivessem pensando – murmura ela, alto o suficiente para que todos possam ouvir. – Ele pode ser um espião.

Erik ri.

– De todos neste acampamento, você acha que os kalovaxianos seriam burros a ponto de fazer de espião o único que compartilha seu sangue? Eles não chegaram aonde estão fazendo escolhas estúpidas. Eu teria mais cuidado com a possibilidade de os servos que transformamos em espiões nos traírem, ou com os membros da tripulação de Dragonsbane que vêm de Elcourt, ou mesmo com a imprudente e *idiota* filha caçula de um chefe que a considera inútil.

Maile se lança para cima de Erik, mas Dragonsbane está esperando por isso. Em um instante, ela se levanta e, por cima da mesa, com um movimento ágil, empurra Maile para uma cadeira. Maile deve ter o dobro do tamanho de Dragonsbane, mas a facilidade com que a pirata conseguiu fazer aquilo é tão grande que, no fim, ela parece apenas irritada. Maile fica tão surpresa quanto o restante de nós, mas Dragonsbane não se digna a lhe dirigir outro olhar; em vez disso, voltando-se para um Erik de olhos arregalados, diz:

– E ficarei *grata* se você não insultar minha tripulação, mesmo que seja apenas hipoteticamente. Eu confio nos meus homens do mesmo jeito que você confia nos seus.

Erik está mudo, mas consegue assentir.

– Ninguém nesta sala é espião – declaro, a voz tremendo. – No segundo em que nos voltarmos uns contra os outros, os kalovaxianos vencem.

Assim que digo isso, as palavras de Cress no sonho retornam à minha mente, empoçando como óleo na boca do meu estômago.

Você fez uma colcha de retalhos de guerreiros de diferentes países com diferentes crenças, diferentes objetivos... Basta um fio ser cortado para que a coisa toda se desmanche.

– Vossa Majestade? – chama Sandrin, a voz surpreendentemente gentil em meio a tanta raiva e gritos. – Está tudo bem?

Pisco e volto minha atenção para ele, forçando um sorriso.

– Tudo – digo, esperando soar mais equilibrada do que me sinto. – Só quero descobrir logo o que está acontecendo para que possamos sair desta maldita sala.

Eu quase acredito em mim mesma, afinal não se trata de uma mentira, exatamente. Mas ninguém vê a camada de pânico, mais profunda, me corroendo. Ninguém ouve as palavras de Cress ecoando em minha mente, sem parar, até eu temer que elas me enlouqueçam.

Porque seria muito fácil essa aliança se desfazer; não só por causa de Erik e Maile. Os laços que nos unem são frágeis. E sem eles não seríamos capazes de sustentar qualquer tipo de resistência contra os kalovaxianos.

DESMANTELO

—————◆—————

UMA ETERNIDADE SE PASSA ANTES QUE a porta se abra e Heron entre, sem fôlego por causa da corrida. Em um instante todos nós estamos de pé e meu coração ribomba tão alto que receio que todos na sala possam ouvi-lo.

– Era uma armadilha? – pergunto, dando um passo à frente e agarrando a borda da mesa com força.

Heron balança a cabeça, sem ar e sem conseguir falar. Depois de pensar por um segundo, porém, ele hesita e assente.

– Em certo sentido – consegue falar. – Todo mundo está bem. Era mesmo um único mensageiro… e a mensagem.

– Era sobre Søren? – indaga Erik, a voz falhando. – Ele está bem?

O olhar de Heron pousa em Erik.

– Ele não falou nada sobre Søren – diz Heron. – Sinto muito.

– O que foi que ele disse? – pergunta Dragonsbane.

Heron respira fundo, tentando se acalmar.

– Ele trouxe uma oferta de trégua muito… atraente da parte da kaiserin. Concedendo liberdade, terra e navios.

– Não cabe a ela conceder a nossa liberdade – digo.

– Não – ecoa Maile. – Mas, assim mesmo, é uma oferta muito tentadora, sem mais derramamento de sangue. Seríamos tolos se não a considerássemos.

Sandrin pigarreia. Ele está sentado tão quieto no canto que é fácil esquecer que está ali, mas agora ele chama a atenção da sala à maneira que uma chama atrai mariposas.

– Deve haver um senão em uma oferta assim – pondera ele, a voz inalterada e baixa. – Qual era?

– A oferta de paz só é boa para um país. Um grupo nosso – afirma Heron. – Os detalhes que o mensageiro apresentou eram claros, chegando ao ponto de definir a frota de Dragonsbane como um país próprio.

Uma gargalhada escapa da minha garganta, histérica, estridente e um tanto desumana. Cubro a boca com a mão, mas isso não é suficiente para abafar o som e, uma vez que começo, não consigo parar. É a risada de uma louca, e é assim que todos me olham, como se eu tivesse enlouquecido. Talvez tenha mesmo. De que outra forma eu poderia ter sonhado que Cress faria algo assim?

É assim que ela corta o fio, removendo um país de nossa aliança e deixando o restante desmoronar sem ele. Heron estava certo: é uma armadilha, na qual foi colocada uma isca muito sedutora.

– Theo – chama Erik. Ele parece ter esquecido que está aborrecido comigo, vindo até mim e pousando a mão no meu ombro. – Você está bem?

– Ela finalmente surtou – diz Maile. – Eu sabia que aquela mina tinha feito alguma coisa com ela.

– Talvez. Por que não jogamos você lá embaixo e vemos como se sai? – replica Dragonsbane, fazendo Maile se calar.

– Parem – consigo dizer, me endireitando. – É isso que os kalovaxianos querem... nos dividir. É por isso que estão fazendo essa oferta. É brilhante, mas não podemos deixar que funcione. Venceremos juntos ou não venceremos.

– Belas palavras – retruca Sandrin, com um suspiro profundo. – No entanto, belas palavras não vencem batalhas. Tampouco lealdade. Os kalovaxianos vencem porque são implacáveis, porque não têm lealdade alguma. É deplorável, sim, mas eles estão vivos e prosperando, ao passo que as pessoas sob os meus cuidados não estão nem uma coisa nem outra.

– Você não pode estar considerando de verdade essa oferta – diz Dragonsbane, chocada.

– Estou – responde ele. – E você também deveria. É uma boa oferta.

– Para um de nós – intervenho. – Para uma minúscula parte do nosso exército. E quanto aos outros? Você fugiria e abandonaria o restante?

Sandrin não tem resposta para essas perguntas. Ele se limita a cerrar o maxilar, os olhos fixos em um ponto distante. Meu estômago se contrai. Se Sandrin for embora, levará os refugiados com ele. Alguns talvez fiquem comigo, mas a maior parte dos refugiados sta'criveranos me seguiu porque ele os encorajou. E agora o seguiriam. Temos ainda os refugiados de outros acampamentos. Se metade deles o seguisse, sentiríamos essa perda fortemente.

Heron pigarreia.

– Não é só abandonar – diz ele. – O grupo que aceitar a oferta de paz se tornará aliado de Kalovaxia, lutando ao lado deles nesta guerra. Quem quer que aceite a oferta não deixará a guerra para trás... simplesmente trocará de lado.

Uma palavra capta minha atenção e, apesar de tudo, um sorriso se abre em meu rosto.

– *Guerra* – digo. – Foi esta palavra que o mensageiro usou?

Heron parece perplexo, mas assente.

– Exatamente essa, sim.

Dou outra gargalhada, mas desta vez ela não parece ensandecida.

– Talvez você tenha mesmo surtado – diz Erik.

Balanço a cabeça.

– Os kalovaxianos não fazem guerras – afirmo. – Eles fazem cercos. Eles têm escaramuças. Lutam batalhas. Se estão se referindo a esta como uma guerra, significa que acreditam que somos uma ameaça real. Significa que nos veem como algo a temer.

– Belas palavras – repete Sandrin, balançando a cabeça. – Mas você pode prometer que venceremos se ficarmos com você?

Quero fazer isso, mas as palavras ficam presas na minha garganta. Por mais que eu queira fazer essa promessa, não posso. Eu espero que vençamos. Acredito que podemos, se lutarmos com sabedoria. Mas não sei o que o futuro nos reserva e entendo a incerteza de Sandrin. Dezenas de milhares de pessoas dependem dele; ele precisa fazer o certo para elas. E eu também.

– Os kalovaxianos não estão oferecendo liberdade – digo. – Estão oferecendo a troca das suas correntes por uma correia, querem vocês como seus cães de ataque. Se acredita que eles vão cumprir a promessa e dar a vocês ao menos isso, não aprendeu nada com as ações passadas deles.

Sandrin desvia o olhar, mas Maile o sustenta, me encarando, e seus olhos se estreitam.

– Você acha que conhece os kalovaxianos melhor porque os viu de perto. Todos sabemos do que eles são capazes – afirma ela. – Mas talvez fosse melhor... mais seguro, pelo menos... ficar ao lado deles desta vez.

Penso nessas palavras por um momento.

– Havia na corte um homem... Ion. Antes de os kalovaxianos tomarem

Astrea, ele era um Guardião, uma das pessoas que juraram usar sua magia para proteger Astrea e minha mãe. Os kalovaxianos ofereceram a ele um acordo semelhante: morrer ou usar sua magia para ajudar o kaiser. Tenho certeza de que esse acordo foi oferecido a todos os Guardiões, embora ele tenha sido o único que aceitou. Estou certa de que ele pensou o mesmo que você está pensando agora: que os kalovaxianos o tratariam como igual, que ele estaria em segurança. E é verdade que, até onde eu sei, Ion ainda está vivo e é mantido na corte. Mas não é um homem livre, e certamente também não é feliz.

Maile se vê sem palavras.

– Então não aceitamos esse acordo – declara Dragonsbane, a voz firme. – Todos concordamos?

– Sim – diz Maile, seguida em uma fração de segundo por Sandrin.

Erik, porém, não diz nada, sua expressão impenetrável por um momento. Com resignação, ele se vira para Heron, e é somente nesse momento que ele hesita, e posso vê-lo se abrandar por um instante. Posso vê-lo vacilar. Mas não é suficiente. Sua decisão já está tomada.

– Me levem ao mensageiro – pede ele, sentindo o peso de cada palavra. – Vou aceitar a oferta da kaiserin.

– Erik – digo, o nome saindo dolorosamente de minha garganta. – Você não pode.

– Eu preciso – afirma ele, impassível, evitando meu olhar de súplica. – Eu vivi com os kalovaxianos exatamente como você disse, visto como menos do que humano, mas não um escravo. E sobrevivi. Não foi tão ruim… com certeza preferível à morte.

– Você não está falando sério – insisto. – Sei que está chateado, mas…

– Mas nada – ele me interrompe, as palavras de repente ásperas e violentas, como um vendaval. – Sabe o que aconteceu desde que comecei a confiar em você, Theo? Perdi minha mãe, perdi meu irmão e me vi sobrecarregado com a responsabilidade por centenas de pessoas.

– Você trairia a todos porque está com raiva de mim?

Um canto de sua boca se ergue em um sorriso sarcástico.

– Seu ego está ficando evidente, Theo. Não se trata de você aqui. Além disso, estou levando poucas centenas de homens. Não é o suficiente para prejudicar vocês.

– Espera que eu lhe agradeça por isso? – pergunto, a voz falhando.

– Talvez devesse – responde Erik antes de hesitar. – Quando eu vir Søren, vou dizer que você mandou lembranças.

Ele se encaminha para a saída e eu tento segui-lo. Quero gritar com ele, convencê-lo a ficar, mas, antes que eu consiga dar mais do que uns poucos passos, Maile põe a mão no meu ombro e me detém.

– Deixe que ele vá – aconselha ela, a voz rouca. – Ele tem sangue de traidor... e isso ia acabar levando a melhor no final. É bom que vá agora, antes que possa nos trair de fato.

– E ele tem razão – acrescenta Dragonsbane. – Ainda podemos resistir sem ele. Os gorakianos são os menos numerosos entre nós.

Heron parece nauseado quando Erik passa por ele e deixa a sala. Seus olhos encontram os meus, desesperados e feridos, fazendo meu estômago se contorcer. Ele já perdeu tantas pessoas e estava apenas começando a permitir que Erik entrasse em sua vida. Isso pode destruí-lo.

– Heron – começo, mas ele balança a cabeça.

Todas as suas emoções se fecham por trás dos olhos cor de avelã.

– Vou levar Erik ao mensageiro para negociar os termos. O restante de vocês deveria ir acalmar suas facções para evitar uma revolta. Theo, fique aqui para que o mensageiro não veja você.

. . .

Somente quando os outros saem para acalmar e tranquilizar seu povo é que eu me permito desmoronar. Desabo na cadeira da escrivaninha que Dragonsbane abandonou, a frustração me inundando até que só me resta deixá-la escapar nas lágrimas que correm quentes pelo meu rosto.

Eu deveria ter imaginado que Erik iria embora; os deuses sabem que eu o forcei a isso.

Se eu tivesse ficado do lado dele contra Maile... Se tivesse elaborado um plano para salvar Søren, mesmo às custas de todo o resto... Se eu não tivesse deixado Hoa morrer... Mas eu não poderia fazer nada disso. Eu falhei com ele em todas as ocasiões, e agora o perdi.

Assim como Cress sabia que eu perderia alguém com esse seu plano, exatamente como me disse no sonho. Será que foi mesmo só um sonho?

Eu não entendo. Não consigo sequer imaginar a causa disso, se foi o veneno, a mina ou algo mais antigo e mais profundamente enterrado que despertou, mas a Cress em meus sonhos era de fato a Cress. Não uma invenção da minha imaginação, mas a própria consciência dela.

Esse mero pensamento me dá náuseas. Eu não a quero em minha mente e, sem dúvida, não quero estar na dela. Não quero compartilhar absolutamente nada com ela.

Mas se eu puder aproveitar..., sussurra uma voz em minha cabeça, parecendo vagamente com a do kaiser.

E eu posso aproveitar, percebo com um sobressalto. Cress acredita que estou morta. Ela acha que a Theo em seus sonhos é apenas fruto de sua imaginação, o fantasma de uma garota e nada mais. Porém, eu sei que não é assim e isso pode ser uma vantagem, se eu conseguir descobrir como usá-la.

É uma vantagem aterrorizante, que ainda não consigo compreender, mas nesta guerra vou aproveitar todas as vantagens que puder.

ESPIÃO

———◆———

Heron, Artemisia e Blaise vêm me buscar depois que o mensageiro parte com Erik e os gorakianos. Embora a presença de Blaise ainda traga certo clima de constrangimento, não posso negar que é bom estarmos os quatro reunidos novamente, mesmo quando a deserção dos gorakianos paira sobre nós como um cobertor de lã em pleno verão.

– Eu sinto muito – digo, principalmente para Heron, que não me olha.

Em vez disso, ele se senta em uma das cadeiras diante da mesa do comandante, os olhos voltados para baixo, e dá de ombros.

– Ele estava certo… Podemos superar a perda dos gorakianos com mais facilidade do que a de qualquer outra facção. É um golpe pequeno em nossas fileiras. É superável.

– Eu sei – concordo. – Mas nossas tropas vão sentir o peso da traição. E eu lamento termos perdido Erik.

O peso de quanto vou sentir falta de Erik me atinge em cheio no peito. É fácil analisar a situação em termos práticos, ver a deserção dos gorakianos como uma equação matemática e nada mais. No entanto, não é assim tão simples. Sim, podemos sobreviver sem eles, mas liderar a luta sem Erik ao meu lado, com seus comentários espirituosos e surpreendentes surtos de sabedoria… isso vai me fazer muito mais falta do que o número de guerreiros que o seguiu.

Heron balança a cabeça, me olhando com as sobrancelhas erguidas.

– Você não entendeu, não é?

Ele leva a mão ao bolso e tira uma grande pepita de ouro… a que Erik lhe deu quando seguiram caminhos separados em Sta'Crivero. O *molo varu*.

As peças se encaixam em minha mente. Não o quadro completo, ainda não, mas o suficiente.

– Foi um truque – digo. – Erik não nos traiu de verdade.

O sorriso de Heron é triste.

– Essa verdade não pode sair daqui. Só nós quatro sabemos – pede ele, olhando para Artemisia e Blaise e de volta para mim.

Blaise balança a cabeça.

– Erik acha que temos espiões entre nós?

– É claro que temos espiões aqui – afirma Artemisia, bufando. – As únicas dúvidas de fato são: quantos eles são e para quem trabalham. Tenho alguns suspeitos… alguns para a kaiserin, alguns até mesmo para o rei Etristo.

Blaise arregala os olhos.

– Por que ainda não os detivemos? – pergunta ele.

É novidade para mim também, mas entendo de imediato.

– Porque é melhor alimentá-los com informações falsas do que cortar totalmente o fluxo delas. Interceptar mensagens, substituí-las se necessário. Deixe que acreditem que somos negligentes. Deixe que nos subestimem. É melhor ficar de olho neles do que executá-los.

Art assente.

– Por ora, pelo menos – acrescenta ela.

– Estamos indo para a mina da Água para interromper uma reunião entre Cress e Avaric – digo. – Como você propõe que ocultemos isso dos espiões?

– Manterei meus suspeitos sob vigilância estrita, além de um grupo de guardas preparado. Eles vão abater qualquer possível pássaro mensageiro que virem e não vão deixar ninguém passar. E nenhuma pessoa pode saber nada sobre essa estratégia até que estejamos em campo. Todas as reuniões devem ser entre você e os outros líderes e um punhado de pessoas nas quais vocês confiariam suas vidas. É isso.

Faço um gesto afirmativo com a cabeça.

– Mas Heron está certo: não devemos contar sobre Erik nem mesmo aos outros líderes – digo, pensando na reação de Maile a ele.

Não acho que seja uma espiã, porém não tenho certeza do que ela faria com a informação, e isso é suficiente para que eu não a confie a ela.

Heron concorda.

– Ele não teve tempo de me contar muito sem levantar suspeitas por parte do mensageiro, mas disse que nos passaria informações com isso. – Ele inclina a cabeça em direção ao *molo varu*. – Os gorakianos vão ficar na periferia da capital, no entanto Erik estará dentro do palácio: ao mesmo tempo aliado e refém. Ele vai fazer o jogo que a kaiserin quiser que ele faça e vai tentar libertar Søren antes de escapar. Mas você e Blaise conhecem as passagens do palácio melhor do que ele, então, quando chegar a hora...

Olho para Blaise antes de assentir.

– Vamos encontrar a melhor passagem, assim que soubermos onde Cress está mantendo Søren.

Artemisia se reclina na cadeira, cruzando as mãos no colo.

– Então temos nossos próprios espiões. Os novos criados do theyn e Erik. É um começo, desde que não sejam apanhados. Não imagino que essa nova kaiserin seja mais misericordiosa com espiões do que o kaiser.

– Não será – digo, antes de morder o lábio. – E acho que temos outro espião, por mais bizarro que isso vá soar, embora seja um espião que Cress não vai conseguir capturar.

Artemisia se inclina para a frente.

– Quem? Pensei que eu tivesse contabilizado toda a nossa gente.

Respiro fundo.

– Eu – respondo antes de contar a eles sobre meu sonho da noite anterior.

Quando termino, os três se limitam a me olhar, contudo posso ver seus pensamentos estampados em seus rostos.

– Sei que parece que sim, mas eu não enlouqueci – afirmo.

– É claro que não – diz Artemisia sem demora, olhando para os outros dois com as sobrancelhas levantadas. – Mas... bem... todos nós sabemos melhor do que ninguém o que o tempo que você passou na mina pode fazer com uma pessoa. É perfeitamente compreensível que você possa estar começando a... delirar.

– Não estou delirando – insisto. – Que outra explicação você poderia dar a isso?

Blaise dá de ombros.

– Clareza da visão posterior – diz ele. – Você sonhou que ela disse algumas frases vagas, só que, ao pensar nelas à luz do que sabe agora, elas ganham outras cores.

– Não é isso – insisto, impaciente. – Não sei explicar, mas eu senti a presença dela. Senti seu hálito. O peso de sua presença na minha mente... não era nada efêmero. Era pesado, sólido, *real*.

– Essa foi a sensação que você teve – pondera Artemisia, a voz surpreendentemente gentil. – Mas isso é loucura, Theo.

Heron é o único que não diz nada, embora sua expressão esteja tensa.

– No que você está pensando, Heron? – pergunto a ele.

Ele desperta de seus pensamentos em um sobressalto e balança a cabeça.

– Não sei – admite. – Parece mesmo loucura, mas já ouvi coisas mais loucas. Você nos conta se acontecer de novo?

Faço que sim.

– Já chega de guardar segredos de vocês três – digo. – Isso não me fez bem nenhum. *Yana crebesti*. Eu confio em vocês.

Só quando tenho que forçar as palavras a sair é que percebo como é difícil dizê-las. Sobrevivi muito tempo por não confiar em ninguém. Foi uma lição que aprendi por necessidade, e não estaria viva hoje se não a tivesse aprendido, mas agora não acho que posso chegar ao fim desta guerra sem confiar. Não há nada que eu não confiaria a Artemisia, a Heron e a Blaise; nem minha vida, nem o futuro de Astrea, se for o caso.

Os três trocam olhares antes de assentir.

– *Yana crebesti* – repetem eles.

• • •

Artemisia permanece na sala depois que Blaise e Heron saem, a expressão pensativa, porém distante, de modo que não consigo adivinhar o que está passando por sua mente. Quando estamos sozinhas, ela olha para mim, os lábios franzidos.

– A kaiserin.

Espero que ela continue, mas, após um momento, fica claro que Art não tem mais nada a acrescentar.

– O que tem ela? – pergunto.

– Você continua a se referir a ela como "Cress". Precisa parar com isso. Ela é a kaiserin agora. Qualquer coisa mais familiar faz parecer que você a vê como uma pessoa… uma amiga… em vez de como o inimigo, e você não pode se dar a esse luxo.

Engulo em seco. Eu nem mesmo tinha me dado conta de que estava fazendo isso. Na minha mente, a kaiserin será sempre a mãe de Søren, com seus olhos tristes e espírito alquebrado, e Cress será sempre apenas Cress, ambiciosa e astuta, mas não perigosa, não capaz de todo o mal que causou.

Artemisia tem razão: preciso parar, mas não sei como.

– Vou tentar – prometo.

– Ela não é sua amiga. Não é sua irmã de coração ou o que mais vocês duas costumavam dizer. Ela é a garota que tentou matar você e por muito pouco não conseguiu. É a garota que ocupa o trono da sua mãe e mantém seu povo acorrentado.

– Eu sei disso – digo, com a sensação de que cada palavra pesa uma tonelada. – Alguns hábitos são difíceis de abandonar. Às vezes, é mais fácil falar do que fazer.

– Eu não falei que ia ser fácil – replicou ela. – Mas que você precisava achar uma forma de fazer isso.

Assinto, apertando os lábios.

– Você acredita em mim? – pergunto a ela. – Que, de alguma forma, nossas mentes criaram uma ponte?

Artemisia não diz nada por um momento.

– Acredito que você acredita nisso – responde ela com cuidado. – E acredito que vi coisas estranhas acontecerem na mina. Mas compartilhar sonhos? Nunca ouvi nada parecido.

Um pensamento me ocorre.

– O veneno que ela me deu – digo. – Será que veio da mina do Fogo?

Ela pisca, a compreensão chegando devagar.

– Suponho que sim. O encatrio vem. Ela disse outra coisa?

Dou de ombros.

– Ela disse que descobriu a receita torturando astreanos que a conheciam.

Artemisia inclina a cabeça para um lado.

– Receita – repete a palavra. – Não existe receita. É água da mina do Fogo... nada mais. Você acha que o veneno que ela deu a você era outra coisa?

– Não sei. Mas, se ela conseguiu o veneno na mina, os escravos que estavam trabalhando lá embaixo teriam que saber. Podemos perguntar a eles.

Artemisia assente, franzindo os lábios.

– Eu ainda não acredito em você – afirma. – Mas, teoricamente, se vocês estão compartilhando sonhos, isso significa que ela pode ver dentro da sua mente da mesma forma que você pode ver dentro da dela.

– Eu sei – replico, o pensamento percorrendo minha pele como as pernas de mil aranhas. – Mas ela acha que estou morta. Desde que continue a pensar assim, não vai ter razão para achar que os sonhos são mais do que simples sonhos.

Art reflete por um momento antes de balançar a cabeça.

– Tudo isso é ridículo – afirma. – Nem acredito que estou agindo como se não fosse.

– Eu sei. Nem mesmo eu tenho certeza de que acredito nisso de verdade. E é por isso que precisamos de respostas.

SEMENTE

❖

ÀS VEZES, O TEMPO QUE PASSEI na mina se filtra como a luz do sol pela cortina de uma janela, difusa, sem nitidez e incompleta. Outras vezes, porém, a cortina se movimenta e a luz jorra no quarto, brutal e ofuscante. Eu me lembro da escuridão; de sentir frio. Eu me lembro da minha mãe.

A lembrança dói, abrindo caminho em minha mente como um punhal na carne. Ao contrário de um punhal, no entanto, é impossível arrancá-la.

Ela cuidava do jardim cinzento, embora nada mais crescesse ali.

Lembro-me de tentar dizer isso a ela, explicar que o kaiser havia queimado tudo, que a terra é praticamente só cinzas e nem mesmo ervas daninhas conseguem abrir caminho à força pelo solo seco. No entanto, ela não ouvia. Continuava a cavar com as mãos, colocando sementes bem fundo no solo antes de aconchegá-las sob um manto de pó.

Mesmo na mina, eu sabia que minha mãe estava morta, embora às vezes, assim que eu a via pelo canto do olho, eu esquecesse por um mero segundo. A mulher à minha frente com as mãos sujas de terra não era minha mãe – na verdade, não era nem mesmo uma mulher. Era um produto da mina, um produto da minha mente ou talvez uma combinação das duas coisas. Ela não era real. Eu sabia disso, mas não me importava.

Em vez disso, eu me abaixei ao lado dela e também enfiei as mãos na terra, sentindo-a se abrir sob minhas unhas. Então pressionava as sementes nas reentrâncias da terra, exatamente como minha mãe havia me ensinado.

Ela me observava, os olhos avaliando, e, quando sorria, era tão caloroso que eu não sentia falta do sol.

– Nada vai crescer aqui – expliquei a ela mais uma vez. – O kaiser cuidou para que fosse assim.

– Basta uma única semente, meu amor – respondeu-me ela. – Um broto

para abrir caminho pela terra, para cravar suas raízes bem fundo e expandir. Se eu tiver que plantar um milhão de sementes para encontrar essa única, é exatamente isso que vou fazer.

O tempo tornou-se líquido, escorrendo entre meus dedos sempre que eu tentava dar conta dele, mas minha mãe nunca saiu do meu lado nem eu saí do dela. Nós nos ajoelhamos juntas no solo do seu jardim de cinzas, cavando e plantando sementes. O pó engoliu minha pele, sufocou a cor do meu vestido – era vermelho antes? Eu não conseguia me lembrar. Meu estômago era corroído pela fome e minha garganta estava tão seca que doía falar. No entanto, eu não podia me queixar, pois minha mãe estava comigo mais uma vez e não havia nada mais que eu quisesse.

Mergulhei a mão em um trecho intocado no solo, só que, dessa vez, quando tirei um torrão de terra, um soluço abafado subiu e se apossou de mim. Era a mais pura angústia, alcançando meu peito e torcendo meu coração. Eu me lembro de ter ficado imobilizada com aquele som.

Minha mãe começou a cantar.

> *"Conheci uma garota de cabelos pretos reluzentes,*
> *Com olhos que brilhavam como estrelas do poente,*
> *Levava a lua numa corda amarrada em seu pulso,*
> *E sua magia passava a quem beijava num impulso."*

Desviei os olhos do solo e a vi me observando.

Havia algo que eu precisava fazer, um lugar onde eu precisava estar, mas isso me escapava entre os dedos também.

> *"A cada alma beijada, a lua minguava,*
> *E a magia da garota aos poucos se esgotava*
> *Até que nada, além de ossos e pele, restou.*
> *A garota não existia mais, seu tempo passou."*

Alguma coisa despertou em minha memória, forçando passagem pelo alvoroço da minha mente. Algo estava errado. Fazia anos que minha mãe cantara essa canção para mim, mas não era assim que terminava. A magia da garota esgotava à medida que a lua minguava, disso eu me lembrava, mas o final não era tão macabro.

– *Até que nada, além de ossos e pele, restou* – cantei, a voz rouca e seca. – E mais uma vez o mundo recomeçou.

Tornei a olhar para a terra diante de mim e recomecei a cavar. Cada punhado de terra desenterrava um novo soluço, um uivo, um grito. Cada um deles retorcia meu estômago e cravava suas unhas em meu coração. Minhas mãos tremiam, mas eu me forcei a continuar cavando, para encontrar a fonte de toda aquela dor.

– Meu amor – disse mamãe, esforçando-se para se fazer ouvir acima da cacofonia. – Pare com isso agora.

Eu me detive, mas não conseguia olhar para ela. Eu sabia que, se olhasse, ia vacilar.

– Eles precisam de mim – falei para ela.

Não sei como lembrei subitamente que havia pessoas que precisavam de mim, mas eu sentia essa certeza nos ossos.

– Você precisa de mim – contrapôs ela, a voz falhando. – Fique comigo e eu vou manter você em segurança.

Ergui os olhos para ela então, e a visão me deixou sem ar. O corte em sua garganta tinha se tornado maior, só que não havia mais sangue, o que deixava ali um buraco negro, sem nada. Seus olhos brilhantes estavam opacos e fundos, a pele parecia papel velho mergulhado na água e deixado para secar no sol.

Para mantê-la em segurança enquanto o mundo se acaba, *uma voz dentro de mim sussurrou. Para mantê-la em segurança enquanto aqueles que você ama morrem.*

– Eles precisam de mim – repeti para mamãe, mas dessa vez foi mais difícil dizer as palavras. – Eles estão me chamando. Você não está ouvindo?

– Fique comigo, meu amor. Fique em segurança e nunca deseje o amor. Fique comigo e nunca queira mais nada.

Cavei mais até meus dedos encontrarem apenas o ar. Tornei a olhar para mamãe, que me observava de olhos arregalados e expressão solene.

– Eu te amo, mãe – respondi, engolindo as lágrimas. – E espero não ver você de novo por muito, muito tempo.

E então me lancei para a frente, no buraco que havia cavado, e despenquei em um imenso vazio.

TEORIA

———— ◆ ————

SOMOS OBRIGADOS A ADIAR NOSSA PARTIDA por algumas horas. É improvável que o mensageiro viaje completamente sozinho – se eu fosse Cress, teria enviado espiões com ele, para monitorar nossos movimentos. E, de fato, quando mandamos batedores até as montanhas, eles contam vinte homens nos observando. São mortos na mesma hora – não temos comida para desperdiçar com reféns. A ordem é dada por Maile, porém não consigo protestar com veemência.

Quando nos preparamos para partir à tarde, Artemisia me encontra em minha tenda, a expressão cautelosa de sempre, mas com um vago vestígio de curiosidade no canto da boca. Ergo os olhos do mapa surrado aberto no chão, a única coisa que ainda não foi embalada.

– Notícias de Heron? – pergunto.

Ela balança a cabeça.

– Quando o vi hoje de manhã, ele segurava com tanta força aquela pepita de ouro que achei que fosse quebrar. – Ela hesita, olhando por cima do ombro a aba fechada da tenda, onde uma figura espera, delineada em sombra. – Mas eu encontrei uma coisa… ou melhor, uma pessoa. Uma mulher que estava nas minas quando a kaiserin veio há mais ou menos um mês.

Minhas costas se enrijecem.

– Cress veio aqui?

– A kaiserin – corrige ela, sem muita gentileza. – E sim. A história oficial foi que ela estava assumindo a responsabilidade do pai de inspecionar as minas até que um novo theyn fosse escolhido.

– E a não oficial?

– Ela fez muitas perguntas. Sobre a mina, e especificamente sobre as nascentes dentro dela.

As palavras não me surpreendem, eu já suspeitava disso, no entanto a ideia ainda escorre pela minha espinha como se fosse água fria.

– Então ela sabia sobre as nascentes – comento. – Deve ter sido depois de ter torturado alguém para contar o que era o encatrio.

– Sim, mas aí é que está a questão. Nenhum dos escravos, nenhum dos guardas, ninguém que trabalha na mina desde o cerco, sabia das nascentes. Ninguém as viu.

Cruzo até o outro lado da tenda, recostando-me em um dos suportes e cruzando os braços.

– Isso não faz sentido – digo. – Eu ouvi as nascentes assim que entrei na mina, mesmo antes de perder a memória. E acho que vi uma delas, embora não tenha certeza. E você... A pessoa com quem você conseguiu o encatrio deve ter obtido isso em uma mina.

– A pessoa com quem consegui o veneno não foi a mesma que engarrafou o líquido, e duvido que soubesse quem fez isso ou há quanto tempo. Pode ter sido algum tempo antes do cerco – explica Artemisia, balançando a cabeça. – E eu não sei o que você ouviu ou viu, mas todos os ex-escravos com quem falei disseram a mesma coisa: nunca viram uma nascente, por mais que tenham adentrado na mina. A princípio, achei que talvez eles não tivessem contado à kaiserin para manter as nascentes ocultas, porém todos me disseram a mesma coisa várias vezes, e tenho a sensação de que estavam falando a verdade.

– Mas você trouxe alguém – digo, olhando para a sombra da pessoa do outro lado da tenda. – O que eles sabem?

– Aparentemente, a kaiserin não estava disposta a ir embora de mãos abanando depois de todo esse trabalho. Então ela começou a perguntar sobre outras formas de criar um veneno de fogo, algo que tivesse os mesmos efeitos que o encatrio.

– E essa mulher a ajudou? – pergunto.

Art balança a cabeça.

– Não, mas conhece alguém que ajudou, e mais importante: ela sabe o que essa pessoa disse.

...

À primeira vista, a mulher que Artemisia traz à minha tenda parece estar próxima dos 40 anos, a pele envelhecida, uma figura frágil, cabelos negros entremeados por outros grisalhos. Seus olhos são pesados e cautelosos; ela trabalhou mais de uma década nas minas, então tenho certeza de que testemunhou horrores que eu posso somente imaginar. Quando lhe ofereço uma cadeira, ela aceita, mas senta-se bem na borda, as mãos unidas apertadas no colo. Somente então, quando a observo de verdade, me dou conta de que ela não pode ter a idade que pensei a princípio; eu ficaria surpresa se tivesse mais do que 25 anos.

– Obrigada por falar comigo – digo a ela. – Qual o seu nome?

– Straya – responde a mulher, me olhando com grandes olhos verde-escuros que se desviam assim que encontram os meus.

– Straya – repito e olho hesitante para onde Artemisia se encontra, de pé atrás dela, bloqueando a entrada da tenda para se certificar de que não seremos interrompidas. – Eu soube que a kaiserin fez uma visita à mina para obter informações.

– Ninguém queria dizer nada a ela, Vossa Majestade – afirma Straya, a voz trêmula. – Quando ela chegou ao acampamento, estava com o cabelo preso sob um lenço de seda que se enrolava em seu pescoço. Embora o tempo estivesse quente, ela usava um casaco que a cobria do pescoço até os pés. Tudo que podíamos ver dela era o rosto. A boca estava pintada de vermelho, mas dava para ver que, sob a pintura, alguma coisa não estava certa... Os lábios estavam descamando e eram negros.

Lembro-me da aparência de Cress na última vez que a vi: lábios negros, pescoço carbonizado, cabelos brancos. Ela não fez qualquer tentativa de esconder os efeitos do encatrio; exibia as deformações com orgulho. Mas, ao que parecia, não era sempre assim.

– Você percebeu o que tinha acontecido com ela? – pergunto.

Os olhos de Straya encontram os meus e dessa vez sustentam o meu olhar. Ela engole em seco e morde o lábio.

– Havia boatos – começa ela, devagar. – Alguns de nós ouvimos os guardas dizerem que Vossa Majestade a tinha envenenado. Na noite em que ela chegou, retornei à caserna e a garota que dormia acima de mim, Nadia, disse que devia ter sido encatrio. Ela falou que, quando uma pessoa sobrevive a esse tipo de veneno, ele a modifica, por fora e por dentro.

Sento-me um pouco mais ereta.

– Como Nadia podia saber tanto sobre esse assunto?

– O pai dela era um sacerdote do fogo antes do cerco. Nadia sabia muito sobre as minas, coisas que o restante de nós não sabia. Dizia que teria escapado se tivesse algum lugar para onde ir depois, mas pensava que, mesmo se conseguisse sair do acampamento, acabaria perambulando até morrer de fome, sem falar na execução que teria se fosse apanhada. Eu conheci muitas pessoas que teriam preferido a morte às correntes, mas Nadia não era uma delas. Ela pretendia viver tempo bastante para ver os kalovaxianos destruídos.

A náusea toma conta de mim. Não me passa despercebido o fato de Straya estar usando o tempo passado para falar de Nadia, e eu não preciso adivinhar que ela não viveu o bastante para ver suas correntes rompidas.

– Os guardas sabiam sobre Nadia. Eles sabiam que ela compreendia as minas melhor do que ninguém. Por isso a levaram até a kaiserin e a interrogaram. Nunca mais a vi depois disso.

– Então como você sabe o que ela falou à kaiserin?

– Porque ela me contou o que sabia, assim que a kaiserin chegou e nós vimos o que o veneno tinha feito com ela. Nadia disse que as nascentes na mina eram fugidias, que elas se moviam e às vezes desapareciam por completo, mas que as nascentes não importavam, porque, enquanto a kaiserin vivesse, o veneno estava em seu sangue.

O veneno estava no sangue dela.

A sala gira à minha volta e eu tenho que lutar para me manter ereta. Uma nova peça do quebra-cabeça se encaixa no lugar com um clique nauseabundo que sinto em meus ossos.

– E você tem certeza de que ela contou isso à kaiserin? – pergunto, mal confiando em mim para falar.

Straya hesita.

– Não posso afirmar com certeza. Imagino que as únicas pessoas que poderiam confirmar isso são a kaiserin e a própria Nadia. No entanto, a kaiserin foi embora assim que terminou com Nadia. Os guardas haviam reunido outros que poderiam ter informações, mas a kaiserin não quis falar com mais ninguém. Ela simplesmente foi embora.

Olho além do ombro de Straya e encontro o olhar de Artemisia. Ela está tentando entender tudo isso, tentando processar o que isso significa, mas a informação a pegou de surpresa e, numa rara ocorrência, parece verdadeiramente horrorizada.

– Então, quando ela me ofereceu o veneno – digo devagar, levando os olhos de volta a Straya –, ela me deu o próprio sangue.

– Sim, Vossa Majestade. Acredito que sim. Não era mais tão forte quanto o que vive dentro das minas, entende? Nadia me contou que é mais fácil sobreviver ao veneno do sangue do que ao verdadeiro encatrio e que houve uma época, há alguns séculos, em que sobreviventes do verdadeiro encatrio vendiam seu sangue para aqueles que queriam obter dons com menos risco do que correriam nas minas. Acredito que sua bisavó baniu essa prática.

– Por isso que não foi tão forte, por isso não matou você – diz Artemisia, dirigindo-se a mim.

– Pensei que fosse por sua causa – respondo, olhando para ela. – Pelo modo como você o neutralizou.

– Talvez tenham sido ambos – replica Artemisia.

– Explicaria outras coisas também – acrescento, dirigindo-lhe um olhar cheio de significado, sem me sentir disposta a compartilhar meu sonho com mais alguém.

Artemisia ainda não parece estar convencida, há dúvida em seus olhos agora.

– Obrigada, Straya. Você ajudou mais do que pode imaginar – agradeço.

Straya assente e se levanta, alisando a túnica de algodão que veste. No momento em que alcança a saída da tenda, porém, ela se detém.

– Vossa Majestade? – diz ela, me olhando por sobre o ombro.

– Sim? – respondo.

– Nadia preferiria ser escravizada a morrer, mas acho que ela era mais corajosa do que eu – afirma baixinho. – Talvez isso faça de mim uma covarde, mas, se os kalovaxianos tentarem me aprisionar de novo, eu prefiro a morte.

– Isso não vai acontecer – asseguro a ela, embora seja uma promessa que não sei se poderei cumprir. – E eu disse o mesmo durante a batalha. Você me chamaria de covarde?

– Não – ela se apressa a falar. – Claro que não. Eu só quis dizer...

– Existem diferentes tipos de bravura, Straya. Hoje seus ancestrais estão observando você do Além com orgulho e, quando chegar o dia de você se reunir a eles, vão recebê-la de braços abertos. Só que, se depender de mim, esse dia não vai chegar por um bom tempo.

Straya inclina a cabeça na minha direção.

– Obrigada, Vossa Majestade – despede-se ela, antes de me deixar sozinha com Artemisia na tenda.

– Você bebeu o sangue dela – diz Artemisia após um momento de silêncio. Ouvi-la dizer isso em voz alta me faz sentir náuseas.

– Bebi – confirmo.

Existe uma parte de Cress em mim agora, da qual não creio que eu jamais vá me livrar. O sangue bombeado pelo coração dela está dentro de mim, é parte de mim agora tanto quanto foi dela. Verdadeiramente irmãs do coração.

– Isso não significa que vocês estejam de fato compartilhando sonhos – comenta Art, mas agora ela não parece tão certa sobre isso quanto parecia mais cedo.

– Não sabemos o que isso significa. Mas sabemos que Cress tem um suprimento inesgotável de encatrio quase literalmente na ponta dos dedos. E ela sabe disso.

– Se essa teoria for válida, então você também tem – observa Art.

Esse pensamento não havia me ocorrido, mas agora me atinge como um raio. O sangue em minhas veias de repente parece mais quente, chiando com uma energia perigosa. Esfrego as mãos nos braços para espantar os arrepios que os percorrem.

– Se a teoria for válida, o meu seria mais fraco – afirmo. – Além disso, não vou usá-lo.

Com isso, Artemisia bufa.

– Ora, Theo! Não precisa bancar a rainha pura e virtuosa, não comigo. Nós duas sabemos que, quando chegar a hora, você vai usar a arma que tiver.

Essa ideia me inquieta, mas não tenho certeza de que seja falsa.

– Tem mais uma coisa – digo, evocando uma lembrança da mina.

Quando pergunto sobre ela a Artemisia, ela morde o lábio.

– Todos com quem já falei que saíram da mina mudados contaram a mesma coisa – responde ela. – A princípio, não lembrávamos de nada, mas, com o tempo, três lembranças retornaram. – Ela ergue três dedos. – Três testes por que passamos. Esse deve ter sido o seu primeiro.

Três testes. Recordo a presença da minha mãe ao meu lado no jardim, quanto me pareceu impossível deixá-la. Se esse foi apenas o primeiro teste, não posso imaginar quais foram os outros que o seguiram. Mas, quaisquer que tenham sido, devo ter tido êxito, caso contrário não estaria aqui agora.

– E quais foram os seus testes? – pergunto a Art.

A dor atravessa o seu rosto.

– Você me contou um dos seus, então vou lhe contar um dos meus – replica ela, a voz tensa. – Você teve que deixar sua mãe. Eu deixei o meu irmão. Às vezes, juro que ainda posso sentir as mãozinhas dele puxando a barra da minha túnica. Tem horas que ainda ouço a vozinha dele me implorando para ficar.

Não sei o que dizer diante disso, mas, um segundo depois, Artemisia balança a cabeça.

– Todos tivemos que tomar decisões difíceis, Theo – conclui ela, a voz subitamente suave. – Só que uma coisa eu garanto: o primeiro teste é o mais fácil. Eles só ficam mais difíceis. Mas você passou, você está aqui. Lembre-se disso.

PARTIDA

———◆———

ABANDONAMOS O ACAMPAMENTO QUANDO O SOL se põe sobre o mar Calodeano, nosso grupo de guerreiros serpenteando ao longo da cordilheira Dalzia, alguns a pé, outros a cavalo.

Dragonsbane não é uma pessoa afeita a despedidas. Quando Art e eu fomos procurá-la antes de partir, ela já tinha ido embora, levando uma parte considerável de sua tripulação, junto com Sandrin e os refugiados que não podem ou não querem lutar. Embora eu não ache que qualquer de nós esteja surpresa, posso ver o desapontamento nos olhos de Art.

– Não era um adeus desta vez, não mesmo – lembro a ela. – Nós a veremos outra vez em breve, depois que ela tomar a mina da Terra.

Artemisia assente, mas sua expressão permanece reservada e é só quando estamos a caminho que me dou conta do porquê: ela de fato não sabe se vai ver a mãe outra vez. Nenhum de nós sabe. Isto é uma guerra. Um milhão de coisas pode acontecer antes que ela termine e só os deuses podem ter certeza de como terminará.

Só paramos para passar a noite quando a lua cheia está alta no céu. Embora a ideia de parar faça minha pele comichar e a mente turbilhonar com a possibilidade de sermos apanhados, sei que não podemos ir muito mais adiante sem pelo menos algumas horas de descanso.

Minha pequena tenda tem espaço suficiente apenas para um saco de dormir, duas almofadas para sentar e uma bandeja de laca vermelha, que deve ter sido apanhada na caserna do comandante. A tenda tem o tamanho certo para dormir e comer, embora eu não consiga fazer nenhuma das duas coisas. O biscoito duro e seco que serviu de jantar permanece intocado na bandeja e o saco de dormir ainda nem foi desfeito. Em vez disso, estou sentada em uma das almofadas com as pernas cruzadas e o mapa da mina da Água que Artemisia esboçou às pressas aberto no colo.

De todos no acampamento, Artemisia e Laius são os únicos que já colocaram os pés na mina da Água e no acampamento que a circunda, mas ambos só a conhecem do ponto de vista de um prisioneiro, e Laius ainda era muito pequeno quando foi levado para a mina do Fogo para ser estudado com Griselda. Ele não se lembra de muita coisa, e Art só conhece as partes que tinha permissão de ver – o quartel e a mina. Dessa forma, seu mapa é menos completo do que o que Søren fizera da mina do Fogo, vista pelos olhos de um príncipe visitante com conhecimento sobre as posições dos guardas e horários, entradas e saídas, arsenais e provisões de armas. Nós não sabemos onde os guardas se encontram ou onde os Guardiões e os *berserkers* estão sendo mantidos. Não saberemos até estarmos perto demais para fazer algo a respeito.

Os kalovaxianos não entram em batalhas às cegas. Eles não entram em uma luta sem estratégias, planos B e esquemas de fuga. Eles não atacam a menos que tenham certeza de que sairão vitoriosos, e é por isso que quase sempre vencem. Eles nunca sonhariam em invadir um acampamento cheio de guerreiros com apenas um exército desorganizado. Sem contar que os kalovaxianos terão Pedras do Espírito em abundância para ajudá-los e nós não estamos usando nenhuma, exceto pelo punhado que está em posse dos nossos Guardiões treinados às pressas.

De repente sinto tanta falta de Søren que parece que tenho um punhal entre as costelas, retorcendo e escavando a minha carne. Não sei se são a desesperança e a incerteza da batalha iminente ou se é apenas por estar aqui, neste lugar desconhecido, sozinha, mas sinto a falta dele.

Desde que Cress o levou, não permiti que meus pensamentos se demorassem muito em sua ausência. Não me permiti especular onde ele está ou pelo que está passando. Não me permiti lembrar como dormimos aqueles últimos dias antes da batalha, seu corpo enroscado no meu, o ritmo do seu coração ecoando o meu. Não me permiti sentir sua falta como conselheiro, amigo ou o que mais ele possa ter sido para mim.

Mas eu deveria saber que, mais cedo ou mais tarde, os sentimentos acertariam as contas comigo.

Fecho os olhos com força, amassando o mapa de Artemisia nas mãos.

Se Søren estivesse aqui, ele me lembraria que nós vencemos a batalha da mina do Fogo, que temos mais guerreiros agora do que tínhamos antes. Ele me diria que há milhares de pessoas dependendo de mim e que eu não posso desmoronar e começar a duvidar de mim agora.

Mas ele não está aqui; eu não sei onde ele está. Eu o imagino na masmorra sob o palácio astreano, preso com correntes pesadas e enferrujadas. Eu o imagino sendo mantido em um quarto mais elegante com buracos abertos nas paredes e Sombras observando cada movimento seu. Eu o imagino morto, sua cabeça em uma estaca no portão, para servir de advertência a quem mais estivesse contemplando a traição, como a de Ampelio. Eu o imagino sentado em um trono ao lado de Cress, relutante porém passivo, como foi durante tanto tempo no reinado de seu pai.

Não sei onde Søren está, mas posso descobrir.

• • •

Encontro Cress sentada em um banco no jardim cinzento, embora agora o lugar esteja cinza não só por causa do solo de pedra e das árvores sem vida: tudo está coberto por uma espessa camada de cinzas, que continuam a cair do céu, como uma chuva leve de primavera. Ela própria parece estar coberta de cinzas, mas é apenas seu vestido, um vestido de veludo cinza que é mais simples do que qualquer coisa que já a vi usar antes. Não há joias, nem renda, nem detalhes em ouro. Apenas veludo cinza em um corte simples que abraça seu torso e se abre em sino na altura dos quadris. O decote é alto, mas não o suficiente para esconder a pele chamuscada do pescoço, que descama.

Ela tem as mãos cruzadas no colo e a cabeça baixa, os frágeis cabelos brancos soltos, caindo à frente em uma cortina que esconde seu rosto. Por um segundo, acho que ela está rezando; no entanto, quando sua cabeça se ergue e seus olhos encontram os meus, percebo que estava apenas esperando. Por mim.

Seu sorriso de lábios negros é frágil e frio, mas ainda assim é um sorriso.

– Você está atrasada – diz ela, as palavras com um leve tom de censura, como se eu tivesse apenas dormido demais e perdido os primeiros minutos do chá.

– Ou você está adiantada – replico, igualando seu tom.

Se é para ela acreditar que sou apenas um produto de sua imaginação, então preciso agir como ela espera que eu aja. É um papel estranho de desempenhar, mas suponho que já fiz outros mais estranhos ao longo dos anos: de desamparada, de idiota, de submissa. Agora só preciso fingir que estou morta.

Ela se move, abrindo espaço para que eu me sente no banco ao seu lado. Embora a ideia de ficar tão perto dela me assuste, eu me sento. Há pouco mais de um centímetro de espaço entre nós e estou consciente dela de uma forma que nunca estive em relação a alguém em um sonho – consigo sentir o calor irradiando de sua pele, ver a veia latejando em seu pescoço. Eu me pergunto se ela tem tanta consciência de mim quanto eu dela, embora, para o meu bem, eu torça para que não tenha.

Quero perguntar sobre Søren imediatamente, mas isso levantaria suspeitas. Então fico ali sentada com ela, em silêncio, esperando que ela fale.

– Quer ouvir a coisa mais ridícula? – pergunta ela, um momento depois.

– O quê?

– Acho que eu invejo você – confessa ela, dando uma gargalhada. – Você está morta e enterrada e eu estou viva. Vou vencer esta guerra, tenho Søren, tenho o trono, tenho a coroa. Tenho tudo e você não tem nada… Você não é nada. E no entanto…

Ela deixa a voz morrer, balançando a cabeça.

– É por isso que está fazendo tudo isso? – indago. – Porque está com inveja?

Ela torna a rir, só que desta vez o som é mais cortante.

– Você deveria me conhecer melhor, Thora. Deveria saber que meu pai não me criou para ser levada pelas emoções. Eu tenho um país para governar. Tenho milhares de pessoas que dependem de mim, que se voltam para mim em busca de força. O que você acha que aconteceria se eu não a mostrasse a elas? Quanto tempo você acha que levaria para que eu me juntasse a você na vida após a morte, qualquer que seja ela?

Nós duas temos pessoas que dependem de nós, penso, e, contra a minha vontade, posso sentir que começo a abrandar em relação a ela, só um pouquinho. Expulso esse pensamento da mente e me concentro na abertura que ela me deu.

– E o que me diz de Søren, então? – pergunto. – Por que o pegou como prisioneiro se não estava sendo guiada por suas emoções?

– Porque ele pode ser um traidor, mas ainda é o único herdeiro legítimo do trono. Eu preciso dele. Por ora. Embora ele não esteja cooperando.

É a minha vez de rir.

– Bem, e o que você esperava, Cress? Que você o arrastasse de volta ao palácio e ele se tornasse o seu prinz encantado, recitando poemas de amor e trançando flores em seu cabelo?

A expressão dela se torna azeda.

– Eu esperava que ele tivesse algum senso de autopreservação. Não que ficasse amuado em sua cela e se recusasse a comer, beber ou falar comigo, independentemente do que eu faça para tentar… convencê-lo.

Sua cela. Então ele deve estar na masmorra. De volta ao treinamento que o pai lhe deu quando criança, sem comer ou beber enquanto era mantido refém. Tenho certeza de que eles vão fazê-lo ingerir comida e água à força, mais cedo ou mais tarde, se é que já não o fizeram, mas ele está deixando claro que é um refém; não está se desculpando, não está implorando perdão.

Foi só quando ela disse isso que percebi que temia que ele fizesse justamente isso. Durante tantos anos ele seguiu as ordens do pai, mesmo sabendo que eram erradas. Quando começou a se voltar para o nosso lado, foi por minha causa, porque pensava que estava apaixonado por mim e queria um futuro em que pudéssemos ficar juntos. Parte de mim temia que agora, acreditando que eu estivesse morta, ele pudesse voltar a ser quem era antes.

Mas ele não voltou. Talvez as atitudes dele não se devessem tanto a mim quanto eu pensava. Talvez não se devessem nada a mim em absoluto.

Tento não imaginar exatamente o que ela está fazendo para tentar convencê-lo. O pai dela era conhecido por sua habilidade em extrair informações dos prisioneiros e conseguir a cooperação deles, e o theyn não contava com a ajuda de fogo na ponta dos dedos.

– Talvez ele considere o sofrimento preferível à sua companhia – digo a ela.

O pensamento já havia se instalado em sua mente, posso ver, e agora ela o ouvirá repetidamente em minha voz. Espero que ele a enlouqueça.

Cress dá de ombros. Se o pensamento a incomoda, ela tem o cuidado de esconder.

– Meu pai costumava dizer que todo mundo chega a um ponto em que sucumbe.

– Suponho que seja verdade – digo. – Embora eu imagine que seu pai pensou que eu tivesse chegado a esse ponto uma década atrás, e esse erro o matou.

– Não sou o meu pai. Não cometo os mesmos erros… Eu não subestimei você e não vou subestimar Søren.

Cress se levanta, batendo as cinzas na saia do vestido. Antes de ir embora, ela se vira para mim com um sorriso triste.

– Não se preocupe, Thora. Assim que ele tiver cumprido seu propósito, vou deixar que vá ao seu encontro na morte. Não é um gesto generoso?

ACREDITAR

———— ◆ ————

UM GRITO ME ARRANCA DO SONO, mas levo um momento para perceber que o grito está vindo de mim. Eu me sento no saco de dormir,
sem fôlego e encharcada de suor, as pernas emaranhadas nos lençóis. O
sonho se agarra às bordas da minha consciência como grãos de areia na
pele molhada: está ali, mas é temporário. Já posso sentir os detalhes escapulindo, por mais que tente segurá-los.

A tenda se abre e Blaise entra correndo, a espada em punho, os olhos
alertas e selvagens. Ele me observa, sozinha e na cama, antes de relaxar,
embora ainda não guarde a espada na bainha.

– O que você está fazendo? – pergunto, meio atordoada.

– Artemisia precisava dormir – diz ele, parecendo sem fôlego. – Eu me
ofereci para ser seu guarda esta noite e, então, ouvi você gritar. Foi só um
pesadelo?

Ele diz isso sem olhar para mim, fixando os olhos no chão ao lado do
meu saco de dormir.

Blaise está acostumado com meus pesadelos. Foi testemunha deles desde
que era uma das minhas Sombras no palácio. Mas esse não era só um pesadelo – na verdade, nem era um pesadelo. Não havia nada de assustador
nele, nenhuma sensação de pavor. Eu não vi a morte da minha mãe, não
senti a minha própria morte diante de mim. Éramos apenas Cress e eu,
conversando no jardim cinzento, como fizemos mil vezes antes. Havia nele
uma espécie de paz, quase.

Porque ela acha que você está morta, lembro a mim mesma. Se soubesse
que não estou, não estaria tão serena. Ela acredita que venceu, que chegamos a uma espécie de trégua em que não tenho escolhas nem voz própria.
O tipo de trégua que me transformou em seu bichinho de estimação mais
uma vez.

– Vi Cress de novo – digo a Blaise, em vez de explicar tudo isso a ele. A última coisa de que preciso é que ele pense que nutro alguma simpatia por ela. – Ela disse que Søren está na masmorra, mas que vai ser executado em breve.

Blaise deixa escapar um suspiro fatigado, os ombros se curvando.

– Theo... foi um pesadelo. Só isso.

Ele continua fitando o chão e, quando olho para baixo, me dou conta do motivo. Com toda a minha agitação e o suor, a camisola de algodão grudou em minha pele, tendo escorregado por um ombro, deixando-o nu. Tenho certeza de que ele já me viu com menos... Os vestidos que o kaiser me obrigava a usar no palácio mostravam mais... Mas isso é diferente. Nossa última conversa sozinhos pesa em meus ombros, e o peso é tão grande que me sufoca.

Balanço a cabeça para clarear a mente, ajeitando o ombro da camisola no lugar.

– Não é só um pesadelo. Se você pudesse ver e estar lá, entenderia. Eu consigo sentir a presença dela, tão vividamente quanto sinto a sua agora.

– Isso não é possível.

Mordo o lábio antes de contar a ele o que Artemisia e eu descobrimos, sobre o veneno ser o sangue de Cress. Quando termino, ele está sem cor. Não posso culpá-lo, duvido que algum dia eu me acostume à ideia de ter o sangue de Cress em mim.

– Isso não quer dizer nada – insiste ele. – Não significa que vocês estão compartilhando sonhos.

– Não sabemos o que isso quer dizer. Mas Søren está sendo mantido na masmorra. Ele não concordou em se casar com ela, em consolidar a pretensão dela ao trono, o que faz dele uma ameaça. Ela não tem a intenção de deixá-lo viver por muito mais tempo. Preciso que você traga Heron até mim para que possamos enviar a mensagem a Erik.

Antes mesmo de eu terminar, Blaise está balançando a cabeça.

– Não, você não pode correr o risco de arruinar o disfarce de Erik por causa de um palpite que não consegue provar. Ele vai encontrar Søren sozinho quando estiver dentro do palácio.

– Pode não haver tempo para isso – digo. – Cress conhece Erik. Ela sabe que ele e Søren são amigos; a essa altura pode até saber que são irmãos. Ela vai saber que isso é uma grande parte da razão por que Erik mudou de lado, então vai manter a localização de Søren em segredo enquanto puder. Vai usar isso como isca, para influenciar Erik a fazer tudo de que ela precisa.

– Você não pode ter certeza disso – contesta ele, balançando a cabeça.

– Eu conheço Cress. Sei, melhor do que qualquer outra pessoa, como a mente dela funciona.

Ele fica em silêncio por um momento, embora finalmente me encare, os olhos verdes encontrando os meus.

– É o que você faria? – pergunta ele.

Não preciso pensar nesse questionamento por mais de um segundo.

– É – respondo. – É a coisa mais inteligente a fazer. Ela não vai confiar em um vira-casaca. Ela não vai aceitar Erik de imediato. Vai usar quaisquer informações e qualquer força que ele trouxer com ele... o que não será muito, espero... mas não vai confiar nele. Ele vai ser tratado pouco melhor do que um refém. E ainda mais: não consigo imaginar que os kalovaxianos estejam dispostos a aceitar os gorakianos como aliados. Ela ofereceu essa trégua e, portanto, vai ter que respeitar isso, mas vai procurar uma oportunidade de voltar atrás. É a única maneira de manter o respeito de seu povo, e isso é algo que ela está lutando para conseguir.

– Ela falou isso para você também? – indaga Blaise.

É difícil não perceber o deboche em sua voz.

Alguma coisa muda dentro de mim. Minhas mãos ficam quentes e, embora isso em si só não seja nada de novo, dessa vez a sensação vem seguida de um estalido alto quando chamas surgem nas pontas dos meus dedos, ateando fogo aos lençóis. Isso acontece de início lentamente, depois o fogo ganha força. Eu logo apago as chamas em minhas mãos e Blaise pega o copo d'água em minha bandeja e lança a água nos lençóis, apagando o fogo ali também.

Um instante se passa em silêncio.

– Você está bem? – pergunta ele, a voz mais suave.

Eu devia preferir esse tom ao de deboche, mas não é o que acontece. Ele faz com que eu me sinta como uma inválida.

– Estou bem – respondo, minha voz soando fria. – Pedi a você que trouxesse Heron até mim. Você pode não concordar comigo, mas não preciso que concorde.

Por um momento, Blaise não se move, fitando-me, incrédulo. Por fim, ele assente, o rosto se suavizando até assumir uma expressão impassível.

– Vou buscar Heron – diz ele, antes de hesitar. – Seu poder é forte, mas você não sabe como usá-lo.

Minhas bochechas ficam quentes.

– Artemisia e Heron estão ajudando...

– Artemisia e Heron são muito bons em controlar seus próprios poderes, mas não compreendem o seu, nem a natureza dele ou sua força. É como tentar ajustar a brida de um cavalo na cabeça de um alce. – Ele faz uma pausa de um segundo. – Eu posso ajudar. Você não está à beira da loucura da mina, como eu estou, mas, em termos de força, o seu poder está mais perto do meu do que do deles, e o fogo é mais próximo da terra do que do vento ou da água.

A irritação faz minha pele formigar, embora eu saiba que o argumento dele faz sentido. As poucas aulas que tive com Heron e Art ajudaram, mas sempre me pareceu faltar alguma coisa.

– Você falou que eu ficaria bem sem você.

Ele desvia o olhar, apertando os lábios.

– Talvez você fique – diz ele. – Mas eu gostaria de ajudar, se puder.

Hesito por um segundo, antes de assentir. Ele pode ter me magoado e eu posso tê-lo magoado também, mas sinto falta dele.

– Depois de eu falar com Heron – digo a ele. – Antes de partirmos para a mina da Água outra vez. Vamos ter apenas cerca de meia hora, mas...

– Já dá para começar – afirma Blaise.

●●●

Quando conto a Heron o que vi e peço que ele passe a informação para Erik, ele não protesta como Blaise. Em vez disso, olha para mim com olhos solenes, apertando o *molu varu* na mão.

– Você não acredita em mim – digo quando ele se mantém em silêncio.

– Não sei em que acredito. Mas sei que Erik está fazendo um jogo perigoso no palácio. Se ele for pego ou se a kaiserin começar a desconfiar de que é um espião, ele será morto. Se você me disser que tem certeza suficiente para correr esse risco, vou fazer com que Erik saiba. Mas estou pedindo a você que tenha certeza, Theo.

Abro a boca para dizer a ele que tenho certeza, no entanto as palavras não saem. Não posso mentir para Heron, não a esse respeito.

– Não tenho certeza de nada – admito então. – Não tive certeza de nenhuma escolha que fiz desde que comecei a encontrar Blaise na adega da cozinha tantos meses atrás. Mas, se eu tivesse esperado até ter certeza, ainda estaria lá, sob a vigilância das Sombras, esperando um resgate que nunca viria.

Ele não diz nada a princípio.

– Você acha que vale o risco?

– Não sei como responder a essa pergunta – assumo. – Mas acho que Erik vai achar que sim. Diga a ele o que eu falei, pelo menos. Passe a ele a informação; deixe-o fazer com ela o que tiver que fazer.

Heron ainda parece preocupado, mas assente.

– Vou levar algum tempo para dizer tudo a ele – observa Heron, olhando para o *molo varu*.

O objeto é do tamanho da palma de sua mão, a superfície dourada, lisa e imaculada. Ele indica com a cabeça a vela apagada em minha bandeja.

– Você se importa? – pergunta ele.

Levo a mão à vela e seguro o pavio entre o polegar e o indicador. A chama surge tão natural quanto o ato de respirar, pega no pavio e transforma-se em uma labareda pequena e constante. Eu a solto e balanço a mão, extinguindo o fogo que se agarra aos meus dedos.

Heron senta-se ao lado da vela, virando o *molo varu* em suas mãos antes de pousá-lo na bandeja e enfiar a mão no bolso da calça. Dali, ele tira uma agulha de prata e leva a ponta à chama da vela.

– Você sente falta dele – comento, rompendo o silêncio.

Heron dá uma gargalhada, sem erguer os olhos da vela.

– Nunca conte isso a ele – responde. – O ego dele não precisa desse incentivo.

Eu hesito.

– Erik é todo falsa bravata – digo a Heron. – Não leve sua arrogância muito a sério. Tenho certeza de que ele sente sua falta também.

A ponta da agulha começa a brilhar, tornando-se alaranjada, e ele a afasta da chama, depois a pressiona contra a superfície do *molo varu* e começa a escrever.

Quando ele torna a falar, está concentrado, a testa franzida, os olhos grudados no *molo varu*.

– Eu não queria sentir falta de ninguém de novo, depois de Leônidas, mas algumas pessoas conseguem entrar à força na sua vida. Quando elas vão embora, deixam um vazio que você não consegue preencher – diz ele antes de erguer os olhos para mim. – Mas não preciso falar sobre sentir falta de pessoas. Você tem saudade do *prinkiti*?

Hesito de novo. Os sentimentos de Heron em relação a Søren são complicados, para dizer o mínimo. Duvido que algum dia se considerem amigos, mas ao menos parecem ter alcançado uma espécie de trégua.

– Sinto – admito. – Você me despreza por isso?

Ele fica surpreso com a pergunta, a agulha paralisada na superfície da pedra. Ele levanta os olhos para mim, sustenta meu olhar.

– Por que eu desprezaria você?

– Porque sentir falta dele me faz parecer fraca. Por quem ele é e pelo que fez. Eu conheço os pecados dele. Sei quanto sangue cobre suas mãos… e sei que você também sabe. Mas ele me enxergou. Ele entendeu partes de mim que ninguém queria reconhecer que existiam. Como você falou, ele deixou um vazio.

– Isso não faz você parecer fraca, Theo – diz Heron, voltando a escrever na pedra. – Faz você parecer humana.

Rio baixinho.

– Pode ser. Mas meu destino não é ser humana. Meu destino é ser uma rainha.

– Ninguém disse que você não pode ser os dois – observa ele, que deve ter concluído a mensagem, pois pousa a agulha na bandeja. – Você sente falta dele e tem o direito de sentir, mas toda vez que precisou escolher entre ele e seu país, escolheu Astrea. Você sempre escolhe Astrea, custe o que custar. Se isso não faz de você uma rainha, eu não sei o que poderia fazer.

Blaise me disse a mesma coisa, que sempre escolho Astrea em detrimento dele. Não acho que tenha dito isso em tom de reprovação, mas ele está certo: o que resta de mim não é suficiente para ele. Talvez nunca seja suficiente para ninguém. Talvez seja por isso que minha mãe e todas as mulheres que a precederam nunca se casaram. Esse tipo de compromisso exige mais do que temos para dar. Talvez ser uma rainha signifique ficar sozinha.

Esse pensamento me deixa com uma sensação de frio e vazio.

MAILE

Encontro Blaise nas imediações do acampamento, uma xícara de café feita de lata na mão. O sol mal desponta no horizonte e a maior parte do acampamento ainda está acordando. Teremos talvez meia hora enquanto todo mundo se apronta e arruma tudo antes de partirmos. Mas, como disse Blaise, já é um começo.

– O que Heron e Art ensinaram a você? – pergunta ele quando me vê, sem perder tempo com preâmbulos.

– Bolas de fogo – respondo.

– Mostre.

Respiro fundo para me estabilizar, concentrando-me em uma grande rocha a cerca de três metros de distância. Invoco o fogo na ponta dos dedos e, quando o lanço, lanço meu poder com ele, exatamente como Artemisia me orientou a fazer. O fogo atinge a pedra antes de cair na grama em uma pilha de cinzas. É o mesmo de sempre e acho que foi impressionante, mas Blaise franze a testa, olhando para a pedra, antes de se voltar para mim com os lábios franzidos.

– É isso?

– Foram só uns dois dias, umas poucas aulas esparsas, quando tivemos algum tempo disponível – respondo, na defensiva.

– Você está aspirando a muito pouco para o tamanho do seu poder – diz ele.

Dou de ombros.

– De que outra forma você começaria? Heron disse para começar pequeno, depois crescer.

– Em geral, é assim que se faz, sim. Mas, quando o poder de uma pessoa é tão grande quanto o seu... como o meu, até... é mais difícil restringir tudo a algo tão pequeno do que usar para algo maior.

Ele faz uma pausa, correndo os olhos pela pequena clareira.

– Ali – diz ele, indicando uma grande árvore na extremidade oposta, a pelo menos quinze metros de onde estamos. – Acerte a árvore.

– Não quero matar a árvore.

– Ela já está podre mesmo – garante ele. – Está praticamente morta. Vá em frente, acerte lá. E não pense em uma bola de fogo. Pense em… uma onda.

– Uma onda – repito devagar, franzindo a testa.

– Tente.

Suspiro e me volto para a árvore. Então respiro fundo e deixo o fogo crescer dentro de mim, acumulando-se em minhas mãos até que não seja apenas uma bola, pequena e controlável. Deixo o fogo crescer até que esteja tão grande que tenho a sensação de que pode me consumir.

E então eu o solto, lançando-o como Artemisia me ensinou, não apenas com as mãos, mas com meu peito, uma explosão mortal de fogo e poder. Uma onda, como disse Blaise.

A explosão de fogo atinge a árvore e ela irrompe em chamas, um imenso inferno.

Por um momento, não consigo deixar de fitar aquilo. Eu fiz isso. Eu. Por mais orgulhosa que esteja, também estou assustada. Afinal, esse poder está dentro de mim.

Blaise faz subir um redemoinho de terra ao redor da árvore, envolvendo as chamas e sufocando-as antes de a terra assentar mais uma vez. A árvore está enegrecida e nua agora, um esqueleto do que era.

– Melhor – diz ele, me oferecendo um raro sorriso. – Como você se sente?

A princípio, não tenho certeza de como responder. Mas ele é Blaise, e se há alguém com quem posso ser franca é ele, certo?

– Poderosa – respondo. – Ao mesmo tempo, assustada e assustadora.

Ele assente.

– Ótimo. Tente de novo.

• • •

O sol já vai alto no céu quando Blaise e eu retornamos ao acampamento. A essa altura, todos já estão acordados e alimentados e se agitam de um lado para o outro no acampamento, empacotando tudo para partirmos o mais rápido possível. Dragonsbane enviou um pombo com uma mensagem que chegou a Art esta manhã, informando-nos que navios sta'criveranos foram vistos vindo em nossa direção. Se nos apressarmos, chegaremos à mina da Água um dia antes deles e, com sorte, isso será suficiente.

Depois do treino intenso com Blaise, mal consigo manter os olhos abertos enquanto ajudo Artemisia a desarmar a barraca. Embora pudesse ter ficado feliz com mais cobertores e travesseiros na noite passada, agora me sinto grata pela parcimônia. Há menos coisas para embalar e, apesar de a sonolência deixar todo o meu corpo pesado, já estou ansiosa para nos pormos a caminho.

O restante do acampamento parece sentir o mesmo, todos cumprindo em uma espécie de silêncio tenso as tarefas que lhe foram atribuídas e mal se olhando.

Eles estão com medo, eu me dou conta, a dúvida dando nós em meu estômago. É de se esperar que tenham medo, que todos nós tenhamos, mas essa é a manobra certa a fazer.

Quem sabe, se repetir isso para mim mesma vezes suficientes, eu comece a acreditar nessas palavras.

Penso que não poderia me sentir pior até avistar Maile se aproximando, equilibrando três xícaras de lata desajeitadamente nas mãos.

– Vocês estão com cara de quem está precisando de um pouco de café – diz ela para Artemisia e para mim, com um sorriso que, suponho, ela acredite ser charmoso, embora simplesmente me irrite.

Art parece sentir o mesmo. Ela aperta a corda que prende nossos sacos de dormir ao cavalo, antes de olhar Maile de cima a baixo com um olhar de desdém.

– Está dizendo que parecemos cansadas? – pergunta Art, o escárnio pingando de cada palavra.

Maile pisca.

– Bem, estamos todos cansados...

– Alguns de nós não foram para a cama cedo para ter o sono da beleza. Alguns de nós ficaram acordados a maior parte da noite elaborando a estratégia. Vamos travar uma batalha daqui a poucos dias, caso você tenha se esquecido – continua Art, a voz mordaz.

Maile leva apenas um segundo para se recuperar.

– Se me lembro bem, eu ofereci ajuda ontem – retruca ela. – Vocês disseram que não havia nada para fazer.

Artemisia e eu nos entreolhamos. Ninguém morria de amores por Maile no acampamento. Para dizer a verdade, não sei por que o chefe Kapil a enviou para nosso acampamento. Falta-lhe o talento do pai para a diplomacia e ela não apresentou nenhuma sugestão estratégica além de insultar Erik e rir de quaisquer ideias que o restante de nós oferecesse. Até onde posso dizer, ela não passa de uma imensa fanfarrona com um temperamento explosivo.

Procuro uma desculpa para tê-la deixado de fora, mas Artemisia se adianta com a verdade nua e crua.

– Você não foi particularmente útil em nenhuma outra reunião – diz, dando de ombros. – E, como o imperador não está mais aqui para você lançar insultos contra ele, não achamos que você tiraria muito proveito dessa também.

Isso parece deixar Maile calada pela primeira vez desde que a conheci, embora ela se recupere bastante rápido.

– Bem, eu não estava errada, estava? No fim, ele acabou mostrando sua verdadeira face – responde ela com um sorriso arrogante.

Tenho que me conter para não responder. É importante que todos acreditem que Erik desertou de verdade.

– Tenho certeza de que seu comportamento em relação a ele favoreceu essa decisão – digo então.

Maile me fita, incrédula.

– Não é possível que nutra algum sentimento de simpatia por ele, Vossa Majestade – comenta ela. – Primeiro o prinz, agora o covarde do imperador? Parece que esse é o seu tipo.

– E parece que você tem toda a estupidez de um ogro – retruca Artemisia.

A testa de Maile se franze.

– O que é um ogro? – pergunta ela, antes de balançar a cabeça. – Deixe para lá. Não quero saber. Vocês querem café ou não? Está bem quente. Portanto, se não se importarem de pegar uma xícara…

Artemisia revira os olhos e pega duas xícaras, entregando-me uma.

– Não espere um obrigada – diz ela a Maile, sem rodeios. – Podemos gostar de café, mas ainda não gostamos de você.

Maile me olha.

– Ela é sempre assim tão grosseira?

– Não sei o que você quer dizer. Ela está sendo muitíssimo educada para os próprios padrões – respondo, dando de ombros, depois levo o café aos lábios e tomo um pequeno gole.

Está muito quente, com um toque de canela para cortar o gosto amargo. Leite é um luxo que não temos, mas o café ainda é bom sem ele.

– Se Artemisia realmente não gostasse de você, ela iria cumprimentá-la com a ponta da espada. Acho que ainda não chegamos a esse ponto – completo.

– Não me tente – rebate Artemisia, antes de voltar até a barraca desmontada para continuar a arrumar tudo, bebericando o café no caminho.

Maile a observa enquanto ela se afasta e, então, olha para mim.

– Acho que meu ódio pelos kalovaxianos e minha desconfiança em relação àqueles que compartilham seu sangue se justificam – argumenta ela. – Além disso, o imperador estava lutando com eles quando atacaram Vecturia.

Isso me pega desprevenida. Tenho pensado muito na batalha em Vecturia, inclusive usei contra Søren o fato de ele ter liderado seu exército até lá e tirado inúmeras vidas vecturianas. Eu sabia que Erik também havia participado daquela batalha, mas eu realmente não a havia ligado a ele. Com certeza não a havia ligado a Maile. De repente, sua atitude em relação a Erik faz mais sentido. Não é uma desculpa, mas eu a entendo um pouco melhor.

– Em muitos aspectos, Erik era tão prisioneiro dos kalovaxianos quanto eu – digo a ela. – Rebelar-se contra as ordens teria lhe custado a própria vida, e ainda havia o risco de o kaiser se vingar da mãe de Erik.

Maile não se comove.

– Ele é um traidor – afirma ela. – Traiu os kalovaxianos e agora traiu vocês.

Não posso argumentar contra isso, então me forço a assentir.

– Não é minha intenção defender Erik. Só estou dizendo o que sei.

– Gostaria que não me deixasse de fora de nenhuma reunião para discutir estratégias no futuro. Meu pai me mandou aqui porque provei meu valor na batalha, mais do que qualquer outro de meus irmãos. Posso ajudar – diz ela, o tom azedo.

– Espero que sim. Mas Artemisia está certa... Até aqui você fez muito pouco para provar isso. O tempo todo, praticamente, você só irrita as pessoas.

Maile fica quieta por um instante, os olhos voltados para o café em suas mãos.

– Não me agrada que meu pai tenha me enviado aqui – confessa ela, por fim. – Não me agrada que ele tenha enviado seus guerreiros mais fortes para ajudar vocês e nos deixado sem defesa contra quaisquer outros ataques externos. Também quero que os kalovaxianos vão embora, mas esta guerra não é nossa. Temos nossos próprios problemas. Não tenho o senso de honra ou o sentimentalismo do meu pai.

– Eu não pedi ajuda a ele. Ele a ofereceu – digo a ela.

Foi uma forma de retribuir o favor por eu ter enviado Dragonsbane para proteger Vecturia contra o exército de Søren, uma forma de se redimir do fato de que, quando Astrea foi sitiada pelos kalovaxianos tantos anos atrás, ele optou por não ajudar.

– Eu sei disso – replica ela. – Só estou dizendo que essa não teria sido a minha escolha. Mas estou aqui agora e tenho guerreiros investidos nesta luta, por isso pretendo fazer tudo que estiver em meu alcance para garantir que eu os leve para casa o mais rápido possível e com toda a segurança.

– Então estamos do mesmo lado. E sem o prinz precisamos de todas as mentes estratégicas que tivermos. Foi, em grande parte, graças a ele que conseguimos tomar a mina do Fogo com tão poucas baixas. O que quer que você pense dele... e você certamente tem direito a ter suas opiniões... os conselhos dele eram inestimáveis.

Maile dá de ombros.

– Prinz Søren pode fazer muito com um exército grande. Não nego. Mas isso não me impressiona. Ele tem os homens, as armas e todas as outras vantagens. Consegui rechaçar o exército dele com menos homens em todas as frentes. Mas suponho que vamos discutir mais estratégia esta noite...

Faço que sim com a cabeça.

– Levando em conta o fato de que não decidimos por nenhum plano concreto na noite passada, teremos que fazer isso.

– Peço que me chamem então – diz ela. – Farei o que puder para ajudar e tenho certeza de que vão considerar minha ajuda pelo menos tão valiosa quanto a dele.

– Ótimo. Mas, se arranjar mais brigas, não vou defender você.

– Não preciso que faça isso. No entanto, sem mais qualquer kalovaxiano por aqui, não creio que isso vá ser um problema.

Erik não é kalovaxiano, tenho vontade de protestar, mas preciso segurar a língua, por isso me limito a assentir.

– Eu achava que ela era uma estranha escolha de guarda – diz Maile.

Ela olha por cima do meu ombro para onde Artemisia se encontra, carregando os alforjes do cavalo com uma das mãos e segurando a xícara de café com a outra. Eu certamente não poderia fazer as duas coisas ao mesmo tempo, mas Art consegue isso com uma graça invejável.

– Ela não parece ser forte o bastante para conter um enxame de vespas, muito menos um assassino humano. Mas tenho que admitir que é surpreendentemente feroz.

Artemisia não responde, mas seus ombros ficam rígidos e eu sei que ela ouviu Maile.

– Se quiser descobrir quanto ela é feroz, continue agindo como uma idiota que se julga superior – digo a Maile. – Embora seja do seu interesse esperar até que ela não esteja segurando uma xícara de um líquido escaldante.

Por um breve instante, Maile parece ficar preocupada de verdade. A seguir, balança a cabeça. Quando se afasta, acho que a ouço rir baixinho.

– Não gosto dela – diz Artemisia quando Maile já não pode ouvir.

– Nem eu. Mas numa coisa ela tem razão: precisamos dela.

ÁGUA

———◆———

Levamos três dias para percorrer o caminho até a floresta Perea. Três manhãs de treinamento com Blaise. Três noites discutindo com Maile, Artemisia e Heron sobre o que fazer quando chegarmos à mina da Água. O restante de nossas tropas está à espera sob a proteção da floresta, mas não seremos suficientes para tomar a mina somente pela força – ao menos não sem grandes baixas, e esse preço não podemos pagar.

Ajudaria se tivéssemos uma ideia melhor do que esperar, mas quanto mais alguém tenta pressionar Artemisia, tentando obter detalhes sobre a mina, mais frustrada ela fica.

– Nunca pensei que voltaria aqui – irrita-se ela, por fim. – Quando finalmente saí de lá, tentei tirar o máximo possível disso tudo da cabeça.

O mais perto que conseguimos chegar de um plano é muito frágil: atingir os pontos fracos deles com o máximo de força que pudermos.

Paramos no ponto em que a floresta Perea encontra o lago Culane, dando a nossos cavalos a chance de beber água, dois de cada vez, enquanto o restante do exército se abriga em meio às árvores. Da margem sombreada, posso divisar os muros do acampamento e da mina da Água do outro lado do lago. Diferentemente da mina do Fogo, esses muros são feitos de folhas de metal frio. Ferro, se eu tivesse que arriscar um palpite. Parece ser o metal preferido dos kalovaxianos quando o ouro é inviável. Os muros não parecem muito fortes, mas, quando menciono essa impressão a Art, ela balança a cabeça.

– Não é para isso que eles estão aí. Não havia muro em torno da mina do Fogo porque era uma proteção melhor contra a magia de fogo ter quilômetros de areia à sua volta. O muro não está aqui para proteger contra ataques de fora… Seu propósito é reprimir a magia de água dos que estão lá dentro.

Ela está descalça, com os pés mergulhados até o tornozelo no lago, as pernas da calça enroladas até o joelho. É impressionante a mudança que a água produziu nela. Invocar água para os cavalos e também para os humanos cobrou o seu preço, deixando-a cansada e mais ranzinza do que de hábito, mas agora a vida retornou ao rosto dela. Art parece em paz, embora paz não seja algo que eu normalmente associaria a ela.

– Pelo menos ainda temos o elemento-surpresa – continua ela. – Se eles tivessem recebido algum aviso, teriam uma patrulha em ação. Eles não esperam um ataque, com certeza não dessa direção.

– Pena que não podemos nos aproximar por esse lado – digo, franzindo a testa. Cruzo os braços e examino o lago. – Não temos os barcos para isso e não podemos trazer os navios do oceano para cá.

– Não – concorda Artemisia com um suspiro. – Mas, se pudéssemos, as coisas seriam muito mais simples.

– Seria bom ter opções mais simples para variar.

– Mas e o risco? Os planos complexos que só entram em ação um instante antes que seja tarde demais? Admita que você sentiria falta disso – diz ela com ironia.

Faço um muxoxo de desdém.

– Não mesmo. Sinceramente, pensei que a essa altura já teríamos elaborado algum plano. Estamos aqui, o restante de nossas tropas conseguiu passar despercebido, no entanto ainda não sabemos como atacar.

– Nunca diga a Søren que eu falei isso, mas ele sabia o que estava fazendo – confessa ela. – Pelo menos nisso ele era útil.

Eu a olho de lado.

– Você diz isso como se fôssemos ver Søren de novo – pontuo.

Ela faz uma pausa.

– Espero que sim. Alguma notícia de Erik?

– Não – respondo, voltando a olhar a plácida superfície do lago. – Heron disse que me avisaria quando houvesse. Mas até agora não recebemos qualquer notícia. Acho que Heron está começando a se preocupar.

– Erik é forte. E temos problemas suficientes bem na nossa frente.

Avisto uma figura vindo pela margem em nossa direção e imediatamente reconheço Maile.

– Falando em problemas – murmuro para Artemisia, assentindo na direção de Maile.

Art solta um suspiro longo e baixo.

– Acha que é tarde demais para fingirmos que não a vimos e buscarmos refúgio na floresta? – pergunta ela, e eu não tenho certeza se ela está brincando.

– O mínimo que ela podia ter feito era ter trazido mais café – comento, embora erga a mão e acene para ela.

– Você é terrivelmente diplomática – diz Art.

No entanto, vindo dela, isso não soa como um elogio.

Quero responder, mas Maile está perto demais agora e sem dúvida ouviria.

– Estava procurando você – diz Maile, dirigindo-se a mim enquanto seus olhos seguem, com cautela, na direção de Artemisia. – O que ela está fazendo?

– Estava tentando relaxar e me recuperar – informa Artemisia, a voz impaciente. – Não é fácil, você sabe, invocar água para todos quando faz algum tempo que não me aproximo dela.

– Ah. Imaginei que fosse simplesmente... assim que funcionava para você – comenta Maile, franzindo a testa.

– Não tenho um suprimento inesgotável – explica Art, antes de franzir o nariz. – Embora eu pudesse ter oferecido alguns baldes de água para você, se isso significasse que tomaria banho. Você está mais azeda que um barril de maçãs.

– Vou acrescentar isso à minha lista de prioridades – replica Maile e, na sequência, se volta para mim. – Mandamos metade de nossas tropas para se esconder nas cavernas ao longo da margem e eles ficarão à espera de instruções. Mas notei algo estranho... Não há guardas patrulhando do lado de fora do muro. E o muro... não parece construído para resistir a um ataque.

– E não foi – confirma Artemisia, repetindo a Maile o que acabou de explicar para mim. – Eles não esperam um ataque de fora... Suas defesas estão mais voltadas para proteger a mina de um possível ataque de seus prisioneiros.

Maile considera a informação, os olhos cintilando.

– Então acho que posso ter uma ideia sobre como nos aproximarmos sem perder a vantagem da surpresa.

Artemisia e eu trocamos olhares.

– É mesmo? – pergunto a Maile.

– Sim, mas acho que você não vai gostar muito.

...
No entanto, eu aprovo o plano. Mas, quando o compartilhamos com Heron e Blaise, parece que sou a única.

– Você quer que a gente se esconda? – diz Blaise para Maile devagar, cruzando os braços.

O sol está baixo no céu agora, já roçando o horizonte. Blaise pediu a Griselda que usasse seu dom para construir uma fogueira, enquanto Heron usava o dele para dissipar a fumaça no ar e evitar chamar a atenção. Agora, no entanto, estamos um pouco afastados do acampamento que construímos, com Heron de olho na fumaça no ar, agitando a mão e usando seu dom para espalhá-la sempre que começa a adensar.

– Não – responde Artemisia, com desdém. – Ela quer que sejamos *distrações*.

A palavra goteja escárnio.

Maile sustenta seu ponto de vista.

– Esta guerra não será vencida com os dons de quatro pessoas, por mais talentosos que vocês possam ser.

– Doze – corrige Blaise. – Incluindo os Guardiões que libertamos da mina do Fogo.

– Meu argumento continua válido. Dos doze, vocês três são os únicos com um treinamento sólido – afirma Maile, apontando Blaise, Heron e Art.

– Theo vem fazendo muito progresso nestes últimos dias – argumenta Blaise. – Ela poderia se virar em uma luta. E Laius e Griselda são dos mais fortes que eu já vi.

– Fortes, mas não estáveis – acrescenta Artemisia num tom gentil.

– Quatro não é muito melhor que três – constata Maile, antes de apontar para mim. – E ela é valiosa demais para corrermos o risco de perdê-la nas linhas de frente da batalha. Assim que você mostrar aos kalovaxianos o que você é... o que pode fazer... vai se tornar o alvo deles. O restante de nós ficará em segundo plano.

– Então, em vez disso – diz Blaise devagar –, você prefere que nos escondamos na floresta.

– *Em vez disso* – contrapõe Maile com uma surpreendente dose de paciência –, prefiro que vocês se escondam na floresta *e* causem a eles o máximo de problemas possível. Enquanto estiverem correndo de um lado para o outro, tentando descobrir o que está acontecendo atrás deles, nós vamos invadir pelo portão principal e atacar com o grosso das nossas forças. Não vai nos garantir uma grande vantagem, mas já é alguma coisa.

– Você quer que sejamos distrações – repete Artemisia.

Maile me olha em busca de ajuda.

– Não é *só* uma distração – digo. – Vamos atacar de outra direção, mas de longe. Já vi vocês três usarem seus poderes em tal escala e sei que ainda seremos capazes de ajudar. Heron, você pode lançar uma tempestade de vento neles. Artemisia, você pode ganhar ainda mais tempo para nossas tropas. Assim perto da água, pode criar ondas para atingir os muros da mina. Você mesma disse... Eles não foram feitos para resistir a um ataque. Podemos não ser capazes de enviar homens pelo lago, mas isso não significa que não podemos atacar daqui em um sentido diferente.

Isso faz Artemisia abrir um sorriso.

– Uma grande onda com certeza seria suficiente para destruir os muros e um bom pedaço do acampamento também.

– Não podemos nos esquecer de que há pessoas inocentes no acampamento... mais pessoas inocentes do que guardas – destaca Heron, com suavidade.

– Certo. Pequenas ondas, então – concorda Artemisia, parecendo aborrecida.

– E, Blaise – continua Maile –, ouvi dizer que você destruiu três navios de uma distância maior do que a que estaremos.

Eu me encolho, recordando como Blaise usou seu dom para desmantelar os navios kalovaxianos prancha por prancha e como o esforço quase o destruiu, ou melhor, quase destruiu todos nós, até que Artemisia o tirou de combate e salvou sua vida.

– Esse pode não ser o melhor exemplo a usar – digo.

O que estamos discutindo (a distância, a escala) requer muito poder. Poder demais. Mais uma vez imagino uma panela fervendo, como Mina descreveu Guardiões como Blaise, Laius e Griselda, cujos poderes não são muito estáveis, embora eles também não sejam exatamente *berserkers*.

Meu estômago dá um nó. Antes de destruir os navios, ele disse que não avançaria se eu pedisse. Agora, porém, eu não acho que poderia impedi-lo.

– Você vai partir depois do jantar – digo a Maile. – A oeste de onde estamos há uma parte estreita do lago que é rasa o suficiente para atravessar a pé. Leve nossos soldados para se juntarem aos outros. Os doze de nós que têm dons ficarão e começarão nosso ataque pouco antes do amanhecer. Assim que começarmos, vocês atacarão também.

Maile assente, os olhos me medindo de uma forma que não me agrada. Não posso deixar de sentir que ela está mantendo um registro em sua mente sobre mim, e eu não tenho certeza do que fazer em relação a isso.

– O que significa que você deve comer agora – digo incisivamente. – E tomar um banho. Artemisia tem razão... Está começando a cheirar mal.

ATAQUE

M AILE PARTE COM SUA LEGIÃO ASSIM que o sol se põe por completo, envoltos no abrigo que a escuridão oferece. Eu fico na margem com os outros, observando-os ir. E me pergunto quantos tornarei a ver. De repente, queria tê-los conhecido melhor. Acho que falei com apenas um punhado deles e, mesmo assim, seus nomes e rostos se misturam em um borrão na minha mente.

Søren se lembra dos nomes daqueles que matou, mesmo passados nove anos. Ainda que tenhamos o número suficiente de soldados para vencer esta guerra, isso não acontecerá sem baixas. O sangue daquelas pessoas estará nas minhas mãos. E eu nem sequer sei o nome delas.

Eu me viro e percorro o caminho de volta ao pequeno acampamento que montamos; apenas sacos de dormir espalhados a céu aberto e uma fogueira apagada.

Doze de nós no total, mas mesmo esse número parece grande. Afora meus amigos, conheço apenas Griselda e Laius, e os dois têm tanto medo de mim que não conseguem murmurar mais do que algumas poucas palavras na minha presença. Contudo, isso é mais do que ouvi dos outros seis. Dois homens e quatro mulheres, cujas idades são difíceis de deduzir. Alguns podem ser adolescentes, outros na casa dos 40, mas os anos de desnutrição e trabalho físico forçado fazem com que todos pareçam ao mesmo tempo mais velhos e mais jovens. Pele encardida, olhos ariscos e cabelos entremeados com fios grisalhos. Seus braços exibem mais tecido cicatricial do que pele, não muito diferente das minhas costas. Suponho que, qualquer que seja a idade deles, todos já passaram por muita dor e sofrimento.

E, no entanto, aqui estão eles. Prontos para arriscar ainda mais. Artemisia e Heron estão sentados juntos perto do fogo apagado, com tigelas de ensopado morno nas mãos, o *molo varu* entre eles, ainda liso e inalterado. Heron acena para que eu me aproxime, mas balanço a cabeça. Não acho que seja uma boa companhia agora, e certamente não creio que consiga manter a comida no estômago. Em vez disso, percorro o perímetro do acampamento, cruzando os braços para afastar o frio úmido no ar decorrente da proximidade com o lago.

A floresta está serena, o murmúrio de vozes vindo do acampamento é quase inaudível acima dos sons dos grilos cricrilando e do vento agitando as folhas na copa das árvores.

– Você lembra que tem o Dom do Fogo agora, certo? – pergunta uma voz, me assustando.

Viro-me e vejo Blaise sentado no pé de uma árvore, as pernas cruzadas. Embora eu saiba que ele está falando comigo, seus olhos continuam voltados para baixo, concentrados na terra reunida na palma de suas mãos. Eu observo em silêncio enquanto ele a faz levitar de uma palma para a outra e de volta à primeira. Um truque de festa infantil, sem utilidade alguma, mas pelo menos suas mãos não tremem. Quando dou um passo em sua direção, ele ergue os olhos para mim. Eles continuam normais e a terra cai de volta ao solo.

– Eu não quero desperdiçar meu dom – digo. – Vou precisar de todo fogo que puder guardar para amanhã. Você deveria tentar se conter também.

Ele balança a cabeça.

– Estamos cercados de terra e só isso já me reenergiza, mas mesmo que não estivéssemos… não funciona assim para mim. Como se eu fosse um poço que pode secar. O poder é simplesmente… eu. Ele não se esgota.

– Mas você se esgota – contraponho, e ele apenas dá de ombros.

– Não sabemos isso com certeza, sabemos? Nunca testamos essa teoria.

A forma como ele fala isso, com indiferença, me irrita.

– Amanhã vou ficar com a sua pedra – digo devagar. – Não vamos precisar do seu dom.

Ele solta um suspiro lento, os olhos se desviando dos meus novamente.

– Theo, estamos em uma guerra – responde ele. Como se eu não soubesse disso. Como se eu pudesse me dar ao luxo de esquecer isso. – Não tenho nenhuma ilusão de sobreviver para ver o fim dela e não me importo com isso. Contanto que, no fim, você esteja no trono, fico feliz em assistir do Além.

Eu me sento ao lado dele, tomando o cuidado de manter uma distância apropriada entre nós. Quero discutir com ele outra vez, dizer a mesma coisa mais uma vez. Eu preciso dele. Não consigo fazer isso sem ele. Não sei o que fazer se ele não estiver aqui.

Mas de repente não tenho certeza de quanto de verdade há nisso. Eu amo Blaise e sei que sentiria sua ausência como um buraco em meu peito para o resto da vida, um vazio, como disse Heron. Não quero perdê-lo. Mas não preciso dele, não como precisava há alguns meses. No palácio astreano, ele era a corda que me ligava a uma vida da qual eu mal me lembrava e à pessoa que eu queria ser. Mas agora estou aqui, eu me ergui, sou a rainha Theodosia e sei quem eu sou. Posso querer Blaise aqui, mas não preciso dele como precisava.

– Eu te amo, sabia? – digo.

– Eu sei – responde ele.

As palavras pairam entre nós, nem reconfortantes nem ásperas, apenas um fato que, embora indiscutivelmente verdadeiro, não significa tanto quanto deveria em comparação com tudo mais. Eu queria que significasse. Queria que dizer essas palavras fizesse o tempo parar e pusesse o mundo em ordem novamente. Queria que elas tivessem o poder de salvar Blaise e Astrea e a mim, mas são só palavras. Elas não mudam nada.

– Vou ficar com sua pedra, mas ela estará comigo se precisarmos. Como um último recurso – informo a ele após um momento. – Se precisarmos de você, então poderemos usá-la. Mas não vamos precisar. Não amanhã. Contanto que os distraiamos por tempo suficiente para que Maile entre pelo portão com guerreiros, vai ser uma batalha fácil de vencer. Não tem sentido sacrificar você por ela.

Ele não responde por um instante, mas enfim assente, mantendo os olhos fixos à frente. A mão suja de terra se aproxima da minha, mas ele pensa melhor e pousa ambas as mãos em seu colo.

– É um último recurso – diz ele, a voz firme e segura. Como se estivéssemos falando sobre o que vamos comer no jantar e não sobre sua morte.

•••

Quando o sol sangra acima dos picos das montanhas Dalzia, Heron e eu lançamos o primeiro ataque. Eu crio uma bola de fogo nas mãos, esticando-a mais e mais até ela estar maior do que a minha cabeça, e então a atiro do outro lado do lago com toda a minha força. Normalmente não percorreria mais do que alguns metros, mas é aí que Heron entra, mandando uma rajada de vento que é forte o bastante para carregar a bola de fogo, mas suave o suficiente para mantê-la acesa. Em vez de apagar o fogo, o ar o alimenta, tornando-o ainda maior, de modo que, quando finalmente atinge o muro do acampamento, o som do impacto ecoa pela floresta atrás de nós como um trovão.

Por um momento, o mundo fica em silêncio. A bola de fogo se espalha lentamente pelos suportes de madeira cruzados do muro, derretendo o ferro à medida que avança. Então, de repente, o caos irrompe. Gritos perfuram o ar, atravessando a superfície do lago, altos, porém indecifráveis. A água cai sobre as partes do muro em chamas, mas estamos longe demais para sabermos o que, ou quem, é a fonte dela.

– De novo – digo, a voz firme.

Olho para Griselda, que está ao meu lado, e aceno para ela. Embora ela e Laius, como Blaise, sejam potes perto de transbordar, ele garantiu o controle dos dois. Este ainda não foi levado ao limite, como o de Blaise. Hoje eles não terão que se esforçar muito; não vai ser demais.

Um sorriso se abre no rosto pálido de Griselda enquanto ela invoca sua própria bola de fogo, segurando-a entre as mãos, assim como eu fiz, antes de lançá-la através do lago. Mais uma vez, Heron a guia até o alvo: o canto sul do muro, longe de onde os kalovaxianos se encontram reunidos.

Mais gritos. Mais pânico. Porém, antes que eles possam apagar as chamas, os outros seis Guardiões do Fogo lançam suas bolas de fogo, e Heron as empurra em direção ao alvo, deixando o muro inteiro queimar.

– Eles vão precisar de um pouco de água para apagar tudo – digo, olhando para Artemisia, que sorri.

Ao lado dela, Laius parece mais nervoso do que animado, mas também consegue dar um sorrisinho tenso.

Já vi Art numa batalha, vi o brilho que surge em seus olhos, a maneira como luta, como se não estivesse inteiramente em seu corpo. No entanto, agora é diferente… é pessoal.

Com a graça de uma bailarina, ela ergue os braços acima da cabeça e Laius imita seus movimentos, observando-a para se certificar de fazer os movimentos certos. A superfície do lago, antes plácida, também se ergue, subindo cada vez mais, até bloquear nossa visão do céu.

– Cuidado – lembro a eles. – Tem pessoas inocentes lá. Muitas delas acorrentadas. Vocês não vão querer afogá-las.

Artemisia faz um muxoxo e, com relutância, eles diminuem a altura da onda.

– Onde você quer? – Art me pergunta.

– No lado norte do muro – determina Blaise, antes que eu possa responder.

Sua interrupção me irrita, mesmo sendo exatamente onde eu teria dito.

Artemisia olha para mim, em busca de confirmação, e faço um gesto positivo com a cabeça.

Com força, ela e Laius baixam os braços, agachando-se e batendo as mãos no chão. Nisso, a onda gigante também desaba, destruindo o lado norte do muro.

O caos se multiplica e, através dos buracos que Griselda e eu abrimos no muro ao derreter o ferro, vejo figuras correndo de um lado para o outro, em um frenesi de pânico.

Blaise dá um passo em minha direção, mas eu estendo a mão e a pouso em seu braço.

– Ainda não – digo, embora sinta sua Pedra da Terra pesar no bolso do meu vestido. – Eles já estão suficientemente distraídos.

No momento em que digo essas palavras, um novo som se junta à cacofonia, um único grito de batalha que se repete mil vezes.

– Nossos guerreiros estão atravessando o portão agora – informa Artemisia. – Nós distraímos os kalovaxianos, mas só vai funcionar enquanto parecermos a ameaça maior.

– Muito bem – respondo. – Então vamos ameaçá-los um pouco mais. Bolas de fogo de novo em cinco, quatro, três...

Invoco outra bola de fogo com os outros, exceto Griselda, e mais uma vez Heron as conduz até o lago, ateando fogo a uma das poucas partes intactas do muro.

– Outra onda, Artemisia – digo, sem fôlego.

Art assente, embora também pareça cansada. Esses não são os truques fáceis que costumamos praticar. Trata-se de um trabalho maior, mais pesado, que está cobrando seu preço. Laius se mostra imperturbável e eu sei que ele poderia facilmente invocar mais água; no entanto, assim como Blaise, não quero usá-lo mais do que o necessário. Enquanto Art faz subir outra onda, olho para Heron, que tem o corpo dobrado, as mãos apoiadas nos joelhos, recuperando o fôlego.

Erguendo os braços mais uma vez, Artemisia invoca sua força e o lago sobe para ela, espiralando em um grande fuso, lembrando a lâmina de uma espada, fina, afiada e precisa. Ela não pergunta qual é o alvo, mas sei que está pensando no arsenal no centro do acampamento.

– Você consegue? – pergunto a ela baixinho.

Sua concentração está focada na espiral de água, só que mesmo assim ela assente uma vez, a expressão tensa e segura. Abro a boca para lembrá-la dos outros, do que vai acontecer se ela errar, mas torno a fechá-la rapidamente. Ela sabe o que vai acontecer. Ela conhece os riscos. Se está segura, eu tenho que confiar nela.

– Vá em frente – digo.

Ela não precisa que eu diga isso duas vezes. Quando as palavras deixam minha boca, Art já está baixando as mãos de novo, os olhos fechados com força e os cabelos se contorcendo selvagemente em torno de seus ombros, as pontas faiscando com um azul ofuscante. Quando suas mãos batem no chão, o som que produzem ecoa em meus ouvidos, me impedindo de ouvir qualquer outra coisa. Só me resta observar a perfeita espiral de água descrever um arco, passar sobre o muro de ferro e ir até o centro do acampamento, seguida por sua cauda.

No momento em que minha audição retorna, a superfície do lago está serena outra vez, como se nada houvesse acontecido, mas eu sei que isso não é verdade. A água inunda o acampamento, abrindo caminho em meio aos pedaços quebrados do que resta do muro, atraída de volta ao lago.

Ao meu lado, Artemisia está encolhida, apoiada em um joelho dobrado, as mãos no chão, enquanto seus ombros se erguem a cada respiração difícil.

– Conseguiu? – pergunto a ela.

Com algum esforço, ela ergue a cabeça, os olhos alucinados encontrando os meus.

– Não tem como saber até acabar e podermos ver por nós mesmos.

Faço que sim, examinando o restante do nosso grupo. Afora Blaise, Laius e Griselda, todos parecem sem fôlego. Aqueles de nós que têm o Dom do Fogo poderiam fazer mais, porém sem Heron para carregar nossas chamas até o outro lado do lago de nada adianta.

– É isso, então – digo. – Vamos reunir nossas coisas e ir para o ponto marcado. Quem for ao nosso encontro deve ter notícias para nós.

– Eu posso fazer mais – afirma Heron. – Vamos enviar mais fogo.

Balanço a cabeça.

– Artemisia já inundou a maior parte do acampamento agora... Isso não mudaria muita coisa. E o pouco mais que pudéssemos fazer não valeria o esforço de ter que arrastar seu corpo inconsciente até lá. Não, já fizemos tudo o que podíamos.

– Nem tudo – insiste Blaise, a voz baixa e nervosa, como o ar antes da queda de um raio.

– Você seria nosso último recurso – digo, minha mão deslizando para o bolso do vestido.

Sei que o bracelete de pedras dele está ali, mas de repente preciso me reassegurar de sua presença. O metal duro e frio é reconfortante, suas bordas se enterrando na palma da minha mão quando o aperto com força.

– Não existe qualquer indício de que precisamos de você. Maile não deu o sinal, o que significa que ela entrou com seu exército sem incidentes. E, com eles lá dentro, o acampamento é nosso. Sobretudo com Artemisia destruindo seu arsenal.

– *Se* ela destruiu o arsenal – argumenta Blaise, dando mais um passo em minha direção.

Há algo estranho em seus olhos, algo selvagem e desesperado.

– Maile não sinalizou pedindo mais ajuda, então não há razão para acreditar que seus dons sejam necessários – digo, mantendo a voz calma.

– Ou Maile está morta. Ou está ocupada tentando *não* morrer. Você está disposta a depositar as esperanças de Astrea na habilidade de uma pessoa de fazer o que disse que faria? Na habilidade *daquela* pessoa de fazer o que prometeu?

Corro os olhos ao redor, encontrando dez pares de olhos me observando com muita atenção. Embora tenha esgotado toda a sua energia, Artemisia ainda parece pronta para se interpor entre nós, se for preciso, mas eu não quero chegar a esse ponto. Aperto ainda mais o bracelete em minha mão.

– Não venha me falar sobre as esperanças de Astrea – replico. – Estou perfeitamente ciente do que está em jogo e em quem confio. Maile tem experiência em batalhas. Esta não é a sua primeira. Se precisasse de ajuda, ela ou um de seus guerreiros teria enviado o sinal. Eu sei que você está ansioso para se sacrificar por seu país, mas temo que terá que esperar outro dia.

Por um momento, Blaise fica paralisado, mas há algo em seus olhos que me perturba, uma urgência frenética, uma distância vidrada. Não é tão diferente do olhar que ele tinha quando, do convés, destruiu os navios dos kalovaxianos; como se não fosse ele mesmo. Ele nem parece me ver – toda a sua atenção está focada nas pedras na minha mão, sua expressão concentrada e faminta.

– São minhas pedras e minha escolha, e eu escolho lutar – diz ele, a voz se fragmentando em cada palavra.

– Blaise, você prometeu – respondo, tomando o cuidado de manter a voz equilibrada.

Não sei o que está acontecendo com ele, como pode agir à beira de uma explosão sem uma pedra. Isso me assusta, e não sou a única. Artemisia e Heron o observam com cuidado, nenhum dos dois parecendo respirar, enquanto os outros estão apenas perplexos.

Blaise não retruca e, por um instante, acho que venci, que consegui fazê-lo me entender. Mas, antes que eu possa suspirar aliviada, sua mão serpenteia em minha direção, em direção à mão que segura sua Pedra do Espírito, e me agarra. Tento me afastar dele, mas sua mão está presa ao meu antebraço, a pele de sua palma muito quente, escaldante até.

Como um *berserker*.

– É meu – diz ele, sem que sua voz soe inteiramente como sua.

Ele parece feral e não muito humano, desesperado, faminto e enraivecido demais para ser o Blaise que eu conheço. No entanto, é ele.

– Blaise – chamo, mas ele não responde.

Sua mão aperta meu braço dolorosamente, os dedos se enterrando em minha pele. Eu grito, mas ele mal parece me ouvir.

– Posso senti-la – diz ele, puxando meu braço com força e tentando tirar do bolso minha mão e a pedra. – Eu preciso dela, Theo.

Antes que eu possa responder, Blaise é puxado para longe de mim, sua mão arrancada do meu braço. As marcas de suas unhas permanecem em minha carne. Quando ergo os olhos, vejo Heron segurando Blaise, mantendo seus braços presos atrás das costas enquanto ele tenta se soltar. Cansado como está, não sei como Heron consegue segurar Blaise.

– Você precisa tirar Blaise de combate – digo, mas as palavras não parecem minhas.

Os olhos de Heron encontram os meus e, embora pareça agoniado com a ideia, ele assente. Com dificuldade, consegue colocar a palma da mão nivelada à cabeça de Blaise, e na mesma hora o corpo de Blaise fica flácido, desabando no chão como uma marionete cujas cordas foram cortadas.

Mesmo esse pequeno uso de seu poder cobra um preço a Heron, cujo corpo oscila. Artemisia corre até ele e o ajuda a se manter de pé, embora ela também pareça oscilar.

Por um longo momento, ninguém se move e ficamos todos olhando para Blaise. Os outros parecem assustados, o que é compreensível. A condição de Blaise não era conhecida por ninguém além de mim, Art e Heron, mas agora será difícil manter o sigilo. E, para eles, tudo deve ser muito parecido com a loucura das minas.

Sinceramente, não tenho tanta certeza de que não é, de que a linha entre o que quer que ele seja e um *berserker* seja suficiente para mantê-los separados.

– Quando ele acordar, já deve ter recuperado o juízo – digo em voz alta, feliz por minha voz não vacilar. – Tenho certeza de que vai se sentir muito envergonhado por causa dessa explosão.

Até mesmo para os meus ouvidos, as palavras soam inadequadas. Quando olho para os outros, eles parecem desconfiados e inseguros, exceto Griselda e Laius. Nenhum deles olha para mim. Seus olhares estão grudados na forma inconsciente de Blaise. Seu mentor, seu professor, seu futuro.

BRIGITTA

A PRÓPRIA MAILE VAI AO NOSSO ENCONTRO no ponto anteriormente marcado. Ela já está esperando no local onde o lago, a cordilheira e a floresta se encontram, sozinha, encostada no tronco de uma árvore, os braços cruzados na frente do peito. Quando nos vê chegando, ela se empertiga, abrindo um sorrisinho que logo desaparece ao ver Heron carregando Blaise inconsciente.

– O que aconteceu? – pergunta ela. – Vocês foram atacados?

Olho para os outros, esperando que alguém responda, mas os dez se mantêm em silêncio, à minha espera. Embora Blaise possa ter assustado os demais Guardiões do Fogo, ele ainda é aquele que os guiou, treinou e apoiou durante as últimas semanas. Mesmo que não saibam o que pensar sobre ele nesse momento, sabem que ainda é um de nós. Sabem que, se alguém mais tiver conhecimento do que aconteceu, podem tentar machucá-lo. Então seguram a língua e eu me sinto grata por isso.

– Ele se esforçou demais – respondo, mas isso só serve para Maile franzir ainda mais a testa.

– Como? – pergunta ela. – Não houve terremotos. Fogo, ondas e ciclones, sim, mas nada nem remotamente relacionado à terra.

Então dou de ombros, com um falso desdém.

– Ele não conseguiu fazer com que fossem além do lago – minto. – Esforçou-se muito para que chegasse até lá, mas… bem…

Deixo a frase incompleta, indicando com a cabeça sua forma inconsciente.

– Acabou sendo desnecessário. Suponho que tenhamos tomado o acampamento.

Maile assente, seu sorriso retornando.

– Assim que passamos pelo portão, foi bem fácil. Principalmente depois

que o arsenal deles foi destruído – diz ela, voltando o olhar para Artemisia.
– Muito bem.

Art não é nem um pouco afetada pelo elogio de Maile.

– E os civis? – pergunta ela.

– Houve alguns feridos – admite Maile. – Mas todos parecem ser facilmente tratáveis… nada fatal. Já temos alguns curandeiros circulando. Tivemos algumas baixas do nosso lado, mas, ao todo, terminamos com muito mais guerreiros do que eu esperava. Em grande parte graças a vocês.

– E quantos astreanos havia lá? – indaga Heron.

– Bem, eu não parei para contar – diz Maile. – Mas arriscaria dizer que é aproximadamente o mesmo número que tinha na mina do Fogo. O suficiente para que possamos tomar a próxima mina com facilidade, contanto que a notícia não chegue à capital antes de a alcançarmos. Não é bom ficarmos aqui por mais de um dia.

Franzo a testa.

– Viemos aqui para interceptar os sta'criveranos. Algum sinal deles?

– Tenho batedores esperando nas falésias que dão para o mar, mas até agora nenhuma notícia – responde ela. – Tem certeza de que quer correr o risco de ficar por esse motivo? Nós nem sabemos o que eles estão negociando.

– Sabemos que é importante para a kaiserin. Isso basta para mim. Mas não há razão para todos nós ficarmos. Você deve prosseguir com metade das tropas e nos encontrar onde acampamos na floresta Perea… Há algumas vilas não muito distantes, ao norte, que ficariam felizes de ser libertadas. Desde que vocês não sejam apanhados…

– Não seremos – interrompe Maile. – Tem certeza de que quer estar aqui com um número reduzido de soldados quando os kalovaxianos e os sta'criveranos chegarem?

– Vou ficar com os Guardiões da Água, ficarei bem – replico.

Maile assente.

– Devemos levar Pedras da Água conosco – diz ela e, embora seu tom seja trivial, a ideia me paralisa.

– Pedras? – pergunto. – Por que faríamos isso?

Ela dá de ombros.

– Há muitas delas armazenadas em um depósito. Se eu tivesse que chutar um número, diria bem mais de mil. É um poder que certamente poderíamos usar à medida que avançamos.

Demoro um momento para entender o que ela está dizendo, o que está sugerindo. Artemisia, porém, compreende mais rápido do que eu.

– Você sugeriu a mesma coisa na mina do Fogo e ouviu a resposta não – diz ela, a voz suave, mas com um tom perigoso. – Aquelas pedras não devem ser mal utilizadas por gente que não está preparada. A resposta não mudou agora, e se você for tola o bastante para perguntar uma terceira vez...

– Eu esperava esse sentimentalismo de Heron – Maile a interrompe. – Mas vocês duas são práticas demais para isso. Aquelas pedras podem ser o peso extra de que precisamos para desequilibrar esta balança. Vocês não podem colocar a superstição acima da lógica.

– Do que vocês estão falando? – pergunto, tentando entender aquela discussão. – De que pedras na mina do Fogo?

Maile e Artemisia se entreolham, mas Artemisia fala primeiro.

– Nós as encontramos quando você estava na mina... um depósito subterrâneo com centenas e centenas de pedras. Houve uma discussão sobre o que fazer com elas. Alguns, como Maile, achavam que deveríamos usar as pedras na batalha, como os kalovaxianos fazem, alegando que isso equilibraria o jogo. Outros discordaram.

– Heron – digo.

É claro que ele teria discordado... Eu não tenho certeza do que acredito no que diz respeito aos deuses, mas Heron acredita totalmente neles. Ele acredita que alguém que não tenha sido abençoado pelos deuses não deveria usar uma pedra, como os kalovaxianos fazem. Que isso é sacrilégio.

– Quem mais?

– Blaise, eu – responde Artemisia, fazendo então uma pausa. – Minha mãe também. E, embora você não estivesse lá para dar a sua opinião, todos nós sabíamos o que pensa a respeito das pedras. Como você mesma se recusou a usar uma até...

A voz dela morre, seus olhos pousando no pendente da Pedra do Fogo em meu pescoço. A pedra de Ampelio.

– Então o que foi feito com elas? – pergunto.

– Nós as deixamos onde estavam – responde Artemisia, dando de ombros. – Selamos a entrada do depósito subterrâneo para que ninguém pudesse pegar nada.

Faço um gesto afirmativo com a cabeça.

– Ótimo. Vamos fazer o mesmo aqui.

Maile franze a testa.

– Mas...

– A decisão está tomada – corto. – Já chegamos a um acordo.

– É superstição – insiste ela.

– Pode ser – replico. – Mas é no que os astreanos acreditam. E os astreanos ainda são a maioria nas tropas. Se nossas crenças... nossas superstições, como você tão desdenhosamente diz... forem desrespeitadas, eles começarão a se rebelar. Não podemos nos dividir agora, não com os gorakianos já tendo desertado.

Por um segundo, Maile parece querer argumentar, mas Artemisia fala antes dela.

– Astrea foi conquistada por causa daquelas pedras – diz ela, a voz suave. – Muitos de nós fomos forçados a arrancar essas pedras da terra até nossos dedos sangrarem e nossa mente ficar avariada com a proximidade delas. Nada de bom virá se as distribuirmos.

Maile assente, embora ainda pareça aborrecida.

– Tem mais uma coisa – informa ela um segundo depois.

– Juro aos deuses que, se você não esquecer isso... – interrompe Artemisia.

– Não é isso. Outra coisa.

– Uma coisa boa ou ruim? – pergunto com os lábios franzidos.

Maile esfrega a nuca.

– Difícil dizer, para ser franca. Talvez seja melhor mostrar do que tentar explicar. Venham comigo.

• • •

Lembro-me de ter visto a mina da Água apenas uma vez antes do cerco, quando o local nem sequer era uma mina, apenas uma caverna com um templo erguendo-se alto, imponente e reluzente em torno dela. Essas lembranças são distantes e desbotadas, mas eu me recordo das sacerdotisas com seus vestidos de seda azul-claros esvoaçando ao redor de seus corpos como água. Lembro-me da minha mãe parada na frente do templo, numa postura pequena e humilde. Lembro-me de pensar que aquele era o lugar mais lindo que eu já tinha visto, ainda mais bonito do que o palácio.

No entanto, faz dez anos que aquele templo não existe mais, e o acampamento que os kalovaxianos ergueram em seu lugar pode ser chamado de tudo, menos de lindo. Sua configuração é semelhante à do acampamento da mina do Fogo, com fileiras de casernas que se assemelham a blocos de pedra cinza, para um dos quais Heron carrega Blaise, onde ele vai descansar até acordar. Os Guardiões do Fogo se dirigem para o refeitório, gêmeo do que encontramos na mina do Fogo. Passamos, inclusive, pelo mesmo portão de ferro incrustado com Pedras de Fogo que circunda a área onde os Guardiões e os *berserkers* teriam sido mantidos. Quero perguntar a Maile quantas pessoas ela encontrou lá, mas não consigo formar as palavras. Minha mente está ocupada demais, imaginando para o que ela poderia estar me levando.

Artemisia também está quieta, embora eu acredite que a razão seja menos por estar distraída pelo pensamento de para onde estamos indo do que com o acampamento em si. Eu me pergunto como ela o vê, anos depois de ter pensado que nunca mais voltaria ali. Será que está analisando os rostos dos ex-escravos pelos quais passamos, procurando alguém familiar? Se encontra, sua expressão não demonstra.

– Você está bem? – pergunto a ela baixinho, de modo que Maile não possa ouvir.

Ela volta os olhos escuros para mim, embora leve um momento para focá-los.

– É estranho – finalmente consegue dizer. – Estar aqui de volta. A garota que eu era quando fui embora não é a mesma que sou agora, mas não consigo deixar de me sentir como ela outra vez. E não gosto disso.

– Aquela garota sobreviveu – lembro a ela. – E se tornou forte o bastante para salvar as outras pessoas aqui.

O sorriso dela é triste.

– Nem todas, porém – replica ela. – Quantos você acha que foram mortos desde que eu fui embora?

– O sangue deles não está nas suas mãos, Art. Está nas dos kalovaxianos.

– Eu sei disso – diz ela, a mão distraidamente se dirigindo ao cabo do punhal em seu quadril. – E estou pronta para fazê-los pagar por isso.

Ela apressa o passo a fim de alcançar Maile.

– Quantos guardas sobreviveram?

Maile olha para ela, incerta.

– Uma centena, mais ou menos – responde. – Estamos mantendo todos eles em algumas das casernas, sob forte vigilância. Pensamos que seriam mais úteis vivos do que mortos.

Artemisia parece desapontada, mas logo se recupera.

– Por ora, talvez – diz ela. – Quero ver todos depois disso. Aonde quer que você esteja nos levando. Aliás, aonde você está nos levando?

Maile olha para mim, por cima do ombro, antes de voltar-se novamente para a frente, indicando com a cabeça uma construção que reconheço como a caserna do comandante, logo ao lado do que deve ter sido o arsenal, embora pouco reste dele agora. A mira de Artemisia foi precisa.

– Ficamos… surpresos, para dizer o mínimo, com algumas pessoas que encontramos aqui.

– Kalovaxianos ou astreanos? – pergunto quando ela abre a porta e nos convida a entrar.

– Nem uma coisa, nem outra – responde.

Meus olhos levam um momento para se ajustar à luz fraca, mas, quando isso acontece, tenho que abafar um arquejo.

Há duas pessoas esperando ali, com as mãos amarradas nas costas. O homem parece gorakiano, com a mesma pele dourada e o cabelo escuro de Erik e Hoa, mas a mulher… no primeiro momento, acho que é Cress. Tem o mesmo rosto de boneca de porcelana, os mesmos olhos cinzentos, o mesmo cabelo louro torcido em duas tranças que descem até a cintura. Essa mulher, no entanto, é mais velha, com linhas de expressão em torno dos olhos e da boca. Embora seu rosto seja mais fino do que o de Cress, de alguma forma é também mais suave, pelo menos mais do que nas últimas vezes que vi Cress. A mulher é muito parecida com a Cress que eu conheci.

Há algo mais nela, algo familiar que arranha a minha memória.

– Quem é você? – pergunto a ela, ignorando completamente o homem gorakiano.

Os olhos da mulher examinam meu rosto, o reconhecimento faiscando em seus olhos. Eu não a conheço, mas ela me conhece.

– Meu nome é Brigitta, Vossa Majestade – diz ela, erguendo o queixo.

Sua voz também é como a de Cress costumava ser, melódica e suave, mas o tipo de voz que exige ser ouvida.

Demoro um instante para identificar o nome, mas, quando isso acontece, o mundo parece se mover sob meus pés e eu me lembro de onde a vi antes: uma pequena pintura, não muito maior que o meu polegar, que Cress usava como pingente em uma de suas pulseiras, uma lembrança de sua mãe morta, que, como descobri mais tarde, não estava morta.

Brigitta é o nome da ex-mulher do theyn, da mulher que fugiu com um gorakiano antes de os kalovaxianos chegarem a Astrea. Brigitta é o nome da mãe de Crescentia.

ARMADILHA

AS MÃOS DE BRIGITTA TREMEM QUANDO ela leva a xícara de porcelana aos lábios, antes de devolvê-la ao pires com um tilintar. Estamos sozinhas no gabinete do comandante, suas mãos desamarradas, embora Artemisia esteja esperando do lado de fora, caso Brigitta tente fazer alguma tolice. Não creio que isso vá acontecer, não existe muita energia beligerante na mulher. Mesmo agora, vestida em uma túnica de algodão rústico, com a pele curtida e o cabelo mal contido pelas tranças, ela parece a dama kalovaxiana que foi criada para ser.

– Para onde levaram Jian? – pergunta ela, os olhos cinzentos pousando nos meus.

Jian deve ser o homem que a acompanhava. O homem, presumo, por quem ela deixou o theyn.

– Achamos melhor interrogar vocês separadamente – explico. – Para ter certeza de que os dois estão sendo sinceros.

Ela arqueia as sobrancelhas louras da mesma forma que Cress.

– Sinceros – ecoa ela. – Estávamos sendo mantidos prisioneiros aqui da mesma forma que os outros.

Não é que eu não acredite nela. Todos os sinais indicam que ela está dizendo a verdade. Mas, sentada diante dela agora, não posso deixar de pensar em Cress, em uma das últimas conversas que tivemos como amigas, quando ela me contou que a mãe a havia abandonado. Não posso deixar de me perguntar quanto as coisas teriam sido diferentes, quanto Cress seria diferente, se isso não tivesse acontecido.

– Você não pode nos culpar por tomar precauções – é o que digo, no entanto, bebendo meu café. – Você é kalovaxiana, afinal.

Espero que ela proteste, mas Brigitta se limita a dar de ombros.

– O que você quer saber? – pergunta.

Há tantas coisas que quero saber. Por que abandonou Cress? O que fez na última década? O que esse homem, Jian, é para ela? Por que ela está aqui? Mas essas não são as perguntas mais urgentes a se fazer.

– Teve algum contato com sua filha desde que ela se tornou kaiserin? – indago.

Ela pisca, surpresa, o que a faz manter-se em silêncio por um momento.

– Como você sabe quem é minha filha? – espanta-se ela.

Penso em mentir, mas não vejo em que isso vai me ajudar.

– Ela me disse que a mãe a deixou, que fugiu com um homem gorakiano. Eu sabia que o nome da mãe dela era Brigitta. E vi uma pintura sua em miniatura... Cress a usa na pulseira. Além disso, você é idêntica a ela.

Ela se encolhe ao ouvir o nome, como se eu a acertasse fisicamente. Seus olhos baixam, desviando-se dos meus, e concentram-se em suas mãos.

– Não tive contato com ela desde que fui embora – diz ela, a voz vacilando. – Ouvi coisas sobre ela, como estava se saindo, ao longo dos anos; ela, porém, nunca soube nada a respeito de mim. Achei que assim seria melhor...

Ela se detém, balançando a cabeça antes de continuar.

– Não. Isso é mentira. Eu mantive distância porque temia que o pai dela usasse qualquer comunicação como uma forma de encontrar a mim e a Jian. Passei os últimos doze anos olhando o tempo todo por cima do ombro, esperando o dia em que ele nos encontraria.

Com isso, sinto uma pontada de simpatia. Afinal, eu sei uma coisa ou outra sobre temer o theyn. Por uma década, o homem foi uma presença constante em meus pesadelos.

– O theyn está morto – digo a ela.

Seu sorriso é sombrio.

– Sim, ouvi dizer. Suponho que eu tenha uma dívida de gratidão com você. Ele não era um bom homem.

– Sei muito bem disso – respondo com secura. – No entanto, parece que foi fácil para você deixar sua filha com ele.

– Não teve nada de fácil nisso – replica Brigitta, a voz se tornando mais aguda. – Eu a deixei porque fui obrigada. Você tem que acreditar em mim: foi o melhor para todos.

– Tenho dificuldade em imaginar como isso pode ter sido melhor para ela. Você permitiu que ele a moldasse, a transformasse em um monstro. Se tivesse ficado, ela seria uma pessoa diferente hoje.

– Se eu tivesse ficado, o mundo como você o conhece seria um pouco mais do que um monte de cinzas – diz ela bruscamente.

Como fico surpresa demais para responder, ela balança a cabeça.

– Qual foi a história que circulou? – pergunta ela. – Que eu deixei meu marido por outro homem? Que fugi dos kalovaxianos por amor? Talvez haja alguma verdade nisso… Eu de fato amei Jian, eu o amo. Mas não teria deixado minha filha por isso. Só que era um boato mais fácil de espalhar do que a verdade, eu suponho.

– E qual é a verdade?

Ela sorri, mas não há qualquer alegria no sorriso.

– Peço que me perdoe se eu não confio em você, rainha Theodosia. Acontece que eu vi como o poder corrompe e o que as pessoas estão dispostas a fazer quando ficam desesperadas.

Quero discordar, mas sei que há pelo menos um pouco de verdade em suas palavras. No entanto, digo:

– Não posso ajudá-la se você não me ajudar.

Ela reflete por um momento, levando a xícara aos lábios para tomar outro gole de chá.

– Está familiarizada com alquimia, Vossa Majestade?

A palavra é familiar, mas apenas vagamente. Trata-se de uma prática gorakiana, uma mistura de ciência e magia que criou o *molo varu*, entre outras coisas.

– Ouvi falar – respondo.

– Jian era considerado o melhor alquimista de Goraki antes da chegada dos kalovaxianos. Assim como acontece com as Pedras do Espírito, os kalovaxianos queriam encontrar uma maneira de usar a alquimia em proveito próprio. Meu marido, o theyn, levou Jian para casa, onde ele poderia ser observado e estudado. Onde suas habilidades seriam usadas para criar armas que o mundo nunca tinha visto. Jian se recusou, é claro. Durante anos, ele lhes deu somente bugigangas, pequenos pedaços de alquimia que eram suficientes apenas para mantê-lo vivo. Espadas que podiam cortar qualquer coisa, até mesmo músculos e ossos, canhões que nunca erravam os alvos, um aríete com a força de mil homens.

Minha boca fica seca.

– Nunca vi armas assim – digo a ela.

Ela sorri.

– Não poderia mesmo. Jian era mais inteligente do que os kalovaxianos pensavam e a alquimia não é como suas Pedras do Espírito. É mais semelhante a algo vivo… Precisa ser cuidada, nutrida, para durar. Em questão de meses, as armas que ele criou se tornavam inúteis.

– Imagino que os kalovaxianos não ficavam felizes com isso.

– Não – concorda ela, a angústia cruzando seu rosto. – Mas, naqueles poucos meses, o theyn incumbiu Jian de criar um novo tipo de arma, que só precisaria funcionar uma vez, mas teria o poder de subjugar milhares de pessoas. Literalmente.

Eu me aprumo um pouco mais na cadeira.

– Que arma? – pergunto.

Ela não responde de imediato.

– Jian a chamou de *Velastra*. Em gorakiano, a combinação das raízes da palavra significa algo próximo a *tomador de sonhos*, mas há um erro de tradução nela. Em gorakiano, um sonho não é apenas algo que acontece quando você dorme, ou mesmo uma esperança distante para o futuro. Está mais perto da própria alma, do *querer*. Criada corretamente, a Velastra tira a vontade de uma pessoa, seus desejos… seus sonhos.

Minha boca fica seca. Os kalovaxianos sempre tiveram escravos, mas parece que nem mesmo correntes são suficientes para eles.

– Como? – é a única coisa que me ocorre perguntar.

Ela balança a cabeça.

– Um gás… que se expandiria para preencher todo e qualquer espaço, mas que, com uma única inalação, tornaria uma pessoa pouco mais do que uma marionete. Essas pessoas obedeceriam às menores sugestões que lhes fossem feitas: limpar a cozinha, tirar a roupa, pular de um penhasco. A vítima não teria escolha. Jian descobriu a fórmula muito rapidamente, levando-se tudo em conta, mas a omitiu deles. Eu só descobri que ele sabia por acidente… Vi algumas de suas anotações, e ele não sabia que eu entendia gorakiano ou a ciência o suficiente para dar sentido a elas. Nós dois percebemos quanto aquela arma era perigosa, que Jian não poderia ocultá-la do meu marido para sempre e que, quando o theyn a descobrisse, o mundo desmoronaria. Então traçamos um plano para fugir.

– Foi por isso que você deixou Cress.

Ela hesita, mas em seguida assente.

– Deixei Cress para proteger o mundo – explica ela. – Não foi uma decisão fácil, mas acredito que tenha sido a correta.

– E Jian ainda sabe fazer Velastra?

Ela faz uma pausa.

– Se tivesse a chance, Vossa Majestade, de arruinar os kalovaxianos em questão de instantes, você a aproveitaria?

– Claro – respondo, sem hesitar.

– Isso seria possível usando a Velastra. Tiraria a autonomia das pessoas, suas escolhas, o que as torna humanas – diz ela, inclinando a cabeça para o lado. – Faria isso?

Isso me faz refletir. Por um lado, é difícil imaginar que haja algo que eu não faria pelo meu país, mas isso? Durante dez anos, fui uma marionete do kaiser, embora, mesmo quando parecia que não tinha escolha, eu tivesse. Essa foi a única razão pela qual, no fim, fui capaz de dizer não, de me rebelar, de escapar. Se ele tivesse acesso à Velastra então... Só de pensar nisso sinto náuseas. Não tenho certeza se desejaria esse destino até mesmo para meus inimigos.

– Não – digo a ela depois de um momento.

– Acho que posso acreditar em você – conclui ela. – Mas, rainha ou não, você é apenas uma mulher, e não sei se as outras pessoas em sua rebelião pensariam da mesma forma. Não vou arriscar.

Eu me preparo para protestar, mas então penso em Maile, que não duvido que usaria tal arma se pudesse. Heron não, disso eu sei, porém não tenho certeza sobre Artemisia. E os outros líderes que não estão aqui, Dragonsbane, Sandrin... O que eles fariam? Não, Brigitta tem razão. Jian deve guardar isso para si mesmo. O que quer que seja, é perigoso e não se pode permitir que Cress ponha as mãos nessa arma.

– Então você foi embora para manter os planos dessa arma longe do theyn e dos kalovaxianos – afirmo. – Mas isso não explica por que você está aqui.

Brigitta toma mais um gole do café.

– Jian e eu nos estabelecemos em Sta'Crivero há alguns anos. Não na capital, mas em uma pequena aldeia sem nome, perto da costa leste. Parecia mais fácil evitar a atenção dessa forma, embora eu imagine que uma mulher kalovaxiana e um homem gorakiano chamem atenção aonde quer que vão. No mês passado, um de nossos gentis vizinhos alertou o rei sobre nossa presença em troca de rações extras de água. Estamos presos desde então.

Algo se encaixa em minha mente.

– Vocês fazem parte da troca – concluo. – Vocês são a razão pela qual o príncipe Avaric está vindo pessoalmente… para supervisionar sua troca… pelo quê? Pela mina da Água? O rei Etristo deve pensar que ela é uma tola sentimental, trocando tanto por algumas centenas de soldados e sua mãe e o amante pelo qual ela a abandonou. Ele provavelmente não tem ideia de com quem está lidando.

Com isso, ela dá de ombros.

– Como falo muito pouco sta'criverano, não consegui entender tudo que meus captores disseram. Mas parece que o rei Etristo e minha filha chegaram a um acordo depois que ele avisou a ela e ao kaiser sobre seus planos… e sim, essa é a essência da troca. Sta'Crivero obtém acesso à mina da Água em troca de tropas para ajudar a reprimir de uma vez por todas a revolta astreana. Capturar a mim e me entregar à minha filha é um gesto de boa-fé do rei antes do acordo oficial, que Crescentia e o príncipe Avaric devem selar pessoalmente, diante da mina. Jian e eu fomos enviados mais cedo com um pequeno grupo de guardas para validar nossas identidades com um guarda kalovaxiano que trabalhou na casa do theyn em Goraki. O batedor enviado por Crescentia partiu apenas um dia antes de vocês chegarem.

Meu coração se aperta.

– Cress está vindo para cá – digo devagar, tendo dificuldade em compreender qualquer outra coisa do que ela falou.

– Sim. Esta noite – confirma Brigitta, franzindo a testa, confusa. – Você não sabia?

Balanço a cabeça. Eu sabia sobre os sta'criveranos, sabia sobre a troca, sabia até sobre o príncipe Avaric vir selar o tratado. Talvez eu devesse saber que Cress também viria pessoalmente, mas o kaiser sempre se escondia atrás dos muros do palácio, sempre enviava outros para cumprir suas ordens. Ele nunca teria arriscado a própria vida vindo ao encontro de um estranho em cuja lealdade ele não podia se fiar.

Ou talvez, lá no fundo, eu soubesse. Talvez eu simplesmente não quisesse aceitar. Talvez soubesse que não estava pronta para enfrentá-la outra vez.

– Ela não virá sozinha – digo por fim, olhando para Brigitta. – Ela seria uma tola se fosse ao encontro de um príncipe estrangeiro e seu exército apenas com seus guardas. E ela não é nem um pouco tola. Cress virá com um exército. Dos grandes, imagino. Os sta'criveranos agiram contra ela há pouco tempo, ela não vai confiar neles. E, além disso, vai querer se exibir para que eles nunca pensem em contrariá-la de novo.

Viemos para a mina da Água esperando fazer uma emboscada em uma troca simples, não estamos nem de longe preparados para entrar em uma guerra de verdade.

...

– Poderíamos ir embora – sugere Maile, quebrando o silêncio que paira no gabinete do comandante pelos últimos minutos.

Quase um momento após a revelação de Brigitta, Maile entrou de maneira intempestiva no gabinete do comandante, Heron e Jian vindo logo atrás. Jian havia contado a eles a mesma coisa que Brigitta contara a mim. Chamamos um guarda para levar Jian e Brigitta para algum lugar seguro e, presumindo que sua presença era mais necessária como conselheira do que como guarda, Artemisia juntou-se a nós no gabinete, fechando a porta com firmeza ao entrar.

Também acabamos de receber notícia dos batedores de que os navios já estão visíveis no horizonte e que estarão aqui antes do pôr do sol.

– Não podemos ir embora – digo, a voz calma, embora o medo esteja correndo em minhas veias, quente, espalhando o pânico. – Temos um exército sta'criverano se aproximando da costa ao sul e os kalovaxianos vindo do norte por terra. Com o número de pessoas que temos, muitas delas ainda feridas ou desnutridas, não seremos capazes de nos mover rápido o bastante para evitar sermos apanhados entre os dois.

Maile não desiste, no entanto. Seus olhos encontram os meus, duros e seguros.

– *Nós* podemos correr – ela me corrige. – Nós e as pessoas que podem acompanhar.

– Você não pode estar falando sério – diz Heron, cuspindo as palavras.

– Não estou falando que é a situação ideal – replica ela. – Mas não ficarei envergonhada de sugerir a única saída razoável. Alguns de nós podem sobreviver a isso, mas, se ficarmos, nenhum de nós sobreviverá.

– Não iríamos muito longe – afirma Artemisia. – Assim que os kalovaxianos chegarem e virem a bagunça que deixamos, vão nos seguir, e, como a única maneira de evitar sermos vistos e não ir de encontro ao exército deles é contornando o lago Culane, eles nos alcançarão em questão de horas.

A discussão continua, mas eu mal os ouço. Esse ataque foi ideia minha. Fui eu que interpretei mal a situação, que não colhi informações suficientes antes de tomar uma decisão. Talvez eu devesse ter aguardado, mas isso nos teria deixado ainda na mina do Fogo, esperando, vulneráveis.

Fico revirando na mente o que Brigitta disse. Cress estará aqui amanhã e ela e seu exército esperam achar a mina da Água em seu estado habitual. Eles se encontrarão com o príncipe Avaric para selar um acordo e, então, as duas partes partirão mais uma vez. É muito trabalho para uma reunião tão curta. Se ao menos houvesse uma maneira de descer uma cortina sobre a mina, esconder que estivemos aqui.

Assim que esse pensamento me ocorre, uma ideia vem em seu encalço.

– Quantos Guardiões da Água nós temos? – pergunto.

No entanto, minhas palavras são abafadas na discussão. Pigarreio e tento outra vez, alto o suficiente para ser ouvida.

Maile me olha como se tivesse esquecido que eu estava aqui. Ela balança a cabeça.

– Vinte – responde.

– Na verdade, nenhum – diz Artemisia. – Não há Guardiões da Água *treinados*. Vinte pessoas com o poder cru, mas sem treinamento.

– Vinte, mesmo assim – repito devagar.

Penso no que Artemisia fez sozinha e multiplico por vinte. Eu entendo o que ela está dizendo. Entendo a diferença, sim, mas também me lembro do que conseguia fazer antes mesmo de começar meu treinamento. Meu poder era uma coisa selvagem e indomável, sim, porém era forte. E não temos outras opções.

– Não vamos a lugar nenhum – digo a Maile antes de olhar para Artemisia. – E tampouco vamos lutar. Com o número de soldados que Cress terá com ela e nossas próprias forças se recuperando desta manhã, é uma batalha que perderíamos. Então, em vez disso, vamos nos esconder bem à vista e esperar que isso passe. A seguir, continuaremos nosso caminho sem que os kalovaxianos saibam de nada.

– E os stacriveranos? – pergunta Heron.

– Podemos eliminá-los antes mesmo que ponham os pés na costa. Eles não são guerreiros experientes e são ainda menos como marinheiros. Com a ajuda de alguns Guardiões do Fogo e da Água, podemos destruir a frota.

– Tudo bem, mas os kalovaxianos ainda encontrarão um acampamento destruído – observa Maile.

– Não, eles não vão encontrar isso – respondo a ela. – Verão o acampamento exatamente como era, como esperam encontrar. E o príncipe Avaric e os sta'criveranos estarão na costa, esperando e prontos para fechar um acordo.

Os outros franzem a testa, confusos, mas Artemisia encontra meu olhar.

– Você está falando sobre usar Guardiões não treinados – diz ela. – Você sabe, melhor do que ninguém, Theo, como o poder cru é diferente do poder treinado.

– Eu sei – confirmo. – E, em circunstâncias diferentes, eu não faria essa sugestão. Mas, na situação em que nos encontramos, sou obrigada a perguntar: isso pode ser feito?

Ela hesita antes de concordar.

– Em teoria, sim.

– Em teoria, terá que servir.

– E quanto à troca? – pergunta Heron. – Cress quer Jian e Brigitta, mas se o que Brigitta disse a você estiver correto...

– Ela não pode ter Jian – digo, balançando a cabeça. – Aconteça o que acontecer esta noite, isso é certo. Vamos dizer que ele morreu na jornada para cá.

– Ela não ficará feliz com isso – comenta Artemisia.

– Tenho certeza de que não – replico. – Mas eu prefiro lidar com sua fúria a colocar essa arma em suas mãos.

– E quanto a Brigitta?

Hesito, mordendo o lábio.

– Se não entregarmos nenhum deles, ela vai ficar desconfiada – digo. – E Brigitta não representa um risco. O interesse de Cress por ela é sentimental, não estratégico.

– Ela vai matar Brigitta – afirma Heron.

Vai, eu sei, mas não imediatamente. Tenho certeza de que Cress tem mais coisas reservadas para ela. Talvez eu retome a capital antes que Cress possa matá-la; talvez não faça diferença. Mas Brigitta estava certa: sou uma rainha e farei o que for preciso.

– Vamos entregar Brigitta, mas os kalovaxianos não podem encontrar Jian. Se este plano não funcionar…

Deixo a frase por terminar, contudo Artemisia entende o que quero dizer.

– Eles podem levar o restante de nós, mas não o levarão com vida – diz ela.

TORMENTA

◆

Heron continua trabalhando na cura dos Guardiões da Água o mais rápido que consegue enquanto Maile conduz os ex-escravos e os feridos na batalha para as casernas, onde ficarão longe da vista até os kalovaxianos partirem.

Durante esses preparativos, Artemisia, os outros Guardiões do Fogo e eu seguimos para a praia, a poucos quilômetros do acampamento.

– Você seria capaz de matá-la, se fosse preciso? – pergunta-me Art enquanto caminhamos.

Olho para ela, surpresa. Não preciso indagar sobre quem ela está falando.

– Isso não faz parte do plano – respondo. – Hoje só precisamos sobreviver e evitar que o exército deles cresça. Matar Crescentia não ajudaria em nada. Se fizéssemos isso, alguém assumiria seu lugar num piscar de olhos. Eu diria que os nobres têm planos de contingência prontos desde a morte do kaiser. Antes até... Se há alguma verdade nos meus sonhos, ela acredita que eles já estão planejando algum tipo de golpe. Só precisamos sobreviver a isto para podermos vencer outro dia. Às vezes, sobreviver é o bastante.

Só me dou conta de que repeti as palavras da falecida kaiserin depois que elas saem da minha boca.

– Mas se tivesse que matar a kaiserin – insiste Art, e percebo o que ela está perguntando de fato.

Ela quer saber não se eu poderia fazer isso em termos físicos (não sei se uma de nós tem de fato a resposta para essa pergunta), mas se eu conseguiria ficar diante da garota que já havia chamado de minha irmã do coração e pôr fim à vida dela.

Abro a boca para dizer que sim, claro que conseguiria, mas nenhuma palavra sai. É fácil lembrar que Cress é minha inimiga quando penso nela como estava da última vez que nos vimos pessoalmente, mas a Cress nos meus sonhos, ou o que quer que seja aquilo, também me tem sob controle. Eu seria capaz de matar Cress?

Não respondo, mas Artemisia deve ouvir minha resposta de qualquer forma, pois não insiste.

O sol já vai alto no céu quando chegamos à costa, onde ficamos em um bosque de ciprestes, fora da vista dos navios sta'criveranos, que aguardam a cerca de três milhas dali. É difícil dizer o tamanho deles dessa distância, porém presumo que sejam grandes o suficiente para transportar não apenas o príncipe Avaric e seus guardas, mas também o exército que ele prometeu a Cress.

– Eles não vão se aproximar até que chegue a hora do encontro – informo. – Mas, se virem kalovaxianos na praia com prisioneiros, vão supor que a kaiserin chegou cedo e podemos atraí-los para cá.

Artemisia assente.

– Assumam suas posições – ordena ela, alto o suficiente para ser ouvida pelos Guardiões do Fogo.

Nós oito nos dividimos em dois grupos: seis serão kalovaxianos e os outros dois, os guardas sta'criveranos que escoltaram Brigitta e Jian. De frente para nós, Artemisia fecha os olhos e ergue as mãos, agitando-as pelo ar em uma série de padrões intricados. Ao fazê-lo, é como se uma rede invisível caísse sobre nós, cobrindo-nos da cabeça aos pés. Ao concluir, Art abre os olhos e assente uma vez.

– Vai servir, de uma certa distância – diz ela.

Olho para os outros em meu grupo, sua pele morena agora pálida, vários tons de cabelos escuros agora louros. Ela levou a minha aparência a um patamar além, transformando minha túnica simples em um esvoaçante vestido de seda cinza, muito embora eu, ao tocar o tecido, ainda sinta o algodão.

Os outros me fitam, os olhos demorando-se em meu pescoço. A sensação ali é a mesma de sempre, minha própria pele, mas deduzo que Artemisia mudou isso também. Ela me transformou em Cress, ou em uma cópia suficientemente próxima. Os sta'criveranos nunca estiveram na presença de Cress, mas devem ter ouvido muitas histórias sobre ela.

– Você está usando uma coroa – informa Artemisia. – Precisa manter a cabeça como se a equilibrasse.

– A que distância vamos deixá-los chegar para que possam ver isso? – pergunta um dos Guardiões do Fogo, uma mulher chamada Selma.

– Não perto demais – responde Artemisia. – Mas eles com certeza terão telescópios. Versões mais avançadas do que aqueles a que vocês estão acostumados. Não quero correr qualquer risco. Foi por isso que quis ver os guardas kalovaxianos, pois eles são os únicos que podem ser reconhecidos.

Olho para os dois Guardiões do Fogo designados para esses papéis e tenho que reprimir um arquejo. Enquanto os outros mantiveram os próprios rostos com cores diferentes, esses dois mudaram completamente. Não fui com Artemisia inspecionar os guardas, mas, ainda assim, posso garantir que ela fez um trabalho minucioso.

– Você tem que se disfarçar também – digo. – Com esse cabelo, será reconhecida na mesma hora por qualquer um a bordo que a tenha visto no palácio.

Os olhos de Artemisia se estreitam, no entanto ela assente. Torna a fechar os olhos, e dessa vez eu observo a aparência dela ondular como a superfície de um lago, transformando-se. Quando termina, parece uma escudeira kalovaxiana com pele de marfim e cabelos dourados cortados toscamente na altura do maxilar.

– Ótimo – digo. – Chegou a hora.

Saímos do bosque em procissão. Quando alcançamos a praia, Artemisia agita os braços no ar tão loucamente que a cena parece ridícula.

– O que você está fazendo? – pergunto a ela.

– Para eles, parece que estou segurando uma bandeira kalovaxiana – explica Art.

A princípio, nada acontece, mas então o navio começa um lento avanço em direção à praia. Podíamos disparar contra eles agora, porém, sem Heron para usar seu Dom do Ar e carregar o fogo adiante, há uma chance considerável de errarmos, e então os navios escapariam. Não, precisamos ter certeza de que todos os seis vão afundar. Do contrário, eles vão voltar, e já temos o suficiente com que nos preocupar no momento.

Temos uma única chance, por isso não podemos disparar cedo demais. No entanto, se esperarmos demais, corremos o risco de a magia de Artemisia desvanecer. Isso também não pode acontecer.

Mais uma vez, penso que seria bom se Søren estivesse aqui. Ele poderia dizer quão longe da costa os navios ficariam antes de lançar âncora. Ele ainda seria capaz de antecipar exatamente como a tripulação reagiria ao ataque. Mas ele está preso em uma masmorra.

Uma eternidade se estende ao nosso redor enquanto os navios se aproximam, num ritmo dolorosamente lento. Eu sei que preciso esperar, mas o fogo faz comichar a ponta dos meus dedos, implorando para ser usado, e mal consigo me conter. Os outros também estão ficando inquietos, movimentando-se e falando entre si. O sol a pino, quente e pesado, castiga os meus ombros.

– Muito bem – diz Artemisia. – Agora estão perto demais para dar meia-volta. A maré está do nosso lado.

Os navios estão mais próximos do que o acampamento estava do outro lado do lago, mas não muito. Eu me sentiria melhor se Heron estivesse aqui também para guiar nosso fogo, mas ele está fraco demais no momento. Esse tipo de esforço ia esgotá-lo. Engulo minhas dúvidas e me preparo, erguendo as mãos. Os outros fazem o mesmo, seguindo o meu exemplo.

Artemisia abandona nosso disfarce e eu lanço a primeira bola de fogo pelo ar, atirando-a o mais forte que posso no navio mais próximo, mas erro por uns quinze metros pelo menos, e ela cai no oceano chiando e lançando água para os lados. Meu coração afunda como chumbo.

Os outros ao meu redor também tentam; contudo, embora alguns cheguem mais perto do que eu, ninguém consegue acertar um navio. Vendo o ataque, os tripulantes começam a entrar em pânico. Da distância em que estamos, posso vê-los correndo, posso ouvir os gritos abafados dos capitães dando ordens. Para dar meia-volta, imagino. Para fugir. A maré está do nosso lado, disse Artemisia, mas, se não conseguirmos acertar os navios, ela não vai nos ajudar muito.

– Art! – grito, uma nova ideia tomando forma. – Traga aqueles navios para mais perto. Arrebente todos na praia, se for preciso.

Artemisia age antes mesmo de as palavras terem sequer saído por completo de minha boca, golpeando o ar violentamente com as mãos. Ela abre bem os braços antes de trazê-los à sua frente e puxá-los para o peito. Nisso, uma onda se ergue por trás da frota, então avança e leva os navios com ela, como se não passassem de brinquedos flutuando em uma banheira.

– De novo! – grito para os outros Guardiões do Fogo.

Desta vez, quando lanço uma bola de fogo, ela acerta o alvo, atingindo o casco do navio da frente com um estrondo que ecoa por toda a extensão do mar. O fogo pega no casco e começa a se espalhar bem rápido.

Muitos dos ataques dos outros Guardiões também atingem seus alvos, embora alguns caiam mais uma vez de maneira inofensiva no mar. Os que acertam são suficientes para causar danos. O navio líder já está afundando.

Olho para Artemisia, sem fôlego, o corpo dobrado, as mãos nos joelhos.

– Você consegue repetir? – pergunto a ela. – Não podemos ter sobreviventes.

Ela me olha, ainda sem fôlego, mas seus olhos mostram dureza e determinação. Ela assente, empertigando-se e endireitando os ombros.

– Se você os enfraquecer mais, eu termino – diz ela, com a voz cansada, porém segura.

Concordo com a cabeça e me preparo para outro ataque, ciente da Pedra do Espírito de Ampelio reluzente e quente em meu pescoço. Concentro minha energia no navio da frente e lanço outra bola de fogo em sua direção. Dessa vez, as velas pegam fogo, rápido como se fossem estopa.

Bolas de fogo atravessam o ar uma após a outra, lançadas pelos demais Guardiões. Depois disso, nem um único navio permanece intacto. Eles queimam contra o céu da tarde e os tripulantes começam a pular no mar, abandonando os navios antes que eles, também, acabem queimados.

Pessoas. Marinheiros sta'criveranos que estão apenas seguindo ordens, apenas fazendo o que seu rei os mandou fazer. Pessoas com vidas e famílias.

Pessoas, lembro a mim mesma, que estão se pondo entre Astrea e sua liberdade.

– Agora – digo a Artemisia, minha voz saindo mais firme do que me sinto.

Ela não hesita. Desta vez, a onda que ela cria é maior do que qualquer outra que já vi, mais alta do que a torre mais alta no palácio astreano, mais alta até do que algumas na capital sta'criverana. Quando ela a faz vir abaixo, urros perfuram o ar, altos o suficiente para ensurdecer, altos o suficiente para sacudir a própria Terra.

Mas, quando as ondas se acalmam novamente e as pranchas de madeira flutuando são os únicos remanescentes da frota sta'criverana, não há mais urros, nem ordens gritadas, nenhum outro som além da nossa respiração pesada e das batidas erráticas do meu coração.

• • •

Culpa não é a palavra certa para o que sinto enquanto voltamos ao acampamento sob um pesado manto de silêncio. A culpa não é um sentimento estranho para mim, a forma como ela corrói as suas entranhas até você se sentir enjoado, como ela atormenta os seus pesadelos até você achar que vai enlouquecer. Não é isso que sinto agora. Milhares de pessoas estão mortas pela minha mão, em consequência de ordens que dei, sim, mas não tenho arrependimentos em relação a isso. Se eu tivesse que repetir, não hesitaria em fazer exatamente o mesmo.

Estou cansado da morte, disse Søren quando fugimos de Astrea e, embora eu não o compreendesse por completo na ocasião, agora compreendo. Porque é assim que me sinto. Cansada. Tão cansada que sinto a exaustão nos ossos. Eu poderia dormir por mil anos e ainda a sentir, eu acho.

Estou cansada da morte, sim, mas igualmente cansada de lutar. Cansada de liderar. Cansada de tomar decisões difíceis. Cansada de carregar a responsabilidade por essas decisões.

Talvez um dia eu não me sinta assim. Talvez possa acordar em um mundo sem manchas de sangue. Talvez passe um dia inteiro, quem sabe uma semana inteira, sem me preocupar com a possibilidade de meu povo não viver para ver outro dia raiar. Talvez eu possa, então, fazer escolhas sem consequências de vida ou morte atreladas a ela. O que comer no café da manhã. Que cor de vestido usar. Com quem dançar.

Em toda a minha busca pela vitória, nunca aspirei à vida mais simples que viria com ela, mas agora essa ideia faz meu corpo inteiro doer com o anseio.

ILUSÃO

———— ◆ ————

QUANDO RETORNAMOS AO ACAMPAMENTO, OS CORPOS já foram levados, mas a maior parte das construções ainda está alagada e queimada
e o solo ainda se encontra encharcado de sangue. Nunca vi o tipo de ilusões de que um grupo de Guardiões da Água é capaz, mas espero que seja
suficiente para que este lugar pareça inteiro novamente aos olhos dos kalovaxianos quando eles chegarem.

Em todo esse caos de pessoas correndo de um lado para o outro, nos
preparativos, Blaise é a única pessoa parada. Ele está encostado na parede de uma das casernas, os braços cruzados no peito, usando roupas
limpas. Seus olhos estão sombreados, mais do que de costume, e sua
pele está pálida mesmo ao sol da tarde. Quando seus olhos encontram
os meus, sustento seu olhar, mas nenhum de nós faz um movimento na
direção ao outro.

Em algum momento vamos ter que falar sobre o que aconteceu com ele,
sobre a energia feral e desesperada que se apossou dele, como um bêbado
lutando por mais um gole. Conversar sobre como ele agarrou meu braço
com tanta força que ainda posso sentir o aperto. Como ele desobedeceu
a uma ordem direta e como poderia ter matado não só a si mesmo, mas a
todos nós.

Eu me esforcei muito para mantê-lo perto, para protegê-lo de todas as
formas, para tentar salvá-lo. Mas não posso controlar Blaise; não posso
controlar o que ele faz. Não posso ajudá-lo se ele não me deixa fazer isso.
Sua vontade de se destruir não é algo que eu possa consertar, mas posso me
assegurar de que ele não arraste todos nós com ele.

Desvio o olhar de Blaise e me volto para Artemisia.

– Vou procurar Heron – digo a ela. – Verifique os Guardiões da Água
e veja como estão. Precisamos deles o mais fortes possível quando os

kalovaxianos chegarem. E encontre Laius. Só não peça para ele fazer nada muito extenuante.

Artemisia assente, no entanto seus olhos estão distantes. Eu me pergunto se todas aquelas mortes estão cobrando um preço a ela. Por um momento, ela parece querer dizer alguma coisa, mas se detém. A seguir, ela se afasta de mim e olha para o grupo de Guardiões do Fogo.

– Descansem um pouco – diz para eles. – Talvez precisemos de vocês de novo se esse plano não funcionar.

• • •

Encontro Heron no gabinete do comandante, vigiando Brigitta e Jian, cujas mãos foram novamente amarradas. Assim que os vejo, tenho vontade de protestar, mas logo me dou conta de que é a atitude certa. Eles não têm qualquer lealdade nesta guerra, nenhuma razão para não escapulirem enquanto estivermos ocupados. E, se não tivermos pelo menos um deles, não tem como prever qual será a reação de Cress.

– Você vai nos entregar para ela? – pergunta Brigitta, dirigindo-se a mim.

Por um instante, eu a olho nos olhos, que são do mesmo cinza frio que os de Cress, antes de desviar o olhar e assentir. É melhor para ela não saber que vamos separá-los. Não creio que Brigitta tenha alguma razão para agir contra mim, mas tampouco confio nela. Não é nada pessoal, só não confio em muitas pessoas.

– Não temos escolha – informo. – Ela quer vocês por uma razão, e quer o suficiente para vir aqui pessoalmente.

Brigitta olha para Jian, que murmura alguma coisa para ela.

– Ela vai nos torturar – diz ela.

Hesito antes de assentir.

– Vai – afirmo.

Brigitta pondera minha confirmação e troca mais algumas palavras com Jian.

– Ele diz que é mais forte do que parece – traduz ela. – Não vai contar nada a eles.

Belas palavras, mas duvido que eles saibam do que Cress é capaz.

– Vamos retomar a capital – digo a ela, infundindo uma segurança em minha voz que não tenho certeza de que sinto. – Quando fizermos isso, vamos libertar vocês. Não sei bem quanto tempo vai levar... semanas, meses... mas vamos libertar vocês.

Brigitta franze a testa.

– Por que está me dizendo isso? – pergunta ela.

– Porque, quando eu estava sendo mantida presa pelo kaiser, torturada e atormentada, a única coisa que me ajudou a persistir foi acreditar que um dia alguém viria em minha salvação. Ninguém me fez qualquer promessa, mas eu estou fazendo uma a vocês. Vamos retomar a capital. Vou libertar vocês. Mas vou poder fazer isso mais rapidamente se sua filha continuar a acreditar que estou morta.

O entendimento ilumina seus olhos e ela faz um gesto afirmativo com a cabeça.

– Vou manter o segredo enquanto puder – garante-me ela.

É o máximo que posso esperar. E, além disso, se Brigitta lhe contasse sob tortura, não tenho certeza se Cress acreditaria nela. Pareceria algo bizarro demais, algo que Brigitta estaria inventando para se salvar.

Esse pensamento me deixa enjoada. Não posso mais olhar para ela ou vou enlouquecer de culpa. Em vez de ficar pensando nela e em Jian, eu me afasto, vou até Heron, que ainda segura o *molo varu*, concentrado em sua superfície dourada e lisa.

– Nenhuma notícia de Erik? – pergunto baixinho.

Ele me olha pelo tempo suficiente apenas para balançar a cabeça antes de voltar os olhos mais uma vez para a pedra.

– Nada em quatro dias, Theo – diz ele, a voz áspera. – Alguma coisa está errada. Eu sei disso.

– Você não sabe. Ele provavelmente está esperando até ter notícias para compartilhar. Com Cress ausente, deve haver poucas informações que valham a pena ser compartilhadas.

Heron me encara de novo.

– Se Cress está ausente, tendo levado seus melhores soldados, por que ele não aproveitou a oportunidade para libertar Søren? Se tudo estivesse bem de verdade, não haveria melhor chance.

Não tenho resposta para essa pergunta. Meu estômago se contrai, formando vários nós, ao pensar em Erik sendo apanhado, indo se juntar a Søren naquela cela, ou pior – morto, a cabeça em uma estaca, como o kaiser costumava fazer com os traidores. Como ele fez com Ampelio.

– Ele está bem – consigo dizer enfim, mas as palavras não soam convincentes nem mesmo aos meus próprios ouvidos.

Antes que Heron possa responder, a porta do gabinete se abre e Maile entra, tornando a fechar a porta com firmeza ao passar.

– Mandamos batedores na direção norte, para ver a que distância os kalovaxianos estão – informa ela, sem perder tempo. – Tivemos notícias há alguns instantes... Eles estarão aqui antes que o sol se ponha.

– Estão planejando passar a noite – digo a ela. – É melhor elaborarmos uma carta em kalovaxiano apelando à kaiserin que retorne ao palácio, a fim de convencê-la a partir o mais rápido possível. Dizer a ela que os nobres estão planejando um golpe. Ela vai acreditar facilmente, já está paranoica. Ela cavalgaria dia e noite a fim de chegar lá a tempo de impedir que isso acontecesse e não daria aos seus homens outra escolha senão acompanhá-la.

Maile assente.

– Considere feito.

Uma pergunta paira em meus lábios. Não se trata de algo que eu tenha vontade de perguntar a Maile. Posso imaginar o que ela dirá e duvido que será o que quero ouvir. Mas é justamente por isso que preciso perguntar.

– Isso vai funcionar?

Maile pensa por um momento que me parece uma eternidade.

– Não sei – admite ela. – Mas é o melhor plano que temos.

Não é uma resposta exatamente tranquilizadora, mas pelo menos é sincera. Prefiro isso ao otimismo cego, em qualquer situação.

– Só que é um plano engessado – digo com cuidado. – Não há espaço para elementos imprevisíveis.

– Não – ecoa Maile, a testa franzida enquanto tenta entender o que estou querendo dizer.

Olho dela para Heron, mordendo o lábio.

– Blaise se tornou imprevisível – digo.

Heron solta um longo suspiro, embora não pareça surpreso por eu mencionar o assunto.

– O que você quer que a gente faça? – pergunta ele.

– Quando evacuarmos aqueles que estão fracos demais para enfrentar uma luta, se chegarmos a isso, ele deve ir com eles.

– Ele não irá com facilidade – observa Heron.

– Eu sei. Confio que você fará o que for preciso para manter Blaise em segurança e fora do caminho.

Não é uma ordem, não exatamente, mas Heron faz um único e vigoroso movimento de cabeça.

•••

Ao sair do gabinete, quase esbarro em Artemisia e Laius, parados diante da porta, prontos para entrar. Artemisia pisca para mim por um segundo antes de baixar o braço.

– Mais uma coisa para discutir – diz ela. – Sobre Brigitta e Jian.

Fecho a porta e os conduzo pela calçada.

– Não me agrada a ideia de entregar Brigitta, mas temos que fazer isso – explico. – Dos dois, ele é mais valioso... Não podemos deixar os kalovaxianos terem acesso a uma arma como a Velastra.

– Não estou discutindo isso – replica Artemisia. – Mas a kaiserin deve saber sobre a Velastra. Ela não teria renunciado à mina da Água com tanta facilidade, e você mesma disse: o exército sta'criverano não é... não era... muito forte. Quando vir que não estamos com ele, ela vai ficar furiosa. Imprevisível como é, pode fazer todo o plano ruir.

– É um plano engessado – concordo, repetindo o que acabei de dizer a Maile e Heron. Balanço a cabeça. – Mas prefiro arriscar a fúria dela agora a pôr a arma em suas mãos. A rebelião pode despertar novamente... Você me disse isso uma vez. Mas, se a kaiserin tiver a Velastra, jamais haverá qualquer outra rebelião.

Artemisia nada diz por um momento, olhando para Laius, cuja boca está contraída em uma linha fina enquanto ele fita um ponto fixo à frente com seus graves olhos castanhos.

– Mas se houver uma forma de dar à kaiserin tanto Brigitta quanto Jian, sem realmente lhe dar Jian? Sem risco de levantar suspeitas nela ou incitar sua fúria? Uma maneira de garantir que ela e suas tropas tenham se retirado muito antes que ela perceba que algo está errado? – pergunta ela. Quando vê minha expressão confusa, ela olha para Laius. – Vá em frente. Diga a ela o que você me disse.

Laius engole em seco. Ele parece tão jovem. Dezesseis anos, talvez, o que é apenas um ano mais novo do que eu. Ele tem a mesma idade que eu tinha quando matei Ampelio, quando Blaise chegou e me ofereceu uma chance de reagir. Ele tem aquela expressão agora, a expressão de alguém pronto para a luta. Isso é o que me assusta, mesmo antes que ele fale.

– Eu fiquei bom nessa coisa de me disfarçar – anuncia ele, a voz firme. – Posso manter uma ilusão em mim mesmo por longos períodos. Isso não me esgota como acontece com os outros e, com o treinamento de Blaise, também não me faz perder o controle. Não é o suficiente para isso.

Franzo a testa.

– O que exatamente você está dizendo, Laius? – pergunto a ele.

– O homem, Jian, tem informações que a kaiserin deseja. Informações que não queremos que ela tenha. Então você pode me mandar no lugar dele. Eu não sei nada mesmo.

– Não – respondo, quase antes de ele acabar de falar. – De jeito nenhum.

– Eu não sou uma criança, Vossa Majestade. Não sou ingênuo. Eu sei o que a vida tem reservado para mim. Eu vi o que aconteceu… o que aconteceu com Blaise. Esse é o meu futuro. Sei que não vou ver o fim desta guerra. Mas, se eu puder ajudar a pôr um fim nela, isso basta.

– Não estamos falando apenas de morte, Laius. Estamos falando sobre tortura primeiro, sobre ela tentar arrancar informações de você da forma que puder, até você desejar a morte.

Ele não diz nada por um momento, mordendo o lábio inferior. Por fim, ele olha para mim, os olhos sombrios.

– Vossa Majestade desejou a morte? – pergunta ele, baixinho.

– Como?

– Todos nós já ouvimos as histórias do que Vossa Majestade aguentou quando era mantida prisioneira pelo kaiser, como ele tentou obter informações de Vossa Majestade naquela última noite, como foi torturada tanto física quanto mentalmente. Como Vossa Majestade persistiu durante tudo isso, e essa é a única razão pela qual fui libertado, a única razão de estarmos aqui hoje.

Por um momento, não consigo falar. Lembro-me de estar na sala do trono, vendo meu próprio sangue escorrer pelo ladrilho, sabendo que a morte era inevitável, mas que eu faria tudo que pudesse para proteger a rebelião. Lembro que Elpis fez a mesma escolha quando engoliu o resto do encatrio e queimou por dentro diante dos meus olhos.

Ele é muito jovem, penso, mas não é. Ele tem a mesma idade que eu tinha. É mais velho do que ela era.

Olho para Artemisia e encontro meus próprios pensamentos espelhados no rosto dela.

– Tem certeza, Laius? – pergunto a ele, a voz baixa. – Você precisa ter certeza.

Ele pensa por um único segundo antes de assentir.

– Tenho certeza – garante ele. – Por Astrea, tenho certeza.

TRATADO

———◆———

É ESTRANHO TER O ROSTO DA PRINCESA Amiza. Eu mal me lembro de como ela é, tendo estado com ela brevemente em Sta'Crivero, na noite em que chegamos. Ela não falou muito, exceto para perguntar sobre as punições que eu havia sofrido nas mãos do kaiser. Porém, Artemisia deve ter dado uma boa olhada nela em algum momento, porque, quando me mostra meu reflexo em um espelhinho de mão, reconheço o rosto da princesa na mesma hora.

Quando baixo os olhos para os meus braços nus, eles têm a mesma cor de bronze queimado que os da nora do rei Etristo.

– Foi o que consegui fazer – diz Artemisia, me olhando de cima a baixo e pegando de volta o espelho, que enfiou no bolso. – Então tente se lembrar de que você é uma mulher de vinte e tantos anos que levou uma vida de luxos. E que só sabe fazer reverências, piscar com doçura e agir com graça.

Gostaria de lembrar mais coisas sobre Amiza, mas só estive com ela uma vez. De repente, me parece estranho o fato de eu não a ter visto novamente, mas talvez, como o restante das coisas bonitas em sua posse, os sta'criveranos a tivessem apenas para exibir, nunca deixando que ela fizesse mais do que se mostrar linda e dar à luz seus herdeiros.

Torço para que ela não estivesse em um daqueles navios com Avaric.

– Você não precisa fazer isso – diz Heron, embora ele não tenha a aparência de Heron.

Em vez disso, exibe o rosto de Avaric. Ele era o único com a altura necessária para se fazer passar pelo príncipe herdeiro e hesitou por apenas um segundo antes de concordar. No entanto, não queria que eu corresse o risco com ele. Insistiu para que eu me retirasse com os outros, para manter Blaise calmo quando ele acordasse do sono induzido por magia, ao qual, a meu pedido, Heron o submeteu.

– Eu preciso ver Cress – digo, embora, até mesmo aos meus ouvidos, isso soe como uma tolice. Balanço a cabeça. – Não sei como explicar. Eu só... Se alguém vai ficar frente a frente com ela, precisa ser eu. Além disso, eu a conheço melhor do que ninguém, sei como ela vai reagir a certas coisas, o que vai querer ouvir. Tem que ser eu.

• • •

Quando os kalovaxianos são vistos se aproximando, Heron e eu partimos ao encontro deles, levando conosco um punhado de Guardiões do Fogo e da Água disfarçados, inclusive Artemisia. Em um momento em que Art levou Brigitta para se aliviar mais cedo, Heron e eu trocamos Jian por Laius disfarçado. Jian ficou compreensivelmente confuso e em pânico, mas o tempo era essencial, então Heron teve que usar seu dom para deixá-lo inconsciente. Jian foi levado do acampamento em seguida, para o outro lado do lago, onde a enfermaria foi montada. Os guardas lá posicionados têm ordens para – caso o plano dê errado e tudo indique que os kalovaxianos vão tomar o acampamento – matar Jian antes que os kalovaxianos cheguem até ele.

Esse pensamento me horroriza, mas não tanto quanto a ideia de Cress ter acesso à Velastra.

Agora Brigitta e Laius se encontram amarrados juntos, ambos amordaçados. A princípio, a mordaça parecia desnecessária, mas eu não confio em Brigitta mais do que ela confia em mim. Não sei o que ela vai dizer a Cress ou como vai reagir quando descobrir que Jian não é mais Jian. Só me resta torcer para que Cress e seus homens tenham partido muito antes que a mordaça de Brigitta seja removida.

Não sei o que se passa na mente de Brigitta, mas seus passos não são vacilantes. Os olhos cinzentos, iguais aos de Cress, se mantêm fixos à frente. Não há nada que eu possa fazer por ela, lembro a mim mesma, mas isso pouco adianta para aliviar minha culpa.

Eu me concentro em manter a postura de Amiza, mãos cruzadas delicadamente na frente do corpo, ombros aprumados, cabeça baixa. Delicada e respeitosa.

Heron mostra mais dificuldade em se fazer passar por Avaric. Ele parece decididamente desconfortável, sem saber como se postar, o que fazer com as mãos. Felizmente Cress não conhece Avaric. Além disso, ninguém tem motivos para suspeitar de impostores. Estamos apenas um passo à frente dos kalovaxianos, mas ainda assim estamos à frente.

Paramos a quase um quilômetro de distância do acampamento na esperança de evitar que os kalovaxianos se fixem ali. Os outros Guardiões da Água estão prontos para disfarçar o local se os soldados de Cress entrarem, e providenciei para que a carta que escrevi seja entregue tão logo precisemos dela, embora eu prefira que a situação não chegue a esse ponto.

Um momento depois o grupo de cavalos se aproxima, puxando uma única carruagem dourada. Cinquenta guardas, eu calcularia. Menos de quinhentos metros atrás, posso ver o exército que os acompanha, embora eu não possa contar de quantos guerreiros ele é composto. Muitos, certamente, para o caso de haver uma luta. Não posso imaginar que vieram com outro propósito que não seja intimidar os sta'criveranos e lembrar a eles quem está no comando dessa parceria.

Os guardas desmontam no que parece um movimento único e coreografado, um deles indo até a carruagem para abrir a porta.

Cress surge devagar, cada movimento uma deliberada exibição de poder, desde o instante em que sua mão pesadamente coberta de joias se estende para fora da carruagem, cintilando à luz do fim de tarde. Quando ela finalmente salta, o tecido do vestido de seda prata se acumula à sua volta como uma poça cintilante que a faz parecer etérea. Ela não fez qualquer esforço para cobrir a pele chamuscada do pescoço com cosméticos ou tecido, ao contrário, exibe o ferimento com orgulho.

Seus olhos cinzentos e frios examinam a mim e a Heron, correndo dos nossos pés à cabeça antes de sua boca se curvar em um sorriso de lábios apertados.

– Príncipe Avaric – diz ela, a voz melódica e alta o suficiente para cobrir a distância que nos separa. – Princesa Amiza. Fico muito feliz que tenham vindo pessoalmente. Como foi a viagem?

Ela levanta a saia e caminha em nossa direção, seus dois guardas mais fortes a menos de meio passo atrás dela.

Espero que Heron fale primeiro, mas, como ele não diz nada, dou um passo à frente e sorrio, estendendo a mão.

– Os mares são muito agradáveis nesta época do ano – comento, numa voz alguns tons mais baixos para que ela não me reconheça. – Foi uma ótima viagem e valeu a pena pelo esplendor da mina da Água.

As sobrancelhas pálidas de Cress desenham um arco acentuado.

– Vocês então já a viram? – pergunta ela, parecendo desapontada. – Eu esperava mostrá-la a vocês pessoalmente.

– Chegamos mais cedo do que o esperado – diz Heron, enfim encontrando sua voz. – Seus homens foram muito hospitaleiros. A mina é tudo que esperávamos e mais um pouco.

– Fico feliz – responde Cress. – E quanto à sua parte da barganha... Meus navios estão esperando?

Heron assente com um movimento único da cabeça.

– Perto da costa. Mande seus homens verem por si próprios, se desejar.

Cress olha por cima do ombro e acena com a cabeça para alguns de seus soldados, que logo voltam a montar em seus cavalos e partem em direção à costa, onde esperamos que encontrem uma frota de navios, ou melhor, a ilusão de uma. Vários dos Guardiões da Água que encontramos na mina estarão na costa para manter a ilusão ativa e disfarçar os destroços dos navios reais.

– E serão suficientes para erradicar os rebeldes na mina do Fogo? – pergunta ela, voltando-se para Heron.

O movimento de cabeça de Heron é brusco.

– Assim que terminarmos aqui – prossegue ele, dizendo a fala que praticamos –, darei a ordem para levar todos até lá. Com suas tropas e as minhas, tenho certeza de que podemos liquidar essa infestação de rebeldes de uma vez por todas.

– Eu espero que sim – diz Cress com um sorriso nervoso. – Mas temo estar descobrindo que rebeliões são como baratas... Há sempre alguns sobreviventes. Falando nisso, onde estão as baratas que você me trouxe?

Demoro um segundo para entender do que, ou melhor, de quem ela está falando.

– Ah – digo, estalando os dedos e gesticulando para os Guardiões atrás de mim.

Artemisia, disfarçada, faz Brigitta e Laius avançarem, amarrados e amordaçados. Laius tropeça um pouco e tenho que lutar para me controlar e não estremecer. Embora ele exiba o rosto de Jian agora, quase posso ver sob a ilusão o menino que ele é, um menino caminhando em direção à morte certa. No entanto, seu olhar não vacila. Seus ombros estão empertigados, a cabeça erguida. Ainda assim, quero parar tudo, puxá-lo de volta, cancelar o plano. No entanto, agora é tarde demais. Não posso impedir seu sacrifício, só posso cuidar para que não seja em vão.

Ao lado dele, Brigitta olha para a filha como se estivesse vendo um fantasma; e suponho que esteja mesmo. O fantasma da criança que ela deixou, o monstro em que aquela menina se transformou. Será que Brigitta sente remorso agora, ou apenas medo?

Cress mal olha para Jian, seus olhos demorando-se na mãe. Seu sorriso se expande e nos olhos brilha uma alegria fria quando ela caminha até a mulher. Cress é cerca de cinco centímetros mais alta que a mãe e eu me pergunto o que Brigitta pensa sobre isso, sobre a mulher de pé diante dela e quanto ela está diferente da garotinha que abandonou.

– Mãe – diz Cress, estendendo a mão para tocar o rosto de Brigitta, que se encolhe, tentando fugir do toque dos dedos incandescentes que deixam rastros vermelhos em sua pele. – Temos tantos assuntos para colocar em dia – acrescenta, e então move a cabeça na direção dos guardas.

Dois deles se aproximam e puxam Brigitta e Jian na direção deles. Os guardas substituem as cordas que amarram os prisioneiros por pesadas correntes de ferro, embora mantenham as mordaças.

– O que vai fazer com eles? – pergunto, deixando a voz vacilar, como certamente aconteceria com Amiza.

– Algumas feridas são mais profundas do que outras – responde Cress, lançando um último olhar para a mãe antes de se voltar mais uma vez para nós, os olhos pousados em mim. – Algumas feridas exigem revide imediato, pelas nossas próprias mãos. Você com certeza sabe do que estou falando.

Eu, sim. Entendo tanto sua necessidade de vingança que isso me assusta, mas Amiza não. Amiza não guarda esse tipo de rancor; ela não tem esse tipo de ferida. Cress deve perceber isso, porque balança a cabeça.

– Você deve achar que a vingança é feia – diz com um sorrisinho. – Eu invejo isso em você. Um dia eu também pensei assim. Devo trazer a outra parte do nosso acordo?

Luto para esconder minha animação. *A outra parte do nosso acordo.* Eu estava certa. Havia algo mais no arranjo, algo que valia o príncipe Avaric vir pessoalmente até aqui.

Ouro é de pouco valor para os sta'criveranos, mas o theyn tinha uma extensa coleção de arte e relíquias que eles podem considerar valiosas. Talvez seja isso.

Cress estala os dedos e um dos guardas abre a porta da carruagem mais uma vez. A princípio, nada acontece, mas então o guarda estende a mão e puxa com violência uma figura enrolada em tantas correntes que não consegue mover um dedo sequer. Seu cabelo está tão grudado por sangue e sujeira que é difícil dizer a cor, e seu rosto é uma mistura caótica de hematomas e ossos quebrados, mas ainda o reconheço com tanta certeza quanto sei meu próprio nome.

Søren.

O guarda o empurra com violência no chão antes de voltar-se novamente para a carruagem e puxar outra figura acorrentada, esta um pouco menos machucada, embora seu rosto também se encontre marcado por cortes e hematomas, com uma grossa faixa de tecido branco amarrada, cobrindo-lhe os olhos. Ainda assim, eu o reconheço de imediato, e com um peso no estômago percebo por que Erik não nos enviou uma mensagem. De repente, parece tolice ter esperado outra coisa.

Eu disse a Heron que Erik estava bem, que ele provavelmente só estava ocupado demais tentando salvar Søren para escrever. Mas eu devia saber no fundo que não era esse o caso. Vê-lo agora, assim, me dá a sensação de um soco no estômago.

Afasto as emoções, me concentrando na razão. Por que Etristo ia querer Søren e Erik, e por que Cress estaria disposta a entregá-los? A primeira resposta vem mais rápido: Søren foi preso em Sta'Crivero pelo assassinato do arquiduque. Não importa que ele seja inocente. O rei Etristo acredita que ele é culpado e isso basta para condená-lo à execução. Os sta'criveranos não toleram crimes de qualquer tipo. Etristo deve ter ficado furioso quando Søren escapou. E Erik… bem, talvez Etristo pense que foi Erik quem libertou Søren. Ou talvez Erik seja procurado apenas porque é gorakiano, isso parecia ser um crime suficientemente sério em Sta'Crivero.

– Maravilhoso – consigo dizer, minha voz soando firme. – O rei Etristo vai ficar muito satisfeito em ter esses criminosos de volta a suas masmorras.

Os olhos de Cress pousam com frieza em Søren e Erik antes que ela os volte mais uma vez para mim.

– Suponho que sim – afirma ela. – Embora manter os dois vivos me pareça um desperdício de recursos, um luxo a que Sta'Crivero não pode se dar, se quer saber a minha opinião. Melhor matar ambos agora, poupar o trabalho de levá-los de volta. São prisioneiros horrivelmente malcomportados, segundo a minha experiência. O imperador fez um acordo de tornar Goraki nossa aliada, mas teve a audácia de tentar roubar o prinz Søren na noite em que pôs os pés no meu palácio.

Ela faz uma pausa, inclinando a cabeça para um lado, pensativa.

– É claro que eu já estava planejando entregar o prinz ao rei Etristo como uma oferta de paz, mas, ainda assim, foi terrivelmente rude.

– Gostaria de não ter que levar esses dois de volta vivos – diz Heron, balançando a cabeça. – Mas meu pai insistiu muito nesse ponto.

Cress suspira de forma dramática.

– Acho que entendo. Com certeza seu pai está ansioso para assistir à execução deles em primeira mão, senão teria pedido que lhes fossem entregues vivos ou mortos.

– É assim a justiça de Sta'Crivero – digo, lembrando do que me falaram ao entrar pela primeira vez na cidade. Tenho dificuldade em desviar o olhar das figuras torturadas de Søren e Erik, mas me forço a encarar o olhar frio e cinzento de Cress. – A execução pública de criminosos serve como forma de dissuadir outros que pensam em infringir nossas leis.

Cress franze os lábios.

– Bem, então tenho certeza de que as execuções públicas de um prinz e de um imperador serão uma trava, de fato.

Ela faz uma pausa de um segundo antes de prosseguir:

– Em minha corte há aqueles que ainda preferem ter no trono um prinz traidor a uma mulher e estavam planejando um golpe para libertar prinz Søren. Eu esperava que o prinz e eu pudéssemos formar uma aliança, mas ele é muito teimoso e, se não estiver do meu lado, é uma ameaça. Confio que vocês não terão qualquer tipo de misericórdia com ele.

Por mais diplomáticas que sejam suas palavras, entendo o significado com bastante clareza.

– Naturalmente – digo com um sorriso. – Ele será executado assim que voltarmos para casa e você poderá dormir um pouco melhor, com uma ameaça a menos.

Heron está ficando mais desconfortável a cada segundo que passa. Posso ver pela maneira como seus olhos continuam disparando em direção a Erik e Søren e pelas gotas de suor se formando em sua testa que nada têm a ver com o clima ameno da noite.

Preciso pôr um fim nisto logo.

– É melhor irmos – digo a Cress. – Os capitães dos nossos navios querem zarpar esta noite a fim de aproveitar as marés. A saúde do rei Etristo está declinando e é bastante difícil para o meu marido afastar-se do pai neste momento conturbado.

Passo o braço pelo de Heron, dando-lhe um aperto que serve ao mesmo tempo para tranquilizá-lo e adverti-lo.

– Ah, céus – responde Cress, franzindo a testa. – É claro. No entanto, pelo comportamento das marés nesta estação, é muito melhor esperar para partir daqui a uma hora. Caso contrário, elas simplesmente os empurrarão dois metros para trás a cada metro que vocês avançarem. Venha… Passar os últimos dias cercada apenas por soldados me fez sentir falta da companhia de outras mulheres. Nós duas tomaremos uma taça de vinho antes de vocês partirem.

Ela estende a mão para mim e não tenho escolha a não ser soltar Heron e aceitá-la, embora meu coração esteja trovejando no peito. Quando seus dedos envolvem os meus, estão quentes e secos. A sensação não é a de tocar algo humano, mas sim uma estátua de mármore que foi deixada ao sol. Ela não parece febril, como Blaise, mas a sensação é desconcertante do mesmo jeito.

– Eu adoraria – digo, conseguindo abrir um sorriso. – Avaric, querido, você pode cuidar para que os prisioneiros sejam levados ao seu lugar no navio e para que estejamos prontos para partir quando a kaiserin e eu tivermos acabado?

Os olhos de Heron estão arregalados, indo e voltando entre Erik e mim, mas ele consegue assentir.

– Muito bem, meu amor – assente ele. – Eu a verei daqui a uma hora.

Há um tom subjacente de medo em suas palavras e espero ser a única a percebê-lo. Ele dá um beijo na minha bochecha e demora-se um segundo a mais do que o necessário, sua mão em meu ombro me dando forças. Embora ele não diga nada, sinto o aviso no silêncio que paira entre nós, ainda que eu não precise dele.

Tenha cuidado. Não seja apanhada. Volte.

ALIANÇA

◆

PRECISO LEMBRAR A MIM MESMA DE respirar enquanto Cress e eu nos aproximamos do acampamento. De repente, parece impossível que os Guardiões da Água possam ter tido sucesso – o acampamento é maior do que qualquer coisa que eu tenha visto disfarçada antes e, embora haja muitos Guardiões da Água, eles não têm treinamento. Temo que Cress possa ver através da ilusão e não consigo parar de pensar que este foi um plano idiota que só vai servir para retardar o inevitável. Fui uma tola de acreditar no contrário.

Um guarda disfarçado abre o portão e nos conduz ao interior do acampamento, dando uma piscadela para mim. Neste momento, percebo que se trata de Maile, mas estou preocupada demais para dedicar um segundo pensamento a isso. Minha atenção está toda voltada para o acampamento – que se mostra intacto e povoado por centenas de guardas kalovaxianos uniformizados.

A ilusão não é perfeita. Quando procuro as falhas, elas se mostram com clareza, como costuras em um vestido quando o tecido é esticado. Sei que a cerca do lado norte foi queimada por completo e, embora pareça inteira agora, quando a fito intensamente, posso perceber uma sombra da madeira carbonizada, o espaço vazio através do qual se vê o céu, a leve névoa de fumaça que paira no ar. O mesmo acontece com os prédios alagados e as ruas inundadas apenas algumas horas antes.

Mas Cress não está procurando a ilusão, então os detalhes lhe passam despercebidos. Ela vê apenas a cerca alta e orgulhosa, os prédios limpos e de arestas definidas, o solo seco de terra batida. Ela vê soldados kalovaxianos de cabelos louros cortados rente, bem barbeados e com uniformes imaculados, em vez de guerreiros rebeldes desgrenhados e de olhos famintos.

Seus guardas pessoais nos seguem bem de perto e eles também parecem enganados pela ilusão, sem ver abaixo do exterior mágico. Ainda assim, não consigo acalmar meu coração descompassado. Não vou conseguir respirar com calma até que Cress e todos os seus homens desapareçam na distância.

– Há um cheiro estranho no ar, não é? – Cress sussurra em tom de conspiração. – Um cheiro de morte.

É difícil não pensar em todas as ocasiões em que Cress e eu andamos de braços dados, todas as vezes que ela confiava a mim os seus sussurros. É difícil lembrar que neste momento eu não sou Theo, que não sou nem mesmo Lady Thora. Sou a princesa Amiza e Cress é uma estranha para mim.

Forço minha voz a soar com firmeza.

– Suponho que sim, Vossa Alteza – digo. – O cheiro aqui não é sempre este? Pelo que entendi, a taxa de rotatividade dos trabalhadores é alta.

– Dos escravos, você quer dizer – responde Cress, franzindo a testa. – Creio que sim, mas é muito desagradável, não acha?

– É, sim – concordo. – Talvez fosse melhor desfrutarmos nossa taça de vinho fora do acampamento, onde o ar é mais limpo…

Por um instante, Cress parece considerar a sugestão, mas logo balança a cabeça.

– Não, vamos beber no refeitório. Com sorte, o cheiro do jantar sendo preparado vai se sobrepor a esse fedor.

Não tenho escolha senão seguir enquanto ela instrui um guarda a tomar a frente e mandar preparar uma mesa para dois.

• • •

Quando entramos no refeitório, Cress ordena aos guardas para ficarem do lado de fora, com o mesmo sorriso encantador a que estou acostumada – embora com os lábios negros como fuligem dificilmente o efeito é o mesmo. Em vez de ficarem atrapalhados e vermelhos como os homens costumavam ficar na presença dela, os guardas parecem assustados.

– Vai ser só uma conversa de garotas – diz ela. – Nada com que se preocupar.

Ela não dá chance de eles responderem antes de me puxar para o salão, conduzindo-me na direção da única mesa posta com uma toalha branquíssima e uma garrafa de ouro incrustada com joias e duas taças combinando.

Um vento sopra no salão, arrepiando meus braços, e eu torço para que Cress não ache isso estranho. Espero que a ilusão se sustente por tempo suficiente para que ela não perceba que a parede do lado sul do refeitório foi completamente destruída, deixando entrar o ar frio da noite.

– Você gosta de viver em Sta'Crivero? – pergunta Cress, atraindo minha atenção de volta a ela. – É muito diferente de Doraz?

A pergunta me pega desprevenida antes que eu recorde que Amiza nasceu em Doraz, filha do imperador de lá, embora os governantes de Doraz escolham seus sucessores, de modo que ela só se tornou princesa quando se casou com o príncipe Avaric.

– Na verdade acho que Sta'Crivero é diferente de qualquer outro lugar no mundo – respondo, torcendo para que ela não pergunte mais nada sobre Doraz.

Eu nada sei a respeito daquele país além do que Søren e Artemisia me contaram sobre sua estrutura de poder.

– É indescritível, de verdade. Espero que venha nos visitar um dia, assim que todas essas coisas desagradáveis ficarem para trás – completo.

– Meu pai gostava das visitas que fazia por lá – diz ela, parecendo melancólica. – Ele contou que vocês vivem em torres tão altas que tocam o céu, todas pintadas com as cores mais vibrantes. Confesso que não consigo imaginar.

– Nem eu conseguia, só vendo com os próprios olhos mesmo – replico, o que é verdade. – Sta'Crivero é um país no deserto, tão quente que chega a ser insuportável, mas a capital fica sobre uma nascente natural, e isso mantém a temperatura mais amena.

Mas Cress não se importa com nascentes naturais. Posso dizer pela maneira como seus olhos ficam vidrados. Ela estende a mão para a garrafa dourada e serve o vinho tinto em nossas taças. Olho fixamente para as mãos dela, lembrando-me da última vez que ela me serviu uma taça de vinho misturada com encatrio que quase me matou.

Ela me surpreende olhando suas mãos e logo devolve a garrafa à mesa. Em seguida, enfia as mãos rachadas e manchadas de cinza sob a mesa. Ela acredita que eu estava observando o aspecto físico de suas mãos, percebo. A pele queimada. Ela ainda sente vergonha disso, pelo menos com alguém como Amiza. Ela pode usar sua aparência amedrontadora como uma arma na frente de seus guerreiros, porque eles precisam que ela seja temível, mas Amiza... Amiza é sua igual e leva o tipo de vida que Cress sempre pensou que teria, uma vida de maridos nobres e belos, elegantes vestidos de baile e beleza.

Ela se sente intimidada por Amiza... por mim. A ideia é ridícula, mas ali está.

– Posso perguntar o que aconteceu? – indago com cautela. – Ouvi rumores, mas não tenho certeza se acredito neles.

Os olhos de Cress cintilam.

– *Ela* contou algum desses rumores a você? – pergunta, cada palavra uma fisgada. – Quando ficou hospedada em seu palácio?

Não preciso perguntar para saber que ela está falando de mim... isto é, de Theo. Eu me encolho e baixo o olhar.

– Contou – respondo, escolhendo as palavras com cuidado. Preciso dizer o que ela quer ouvir, nada mais. – A rainha Theodosia disse que a envenenou, mas que você sobreviveu, e que por isso recebeu certos dons.

Cress relaxa um pouco. Ela pega sua taça, toma um longo gole de vinho antes de tornar a falar.

– O encatrio é um veneno terrível – diz ela, em voz baixa. – Você sabe exatamente como ele mata?

Eu sei, mas Amiza não. Balanço a cabeça indicando que não e Cress me dirige um sorriso sombrio.

– É uma poção de fogo, extraída das partes mais profundas da mina do Fogo. Sem cheiro. Sem sabor. Porém, assim que toca seus lábios, começa a queimar enquanto desce pela garganta, até chegar ao estômago. Ele queima você viva, de dentro para fora. Vi isso acontecer com meu pai... O veneno o matou em questão de minutos, mas aqueles minutos foram pura agonia. Nunca pensei que veria meu pai chorar, mas ele soluçou como uma criança, numa súplica silenciosa por misericórdia. Eu não consegui chorar. Senti a dor, o fogo queimando por dentro, mas, ao contrário do meu pai, minha agonia não terminou depois de alguns minutos. Ela se estendeu por horas, e o tempo todo eu torcia... implorava... para que a morte me salvasse daquilo. No entanto, a morte tinha outros planos para mim e, quando a dor enfim diminuiu, o veneno havia me modificado bastante.

– Isso parece mesmo terrível – digo, mal confiando em minha capacidade de falar. – Sinto muito que você tenha precisado passar por esse sofrimento.

Por um longo momento, Cress não fala nada. Ela toma outro gole do vinho antes de pousar a taça na mesa com um ruído que ecoa pelo salão.

– Eu não – diz ela por fim. – Sabe, eu era como você, Amiza... Posso chamar você de Amiza?

Faço que sim com a cabeça e ela continua:

– Eu pensava que o poder fosse algo que pudesse ser obtido por meio do casamento com o homem certo, impressionando as pessoas certas. Sendo *admirada*. Ninguém me admira agora.

– Tenho certeza de que isso não é verdade...

– Ah, isso não me incomoda – garante ela com uma risada dura. – Acho que já incomodou, agora não mais. Porque eu me dei conta de que não se obtém o poder... o verdadeiro poder... conquistando a aprovação de outras pessoas. O único tipo de poder que importa é quando você é quem aprova, você é quem toma as decisões. O tipo de poder que vem de ser temido, não admirado. Você entende, não é?

Faço que sim com a cabeça, porque não há mais nada que eu possa dizer ou fazer.

– É uma pena o estado de saúde do seu sogro – diz Cress, recostando-se na cadeira e me examinando. – E também é uma pena que, quando ele se for, será seu marido quem governará no lugar do pai e você será apenas a rainha consorte... um papel sem absolutamente qualquer poder.

Há em suas palavras um perigo oculto que não consigo identificar. Algo que Amiza não perceberia porque ela não conhece Cress como eu. Ela não conhece a expressão concentrada que Cress tem quando um pensamento se instala em sua mente.

– Eu não me importo – digo, forçando um sorriso.

– É claro que se importa – replica Cress, estendendo a mão por cima da mesa para segurar a minha, sua pele ainda quente, mas sem vida. – Você não vai me dizer que não gostaria de governar em seu próprio nome, como uma verdadeira rainha em vez de um mero recipiente para futuros príncipes e princesas.

Mordo o lábio, consciente do coração disparado em meu peito. *Diga a ela o que ela quer ouvir*, penso.

– E se eu quisesse isso?

O sorriso de Cress se abre.

– Então acho que você e eu poderíamos ajudar uma à outra. Acho que poderíamos ser verdadeiras aliadas... muito além da farsa que é esta trégua. Não vamos fingir, entre mim e você, Amiza. O rei Etristo não planeja manter esta aliança por mais do que alguns meses. Assim que os rebeldes tiverem sido subjugados, ele vai tentar tirar vantagem do fato de que os kalovaxianos têm, no seu modo de pensar, um governante fraco. Ele vai tentar tomar meu trono e, com ele, a magia de Astrea.

Não sei quanto das divagações dela é baseado em fatos e quanto é pura paranoia. Tudo soa ridículo. O rei Etristo é ganancioso, é verdade, e subestima as mulheres em todas as suas formas, mas ele não entende nada de guerras e é preguiçoso demais para tentar.

Só que não importa o que é verdade e o que é imaginação de Cress. O que importa é que Amiza diga a Cress o que ela quer ouvir.

– Acho que podemos providenciar isso – digo lentamente. – O que você precisaria de mim?

Cress tira um frasco do bolso do vestido. Encatrio. Minha respiração fica presa quando as peças de seu plano se encaixam.

– Preciso que você tome o poder que tão desesperadamente deseja – pede ela. – Mesmo que o preço seja alto.

– O que é isto? – pergunto em voz alta, pois Amiza nunca viu o veneno antes. Cress desliza o frasco por cima da mesa em minha direção.

– Encatrio – responde ela, com a mesma facilidade com que diria mel ou água.

– Você quer que eu mate Etristo? – indago, na esperança de que bancar a idiota vai me fazer ganhar tempo.

– Quero que você o beba – diz ela.

– Mas… mas isso vai me matar – gaguejo.

Cress dá de ombros.

– Talvez. Não é encatrio puro… Conseguir a forma pura se tornou impossível nos dias de hoje. Assim, ele está um pouco diluído. Menos letal. Na maioria das vezes, pelo menos.

Diluído em seu próprio sangue, penso, meu estômago se contraindo com a náusea.

Ela prossegue, alheia ao meu desconforto.

– É um risco, sim, mas o risco não vale a pena? Para esse tipo de poder? Ela empurra o frasco mais para perto de mim.

– Agora?

Enquanto pergunto, corro os olhos pelo salão, desesperada, procurando alguma coisa… qualquer coisa… que me dê uma razão para não beber encatrio mais uma vez obrigada por Cress. Desta vez, ele vai me matar. Sei disso com uma certeza esmagadora.

– Preciso saber que posso confiar em você, Amiza – explica Cress, a voz firme. – Então é agora. Vamos dizer ao seu marido que você não está se sentindo bem, que seu retorno para casa será adiado por um dia. E, se der errado, porei a culpa nos rebeldes pelo vinho envenenado. A aliança entre nossos países permanecerá.

Isso não me tranquiliza e não posso imaginar que Amiza encontraria algum conforto nisso também.

– Eu tenho um filho – argumento. – Ele precisa da mãe.

Cress nem pisca.

– Ele precisa de uma mãe de quem possa se orgulhar – retruca ela, indicando o frasco com a cabeça. – Vá em frente. Pelo que sei, Sta'Crivero está à beira de uma crise. É só uma questão de tempo até suas paredes desmoronarem, até seu povo se revoltar. Você pode salvar todos. Você pode ser a rainha que eles merecem. Tome. O que é uma dor passageira comparada a uma vida inteira de poder?

Ela pega minha mão e a fecha em torno do frasco, então o destampa, como se eu fosse uma boneca com quem ela está brincando, controlando meus movimentos, tomando minhas decisões. E o que é pior: eu permito. Estou em estado de choque, sem palavras e imóvel.

Uma batida na porta nos interrompe e Cress recolhe a mão rápido, afastando-a da minha, como se meu toque a queimasse.

– O que foi? – pergunta ela, irritada, fuzilando com o olhar o guarda que entra segurando um rolo de pergaminho com o selo intacto.

– Desculpe, Vossa Alteza – diz ele, fazendo uma reverência. – Trata-se de uma carta do palácio. Creio que vai querer ver isto por si mesma. É urgente.

Bufando, Cress se põe de pé, vai até o guarda e tira a carta das mãos dele. Ela a lê de costas para mim, mas vejo seus ombros se retesarem. Quando termina, ela amassa o pergaminho, fazendo com ele uma bola.

– Prepare nossos cavalos – ordena ela, a voz tensa. – Vamos partir agora mesmo.

O guarda faz outra reverência antes de sair, deixando-me a sós com Cress mais uma vez. Ela se vira para mim, mas agora é toda fúria e tensão, qualquer vislumbre da Cress que conheci novamente desaparecido.

– Receio que tenha acontecido algo – diz ela, balançando a cabeça.

Então Cress pega o frasco da minha mão e torna a fechá-lo.

– Vamos manter contato. Quando seu sogro estiver no leito de morte, tome o veneno. No caos que cerca a mudança de um governante, você será capaz de tomar o trono facilmente.

Só me resta assentir e pegar o veneno que ela me estende, mas, quando o faço, ela segura as minhas mãos. Seus olhos cinzentos examinam os meus, como se ela estivesse vendo diretamente minha alma.

– Você me lembra alguém, sabe? – diz ela. – Uma amiga que tive. Espero que você prove ser uma amiga melhor do que ela, Amiza. Eu acredito que, juntas, você e eu podemos conquistar o mundo inteiro.

• • •

Só me permito relaxar ao ver os kalovaxianos desaparecerem no horizonte. Quando finalmente estão fora do campo de visão, desabo de alívio, apoiando-me em Heron, que passa o braço pelos meus ombros.

– Conseguimos – digo, mas a palavra tem um sabor estranho. Mal acredito que seja verdade.

– Conseguimos – concorda ele, a voz soando distante. – A entrega levou mais tempo do que o esperado… Tivemos que fazer o mensageiro contornar as tropas kalovaxianas para que sua chegada fosse verossímil.

– Chegou no momento perfeito – asseguro a ele. – Eu estou bem. Você está bem. Nosso pessoal está em segurança. E mais: temos Søren e Erik de volta.

Heron assente, mas seus olhos estão perturbados.

– E os gorakianos que Erik levou com ele para a capital? O que você acha que aconteceu com eles?

Eu não sei. Não *quero* saber.

– Venha – digo a Heron, afastando o pensamento da minha mente. – Vamos ver Erik e Søren.

VISÃO

⁂

LGUMAS BARRACAS, COM A FUNÇÃO DE enfermarias, foram montadas do outro lado do lago, escondidas na floresta Perea, para o caso de os kalovaxianos decidirem fazer uma exploração durante a visita. Ali estão os feridos na batalha, assim como os ex-escravos que estavam doentes ou desnutridos demais para permanecer no acampamento. Foi para ali também que pedi a Heron que levasse Blaise, para impedi-lo de fazer qualquer tolice. Quando Cress entregou Søren e Erik, achei que fazia sentido mandá-los para lá também.

É um curto trajeto de barco para Heron, Artemisia e para mim – especialmente quando Art e Heron usam uma combinação de seus dons para nos impulsionar através da superfície do lago. A viagem leva menos de uma hora, mas parece se arrastar por uma eternidade. Søren está aqui. Pode estar ferido, mas está vivo. Está em segurança. Só agora percebo que uma grande parte de mim acreditava que eu nunca mais o veria.

– O que aconteceu com a kaiserin? – pergunta Heron, a voz baixa.

Engulo em seco, ciente do frasco de encatrio no bolso do meu vestido, quente através do tecido fino. Meu primeiro instinto é mantê-lo em segredo, mas prometi que não faria mais sigilo de nada, então conto tudo a eles.

– Ela está solitária – concluo no fim do relato. – Está isolada. Não existe mais ninguém como ela, ninguém que não a veja como um monstro. Assim, ela decidiu criar o seu próprio monstro.

– Está perturbada – corrige Artemisia. – Ela devia saber que estava oferecendo morte, não poder. Mesmo diluído, nessa quantidade o encatrio mataria a maior parte das pessoas.

– Acho que ela pouco se importa – digo, balançando a cabeça. – Está tão desesperada para não ficar sozinha que teria deixado Amiza morrer pela chance praticamente inexistente de ela sobreviver ao veneno. E pela maneira como ela ofereceu... não parecia ser a primeira vez que fazia isso.

Artemisia franze a testa.

– Onde está o veneno agora?

Eu o pego no bolso e mostro a eles.

– Vou me livrar dele assim que descobrir como. Não quero provocar um incêndio por acidente.

– Ou você pode guardá-lo – sugere Heron.

Tanto eu quanto Art o encaramos e ele dá de ombros.

– É só uma sugestão. Encatrio é raro e pode vir a ser útil.

– Não é o verdadeiro encatrio – explico a ele. – Ela me disse isso. É do tipo que ela mesma fez, com o próprio sangue. Não me agrada a ideia de ter isso comigo.

Artemisia suspira.

– Mas Heron tem razão – diz ela. – Precisamos de todas as armas de que pudermos dispor em nosso arsenal. Esse veneno é uma arma. Ele pode estar diluído, mas é mais forte do que o que você tem nas suas veias.

Hesito por um segundo antes de voltar a guardar o frasco no bolso do vestido.

Artemisia conduz o barco até a margem e nós três descemos. Embora o acampamento esteja escondido atrás das árvores, dessa pequena distância posso ver os sinais dele – o tecido branco brilhante da tenda em meio às árvores, as vozes abafadas, o cheiro de doença e de sangue. O suficiente para fazer minha cabeça girar.

– Temos um total de cinco tendas para os feridos, mais duas para os doentes – explica Heron. – Você terá que evitar estas. Muitas das doenças eu não consigo identificar, então não sei quanto são contagiosas... ou fatais. Elas serão minha prioridade depois de ver Erik e Søren.

Embora ele tente esconder, posso ver que está exausto.

– A mina do Ar deve ser a nossa próxima parada – digo a ele, pousando a mão em seu braço. – Podemos encontrar mais Guardiões lá. Assim você não será o único curandeiro.

Ele assente, mas seus olhos estão distraídos.

– Venham – chama Artemisia, indo à frente no caminho entre as árvores.

– Não sabia que você gostava tanto de Søren e Erik – digo, seguindo-a.

– Não gosto – replica ela, de forma tão contundente que eu diria que não é a verdade. – Mas eles devem ter descoberto alguma coisa naquele palácio e eu quero saber o que é.

...

É preciso atravessar duas das tendas para chegar àquela em que Søren e Erik estão. Decidiram que mantê-los separados dos outros era a melhor opção. Afinal, Søren é kalovaxiano e, para a maioria das pessoas, Erik nos virou as costas. Ninguém quer dar chance para que uma briga comece, então montaram uma pequena tenda separada para eles.

O cheiro de sangue se intensifica no instante em que entro na primeira tenda, tão denso que provoca náuseas. Sacos de dormir cobrem quase todo o espaço disponível, posicionados lado a lado. Quase vinte no total, calculo, a maioria ocupada. Alguns dos homens e mulheres estão apenas enfaixados, mas parecem bem; outros, porém, estão em pior estado. Alguns estão sem braços e pernas, as feridas cobertas apenas por ataduras já encharcadas do sangue que não dá sinais de estancar. Um homem tem um corte que atravessa seu rosto e é tão profundo que se pode ver o osso maxilar.

Eu quero desviar o olhar de toda essa carnificina, mas não há para onde olhar. Ela se espalha por toda parte, inevitável.

Talvez ainda pior do que as feridas, o sangue e as pessoas sofrendo, são os sacos de dormir vazios, ainda amarrotados e manchados com o sangue de quem os ocupou recentemente. Pessoas que não sobreviveram. Eu conto cinco só nesta tenda.

A mão de Heron pousa no meu ombro, equilibrando-me.

– Há menos ferimentos... menos baixas... do que na última batalha. E muito menos do que haveria se não fosse seu plano de enganar a kaiserin – diz ele, a voz suave, porém insistente.

Eu sei que sua intenção é boa, mas de pouco adianta para me tranquilizar.

Não me permito relaxar até chegarmos à tenda de Søren e Erik, e mesmo assim a sensação dura muito pouco tempo. Não sei o que vou dizer a nenhum dos dois, mas não tenho escolha a não ser abrir a aba e entrar.

A tenda é menor do que as outras, com espaço suficiente apenas para os dois. Søren está sentado em um saco de dormir, mas Erik está adormecido, de costas para nós, e tudo que consigo ver dele é o cabelo. Antes longo, indo até abaixo dos ombros, foi cortado tão rente e com tamanho descuido que em seu couro cabeludo há cortes que só agora começaram a fechar.

Søren e Erik foram limpos, mas água e sabão pouco fizeram para mitigar seus ferimentos. Søren está sem camisa, deixando expostas feridas em cada centímetro do tronco nu, dos braços e até mesmo do rosto. Ele mantém os olhos voltados para baixo quando entramos, embora seus ombros se retesem e eu saiba que ele está ciente da nossa presença. Não tenho certeza do que lhe foi dito – ou em que ele acredita – sobre seu resgate, embora Søren seja suficientemente perspicaz para perceber que não foi levado para um navio como o esperado e para reconhecer que as pessoas estão falando astreano e não sta'criverano. Ele pode não ter o quadro completo, mas eu ficaria surpresa se já não tivesse reunido a maior parte das peças até agora.

Ao me aproximar, percebo que seus ferimentos são, na verdade, queimaduras, traçadas em elaborados padrões de redemoinhos e linhas e, em alguns lugares, palavras. Palavras escritas numa caligrafia familiar.

Não posso evitar um arquejo, e é nesse momento que Søren olha para mim, choque, descrença e alívio se alternando em seu rosto. Ele me olha como se eu não fosse de verdade, uma invenção de sua imaginação, evocada e materializada em carne e osso. Ele olha para mim como se achasse que vou desaparecer se ele fizer algo tão banal quanto piscar.

– Theo.

O nome é pouco mais que um sussurro, mas eu o ouço. Ele reverbera em cada centímetro meu, vibrando através do meu sangue.

– Olá – digo.

É um cumprimento dolorosamente inadequado, mas é a única palavra que consigo fazer meus lábios formarem. Tento olhar Søren nos olhos e não permitir que meu olhar vagueie pelas queimaduras e leia as palavras que Cress marcou em sua pele, palavras que acho que nem mesmo Heron será capaz de apagar.

Ele se levanta com esforço, os olhos sombrios presos aos meus. Por um instante, acho que ele pretende me abraçar, aqui, na frente de todos. Eu não sei se seria capaz de me conter se ele agisse assim. Em vez disso, porém, Søren se apoia em um dos joelhos, a cabeça baixa.

– Minha rainha. É bom vê-la novamente.

– Esqueça isso – peço a ele, lutando para evitar que minha voz vacile.

Eu me agacho na frente dele de modo que ficamos cara a cara. Assim de perto, posso ver a palavra *traidor* gravada acima do seu coração, na letra rebuscada de Cress. Estendo a mão para tocar seu rosto. Nossos olhares se encontram e mil palavras não ditas passam entre nós.

– Pensei que você estivesse morta – diz ele, engasgando-se com as palavras. – Mesmo quando Erik me contou que você não estava... Eu não pude acreditar. Mas você está viva.

– Estou viva – confirmo. – Mas Cress não sabe, e temos que manter as coisas assim.

Søren concorda.

– Se ela soubesse, queimaria o país inteiro para terminar o que começou.

Faço que sim com a cabeça, pressionando os lábios com força. Olho para a figura adormecida de Erik atrás dele.

– Como ele está? – pergunto a Søren.

Søren desvia o olhar, passando a fitar Heron e Artemisia.

– Cress planejava trair Erik desde o início – diz Søren. – Mas ficou furiosa quando soube que ele a traiu primeiro.

Meu estômago se contrai.

– Os gorakianos que ele levou para a capital... Ela os matou?

– Não – responde ele, e eu deixo escapar um suspiro de alívio antes que ele continue. – Não a maioria deles, pelo menos. Com a rotatividade nas minas cada vez mais alta, a carência de gente que trabalhe nelas também está maior. Ela mandou todos que fossem fortes o bastante para a mina da Terra. Estavam com os números mais baixos por lá. Os que eram velhos, jovens ou fracos demais, ela mandou matar.

Fecho os olhos com força e balanço a cabeça.

– Eu sinto tanto – digo.

– Não é culpa sua – responde uma voz.

Erik, embora ele continue de costas para nós. Mal consigo reconhecer sua voz, cheia de angústia e rouca de tanto gritar ou chorar, ou talvez de ambos.

– Foi o meu plano idiota. Fui eu quem os colocou em perigo. Fui eu quem os matou, com toda a certeza, é como se eu mesmo tivesse cortado suas gargantas.

– Erik – começo, estendendo a mão para tocá-lo. Quando minha mão pousa em seu ombro, ele se esquiva, enroscando-se ainda mais. – Você tomou uma decisão baseada em um julgamento. Achou que era a correta. Achou que era a única.

– Eu estava errado – retruca ele. – Minha mãe pediu que eu os guiasse, e foi o que fiz... direto para o túmulo, de uma forma ou de outra.

– Não há como mudar isso agora – digo. – Mas podemos nos concentrar em salvar aqueles que foram enviados para a mina. Dragonsbane está a caminho de lá... Ela vai libertar todos. Nem tudo está perdido.

Erik não responde, mas soluços silenciosos sacodem seus ombros. Heron se ajoelha ao seu lado, a expressão fechada e indecifrável.

– Vamos vingar todos, Erik – promete ele, em um tom de voz suave. – Vamos salvar os que podem ser salvos e nos certificar de que aqueles desgraçados sintam, multiplicada por dez, cada pontada de dor e morte que infligiram. Com vocês dois liderando nosso exército, vamos fazer todos eles pagarem.

– É justamente isso – diz Erik, a voz rouca. – Eu não vou liderar exército algum.

Ele rola no saco de dormir, ficando de frente para nós, e eu não posso conter o grito. O cabelo não foi a única coisa que os kalovaxianos tiraram dele. Um olho está inchado e fechado, vermelho e feio, mas onde o outro deveria estar há apenas um buraco aberto de carne queimada, uma ferida viva e recente. Não preciso perguntar para saber como isso aconteceu. Posso imaginar Cress com seus dedos incandescentes, arrancando o olho de Erik, como se tirasse uma lichia da casca e, simultaneamente, cauterizando a ferida.

– Ela estava com muita raiva – comenta Søren, mas, mesmo assim, eu nunca imaginei isso.

A náusea toma conta de mim mais uma vez.

– Eu sinto muito – digo, cobrindo a boca com a mão. – Eu sinto tanto, Erik. Ele balança a cabeça.

– Sou imprestável para vocês agora – afirma. – Não tenho um exército para você, Theo. Não posso liderar um batalhão. Não tenho certeza nem se consigo encontrar a saída desta tenda.

– Você está cego – conclui Heron, enfim recuperando a voz.

– Semi – responde Erik, apontando o olho inchado. – Este aqui deve sarar, acho. Mas não terei percepção de profundidade e ficarei com um campo de visão mais estreito...

– Não – diz Heron. – Eu quis dizer que você está cego, não morto. Você quer ajudar, quer salvar o seu povo, então você pode. Não precisa liderar um exército para isso.

Acho que nunca ouvi Heron falar tão duramente com alguém, exceto com Søren. Até Erik parece espantado.

– Ele tem razão, Erik – concorda Søren. – O que Gormund diria se o visse desistindo tão facilmente?

– Gormund? – pergunta Heron, franzindo a testa.

– Um lendário guerreiro kalovaxiano – explico. – Diziam que era um semideus, que era capaz de paralisar uma pessoa só com o olhar. Mas seu irmão humano ficou com ciúmes e, enquanto o guerreiro dormia, arrancou o olho de Gormund.

– Gormund ainda ficou com um olho mágico – continua Erik. – Eu não sei nem se o meu olho não mágico vai sarar. Não é a mesma coisa.

– Está decidido, então – diz Heron, a voz estranhamente fria. – Quando partirmos daqui, você irá na retaguarda com os outros feridos, com os idosos e as crianças. E, quando encontrarmos Dragonsbane, vai ficar com eles em um dos navios e esperar que a guerra acabe. E, quando salvarmos o seu povo, você pode contar para eles com que facilidade aquela bruxa conseguiu acovardar o imperador deles tirando um de seus olhos. Depois disso, vamos ver quantos ainda vão chamar você de imperador.

Erik se encolhe com essas palavras, mas sua boca se contrai.

– Não é que eu não queira ficar – responde ele. – É claro que quero. Mas não vou ser de nenhuma ajuda para vocês agora. É melhor me mandarem embora.

– Se você quiser ficar, então eu quero que fique – digo a ele. – Você não é imprestável. Você tem sua mente, sua determinação. Provavelmente, ainda pode manejar uma espada melhor do que metade do exército de Cress, eu aposto, com ou sem percepção de profundidade. Fique, lute e mostre que ela não o destruiu.

Erik engole em seco. Por um momento, ele não diz nada, mas por fim assente.

– Não creio que você possa me curar, não é, Heron? – pergunta ele, embora pareça já saber a resposta.

– Não posso dar um olho novo para você – responde Heron, a dor transparecendo na voz. – Mas posso tentar ajudar a curar o outro.

– E você, Artemisia? – pergunta Erik. – Alguma ilusão que você pode lançar para esconder isso?

– Nada permanente. Sinto muito. E nada que devolvesse a visão.

– Ah, bom – diz Erik, a voz ainda trêmula. – Tive alguns bons anos sendo bonito. É mais do que a maioria consegue ter.

É uma tentativa de fazer piada, só que ninguém ri.

– Você ainda é bonito – afirma Heron, baixinho.

Erik ri, o som áspero.

– Sou um monstro – replica ele.

– Você é corajoso – encoraja Heron, mais alto desta vez. – E inabalável. E você luta pelo seu povo... pelo que você sabe que é certo, independentemente do preço que tem que pagar. Você é, sem dúvida, o homem mais bonito que eu já vi e, se tentar dizer o contrário mais uma vez, vou quebrar seu nariz também, seu idiota vaidoso.

A declaração é seguida de silêncio. Não creio que já tenha ouvido Heron maldizer alguém, muito menos ameaçar cometer alguma violência, e essa ideia é tão ridícula que não consigo evitar um sorriso, ainda que pequeno e frágil, em meus lábios. Depois de um momento, Erik balança a cabeça e vejo que também está sorrindo, embora não seja um sorriso pleno. Não o que estou acostumada a ver nele. É uma coisa frágil, prestes a se desfazer se alguém respirar da maneira errada. Mas, ainda assim, é um sorriso.

De repente me dou conta de que estamos todos juntos de novo, de uma maneira que nunca imaginei. Estamos aqui e estamos vivos, contra todas as probabilidades. Cress nos tirou muitas coisas, e eu sei que estamos em uma guerra e que ela provavelmente vai tirar muito mais antes que tudo esteja acabado. Hoje, porém, estamos aqui, juntos e vitoriosos, e isso, por ora, basta.

FERIDAS

———— ◆ ————

EU ESTAVA CERTA EM RELAÇÃO ÀS feridas de Søren, Heron não pode curá-las com sua magia. Elas terão que sarar sozinhas e, mesmo assim, as cicatrizes provavelmente vão ficar para sempre. Heron se ofereceu para curá-las até onde for possível, mas Søren recusou.

– Há outros aqui que precisam mais do que eu – diz ele. – Isto não vai me matar... Só dói.

– Vai matar se infeccionarem – afirma Heron. – Mas você não precisa de mim para evitar que isso aconteça. As piores só precisam ser esterilizadas e cobertas por um curativo. Posso tentar encontrar alguém que saiba fazer isso, mas talvez demore um pouco até eu achar.

– Eu faço – ofereço, antes que possa me conter.

Heron me olha com as sobrancelhas levantadas.

– Você sabe fazer isso? – pergunta ele.

Dou de ombros.

– Estive do outro lado muitas vezes após os castigos do kaiser. Tenho certeza de que posso deduzir como fazer.

Heron assente.

– Muito bem, então. Vou providenciar o material. Art, você pode ajudar Erik lá fora? Para que ele se acostume a se orientar por aí? – Ele olha para Erik. – A última coisa que você vai fazer é chafurdar no sofrimento. Você vai se levantar e encontrar uma forma de se ajustar. Acredite em mim, vai me agradecer por isso mais tarde.

Erik faz uma careta, mas assente.

– Eu sei que vou – diz, obrigando-se a sentar e gemendo ao fazê-lo. – Mas, no momento, eu gostaria de dizer umas coisas menos agradáveis a você.

– Faça uma lista – replica Heron com um leve sorriso. – Pode me falar todas elas durante o jantar.

Por um instante, Erik parece chocado e nervoso, uma expressão que nunca vi nele. Mas rapidamente ele se recupera.

– Combinado!

Artemisia olha de um para o outro, as sobrancelhas tão levantadas que quase desaparecem em meio ao cabelo.

– Estamos em guerra – diz ela com um suspiro. – Com certeza deve haver um momento melhor para flertar do que quando a morte está à espreita em cada esquina...

– Para falar a verdade, não consigo pensar em um momento melhor para isso – rebate Erik, colocando-se de pé. – Pode ser que a gente não tenha outra chance.

Artemisia revira os olhos.

– Só porque eu não consigo enxergar não significa que não sei que você está revirando os olhos, Art – diz ele, estendendo o braço para ela, que o segura. Ela o guia em alguns passos hesitantes. – Só porque você não sabe flertar...

– Eu sei, sim – responde ela, indignada, enquanto o conduz para fora da tenda, os dois continuando a discutir.

• • •

Quando Heron vai embora e nos deixa com a pomada e as ataduras, leva com ele todo o ar que havia na tenda. Sozinha com Søren, tenho consciência de sua respiração, mesmo ele estando do outro lado da tenda; de seu peito nu, marcado por cicatrizes e feridas, subindo e descendo. Sei que ele também tem consciência da minha presença, seu olhar é cuidadoso e cauteloso, como se ele ainda não acreditasse que eu realmente estou aqui. Eu não o culpo, alguns dias também não consigo acreditar.

– Eu pensei de verdade que você estava morta – diz ele, quebrando o silêncio.

As palavras são uma confissão sussurrada, como se dizê-las em voz alta pudesse negar o milagre.

– Eu sei. Também achei que você praticamente estivesse morto – respondo. – Não pensei que o veria outra vez antes que ela... Eu queria ir resgatar você, juro que queria. Eu teria feito tudo que estivesse ao meu alcance, mas...

– Mas invadir a capital antes de ter guerreiros suficientes seria condenar sua rebelião – completa ele. – Eu sei. Você não poderia fazer isso. Nunca esperei que fizesse.

– Você teria feito isso por mim.

Ele hesita, mas não nega.

– Talvez tivesse – replica de maneira suave. – Mas teria sido uma decisão burra. Você é muitas coisas, Theodosia Eirene Houzzara, mas não é burra.

Mordo o lábio.

– Erik pensou que eu não agia porque não me importava. Ele achou que eu era indiferente ao seu sofrimento. Não era isso. Sinto muito por não ter feito mais. Talvez, se eu tivesse feito algo, ele não teria perdido o olho.

Søren balança a cabeça, baixando os olhos.

– Você não me deve desculpas, Theo. Tampouco a Erik. Você não é responsável pelo plano falho que ele mesmo elaborou. Além disso, você me salvou muitas vezes antes, e me salvou mais uma vez hoje. Não creio que seja uma dívida que algum dia poderei pagar.

– Não existem dívidas – digo a ele baixinho. – Não entre nós, Søren.

Seus olhos tornam a encontrar os meus e, sem dizer palavra, ele estende uma das mãos para mim e eu a aceito, me aninhando em seus braços como se fosse a coisa mais natural do mundo. Ele enterra o rosto no meu pescoço e eu o abraço o mais forte que ouso, tomando cuidado para evitar seus ferimentos. De alguma forma, sob o sangue e o suor, ele ainda tem cheiro de mar, e isso o faz parecer um pouco mais real para mim.

Por um momento, nenhum de nós se move. Ficamos apenas ali, um nos braços do outro, e eu queria que este momento durasse toda a vida, mas por fim Søren se afasta, me fitando com um olhar suplicante.

– Sua pele está quente – comenta ele devagar. – Não quente demais. Não febril. Porém, mais quente do que costumava ser.

Ele faz uma pausa, pesando uma pergunta cuja resposta ele sabe que não quer.

– O que você fez, Theo?

– O que era preciso – respondo.

Saio de seus braços para pegar a pomada e as ataduras deixadas ali por Heron, embora também seja uma desculpa para não ter que olhar para ele quando digo as palavras:

– Fui para a mina do Fogo.

Ele arqueja, como se tivesse levado um soco.

– E eu aqui dizendo que você não é burra – diz ele, balançando a cabeça. – Isso poderia ter matado você.

Dou de ombros, mas ainda não consigo olhá-lo nos olhos.

– Cress poderia ter me matado. O kaiser poderia ter me matado. Houve momentos em que acho que até o rei Etristo queria me matar, lá em Sta'Crivero. Acredite: a mina era uma perspectiva menos assustadora depois de todos eles. Além disso, eu sabia que os deuses tinham outros planos para mim. Eles não teriam permitido que eu morresse assim, não em seu domínio.

Ele não diz nada por um momento. Em vez disso, observa enquanto abro o frasco de pomada e a espalho sobre suas feridas, começando pelas do rosto. No segundo em que o unguento frio toca sua pele, ele se encolhe.

– Eu sei que dói – digo. – É o mesmo tipo que Hoa usava em mim. Mas a dor vai embora em um instante, depois não vai doer mais.

Ele relaxa um pouco e eu passo para seu peito, cobrindo a letra de Cress em sua clavícula direita. Traidor, ela escreveu ali, as linhas de sua caligrafia duras e deselegantes. Furiosas.

– Como foi lá? – pergunta ele. – Na mina?

Minha mão se detém e eu percebo que ninguém nunca me perguntou isso. A maioria das pessoas não quer saber, e as únicas que teriam perguntado já sabem por experiência própria. Respiro fundo, o mentol da pomada ardendo em minhas narinas.

– Não me lembro da maior parte – respondo. – Às vezes, tenho alguns flashes, mas ainda há partes que não sei se foram reais ou não. Estive com minha mãe, que era tão real lá embaixo quanto você e eu somos agora. Alguns dias, não tenho certeza se já deixei a mina. Tenho a sensação de que ainda estou lá.

Sua mão descansa sobre a minha em seu peito.

– Mas você conseguiu sair – diz ele. – E saiu mais forte, não foi? Algum dom?

Faço que sim com a cabeça.

– Não estou tão forte quanto Cress, mas estou mais forte do que antes. Espero que isso seja suficiente para quando nos reencontrarmos.

Ele retira a mão e me deixa continuar o trabalho, envolvendo seus ombros com os rolos de ataduras de gaze branca. Não passo nada no rosto dele por enquanto, em parte porque será um desconforto para ele, mas também porque acho que, se eu não puder ver seu rosto, serei menos capaz de acreditar que ele está aqui.

– E... e você? – pergunto, tropeçando nas palavras. – O que... o que ela fez com você?

Não tenho certeza se quero saber a resposta e Søren não parece inclinado a dá-la, mas depois de um momento ele fala.

– Sua reivindicação ao trono é fraca. Muitos dos nobres, no início, ficaram espantados com o seu poder. Eles a temiam, e isso foi o suficiente para que ela pudesse tomar o poder depois que meu pai morreu. Mas a novidade logo se esgotou. Por mais poderosa que seja, ela ainda é uma mulher, e Kalovaxia nunca teve uma mulher no poder. Circulam boatos sobre um golpe, planos até para me libertar e me colocar no trono. Ela pensou que, caso se casasse comigo, poderia consolidar o poder, que ninguém questionaria sua reivindicação ao trono nesse caso. No entanto, ela não podia me controlar, e sabia disso. Poderia ter forçado, mas o tiro teria saído pela culatra... Assim que eu deixasse a masmorra, ela teria sido assassinada e eu, coroado kaiser. Ela parecia pensar que eu queria isso. Então tentou me convencer a me casar com ela de boa vontade, embora *de boa vontade* não seja uma expressão adequada quando vem acompanhada de tortura.

Eu estremeço, pegando novamente o frasco de pomada e esfregando com ela a palavra *traidor* gravada sobre seu coração, depois *fraco* escrito em suas costelas.

– E, como não pôde fazer de você um aliado, ela se livrou de você – observo. – Melhor ter você longe, morto, para que seus apoiadores não possam usá-lo contra ela.

Ele assente, permanecendo um instante calado.

– Eu pensava em você, sabe – diz ele baixinho. – Quando pensava que estava prestes a fraquejar. Pensava em você e em como você sobreviveu a coisas piores. Pensava que você estava me observando do Além, em que você acredita, e que, se eu fraquejasse, você sentiria vergonha de mim.

Balancei a cabeça.

– Não é nenhuma vergonha fraquejar – respondo. – Os deuses sabem que fiz isso muitas vezes. Você só precisa se fortalecer outra vez.

Seu tórax tem mais queimaduras do que pele sã e eu uso quase metade do frasco de pomada só ali.

– Vire-se – peço a ele. – Tenho que cuidar das suas costas.

Ele obedece ao pedido e tenho que sufocar um arquejo. Por mais que eu tenha me preparado para o que encontraria ali, está pior. Embora as linhas das queimaduras sejam finas, feitas por um dos dedos de Cress, imagino, ela criou o que parece ser uma elaborada teia de aranha, indo dos ombros à parte inferior das costas. As linhas se sobrepõem, algumas tão profundas que sua pele esfolha como as páginas de um livro.

Enfio a mão no frasco de pomada e respiro fundo para que meu estômago se acalme.

– Vai doer – aviso.

– Já está doendo – admite ele. – Só... continue falando comigo. Vai distrair a nós dois.

Confirmo com um gesto de cabeça antes de lembrar que ele não pode me ver.

– Acho que Cress e eu estamos compartilhando sonhos – conto a ele.

Ainda soa ridículo dito assim em voz alta, mas ele não ri como eu esperava.

– O que você quer dizer? – pergunta ele, os dentes cerrados, deixando escapar um gemido baixo de dor.

– Em meus sonhos, ela fala comigo, tão claramente quanto estamos falando agora. As coisas que ela diz... Eu não poderia inventar aquilo. Ela me disse que estava mantendo você na masmorra. Disse que estava tentando convencer você a se casar com ela... Basicamente, o que você acabou de me contar. Pode ser uma coincidência, alguns palpites de sorte, mas... não é o que me parece.

– Você acha que está falando com ela nos sonhos? – indaga ele.

O assunto deve estar servindo para distraí-lo de fato, pois desta vez ele nem mesmo reage quando espalho a pomada sobre uma das queimaduras mais feias.

– O veneno que Cress me deu foi feito com o sangue dela – explico. – Sei que parece ridículo, mas eu sei o que estou falando. É ela.

Ele não diz nada por um momento e, quando torna a falar, sua voz é baixa.

– Ela, no entanto, ainda acha que você está morta.

– Ela acha que eu sou um fantasma – digo. – Mas é estranho. Nesses sonhos, ela fala comigo como se eu fosse uma amiga. Como costumávamos conversar. Mesmo quando falamos sobre as coisas que fizemos uma à outra, não parece sentir raiva. Parece apenas cansada.

– Ela não está bem. Havia rumores que chegavam até a masmorra… Garotas da nobreza encontradas mortas no palácio depois de terem sido vistas com ela. Encontradas com a garganta queimada, os lábios negros. Como…

Ele deixa a frase por terminar.

– Como se tivessem tomado encatrio – digo, as peças do quebra-cabeça se encaixando.

Ele assente.

– Todos sabiam que ela era a responsável, mas ela é intocável… pelo menos por ora. As pessoas estavam com muito medo de fazer acusações em voz alta, mas todos sabiam.

Penso em quando ela ofereceu a poção a mim, a Amiza, como havia esperado que, ao tomá-la, Amiza se tornasse como ela. Que elas pudessem governar juntas em um mundo modificado.

Falo a Søren sobre isso enquanto termino de aplicar a pomada em suas costas.

– Ela está tentando construir um exército – digo quando finalizo, pegando o rolo de gaze. – Um exército de mulheres como ela, ocupando altas posições na sociedade. Aqui e no exterior. Ela não quer só Astrea; não quer só governar os kalovaxianos. Cress quer um mundo novo.

Søren balança a cabeça.

– Como eu disse, ela não está bem – replica ele. – É um delírio… Ela vai continuar matando garotas.

– A maioria delas, sim – digo, envolvendo seu tronco em ataduras até que não haja qualquer parte da pele à mostra. – Mas não todas. Uma fração deve ter sobrevivido, como aconteceu com ela. E comigo. E agora elas também têm o veneno em suas veias. Um veneno mais fraco, é verdade, mas que talvez ainda seja forte o bastante para transformar outras, que por sua vez poderiam transformar outras.

– Isso pode se espalhar como uma doença – conclui ele, olhando para mim. – Matando quase todas que forem infectadas, mas transformando as poucas que não morrerem.

Faço que sim com a cabeça.

– A corte kalovaxiana não a quer como kaiserin, então ela está criando uma quantidade de seguidoras leais para assustar aqueles que pensam em ameaçar seu trono.

Søren não diz nada a princípio, mas posso ver sua mente funcionando.

– Nesse ritmo, os kalovaxianos vão se enfraquecer – retoma ele. – Há uma chance, se os deixarmos continuar assim, lutando uns contra os outros, de que daqui a alguns anos eles não sejam mais uma ameaça.

– Uma chance, assim como existe outra: a de eles se tornarem fortes demais para serem detidos – repito. – E, além disso, não temos anos.

Não o encaro enquanto espalho a pomada por seus braços. Os músculos ali se tornaram menos firmes nas três semanas passadas na masmorra.

– Você sente pena dela? – pergunta ele a mim, baixinho.

Se outra pessoa me fizesse essa pergunta, eu negaria. É claro que não sinto pena dela. Ela cometeu mais atrocidades do que consigo contar. Arruinou vidas. Tentou inclusive tirar a minha. Eu sei quem são meus inimigos.

Mas não é qualquer pessoa que está perguntando. É Søren, e Søren sempre compreendeu as partes mais sombrias e conflituosas de mim.

– Sim, eu sinto pena dela – admito. – E também sinto ódio e amor por ela. Não sei como todas essas coisas podem ser verdade a um só tempo, mas são. Nada disso tem importância, porém, porque logo chegará a hora, e desta vez não vou hesitar em destruir Cress. Eu não posso hesitar.

Ele absorve minhas palavras, assentindo devagar.

– E eu vou estar lá, ao seu lado – garante, em tom solene.

Os olhos dele encontram os meus e eu percebo quanta falta senti desses olhos. Esqueci quanto esse azul é brilhante, mais azul do que o próprio mar. Eles não são mais os olhos do pai, não na minha mente. São totalmente de Søren. Toco o lado direito do rosto dele, a ferida recém-fechada pressionando a palma da minha mão.

– Sei que você vai estar – digo suavemente. – Senti sua falta, Søren. Muita.

Ele inclina o rosto, descansando-o na minha mão, e fecha os olhos.

– Também senti sua falta – responde ele.

Roço os lábios de leve nos dele, ciente de quanto ele está frágil, embora pareça absurdo pensar nele assim. Mas ele está, consigo sentir que segura um pouco o ar antes de retribuir o meu beijo, sua mão descansando na minha nuca, me ancorando a ele. É como se eu tivesse uma revelação, como se acordasse de um longo sono. A sensação de estarmos compensando o que perdemos.

Quero beijá-lo por horas, para comemorar o fato de que estamos aqui, vivos e juntos, embora nenhum de nós pensasse que estaríamos. Quero me perder em seu toque e me esquecer de todo o resto. Mas não é disso que ele precisa agora. Ele precisa de descanso, de comida e de água. E precisamos definir para onde iremos, onde atacaremos a seguir.

Além disso, temos tempo.

Então interrompo o beijo e fico ali, apenas abraçada a ele, e ele a mim, e tentamos nos convencer de que somos reais e de que estamos mesmo aqui e juntos, até começarmos de fato a acreditar.

PAZ

———— ◆ ————

EIXO SØREN PARA QUE ELE POSSA descansar um pouco. Eu mal alcanço a saída da tenda quando seus roncos começam, e sei que ele provavelmente vai dormir por um bom tempo. Ele precisa, depois de tudo pelo que passou; e tenho certeza de que não me contou tudo. Só espero que Cress não atormente sua mente adormecida como atormentava a minha, mesmo antes que qualquer conexão entre nós fosse estabelecida.

É quase meia-noite quando volto para o acampamento e não há nada de que eu gostaria mais do que me jogar na minha cama. Depois do dia de hoje, todos os músculos do meu corpo clamam por descanso, mas sei que minha mente não vai me deixar encontrar esse tipo de paz. Ainda há mais uma coisa a fazer.

Então, em vez de ir dormir, pergunto por Blaise, e um guerreiro gentil, que reconheço vagamente como um dos homens de Maile, aponta a extremidade norte do acampamento, logo após os portões.

Há uma friagem no ar e, assim que transponho os portões, fica ainda mais frio. Aperto o xale de linho em torno dos ombros e olho à volta, à procura de Blaise. No escuro, deve ser difícil encontrá-lo, mas, ao contrário, é impossível não o ver.

Ele está sozinho na margem do lago, o luar caindo sobre ele, iluminando sua pele morena, dando-lhe o aspecto de topázio marrom. Ele se move, empunhando a espada, como se não houvesse ninguém olhando. Brande a lâmina no ar numa direção, depois em outra, sem parar uma só vez nem para respirar.

Blaise não é particularmente bom com a espada, embora eu ache que não tenha percebido isso até este momento. Ele provavelmente poderia se defender se precisasse, poderia até mesmo se manter na batalha por algum tempo, mas Artemisia o derrotaria em um instante, assim como muitos outros. Não se trata de uma habilidade natural para ele, e eu não acho que tenha se esforçado e praticado o suficiente para realmente se destacar nisso.

Ele também não sabe como se movimentar e em poucos minutos está sem fôlego, o braço da espada descendo e a lâmina caindo sem cerimônia na areia áspera de uma forma que faria Artemisia olhá-lo de cara feia.

Só então ele me vê, seus olhos se arregalando por um instante. Blaise se empertiga um pouco, largando a espada por completo.

– Há quanto tempo você está aí? – pergunta ele.

– Acabei de chegar – digo, na sequência me aproximando, agora que ele não está mais brandindo a espada pelo ar. – Eu queria ver como você está. Depois de hoje cedo.

Por um segundo, ele não diz nada. Parece estar vivendo um conflito interno, mas a batalha dura apenas o tempo de uma respiração.

– Depois que tentei atacar você em um surto de desespero ou depois de você fazer Heron me desacordar para evitar que o fato se repetisse? – indaga ele.

Dou um passo atrás e me preparo para a briga que sei que é inevitável. Parece que nestes últimos tempos tudo que fazemos é brigar, e eu estou muito cansada disso.

– As duas coisas, suponho – respondo, mantendo a voz serena. – E, se está querendo um pedido de desculpas por ter mantido você fora do plano da miragem, não vai ter. A tensão já estava alta demais e eu não podia correr o risco de você se tornar explosivo outra vez e arruinar todo o plano. Você anda imprevisível, e hoje não valia a pena correr o risco.

Ele me encara por um momento, a expressão indecifrável, antes de balançar a cabeça,

– Não estou querendo que você se desculpe, Theo – responde ele com um suspiro. – Não espero um pedido desculpas e não mereço um. Você tomou a decisão certa e fico feliz por tudo ter corrido bem. Não posso dizer com nenhuma certeza que teria sido assim se eu estivesse lá.

– Ah – digo, pega de surpresa.

Estou tão acostumada a ver Blaise de cabeça quente e imprudente que me esqueci de como era quando estávamos do mesmo lado de uma discussão.

– Então está bem – continuo. – E espero que você saiba que vou continuar fazendo isso sempre que você representar uma ameaça.

– Você não vai precisar fazer isso – garante ele. – Não vai acontecer de novo.

Eu rio, mas não há alegria no som.

– Claro que vai, Blaise. E acho que já chega de fingir o contrário – replico.

– Não – nega ele rapidamente. – O que quero dizer é que não vou perder o controle de novo porque não vou usar meu dom. De jeito nenhum. Não numa batalha, não casualmente, nem mesmo quando ele estiver implorando para ser liberado.

O que quer que eu esperasse ouvir de Blaise não era isso. Eu esperava raiva, esperava uma discussão; é o que sempre espero agora, todas as vezes que conversamos. Eu vim com uma armadura de batalha, de espada em punho, e aqui está ele acenando com uma bandeira branca. Não sei como responder.

– Por quê? – é tudo que consigo dizer.

O maxilar dele se contrai e Blaise olha para onde o mar adentra pacificamente a praia. Quando ele fala, sua voz está firme e segura.

– Porque quando estávamos na margem daquele lago e eu… eu agarrei você daquele jeito… não foi como era antes, das outras vezes que perdi o controle. Não era o poder que estava me consumindo, assumindo o controle das minhas ações. Eu não posso pôr a culpa no meu dom. Ali era eu, tão desesperado para ceder à tentação de usar esse dom que permiti que ele me dominasse, me definisse, fizesse de mim uma pessoa capaz de machucar você. E isso me assustou mais do que qualquer batalha. Não quero ser essa pessoa. Eu sabia que esse poder tinha um preço e estava feliz em pagar por ele sozinho, mas não desse jeito. Não se isso custar você.

Era tudo que eu queria que ele dissesse há meses e, embora as palavras me cubram de alívio, elas de alguma forma não bastam. Ainda sinto as mãos dele em mim, os dedos se enterrando em minha pele, me machucando.

– Fico feliz – respondo, o que é mais ou menos verdade.

Ele desvia o olhar, mordendo com força o lábio inferior, como se ouvisse as palavras que não digo. Talvez ouça. Em certos aspectos, Blaise me conhece melhor do que qualquer pessoa neste mundo. Ele é a única alma viva que me conheceu antes disso tudo, antes da rebelião e do cerco, quando éramos crianças e o mundo era muito mais simples.

– Tudo que eu sempre quis foi proteger você, Theo. Espero que saiba disso – afirma ele.

– Eu sei – replico, pesando minhas palavras com cuidado. – E houve um tempo em que eu queria isso… precisava disso, até. Não mais. O que preciso é que você acredite que eu sei o que estou fazendo e sei o que estou arriscando. Preciso que você tenha fé em mim da mesma forma que tive fé em você.

Ele olha para a areia entre nós. Apenas trinta centímetros nos separam, mas parece um oceano intransponível.

– Você acha que um dia vai conseguir me perdoar? – pergunta ele, a voz tão baixa que mal consigo ouvi-la acima do vento.

Essa é uma pergunta que não consigo responder. Eu quero dizer: *É claro. Você é meu amigo mais próximo, eu amo você e você é meu passado, meu presente e meu futuro. Você já está perdoado.* Mas isso não seria verdade. A verdade é que ele me traiu, me machucou, e isso deixará uma ferida, e não há como dizer quanto tempo vai demorar para sarar ou que tipo de cicatriz vai deixar quando isso acontecer.

– Acho que você precisa se perdoar, Blaise. Acho que, se realmente decidiu que quer sair desta guerra vivo, você precisa construir uma vida que valha a pena ser vivida. Eu não posso fazer isso por você. Só você pode.

Blaise engole em seco e assente, erguendo a cabeça para me encarar outra vez.

– Sabe o que Ampelio me disse… a última coisa que ele disse… antes de se deixar capturar pelos kalovaxianos, para me poupar? Ele disse que era a hora dele, mas não a minha.

Essas palavras fazem minha memória comichar.

– Ele disse algo parecido para mim – conto a ele. – Quando me pediu para matá-lo, disse que era hora de o Além recebê-lo, que era hora de ver minha mãe novamente, mas que eu tinha que viver e continuar lutando.

Faço uma pausa antes de me forçar a dizer as palavras enterradas bem fundo em mim.

– Às vezes eu me ressinto por isso. Ele teve paz e eu tive…

Blaise compreende o que eu queria dizer.

– Você teve a mim, aparecendo e lançando sua vida no caos.

Dou de ombros.

– Não que minha vida fosse grande coisa. Ela precisava do caos. Precisava de você nela. Mas era uma vida bem mais fácil, em muitos aspectos. Era uma coisa muito mais simples ser uma princesa das cinzas em vez de uma…

Minha voz morre.

– Rainha das Chamas – completa Blaise. – É como ouvi algumas pessoas chamarem você. Começou com os ex-escravos da mina do Fogo, mas pegou. Um pouco menos longo do que "Rainha das Chamas e da Fúria".

– Pode ser um pouco menos longo, mas ainda parece grande demais para mim – admito.

Ele balança a cabeça, dando um passo em minha direção, embora não estenda as mãos para mim. Eu quase desejo que faça isso... mas estou ainda mais aliviada que ele mantenha as mãos longe.

– Ampelio abriu mão de sua vida por nós – diz ele, a voz suave. – Acho que, independentemente do resultado desta rebelião, ele ficaria orgulhoso do que fizemos com seu sacrifício.

Eu pisco repetidas vezes, espantando as lágrimas que se formam sob meus olhos, e tento sorrir.

– Acho que, quando chegar a hora, ele vai nos receber no Além de braços abertos.

– Vai – diz Blaise. – Mas isso não vai acontecer durante muitos, muitos anos, Theo. Para nenhum de nós. Não no que depender de mim.

LIVRES

—◆—

Eu vi Ampelio na mina. Lembro-me disso quando finalmente me acomodo na cama, em uma das tendas que foram erguidas no acampamento. Assim que esse fragmento de memória retorna, penetrando dolorosamente em minha mente, o restante o acompanha, misturando-se como aquarelas enquanto o sono me arrasta para baixo.

Depois de deixar minha mãe em seu jardim morto, eu me choquei contra o solo duro com um baque que reverberou pelos meus ossos. O chão parecia terra e pedra sob meus dedos, mas estava escuro demais para saber, escuro demais para ver qualquer coisa que não fosse a escuridão. Era o tipo de escuridão que eu nunca soube que existia.

E, então, as mãos estavam em cima de mim, dedos sujos com unhas pontudas e ensanguentadas, agarrando minha saia, minha pele, qualquer coisa que pudessem alcançar.

O pânico cresceu em meu peito e invoquei uma chama em minha mão. Nesse momento, ela estava enterrada bem fundo em mim, sufocada por camadas de osso, carne e tendões, mas estava lá. Eu a trouxe para a superfície, até a ponta dos dedos. Não era muita coisa, mas me permitiu ver.

Imediatamente ansiei pela cegueira outra vez.

Diante de mim estava uma garota, que me agarrava de maneira desesperada, faminta, seu rosto coberto por um longo emaranhado de cabelos castanho-escuros.

– Está tudo bem – falei para ela, tentando segurar suas mãos com a minha, a que não continha o fogo, para acalmá-la. – Posso levá-la até um lugar seguro.

A garota ficou imóvel e quieta.

– Lugar seguro – repetiu ela, experimentando as palavras.

Eu conhecia aquela voz. Ela se derramou sobre a minha pele como um choque de água fria. As chamas nas pontas dos meus dedos responderam e se expandiram, lançando um clarão maior à nossa volta.

– Você ainda não aprendeu a fazer mais do que esta promessa?

Ela ergueu os olhos para mim, o cabelo afastando-se do rosto. Tinha os mesmos grandes olhos castanhos, as mesmas sardas nas bochechas, mas os lábios agora estavam pretos e pedaços da pele estavam carbonizados. Por causa do encatrio que o kaiser a fez beber.

– Elpis – falei, a voz trêmula. – Você está morta.

Ela sorriu, revelando dentes pretos.

– E de quem é a culpa?

As palavras me atingiram como um tapa, embora não dissessem nada que eu já não tivesse pensado. Depois que aconteceu, eu teria dado qualquer coisa para poder me desculpar com ela, para ter um momento como este para admitir meu erro e dizer a ela quanto me arrependia de tê-la colocado em perigo. No entanto, agora que eu tinha a chance, estava paralisada.

– Do kaiser – respondi enfim.

Ela riu, mas não era a risada de Elpis de que eu me lembrava; era aguda, áspera e estridente.

– Foi o kaiser que fez de mim uma assassina aos treze anos? – perguntou ela. – Sabendo que eu podia ser morta? E que, mesmo que sobrevivesse, eu seria uma assassina?

Dei um passo atrás.

– Eu lhe dei uma escolha – afirmei, mas minha voz vacilou.

– Eu era uma criança – replicou ela.

Tentei me afastar, mas ela agarrou meu pulso, os dedos pretos queimados desfazendo-se em cinzas assim que tocaram minha pele.

– E agora nunca mais vou ser outra coisa.

Eu me soltei dela só para bater em outro lugar. Então me virei, erguendo a mão com a chama, e me vi cara a cara com outro fantasma.

– Você me matou – disse Hoa, os olhos vítreos e sem vida, como quando eu a vira pela última vez.

– Você me matou – acusou o arquiduque Etmond, o rosto roxo e inchado.

– Você nos matou – disseram os Guardiões da prisão, as vozes em uníssono.

– E também nos matou – acrescentaram guerreiros. Muitos deles, vestidos com tantos uniformes diferentes.

– E a mim. – Era Laius.

Por mais impossível que fosse. Essa lembrança era de muito tempo atrás. Ele não deveria estar aqui com os mortos, mas estava.

Eles me cercaram, pressionando-me por todos os lados. O cheiro de decomposição e carne queimada permeava o ar e eu sentia na pele o hálito quente deles. Tentei gritar, mas o grito morreu na minha garganta. Eu não conseguia gritar, não conseguia falar, não conseguia nem respirar. Eu fiz isso com eles, acabei com vidas, fosse com minhas próprias mãos ou por meio de minhas ações. Eu fiz isso e nunca poderia desfazer.

– Sinto muito – *consegui falar, as palavras saindo estropiadas.* – Eu sinto tanto. Gostaria de poder desfazer tudo.

– Gostaria mesmo?

Uma voz isolada soou, silenciando todas as outras. A multidão de espíritos se separou, abrindo caminho para um homem.

A última vez que o vira, ele estava acorrentado. Agora, porém, andava livremente, e seu único ferimento era aquele que eu infligira a ele: o ferimento da espada em suas costas que sangrava do outro lado, na barriga, manchando a túnica branca que ele usava.

– Ampelio – *falei, o nome pouco mais que um sussurro em meus lábios.*

Seu sorriso era triste.

– Você me matou – *afirmou ele.* – Você desfaria isso?

– Você me pediu para fazer isso – *retruquei.*

Ampelio balançou a cabeça.

– A escolha foi sua, Theo. Se pudesse voltar, você faria a mesma coisa?

Um soluço forçou passagem pela minha garganta e as chamas na ponta dos meus dedos tremeluziram, ameaçando apagar, mas consegui sustentá-las.

– Faria – *respondi por fim.* – Você já era um homem morto no momento em que foi apanhado. Se não tivesse sido eu, teria sido outra pessoa. E sua morte me permitiu lutar, fugir, libertar esta mina. E, graças a isso, vamos retomar nosso país. Eu gostaria de não ter tido que fazer isso, mas, sim, eu faria de novo.

Ampelio não disse nada e corri os olhos ao redor, fitando os outros. Tantos rostos, tanto sangue e morte. Um número grande demais, sim, mas tudo isso foi um sacrifício necessário. Ampelio deu um passo em minha direção, estendendo a mão para segurar o pingente em meu pescoço, a sua Pedra do Fogo.

– Então você precisa nos deixar ir, Theo – *disse ele, a voz baixa e suave.*

Ele soltou a Pedra do Fogo e segurou meu pulso. Sua pele era quente e pulsava com vida. Ele não era real, falei para mim mesma, mas não tinha certeza se realmente acreditava nisso. Seus olhos encontraram os meus e ele levou minha mão em chamas em direção ao seu peito.

– Você sabe o que fazer.

Balancei a cabeça, mas eu sabia que ele estava certo. Ampelio me dirigiu um sorriso encorajador e eu invoquei todas as forças que me restavam e pressionei a mão em chamas contra seu peito.

Ele se desfez em fumaça, desaparecendo em um instante.

Os outros espíritos fecharam o cerco à minha volta, mas agora seus lamentos e acusações não feriam tanto quanto antes. Eu ainda sentia seus gritos intensamente; eles, porém, não me incapacitavam.

– Suas mortes foram necessárias – afirmei, para eles e para mim mesma.

Olhei para meus guerreiros, para os Guardiões, para Elpis, para Laius.

– Alguns de vocês sabiam disso; alguns fizeram essa escolha. Outros eram espectadores – acrescentei, olhando para o arquiduque Etmond e para Hoa. – Mas vocês morreram com honra e espero que tenham encontrado a paz.

Os lamentos de Hoa foram os primeiros a se aquietar e, por um único instante, cintilou uma faísca em seus olhos sem vida. Ela levou a mão à minha bochecha e eu senti novamente o seu toque.

– Minha Phiren – murmurou ela.

Levei a mão em chamas ao seu rosto e a libertei.

Em seguida veio o arquiduque Etmond, depois o trio de Guardiões. Elpis. Laius. Cada um deles me fez uma reverência, inclinando a cabeça, antes que eu os libertasse. Meus soldados foram os próximos, uma fila aparentemente interminável em sua mistura de cores. Astreanos, gorakianos, rajinkianos – independentemente de sua origem, beijei-lhes a testa, pousei a mão em seu rosto e os libertei.

DISPUTA

H ERON ME ACORDA NA MANHÃ SEGUINTE quando o sol é uma mera sugestão no céu, um levíssimo indício de luz do amanhecer filtrado pela tenda.

– Theo? – chama ele, sacudindo meu ombro.

Eu me obrigo a inspirar e expirar enquanto o sonho aos poucos liberta a minha mente. Artemisia estava certa, essa lembrança das minas era ainda mais difícil do que a primeira. Ainda posso sentir as mãos em mim, ouvir os gritos, sentir a culpa como chumbo em meu peito. Mas eu os libertei, deixei que eles fossem, honrei a todos da única maneira que me era possível. Foi um teste e eu passei.

– Você está bem? – pergunta Heron.

Não sei que resposta dar.

– Outra lembrança da mina – conto a ele baixinho.

Ele compreende e não insiste no assunto.

– Você está aqui – diz ele. – Você sobreviveu. Está tudo bem.

Faço um gesto afirmativo com a cabeça. Eu sobrevivi, mas não é isso que dói tanto nessa lembrança, são todas as pessoas que não sobreviveram. No entanto, Ampelio estava certo. Não teríamos chegado tão longe sem o sacrifício deles, e devo honrar a memória deles.

– O que houve? – pergunto a ele, afastando o pensamento da mente.

Ele balança a cabeça, franzindo os lábios.

– Achamos que seria melhor se Erik falasse com Jian… Por pior que seja seu gorakiano, pensamos que ele seria capaz de explicar o que aconteceu com Brigitta melhor do que o restante de nós.

– E…? Ele conseguiu? – indago.

Na verdade, depois do dia caótico que tivemos, quase me esqueci de Jian. Eu me pergunto como Laius está indo, embora saiba que vou enlouquecer se

continuar seguindo essa linha de pensamento. Ele sabia o que estava escolhendo quando se ofereceu para tomar o lugar de Jian. *Tudo que posso fazer agora é honrar seu sacrifício.*

Heron não responde de imediato. Ele me pega pelo braço e me conduz em direção a uma das casernas da guarda, perto do refeitório.

– Melhor você ouvir por si mesma – diz ele.

• • •

Erik e Jian estão esperando na caserna e, quando entro, ambos se levantam. Uma faixa de tecido preto foi amarrada sobre os olhos de Erik, cobrindo tanto o que está faltando quanto o que se encontra inchado e fechado, mas vejo sua testa se franzir.

– Theo? – pergunta ele.

– Sou eu – digo quando Heron fecha a porta depois de entrarmos. – Heron falou que havia uma questão urgente...

Erik vira a cabeça na direção de Jian antes de se voltar novamente para mim.

– A arma que Jian desenvolveu. A Velastra – diz ele devagar. – Foi por isso que você o manteve aqui, certo?

– Foi – confirmo. – Uma arma alquímica... um gás que tira a vontade de quem o inalar. É por isso que não podíamos entregar Jian a Cress.

Heron, atrás de mim, pigarreia.

– Ao que parece não se trata de uma arma alquímica – explica ele. – Pelo menos não inteiramente. Trata-se de uma espécie de combinação com Pedras do Espírito.

– Pedras do Espírito? Mas isso aconteceu muito antes de os kalovaxianos pensarem em invadir Astrea.

– Ao que parece, algumas pedras foram... se extraviando ao longo dos anos. Foram negociadas e renegociadas até que ninguém mais sabia de onde tinham vindo. Parece que o theyn tinha algumas delas.

Lembro que o theyn gostava de colecionar objetos de outras culturas e que as salas que ele e Cress ocupavam no palácio eram tão cheias de artefatos que pareciam um museu.

– A Velastra foi usada uma única vez, segundo Jian – diz Erik. – Foi então que ele e Brigitta decidiram fugir. Eles sabiam que, se os kalovaxianos tivessem acesso a uma arma assim, seriam capazes de manter o mundo inteiro em uma coleira.

Faço que sim com a cabeça.

– Brigitta me contou isso. Mas nós temos Jian, portanto a Velastra está fora do alcance dos kalovaxianos.

Ninguém responde de imediato.

– É, de fato temos Jian – diz Erik por fim. – Mas acontece que ele não fez a arma sozinho. Brigitta não era apenas sua amante; eles eram parceiros. Ela a desenvolveu com ele.

Jian olha de um para o outro. Ele pode não entender muito do que estamos falando, mas compreende seu nome e o de Brigitta.

– Destruímos o protótipo – revela ele, tropeçando nas palavras kalovaxianas. – Mas Brigitta tem a fórmula aqui. – Ele aponta para a sua cabeça com a expressão grave. Em seguida, aponta para o coração. – E aqui.

– No coração? – pergunto, franzindo a testa.

Ele balança a cabeça.

– No sangue.

Engulo em seco, a náusea retornando dez vezes pior.

– A pessoa em quem a Velastra foi usada – digo lentamente.

Jian assente, as rugas em sua testa se tornando mais profundas enquanto ele procura as palavras.

– O efeito… durou meses depois de fugirmos. E fizemos testes… O efeito passou, mas o organismo dela nunca se livrou do veneno.

Minhas pernas cedem e Heron me ajuda a alcançar uma cadeira.

– Então, mesmo que ela não confesse sob tortura – digo devagar, obrigando as palavras a saírem –, o segredo está bem ali, à disposição deles.

– Cress não sabe disso – observa Erik. – Mesmo que ela descobrisse que a mãe foi uma cobaia para a Velastra, não vai saber que a substância permanece no sangue dela. Jian só soube por causa dos testes que fizeram… E Cress não tem como fazer ideia da existência desses testes.

Eu queria que isso me tranquilizasse, mas não tranquiliza. Conheço Cress bem demais para cometer o erro de subestimá-la, e sei que não há nada que ela ame mais do que um bom enigma. E sei que eu mesma entreguei nas mãos dela um enigma capaz de destruir o mundo se – *quando* – ela conseguir decifrá-lo.

• • •

Depois que a notícia da Velastra é dada a Artemisia, Søren, Blaise e Maile, eles encontram Heron, Erik e a mim no gabinete do comandante, onde analisamos o grande mapa de Astrea pintado na parede e discutimos.

Temos que chegar à capital antes que Cress descubra como replicar a Velastra. Todos concordam. O ponto sobre o qual ninguém parece concordar é como devemos fazer isso.

– A mina do Ar é a que está mais perto – comenta Søren, apontando-a no mapa que ocupa a maior parte de uma das paredes.

É um belo mapa, mas, mesmo à primeira vista, fica claro que nele estão faltando alguns aspectos geológicos: o lago Trilia, por exemplo, e parte da cordilheira. Parece ter sido usado principalmente para fins decorativos, porém para a discussão do momento é suficiente.

– É a escolha óbvia – prossegue Søren. – Não podemos perder tempo e, uma vez que libertemos os escravos de lá, devemos ter homens suficientes para tomar o palácio.

Maile concorda com movimentos de cabeça, os braços cruzados.

– Você tem razão – diz ela, após um momento, e até mesmo Erik parece chocado ao ouvir aquelas palavras vindo da boca de Maile. – Essa é a escolha óbvia, por isso é a que os kalovaxianos vão esperar. Assim iremos direto para uma armadilha.

– Cr... A kaiserin não sabe que já estamos aqui na mina da Água – argumento. – Temos pelo menos outros dois dias antes que ela retorne ao palácio, isso se viajarem durante toda a noite. Estamos um passo à frente dela. Podemos chegar à mina do Ar antes que ela saiba que estamos indo para lá.

– Em um mundo ideal, sim – diz Søren. – Mas, para chegar à mina do Ar, temos que atravessar a quinta dos Ovelgans, que fica bem aqui.

Ele indica um ponto não assinalado na margem da floresta Perea.

– Assim que os Ovelgans nos virem, vão alertar a kaiserin e ela vai juntar as peças.

– Vamos nos abrigar, então – sugere Erik.

Søren balança a cabeça.

– É terreno plano e, depois que deixamos a floresta, é árido também. Sem árvores. Sem montanhas. Nenhum lugar para nos ocultar.

– O abrigo da noite, então – replica Erik.

Isso faz Søren pensar por um segundo.

– Seria um grande risco – conclui ele. – Principalmente se temos outras opções. Acho que seria melhor seguirmos para a mina da Terra. Você disse que Dragonsbane vai atacar lá depois de levar os refugiados para Doraz?

Confirmo com um gesto de cabeça.

– Um dos pombos-correios dela nos encontrou ontem... Ela acabou de partir de Doraz e deve chegar à mina da Terra em dois dias.

– Perfeito – diz Søren. – Chegaremos lá um ou dois dias depois dela, e com o acréscimo dessas forças poderemos tomar a capital imediatamente. Ainda vamos marchar pela quinta dos Ovelgans, mas vamos fazer com que pensem que estamos a caminho da mina do Ar. É um caminho mais enviesado, então vamos levar mais uns dias para chegar ao palácio, mas pode valer a pena. Vocês têm espiões?

– Nossos ou dela? – indaga Artemisia. – Temos ambos. Nossos espiões estão na capital, mas não são próximos o bastante da kaiserin para ter acesso a qualquer informação relevante sobre essa arma.

– E os espiões dela? – pergunta ele.

– Tínhamos alguns – diz Artemisia, os cantos da boca curvando-se para baixo. – Nós os estávamos usando para passar informações enganosas para a capital, só que eles se tornaram riscos na mina da Água, então tivemos que dar um fim neles.

– Mas os kalovaxianos não sabem disso – observa Blaise. – Ainda podemos mandar informações, fingindo ser da parte deles.

– Isso mesmo – concorda Søren com um breve sorriso. – Vamos nos certificar de que os kalovaxianos pensem que vamos para a mina do Ar. Assim, vão preparar uma armadilha lá, como disse Maile, mas não vão nos pegar.

Maile balança a cabeça.

– Ainda é arriscado demais – afirma ela. – Digamos que nem todos os espiões tenham sido executados. Mesmo que uma única carta chegue à capital... Não somos mais um pequeno exército e não podemos mais evitar ser notados como fazíamos antes de você se deixar capturar, *Vossa Alteza*.

A temperatura na sala cai vários graus e os ombros de Søren se tensionam. Abro a boca para repreender Maile, mas torno a fechá-la. Seus olhos estão acesos e fixos em Søren enquanto ela aguarda a reação dele. Ela o está provocando, percebo. Quer que Søren responda, mas nada de bom virá disso, então pigarreio.

– Imagino que você tenha uma outra ideia, já que é tão rápida em desbancar as de todo mundo – digo a ela.

Maile se levanta e se aproxima do mapa. Ela aponta para a estrela dourada que representa a capital.

– Tempo é essencial, vocês mesmos disseram – afirma Maile. – Então por que não pararmos de nos preocupar com a possibilidade de eles nos pegarem e, em vez disso, irmos atrás deles?

Não posso evitar um suspiro de irritação.

– Porque não temos um número suficiente de guerreiros para um ataque como esse. Além disso, eles terão a vantagem de lutar em seu próprio terreno, com seus próprios recursos. Os vigias nas muralhas da capital verão a nossa chegada quilômetros antes. Não vamos conseguir nem passar pelos portões.

Maile dá de ombros.

– Você pediu um plano... Esse é o meu plano – diz ela. – Talvez não tenhamos os números ou os recursos, mas pelo menos eles não estarão esperando por isso. Com um pouco de esperteza é possível enganar a capital, fazendo com que enviem o grosso de suas tropas para as minas do Ar e da Terra e deixem a cidade relativamente descoberta.

– Para mim, parece que tem "talvez" demais nesse plano – respondo, balançando a cabeça. – Tudo é um talvez. Todas as opções são arriscadas. Então a questão é: qual nos oferece mais vantagens?

– Isso é fácil – diz Maile. – Tome a capital e a guerra acaba. É o xeque-mate.

– Não necessariamente – retruca Søren. – Em seu plano, a maior parte do exército deles estará fora das muralhas da cidade, com milhares de astreanos, e agora gorakianos, acorrentados, à sua mercê.

– E, como sabemos, os kalovaxianos não são misericordiosos – acrescenta Erik. – Eu tinha apenas dois anos quando deixamos Goraki, mas nunca vou me esquecer da visão da cidade que eles queimaram por completo. Quando souberem que a capital foi tomada, vão fugir e destruir tudo no caminho.

– A mina do Ar – interrompo. – Esse é o risco que mais vale a pena. É o caminho mais fácil para o palácio, para onde podemos ir em seguida. Além disso, precisamos de curandeiros e mais guerreiros. E lá poderemos obter os dois.

– É a escolha óbvia – insiste Maile.

– Pode ser – concedo. – Mas é a que faz mais sentido. E podemos tomar precauções para enganar a kaiserin e seus exércitos. Fazer com que eles pensem que vamos para a mina da Terra ou mesmo que estamos voltando para a mina do Fogo... Podemos enviar tantas informações conflitantes que eles não vão saber o que fazer com elas.

– E a quinta dos Ovelgans? – lembra Søren. – Eles vão avisar Cress assim que nos virem.

Mordo o lábio, olhando no mapa o local onde Søren indicou que a propriedade fica.

– Qual a sua relação com os Ovelgans? – pergunto a ele. – Vocês se conhecem bem? Eles não ficavam na corte... Poucas vezes ouvi o nome deles ser mencionado... Mas claramente são abastados o suficiente para ter uma propriedade.

A testa de Søren se franze.

– Eles não gostam da corte – diz, balançando a cabeça. – Eles me hospedaram em sua propriedade quando eu era mais jovem, mas não falavam sobre política. Tive a sensação de que não queriam dizer nada que pudesse chegar ao meu pai.

– Isso não é exatamente extraordinário, é? – comenta Erik. – Todo mundo tinha medo do seu pai.

– E se não os abordássemos como um exército? – pergunto. – Se fôssemos como um pequeno grupo indo até lá negociar a passagem?

– Você quer negociar com kalovaxianos? – indaga Maile, a repugnância escorrendo de cada palavra.

– Quero passar pela propriedade deles sem que a kaiserin descubra. Se eles eram céticos em relação ao kaiser, imagino que sejam, no mínimo, ambivalentes em relação à kaiserin – explico, olhando para Søren. – Você acha que é possível conquistar a confiança deles?

Søren pensa por um momento antes de balançar a cabeça.

– Eles podem não gostar da atual governante, mas ainda são kalovaxianos, leais até os ossos. – Ele faz uma pausa. – Mas acho que são pelo menos inteligentes o suficiente para nos ouvir antes de tomarem essa decisão.

• • •

Fazemos planos para partir ao amanhecer, o que nos dá tempo suficiente para acomodar os feridos e aqueles que não podem ou não querem lutar no acampamento, deixando-os em segurança até Dragonsbane vir buscá-los, e também para fazer um inventário dos suprimentos a fim de decidir o que levar e o que abandonar. Todos os doze Guardiões da Água resolveram nos acompanhar, somando-se aos oito Guardiões vindos da mina do Fogo, o que significa que não teremos que carregar água.

Enquanto o acampamento se ocupa dos preparativos para a partida, conduzo Erik pelas ruas. Ele ainda se apoia fortemente em mim, mas pelo menos está tentando. Heron amarrou uma nova tira de tecido ao redor de suas têmporas, essa de um tom vermelho brilhante, de uma das bandeiras kalovaxianas que foram derrubadas e profanadas assim que ocupamos o acampamento.

– Você está indo bem – incentivo-o.

Ele bufa tão forte que nos faz perder o equilíbrio e eu quase caio no chão.

– Desculpe – diz ele, ajudando a nos aprumar. – É só que *bem* não parece combinar com a maneira como me sinto.

– Eu sei – consolo. – Mas você está vivo, Erik.

– Estou – replica ele. – Mas muitos não estão porque eu cometi um erro. Eu devia ter ficado no acampamento. Não devia ter arriscado a segurança deles só porque estava preocupado com Søren. Você tinha razão… A melhor opção era esperar e ver o que ia acontecer. E olhe, Cress acabou trazendo Søren de volta para você sem saber.

– Foi um golpe de sorte – digo, balançando a cabeça. – Eu realmente não pensei que fosse ver Søren outra vez. Pensei que ele estivesse perdido. Eu só… pensei que, se perguntasse o que ele queria que eu fizesse…

– Ele teria dito para você não arriscar. Søren tende a ser calmo e equilibrado assim, não é?

– Mas você estava certo… Se nossas posições fossem invertidas, ele não teria hesitado em ir atrás de mim. Essa culpa era difícil de suportar.

– Você tomou a decisão certa.

– Pode ser. Mas não tenho certeza se a sua escolha foi errada. Talvez pareça assim agora, mas na hora achei que você fez uma escolha inteligente. Quem sabe, daqui a alguns anos, você não se arrependa mais. Quem pode dizer com certeza?

Ele fica calado por um momento.

– Heron me contou algo peculiar – observa ele, hesitante. – Ele me disse que você acredita que compartilha sonhos com Crescentia.

Eu paro, não dando a ele outra escolha senão parar também.

– É – confirmo. – Sei o que parece, mas...

– Eu acredito em você – diz ele, interrompendo-me.

Fico olhando para ele, incapaz de esconder a surpresa, embora me dê conta de que ele não pode ver.

– Acredita? – pergunto.

Ele passa a língua pelos lábios, pesando as palavras com cuidado.

– Ela disse algo que achei estranho na hora, mas, se o que você está dizendo é verdade, faz sentido – conta ele. – Ela ficou gritando seu nome... bem, gritando *Thora*. Coisas como: *Você ouviu isso, Thora?* e *O que você acha disso, Thora?* Ela não está bem, Theo, mas havia algo em suas divagações que não parecia loucura. Parecia apenas... Não sei. Desespero.

VIVOS

❖

PARTIMOS LOGO DEPOIS DO ALVORECER E, como sempre, vou montada no cavalo de Artemisia. Quando chegamos ao outro lado do lago Culane, pouco antes de desaparecermos na floresta, Artemisia detém a montaria e se vira para lançar um último olhar à mina da Água.

– Nunca pensei que voltaria aqui depois que fugi – fala ela, baixinho. – Era um lugar que me atormentava em pesadelos. Na minha cabeça, era um lugar de dor, sofrimento e morte. Talvez, de certa forma, ele continue sendo isso para mim. Mas eu gostaria de me lembrar dele assim. Destruído, transformado em quase nada.

– Logo construiremos algo novo aqui – prometo a ela. – Da próxima vez que você vier para cá, será um lugar lindo.

Ela faz uma pausa e diz:

– Não. Acho que não. Não quero ver esse lugar nunca mais. Para mim, será sempre um lugar feio, e não há como mudar isso. Prefiro me lembrar dele feio e destruído... algumas partes destruídas por mim. Acredito que essa é a melhor lembrança que posso ter daqui.

Ela dá as costas para o acampamento e enterra os calcanhares nas ancas do cavalo, incitando-o a seguir adiante, rumo à proteção da floresta.

Enquanto cavalgamos em silêncio, penso em suas palavras. Embora eu precise de algum tempo, acho que consigo compreendê-las. Afinal, o palácio astreano era um lugar que um dia eu amei, mas agora tenho tantas lembranças terríveis de lá que me pergunto se um dia vou conseguir me sentir novamente em casa ali. Será que alguns lugares, de tão assombrados com lembranças horríveis, não devem ser deixados em ruínas em vez de serem reconstruídos? Eu me pergunto se teria coragem de fazer isso com o único lar que já tive.

Paramos para acampar no meio da floresta Perea e, depois de passar a noite anterior praticamente sem dormir, eu me deito cedo, retirando-me para minha barraca logo após um jantar rápido. O ruído abafado das conversas vem da área da fogueira, mas não me importo com o barulho. É reconfortante, de certa forma, saber que não estou sozinha e o ruído ajuda a manter minha mente ocupada enquanto me enfio no saco de dormir e puxo a colcha puída até o queixo.

Nas últimas vezes que dormi, não sonhei com Cress, sonhei com as palavras de Erik em minha mente. Por isso, eu me pergunto se esta noite será diferente. A ideia me enche tanto de pavor quanto de empolgação, e sei que só essa perspectiva já fará com que cair no sono seja difícil, não importa quanto meu corpo esteja exausto.

Depois do que me parece pelo menos uma hora tentando adormecer, o som de alguém pigarreando interrompe meus pensamentos erráticos. Tenho a impressão de que vem da entrada da minha barraca. Depois de um segundo, ouço um sussurro hesitante.

– Theo?

– Oi? – respondo, cautelosa, sentando-me.

– Sou eu – diz uma voz, um pouco mais alta.

Levo um segundo para reconhecer a voz de Søren.

– Ah – digo. – Entre.

A aba da tenda se abre e Søren desliza para dentro, tornando a fechá-la em seguida e nos deixando na mais absoluta escuridão. Ele bate em alguma coisa, na minha bandeja, acho, e prageja.

– Desculpe. Você tem uma vela que eu possa acender?

– Tenho aqui – digo.

Então invoco meu dom e uma bola de fogo ganha vida na palma da minha mão, iluminando o interior da tenda, assim como o rosto surpreso de Søren. Uma coisa é ouvir sobre o meu dom, suponho, mas outra bem diferente é vê-lo com os próprios olhos.

Tento ler sua expressão. Está horrorizado? Depois do que Cress fez com ele, empregando o mesmo poder, não sei se o culparia. Mas ele não parece horrorizado, não exatamente. Parece surpreso, sim, mas isso é tudo. Ele engole em seco, os olhos fixos na chama em minha mão, processando a visão.

– Pode me passar a vela? – peço, indicando com a cabeça a vela cônica e preta no castiçal de latão que se encontra no chão perto dos seus pés.

Um tanto atrapalhado, Søren pega a vela e a traz para mim. Assim que a acendo, fecho a mão e apago minha própria chama. Søren põe a vela no chão ao lado do meu saco de dormir, mas não parece saber o que fazer. Suas mãos se movimentam, nervosas, e ele não me encara.

– Está tudo bem? – pergunto. – Já é tarde.

– Eu sei – diz ele, balançando a cabeça. – Não acordei você, acordei? Estava esperando, para que ninguém me visse entrar, mas demorou mais do que pensei.

– Não, não consegui dormir – admito, gesticulando para que ele se sentasse ao meu lado, o que ele faz.

É estranho e um pouco perigoso tê-lo aqui, sentado comigo no meu saco de dormir; no entanto, antes de seu sequestro, passávamos a maior parte das noites juntos. Faz poucas semanas que isso aconteceu, mas parece que foi em outra vida.

– Quem está de guarda? Viram você? – pergunto.

– Só Artemisia. Ela me deixou passar e revirou os olhos, mas não disse nada. Talvez tenha sentido a minha falta.

– Acho que ela só não suporta a Maile, o que está fazendo com que goste um pouco mais de outras pessoas, em comparação.

– Seja como for, eu aceito – diz ele, dando de ombros. – Eu também não consegui dormir.

– Erik ronca?

Søren balança a cabeça e um sorrisinho brinca em seus lábios, embora logo desapareça.

– Muito, mas eu me acostumei há séculos – garante ele e, em seguida, hesitante, baixa os olhos para as mãos e passa a língua pelos lábios. – Vi muitas coisas horríveis, Theo. Essa não foi a primeira vez que fui mantido prisioneiro e espancado.

Eu me encolho e digo:

– E todas elas foram por minha causa. Eu peço desculpas.

Ele balança a cabeça.

– Não, não estou me referindo a isso. E, por favor, não se desculpe. Eu passaria por tudo de novo para estar aqui agora, com você, como a pessoa que sou. Eu só estou dizendo que dessa vez foi diferente.

Minha testa se franze.

– Como assim?

Ele pesa as palavras com muito cuidado por um momento.

– A primeira vez… no *Fumaça*… eu ainda estava dominado pela culpa. Eu merecia estar naquela cela; merecia o que estava acontecendo comigo. Não creio que em nenhum momento tenha sentido raiva daquela situação. Também não tive raiva em Sta'Crivero. Eu me senti… não sei. Resignado. Era um mal-entendido gerado por ser filho do meu pai e parecia… estranhamente apropriado. Além disso, acho que sempre soube que você daria um jeito de me tirar de lá. Sempre houve uma luz no fim daquele túnel.

Ele faz uma pausa, os dedos brincando com um fio puxado no edredom. Ainda há sujeira entranhada embaixo de suas unhas e finos cortes no dorso de suas mãos, que embora estejam fechados ainda se mostram vermelhos.

– No entanto, dessa vez… era o meu próprio povo que me encarcerava. Era uma garota que conheci a vida toda, alguém de quem eu até poderia ter gostado e respeitado em determinado momento. Era um mundo do qual um dia eu fiz parte, um mundo que, esperava-se, eu acabaria governando. E você… você estava morta. Então, dessa vez, eu senti raiva. E essa raiva parecia que ia me engolir vivo, mas ao mesmo tempo era a única coisa que me sustentava. Acho que você, mais do que ninguém, entende isso.

Não digo nada, só faço que sim com a cabeça e ele continua.

– Pensei que a raiva iria embora, agora que estou aqui, vivo e seguro mais uma vez, mas não foi. Só está infeccionando, como uma ferida aberta e não tratada. Não sei o que fazer com isso. Não sei o que fazer para que ela vá embora.

Depois de um segundo, consigo responder.

– Não faça nada. Você aprende a conviver com a raiva, e a deixar que ela o impulsione. A raiva sempre vai estar lá, no entanto você pode dar a ela uma direção e um propósito e transformar isso em algo bom.

Ele assente, os olhos ainda distantes enquanto diz:

– Estou com você, Theo. Sei que eu já disse isso, e estava sendo sincero, mas era diferente antes. Eu sabia por que você estava lutando, eu apoiava e queria fazer tudo que pudesse para ajudar você a conseguir. Mas agora… estou nisso com você. E vou estar com você até o fim, quaisquer que sejam as consequências. Porque aquele é o meu povo e, quer eu goste ou não, eles são minha responsabilidade. E precisam ser detidos.

Mordo o lábio.

– Nós nunca conversamos sobre isso, Søren – digo baixinho –, sobre o que acontece no fim, se formos vitoriosos. Como será essa vitória e o que significará para os kalovaxianos que sobreviverem.

– Não, nunca – assente ele com cautela. – Mas eu não posso ter qualquer influência sobre isso. O que enfrentei naquela masmorra foi uma leve inconveniência comparado ao que os kalovaxianos fizeram a milhões. E eu confio em seu julgamento.

Não consigo sequer imaginar que julgamento será esse. Trata-se de algo tão distante, com tantas variáveis. Mas é uma decisão que Søren confia que eu tome, por isso espero que, quando chegar a hora, eu seja capaz de tomá-la.

Sua mão procura a minha, hesitante, e, quando entrelaço meus dedos nos dele, ficamos os dois olhando nossas mãos até que ele quebra o silêncio.

– Eu achei de verdade que você estivesse morta – diz ele, baixinho. – Isso ainda parece um sonho, como se eu fosse acordar e descobrir que nada disso é real.

– Eu sou real – garanto a ele, mas sei muito bem o que ele quer dizer.

Ele também não me parece totalmente real, é mais como uma invenção da minha imaginação a que, de alguma forma, dei corpo.

– Estamos vivos – acrescento, para a felicidade de ambos. – Estamos aqui.

FANTASMA

———◆———

NÃO ME LEMBRO DE ADORMECER, MAS, quando me vejo na sala do trono no castelo de Astrea, sei que devo estar sonhando. A luz da lua minguante se infiltra pelo vitral do teto, lançando no salão um brilho estranho e sobrenatural.

– Aí está você – ouço a voz de Cress dizer.

Dou meia-volta e a encontro parada a poucos metros de mim em um vestido de seda azul-escuro, com um decote largo e mangas de sino diáfanas e cravejadas de diamantes, fazendo-a parecer o próprio céu noturno. O cabelo branco está solto, descendo até os ombros, ainda quebradiço e partido nas pontas. Seus lábios estão mais pretos do que quando a vi pela última vez, porém, conforme ela se aproxima, percebo que não é totalmente natural: ela os pintou com tinta preta.

Eu me pergunto se ela está tentando criar uma espécie de estilo, algo ao mesmo tempo estranho e bonito, não um defeito. Também me pergunto se a corte agora está cheia de mulheres da nobreza com lábios pintados de preto, se os comerciantes estão cobrando preços absurdos por uma tinta preta que eles provavelmente produzem usando nada mais que carvão e gordura.

– Você está se esquecendo de mim. Há dias que não vejo você – acusa ela.

Sinto o antigo impulso de me desculpar e preciso me segurar para não fazer isso. Não devo desculpas a ela. Não devo nada a ela.

– Estou morta – respondo, dando de ombros. – Tenho coisa melhor a fazer do que entreter você. Na verdade, acho que é melhor eu ir.

Faço um movimento como se estivesse indo embora, ainda que não saiba para onde ir ou como fazer para acordar. O blefe, porém, funciona. Cress agarra minha mão com força, os dedos quentes em minha pele.

– Não, não vá – pede ela, o desespero transparecendo antes que ela se apresse a acrescentar: – Por favor – com a voz pequena e infantil.

Finjo hesitar.

– Muito bem – digo. – Acho que posso ficar um pouquinho.

Ela solta minha mão e passa o braço pelo meu, apertando-o e abrindo um largo sorriso.

– Coisas animadoras estão acontecendo, Thora – começa ela. – Muito animadoras. Tive que desistir do prinz Søren para colocá-las em ação, mas foi um preço que valeu a pena pagar, acredito – acrescenta, fazendo biquinho.

Meu estômago se revira ao pensar em Brigitta e Laius. Será que ela já descobriu que Laius não é Jian? Será que Brigitta se dobrou tão rápido assim?

– Que tipo de coisas? – pergunto. – Deve ser algo importante, para você desistir do prinz…

Ela faz um gesto de desdém.

– Eu esperava que o prinz Søren fosse útil para mim, mas ele provou ser mais problema do que benefício. Fiquei feliz quando ele foi embora. E o que recebi em troca foi muito melhor, posso garantir.

Engulo em seco.

– E o que foi? – indago.

Mas, em vez de responder, ela franze a testa e se inclina para cheirar meu cabelo.

– Você está com o cheiro dele. Sabia? Cheiro de madeira e sal marinho. Suponho que, se ele se juntou a você na morte tão cedo, não sobreviveu à jornada para Sta'Crivero. Que pena… Acho que o rei Etristo tinha uma execução e tanto planejada. Mande lembranças minhas a ele, sim?

– Acho que ele já está farto das suas lembranças – replico.

Ela ri, jogando a cabeça para trás.

– Não precisa ser tão dramática, Thora. Estamos numa *guerra*. Certamente Søren entende isso, mesmo que você não entenda. Além disso, no fim eu o devolvi para você. Não deveria me agradecer por isso?

– Você o torturou – lembro a ela. – Gravou palavras com fogo na pele dele. Por qual parte disso, exatamente, eu devo agradecer a você?

Ela pisca, lânguida.

– Bem, ele agora está morto, não é? Que importância têm essas coisas? – pergunta ela com uma risada. – Acho que é o mínimo que vocês poderiam esperar. Ambos falharam, mas pelo menos vocês estão juntos na morte.

Não, minha vontade é dizer isso a ela. *Estamos juntos e vivos, e vamos pegar você.* Mas seguro a língua.

– Você o deu em troca de quê? – pergunto, então, focando no que é importante.

Ela torna a rir.

– Eu o troquei por um fim para esta guerra, um fim para quaisquer rebeliões futuras. Pode-se dizer, Thora, que eu o troquei pelo controle do mundo.

Meu coração bate tão alto no peito que receio que ela possa ouvi-lo, mas prossigo com cautela:

– É uma arma, então? – questiono, como se já não soubesse a resposta.

Cress, porém, se mostra despreocupada. Ela levanta uma sobrancelha fina e acinzentada.

– Não pense tão mundanamente, Thora – diz ela. – É indigno e eu esperava mais de você. Uma arma. O que planejei é muito maior do que isso. Venha. Quero lhe mostrar uma coisa.

Sem esperar minha resposta, ela me puxa em direção à porta da sala do trono e pelo corredor do palácio. Continua tudo exatamente como me lembro, até os detalhes nos vitrais das janelas pelas quais passamos. O cheiro, inclusive, é o mesmo: da soda cáustica e do sabão de limão que usam para limpar o chão. Ela dobra uma curva do corredor, depois outra, e percebo que está me levando à sacada principal, a que dá para a costa rochosa.

Quando chegamos, não encontramos a sacada vazia. Uma garota está de pé perto do parapeito, sozinha, com um vestido preto que ondula em torno dela e brilha ao luar. Quando ouve nossa aproximação, ela faz meia-volta, e seu rosto anguloso é iluminado. Dagmær. Desde a última vez que a vi, faz alguns meses, ela emagreceu bastante; seus braços e pernas parecem pouco mais substanciais do que pedaços de corda. O cabelo loiro está mais claro, cortado toscamente como o de Cress; talvez outro modismo lançado pela kaiserin. No entanto, à medida que Cress me puxa e nos aproximamos de Dagmær, percebo que não se trata disso. Os lábios dela não estão pintados de preto. Estão carbonizados, assim como a pele de seu pescoço. Como os de Cress.

E ela me olha do mesmo jeito que Cress, como se pudesse realmente me ver com a mesma nitidez com que a vejo. Neste sonho, ela é tão real quanto Cress e eu somos.

– Ah, Dagmær – digo baixinho. – O que aconteceu?

Dagmær, porém, me dirige um sorriso feroz.

– Eu fui salva – responde ela, antes de voltar a atenção para Cress. – Eu fiz, Vossa Alteza.

Cress sorri e espia por cima do parapeito.

– Então você conseguiu – diz ela. – Muito bem. Eu sabia que conseguiria. Agora está livre de verdade.

Eu me obrigo a me inclinar sobre o parapeito para ver do que estão falando e, ao fazê-lo, não consigo reprimir um arquejo. Esparramados nas pedras lá embaixo, há corpos. Conto dez no total, alguns pequenos demais para serem adultos. Pescoços quebrados, membros em ângulos não naturais, poças de sangue em torno deles.

– Está vendo, Thora? – pergunta Cress, me puxando do parapeito, sua mão apertando tanto meu braço que sinto suas unhas se enterrarem em minha pele. – Dagmær agora está livre e a justiça foi feita, assim como foi para mim.

– Fiz ao meu marido o que ele fez a suas mulheres antes de mim – diz Dagmær, a voz fraca e distante. – O que agora ele nunca vai poder fazer comigo. E matei seus filhos também. Agora nenhum homem me controla. Somente eu. E minha rainha, é claro.

Ela olha para Cress com olhos bajuladores, uma devota leal. E por que não seria? Cress a salvou, permitiu que se libertasse de um marido que a espancava, que a teria matado se ela não tivesse feito isso primeiro. Mas e os filhos dele? O caçula de lorde Dalgaard tinha apenas 6 anos. Penso no pequeno corpo que vi nas rochas lá embaixo e sinto náusea.

– Há tantas mulheres no mundo, Thora – diz Cress, interrompendo meus pensamentos. – São *tantas* que sofrem nas mãos de homens que pensam que podem controlar seus espíritos. Meu pai controlou minha vida durante anos, mas pelo menos ele era um carcereiro gentil. O kaiser não era gentil, embora eu não precise dizer isso a você, certo? E ele não é o único. Pode nem ter sido o pior. Mas eu não vou mais permitir que façam isso.

Deixo de lado minha náusea e encaro Cress.

– E quanto às mulheres astreanas que sofrem em suas mãos? – pergunto a ela. – Se você quer mesmo salvar as mulheres, o que vai fazer por elas?

O rosto de Cress se contorce de fúria com a rapidez com que pisco.

– Nada nunca vai ser suficiente para você, não é? – retruca ela. – Eu estou fazendo o bem, Thora. Estou ajudando as pessoas com essa maldição que você me impôs e você não consegue nem reconhecer isso.

– Por que você se importa tanto com o que eu penso? – questiono, minha voz se elevando. – Por que está me mostrando isso? Por que você não pode me deixar descansar em paz?

– Porque... – ela está quase gritando, a voz trêmula. – Porque estou construindo um mundo novo, Thora. Porque você não foi forte o suficiente para fazer parte dele, mas de qualquer maneira quero que você veja o que estou construindo.

Antes que eu possa formular uma resposta, o mundo onírico começa a tremular, despedaçando-se, até que me vejo na escuridão da minha tenda mais uma vez, onde o único som é a respiração regular de Søren ao meu lado.

Contudo, um pensamento permanece comigo, forçando sua passagem em meio a todos os outros. Quando me deu o veneno, Cress sabia que eu provavelmente morreria, porém ela esperava que eu não morresse. Ela não queria me matar; queria me modificar. E ela ainda não faz a menor ideia de que conseguiu.

$$\bullet\ \bullet\ \bullet$$

Não consigo voltar a dormir, e, na verdade, não anseio por isso. Não quero ver Cress de novo. No entanto, talvez mais do que isso, não quero ver Dagmær. Não quero lembrar que Cress não teria que salvá-la de seu marido perverso se eu não tivesse interferido para que eles se casassem. Esse crime foi meu e, de certa forma, os que se seguiram a ele também.

E agora ela é como nós, como Cress e eu. Deve ser o sangue que nos une, o sangue de Cress agora faz parte de todas nós, permitindo que nossos sonhos se cruzem dessa forma. Fico nauseada só de pensar. Quantas outras existirão?

Coço o braço de um jeito distraído por um momento antes de perceber que sinto algo estranho com esse gesto. O local coça, sim, mas a pele ali está sensível e dolorida. Sento-me na cama, tomando cuidado para não acordar Søren, embora creia que nem um terremoto seria capaz disso, com o sono pesado que ele tem. Invoco uma pequena chama na ponta dos dedos, suficiente apenas para enxergar meu braço. Quando está totalmente iluminado, deixo escapar um arquejo.

A pele do pulso até o cotovelo apresenta um tom vermelho-vivo, da cor de um tomate, e ali, na pele macia da parte inferior do antebraço, encontram-se quatro pequenas marcas em forma de meia-lua deixadas pelas unhas de Cress.

O lugar queima e coça muitíssimo, mas é uma prova.

Saio da cama o mais rápido que posso e coloco o vestido de algodão branco limpo que foi deixado para mim, dobrado com cuidado ao pé do saco de dormir. Quando me sento outra vez para calçar os sapatos, Søren se mexe, rolando na minha direção, os olhos azuis semicerrados.

– Não pode ser hora de levantar ainda – diz ele.

Balanço a cabeça.

– Tive outro sonho com Cress... bem, não um sonho. E desta vez posso provar.

Isso expulsa todo e qualquer resquício de sono dos olhos de Søren, que se senta na mesma hora.

– O que aconteceu? – pergunta ele.

– Você estava certo. Ela está construindo seu próprio exército, usando o encatrio feito com seu sangue. Pode estar matando a maior parte das mulheres, mas não todas. Vi uma delas. Dagmær... lady Dalgaard. Não sei se você se lembra dela...

Ele precisa esquadrinhar a memória por um segundo.

– Lembro que você quase foi lady Dalgaard, até eu persuadir minha mãe a fazer outros arranjos. Coitada.

– Ela não é mais aquela coitada. Ela mudou. Como Cress. Como eu – informo a ele. – E a primeira coisa que fez foi se livrar do marido grosseiro e de todos os filhos dele.

Vejo a compreensão se refletir em seu rosto.

– E as filhas? – indaga ele. – Ele tinha algumas filhas também.

– Imagino que as que ainda são jovens o bastante para estarem sob os cuidados de Dagmær serão as próximas vítimas do veneno de Cress ou suas novas recrutas.

– Recrutas para quê?

Balanço a cabeça e respondo:

– Não sei. Mas ela tem um plano, alguma coisa que não quis me contar. Ela acha que está fazendo o bem... libertando mulheres, dando-lhes autonomia. Mas Cress tem uma ideia muito limitada de quais mulheres se qualificam para seu tipo de empoderamento.

– Ela acha que Amiza está do lado dela. Acha que vai ter toda Sta'Crivero.

– Logo vai saber que não tem. Mas parecia ser algo mais do que isso. Ela disse que eu logo veria.

– Ela acha que você...

Søren se interrompe. Suponho que, logo depois de pensar assim ele mesmo, não consiga se expressar em voz alta.

– Ela ainda acha que estou morta – completo. – Só que você estava enganado antes... Todos estávamos. Ela não queria que eu morresse, não por completo. Ela queria me modificar. Por algum motivo, mesmo depois de tudo, ela pensou que eu ficaria do lado dela, uma discípula devota como Dagmær.

Ele franze a testa, pensando nessas palavras.

– Talvez faça sentido, sim – diz ele, devagar. – Na cabeça dela, você foi corrompida. Não foi o que ela falou? Que você foi influenciada por rebeldes, levada para o lado deles? Talvez ela tenha pensado que, dando poderes a você, a tornaria forte o suficiente para voltar para ela.

Essa ideia me deixa enjoada. É tão torto, mas, por outro lado, Erik e Søren disseram que ela não estava bem. Eu vi por mim mesma quando ela pensou que eu era Amiza: seu desespero cego, sua falta de lógica. A Cress que eu conheci sempre operou como um punhal: precisa e exata em todos os sentidos da palavra. No entanto, suas últimas atitudes se mostram mais erráticas. Ela se tornou um canhão enlouquecido, atirando em todas as direções e esperando que algum disparo seja certeiro.

Eu conhecia sua mente bem o bastante para prever seus golpes de punhal, para me preparar para eles, mas essa nova Cress é algo que eu não consigo entender. Ela é imprevisível, e na guerra não há nada mais perigoso do que isso.

– Você disse que tem provas? – pergunta Søren, arrancando-me de meus pensamentos.

Invoco outra vez a chama à ponta dos dedos e mostro a ele meu braço. Quando ele vê, ofega, estendendo a mão para tocar a pele sensível. Por mais gentil que seja seu toque, porém, ainda dói e eu puxo o braço.

– Desculpe – pede ele. – O que aconteceu?

– Ela agarrou meu braço no sonho e me puxou de perto do parapeito. Na hora, não senti a dor. Mas agora sinto.

– Nunca vi uma queimadura assim. E essas marcas de unhas são profundas. Estou surpreso que não estejam sangrando. Heron deve poder ajudar.

– Espero que sim. Preciso mostrar a ele e aos outros. Você acreditou em mim de início, mas eles precisam ver a prova.

Ele assente, jogando as cobertas para o lado e pegando as botas que tirou antes de se deitar. A seguir, diz:

– Então vamos.

Olho na direção da porta.

– Só tem um problema – observo. – Blaise vem rendendo Art na guarda à noite para que ela possa dormir algumas horas.

Ele entende o que estou querendo dizer.

– Você não quer que ele me veja saindo da sua tenda a esta hora.

– Sei que há questões mais importantes no momento, mas deixamos as coisas um tanto sensíveis outro dia. – Hesito antes de continuar: – Nós pusemos um ponto-final... no que quer que tenha sido. Definitivamente desta vez.

Ele faz uma pausa, as mãos nos cadarços das botas, e ergue os olhos para mim.

– Você não precisava fazer isso porque estou de volta. Ele é muito importante para você. Eu sei disso. Soube disso desde que tomei conhecimento da existência dele.

– Ele é – confirmo, escolhendo as palavras com cuidado. – Mas acho que esse tipo de amor... não é bom para nenhum de nós dois. É mais destrutivo do que outra coisa.

Por um segundo, ele parece querer fazer mais perguntas, mas se cala e eu me sinto grata por isso.

– Vá você, então – diz ele. – Vou esperar um minuto antes de sair e encontro vocês na tenda de Heron.

PROVA

— I SSO NÃO MUDA NADA – DIZ Maile quando termino de contar o sonho mais uma vez, para ela, Heron, Erik, Artemisia e Blaise.

Ela é a primeira a falar após uma longa pausa, o que suponho que faça sentido, porque ela sabe muito pouco sobre Cress e nosso relacionamento tenso e complicado. Eu não queria que Maile estivesse aqui, mas, como ela e Heron estão dividindo a barraca, ela insistiu em se juntar a nós por medo de ser deixada de fora de outra reunião estratégica.

– Você está brincando? – pergunta Heron.

Acho que a expressão de choque não deixou o seu rosto desde que ele viu o meu braço. Ele continua:

– Ela está compartilhando sonhos com a kaiserin… e não são apenas sonhos. Isto é uma lesão física. O que significa que Theo pode se machucar nesses sonhos.

– Teoricamente – observa Art com voz suave –, também significa que a kaiserin pode ser machucada neles.

É uma possibilidade que eu não havia considerado até agora, mas Art está certa. Se Cress pode me machucar em nossos sonhos, por que eu não poderia fazer o mesmo? Ou pior. Se eu conseguisse matar Cress em um sonho, será que ela morreria na vida real? É uma pergunta cuja resposta eu não sei, embora lembre a mim mesma que, de qualquer forma, não faz diferença. Cress é apenas a face do problema – com ela morta, os kalovaxianos simplesmente a substituiriam e as coisas poderiam piorar. Pelo menos, eu conheço Cress. Pelo menos, eu a entendo, até certo ponto.

– Não – diz Blaise antes que eu possa responder. – É perigoso demais. Não sabemos *o que* poderia acontecer. E, se a kaiserin descobrir que esses sonhos são mais do que sonhos…

Ele não conclui, mas não é preciso. A implicação paira no ar. Eles acham que ela tentaria me matar, mas não sabem o que contei a Søren: que Cress não me queria morta. Que existe uma parte dela que pensou que estaria me salvando. Deles. Da vida que eu escolhi, que ela acredita que me foi imposta. Olho para Søren, que parece estar pensando a mesma coisa. Mas, como não corrijo Blaise, ele permanece calado.

Não sei por que guardo essa informação para mim. Talvez porque parece uma vulnerabilidade pela qual eles me julgariam, um laço entre mim e Cress que não se rompeu… que talvez nunca possa ser rompido.

– Ela não desconfia – digo. – Parece saber que, em certo sentido, não são sonhos, mas acha que estou morta. Acha que eu estou assombrando seus pensamentos.

– Se ela acha que você está morta, por que não contaria seus planos a você? – pergunta Maile.

Tenho que pensar por um momento, examinando as possibilidades, até que me ocorre uma que parece uma verdade irrefutável.

– Porque ela quer ter certeza de que vou continuar voltando – respondo. – Ela estava com raiva por não ter me visto durante alguns dias. Está retendo essa informação para que eu volte.

– Mas você não pode voltar – afirma Blaise. – É perigoso demais. Heron, você pode preparar algum tipo de medicamento, não pode? Algo que dê um sono sem sonhos para ela?

Heron franze a testa, mas assente, seus olhos encontrando os meus.

– Eu poderia – diz ele, dirigindo-se a mim. – É um preparo fácil, se você quiser.

Será que eu quero? A perspectiva de sonhos que não sejam atormentados por Cress é tentadora. Não só para evitar que ela descubra a verdade, mas por causa da própria Cress, do modo como ela fala comigo, como me faz sentir. Não gosto de lembrar que ela é uma pessoa real, alguém a quem causei um mal. É mais fácil pensar nela como minha inimiga quando ela está distante, monstruosa e ameaçadora.

– Não – digo a Heron. – Esse elo é nossa melhor oportunidade de nos manter um passo à frente dela e precisamos ficar de olho nos avanços dela com Brigitta e a Velastra. Não temos muitas vantagens em relação aos kalovaxianos… Temos que usar todas as que pudermos.

– Theo… – começa Blaise, antes de se interromper e balançar a cabeça. Ele pergunta, por fim: – Tem certeza?

Não tenho certeza de nada. Faz algum tempo que não tenho. Mas ainda assim faço um gesto afirmativo.

– É a nossa melhor chance – digo.

– Por falar na Velastra – retoma Maile, a voz cautelosa –, vou me adiantar e sugerir aquilo que ninguém quis sugerir. Em vez de esperar que os kalovaxianos criem essa arma alquímica mágica, por que não passamos a frente deles? Nós temos Jian...

– Não – interrompo antes que ela possa prosseguir. – Brigitta estava certa em não nos confiar esse segredo. Uma arma que tira a vontade de uma pessoa não deve existir.

– Mas se tiver que existir, se tiver que ser *usada* – observa Maile –, melhor que seja por nós do que por eles.

Heron balança a cabeça e diz:

– Se usarmos a Velastra, nós nos tornamos eles.

Maile olha na direção de Søren.

– E você, prinz? Suas mãos já estão sujas; você sabe o que é a guerra. Não pode ter esses mesmos entraves morais.

Søren sustenta o olhar dela por alguns segundos.

– Você tem familiaridade com *berserkers*? – pergunta ele após um momento.

Os olhos de Maile se estreitam.

– Vocês os usaram contra o meu povo. Eu diria que estou bastante familiarizada com eles.

Søren balança a cabeça.

– De um dos lados – corrige ele. – Do meu lado, porém... você sabe como conseguíamos que os *berserkers* fizessem o que queríamos, que seguissem para a própria morte sem sequer protestar?

Maile não responde, mas eu sim.

– Vocês os drogavam – digo, lembrando o que Erik me contou quando estávamos no palácio, quando me explicou o que eram exatamente os *berserkers*.

Os olhos de Søren se desviam para os meus e um lampejo de angústia os atravessa; contudo, ele faz que sim com a cabeça.

– Era a única maneira de convencer a pessoa a fazer o que queríamos, de destruir a si mesma em nosso benefício. Mas isso não era convencer, não mesmo. Eu vi seus olhos ficarem vazios, vi como eles se moviam como marionetes presas a cordas, atordoados e sem vontade própria. Tirar a vontade de alguém é tirar sua alma. Já fiz isso e vou me arrepender pelo resto da vida. Não farei de novo, não importa quais sejam as circunstâncias.

Por um instante, acho que Maile vai discutir, no entanto ela acaba cerrando a mandíbula e desviando o olhar.

– Então nada mudou – diz ela mais uma vez. – No sentido imediato, pelo menos. Ainda vamos marchar em direção à mina do Ar. Vocês ainda querem pôr em ação esse plano idiota na quinta dos Ovelgans?

– Você só acha que é um plano idiota porque ele não é seu – ressalta Erik.

– Isso não muda nada – intervenho, ignorando o sarcasmo de ambos. – Assim, vamos para lá tão logo a gente levante acampamento outra vez. Quanto antes melhor.

Os outros entendem essas palavras como a instrução que foi de fato e, rapidamente, deixam a tenda, Heron por último. Ele para na entrada, observando enquanto eu coço o braço e estremeço de dor.

– Talvez o grande esquema de Cress seja me enlouquecer com isso – digo, olhando para o meu ferimento.

Está tão vermelho quanto quando acordei, mas pelo menos não parece estar piorando.

Heron volta até onde estou, com a mão estendida. Mostro a ele o braço e ele o examina de perto, tomando cuidado para não tocar nas partes mais sensíveis.

– Definitivamente é um ferimento mágico – conclui ele após um momento. – Mas eu posso curar.

Puxo meu braço de sua mão.

– Prefiro que você use seus dons para curar as pessoas que precisam mais. Isto incomoda, mas não vai me matar.

Heron assente, parecendo um pouco aliviado. Posso apostar que, com toda a cura que ele tem efetuado, está se sentindo esgotado.

– Coloque um pouco de pomada e mantenha o ferimento limpo e coberto. Assim, ele deve se curar sozinho, no seu próprio tempo.

– Obrigada.

Ele se demora na tenda por mais alguns segundos.

– Desculpe não ter acreditado em você – diz ele. – Em relação aos sonhos. Eu deveria ter acreditado.

Balanço a cabeça.

– Parecia loucura... até para mim. Eu mesma quase não acreditei.

– Vou fazer a poção para um sono sem sonhos. Você não precisa tomar, mas pode querer ter essa opção um dia desses. E se ela começar a perceber... bem, será bom ter um pouco à mão.

Disso, não posso discordar.

– Obrigada – torno a agradecer.

Ele assente, dirigindo a mim um sorriso cansado antes de se abaixar para sair da tenda.

FLORESTA

◆

A FLORESTA PEREA É UMA DENSA EXPANSÃO de oliveiras, ciprestes e algumas outras espécies de árvores que não sei identificar. Lembro-me da minha mãe me falando delas, de como os deuses criaram Astrea e como Glaidi fez as árvores de seus próprios dedos, empurrando-os pela terra e deixando um pouco de si nas raízes, para que a floresta sempre crescesse forte e exuberante.

Na infância, a ideia de que Glaidi pudesse ter tantos dedos me deixava perplexa, mas agora essa parte da história não me incomoda. Era apenas uma história, e sua verdade não estava nos detalhes; estava na essência. Talvez as árvores não sejam de fato os dedos de Glaidi, mas, de alguma forma, há uma parte dela nelas. Sinto isso agora, enquanto atravessamos a floresta. Sinto sua presença à minha volta, como o conforto de um cobertor pesado sobre meus ombros. Sinto que ela está cuidando de mim, de todos nós, e me sinto segura.

A floresta também se mostra repleta de pássaros à medida que avançamos, pássaros com asas em uma preciosa variedade de tons: do rubi ao citrino, do pérola à cor de obsidiana. Quando um grupo deles faz uma revoada acima de nós, parecem um borrão aquarelado.

– Eu costumava ouvir os pássaros – conta Artemisia.

Estávamos em silêncio há uma hora. Avançamos em um ritmo mais lento do que estou acostumada, mas me sinto grata por isso. A última coisa que quero fazer é sair galopando por uma floresta sem ter a mínima ideia do que nos espera adiante. Artemisia pigarreia antes de continuar.

– Do outro lado do lago, no acampamento. Eu conseguia ouvir o canto deles às vezes, de manhã cedo ou tarde da noite. Não imaginava como eram de verdade ou quantos eram. Eu só pensava que o canto parecia triste. Como se estivessem chorando.

– Eles não cantam mais assim – digo a ela.

E é verdade. Os pássaros que voam lá em cima soltam grasnidos tão altos que machucam meus ouvidos, mas parecem gritos de alegria. Parecem risadas.

– Não. Mas não diga isso a Erik. A última coisa que queremos é um verso engraçadinho sobre como até os pássaros estão comemorando nossa vitória.

Embora eu possa praticamente ouvi-la revirando os olhos, há também um toque de afeto em sua voz e sei que ela está feliz por tê-lo de volta. Meus braços envolvem a cintura dela para me ajudar a me manter ereta, mas o trote do cavalo é lento e suave, ao contrário das vezes que cavalgamos juntas em Sta'Crivero.

Um pouco mais atrás, Søren impulsiona seu cavalo preto em um galope até nos alcançar. Ele parece melhor do que estava de manhã, embora os braços e o peito ainda se encontrem cobertos pelas ataduras. A pele não está mais tão amarelada; as olheiras ficaram menos pronunciadas. É uma maravilha o que a comida e o sono são capazes de fazer. Quando seus olhos encontram os meus, ele sorri, e eu retribuo o sorriso como se fosse a coisa mais natural do mundo.

Nosso cavalo, uma égua malhada mansa, dá um salto quando ele se aproxima, batendo as patas dianteiras em advertência. Eu firmo as mãos na cintura de Art.

– Você quer alguma coisa? – Art pergunta a Søren. – Ou só está tentando assustar minha montaria?

Repreendido, Søren afasta seu cavalo para a direita, dando ao nosso um pouco mais de espaço.

– Chegaremos à propriedade ao pôr do sol, o que significa que os Ovelgans provavelmente vão convidar a mim e a você para jantar com eles – diz ele.

– Por que eles iam querer comer com vocês? – pergunta Artemisia. – Vocês são inimigos deles, não são?

– Porque a diplomacia assim exige, e os Ovelgans são mais diplomáticos do que os cortesãos kalovaxianos. Eles podem se dar ao luxo de ser, por estarem tão longe da política e dos esquemas da corte. Vão aproveitar a oportunidade para nos ouvir.

Faço um gesto afirmativo com a cabeça.

– Ótimo. Quanto você sabe sobre eles?

Ele suspira, considerando a pergunta por um momento.

– Lorde Ovelgan foi comandante em guerras, mas não luta desde o cerco de Goraki, quando foi ferido em combate e veio para o campo com sua jovem esposa. Eles têm quatro filhos. O mais velho vai fazer 15 anos agora, mas não acho que more com eles. Está longe, treinando para seguir os passos do pai.

– E quanto a lady Ovelgan? – pergunto. – E a família dela?

Isso exige dele mais um momento de reflexão.

– Os Stratlans. Lembra-se deles na corte?

– Vagamente – respondo, franzindo a testa.

Para mim, os cortesãos pareciam existir em uma roda, sempre girando. Uma família nunca ficava no topo por muito tempo, e geralmente era difícil mantê-los sob controle. Mas me lembro de Rigga Stratlan, uma garota um pouco mais velha do que eu, de quem Cress era amiga, embora nunca tenha me dirigido mais do que alguns monossílabos. Era bonita à maneira kalovaxiana convencional, com cachos louros claros e um rosto redondo com um nariz que se arrebitava de repente na ponta.

Quando a menciono a Søren, ele concorda com a cabeça.

– Uma prima, creio – diz ele.

Contudo, acho que estamos extrapolando sua área de conhecimento. Ele pode dominar estratégias de guerra e diplomacia, mas a teia emaranhada da corte kalovaxiana está além dele. Ele continua:

– Lady Ovelgan era considerada uma grande beldade… Havia na verdade um boato sobre ela ter sido uma das consortes do meu pai durante um tempo. Difícil acreditar que não houvesse um fundo de verdade nisso, conhecendo meu pai como conheço…

Ele fala com naturalidade, mas suas palavras azedam meu estômago.

– Não é de admirar que lorde Ovelgan tenha se apressado em tirar a esposa da corte quando surgiu uma oportunidade.

– Se tivermos sorte, eles ainda nutrirão alguma animosidade contra a família real por conta disso – diz Artemisia.

Balanço a cabeça.

– *Ou* eles estarão muito mais propensos a simpatizar com a kaiserin – observo.

– Você acha que Cress já chegou a lady Ovelgan? – pergunta Søren. – Ofereceu o encatrio a ela? Já a matou ou modificou?

O mesmo pensamento me ocorreu, mas eu balanço a cabeça.

– Cress cresceu na corte; nunca a deixou por mais do que alguns dias. Duvido que esteja pensando em alguém de fora. É praticamente outro mundo para ela.

– A kaiserin. – Art me corrige de um jeito brusco, virando o corpo e olhando para nós dois. – Cress, não. *A kaiserin*.

– Eu sei, eu sei – digo com um suspiro, sabendo que ela está certa.

Mesmo que não haja ninguém por perto para me julgar por minha familiaridade no modo de falar sobre ela, a distinção ajuda a mantê-las separadas em minha mente, embora elas nunca consigam ficar assim por muito tempo. Eu olho para Søren outra vez.

– E quanto aos empregados? Quantas pessoas estão nessa propriedade? São criados kalovaxianos ou escravos astreanos? – pergunto.

– Talvez três quartos de escravos, um quarto de criados – diz ele. – Além disso, há uma aldeia kalovaxiana fora da propriedade.

Uma aldeia kalovaxiana. É uma ideia estranha. Estou tão acostumada aos cortesãos kalovaxianos, os ricos e privilegiados, que muitas vezes esqueço que eles só podem ser ricos e privilegiados se houver outros abaixo deles. Os aldeões, porém, também são kalovaxianos, lembro a mim mesma. Por mais pobres que sejam, ainda são muito mais privilegiados do que meu povo acorrentado.

– Quantos de cada grupo você diria que há, se tivesse que fazer uma estimativa? – insisto.

Ele suspira devagar, ponderando, e diz:

– Talvez algumas centenas de escravos trabalhando na propriedade. Talvez cinquenta, 75 criados. Mais mil aldeões. Se eu tivesse que fazer uma estimativa. Mas não vou lá há anos. Na verdade, não tenho a menor ideia do que vamos encontrar.

Artemisia emite um grunhido e diz:

– Então podemos enfrentar, se for preciso. – É uma surpreendente explosão de otimismo vindo dela. – Os números estão do nosso lado e a maior parte deles não será de guerreiros treinados, como é o caso da maioria dos kalovaxianos com quem lutamos.

– Mas, assim que a batalha começar, eles vão mandar uma mensagem para a kaiserin – lembro a ela. – E, então, ela vai ficar sabendo para onde estamos indo. Teremos mostrado as cartas que temos na manga, e o elemento-surpresa é a única coisa que temos do nosso lado.

– E se eles enviarem um mensageiro assim que nos avistarem? – pergunta Art. – Devíamos mandar nosso grupo mais rápido para bloquear o outro lado, caso eles enviem alguém.

Concordo.

– Sim, vamos fazer isso. E é melhor termos apenas um pequeno grupo para ir ao encontro dos Ovelgans – acrescento. – Não tantos que pareçam agressivos, mas o suficiente para que possamos nos defender se for necessário.

– Um grupo de vinte – sugere Søren. – Com os outros se mantendo perto o suficiente para representar uma ameaça, caso Ovelgans pense em atacar.

– Nós três – digo, contando nos dedos, o que não é muito fácil estando montada em um cavalo. – Maile provavelmente vai insistir em ir conosco. E mais Erik. Ele tem o status capaz de impressionar as pessoas, real, além de ser também metade kalovaxiano. E o olho dele é um exemplo da crueldade perturbada de Cress. Os outros quinze deveriam ser Guardiões do Fogo e da Água, embora os Ovelgans não precisem saber disso. Eles estarão lá, prontos para o caso de precisarmos deles, o que espero que não aconteça.

– E Blaise? – questiona Artemisia com uma dose de hesitação. – Vamos precisar dele?

Balanço a cabeça, sentindo os olhos de Søren em mim também.

– Não acho que Blaise terá qualquer interesse nisso – digo. – Ele não quer mais usar seu poder. Chegamos a um acordo em relação a isso.

Essa afirmação surpreende Artemisia. Ela olha para mim por cima do ombro com as sobrancelhas arqueadas e pergunta:

– Ele disse isso?

– Disse – confirmo. – O que aconteceu na mina da Água mudou as coisas para ele. Ele não quer correr esse risco de novo.

Artemisia se vira, olhando para a floresta à frente.

– Ele diz isso, e talvez até ache que está falando sério, mas palavras são uma coisa, ações são outra. E Blaise não é o tipo de pessoa que fica contente observando dos bastidores.

– Você está enganada – digo, embora suas palavras penetrem sob minha pele. – Você não viu o rosto dele quando conversamos sobre isso. Ele estava determinado.

Ela fica calada por um momento.

– Espero que você esteja certa, Theo. Mas só o tempo dirá.

Eu não sei o que responder, portanto não falo nada. Ela não sabe, digo a mim mesma, só que uma vozinha na minha cabeça sussurra que ela está apenas dando voz a pensamentos que eu mesma tive.

– Søren, informe os outros à frente do nosso plano – peço. – Reúna Guardiões voluntários para formar nosso grupo. Artemisia, há um riacho por perto? Eu deveria me lavar e vestir algo mais nobre antes de chegarmos lá. Se essas pessoas querem uma rainha, vou dar uma a elas.

Artemisia encontra um riacho próximo para nos lavar e Heron nos segue. Enquanto jogo água fria no rosto e passo os dedos pelo cabelo para soltar os nós que se formaram, Heron pega um vestido de seda verde-esmeralda em meus alforjes. Nós o encontramos em uma das casernas da mina da Água, embora ninguém tivesse certeza de onde tinha vindo. Era muito grande em algumas partes, muito pequeno em outras, mas Heron o ajustou ao meu tamanho.

Coloco o vestido e deixo Artemisia trançar meu cabelo de novo, desta vez torcendo-o em um coque no alto da cabeça num estilo simples, mas que parece majestoso.

– Pronto – diz ela ao terminar.

Olho o meu reflexo no riacho e não posso deixar de franzir a testa. A garota que me encara de volta não se parece comigo: seu rosto é mais anguloso, os olhos, mais duros, o queixo, mais determinado. Eu achava que era parecida com minha mãe, mas agora resta muito pouco dela em mim, embora este também não pareça o rosto de Ampelio. Acho que eu simplesmente pareço comigo mesma.

QUINTA

❖

A QUINTA DOS OVELGANS SURGE À VISTA assim que saímos da floresta, uma estrutura alta que brilha, dourada, à luz do sol da manhã. Por causa do nome, eu esperava algo mais kalovaxiano, um prédio cinza, cheio de arestas e assustador, mas o estilo é inconfundivelmente astreano, com as mesmas torres arredondadas, vitrais e telhados abobadados do palácio. Eu me pergunto o que a propriedade abrigava antes do cerco e corro os olhos à volta, à procura de Blaise (porque, se há alguém que pode ter essa informação, esse alguém é ele), no entanto não consigo encontrá-lo na multidão.

– Quem você está procurando? – pergunta Heron, cavalgando ao meu lado e de Artemisia.

– Blaise – respondo. – Queria perguntar se ele sabe o que havia na quinta antes da invasão.

– Ele seguiu na frente com um grupo, em direção ao outro lado da aldeia, para interceptar qualquer mensageiro que por ventura eles enviassem. Caso o palpite de Søren sobre os Ovelgans nos ouvirem primeiro esteja errado – explica Heron, olhando para a propriedade com a testa franzida. – Mas eu posso responder à sua pergunta... Era a quinta Talvera.

Eu olho de lado para ele.

– Como você sabe disso?

Ele não responde de imediato, limitando-se a dar de ombros.

– Porque era de Leonidas... da família dele, quer dizer. Ele seria o futuro lorde Talvera.

– Ah – é tudo que consigo dizer.

Leonidas era o garoto que Heron conheceu nas minas, o garoto que Heron amou e perdeu para a loucura das minas.

– Você não disse nada quando estávamos elaborando o plano – continuo.

Ele dá de ombros mais uma vez, os olhos fixos à frente.

– O que havia para dizer? Eu não tinha qualquer contribuição a dar para a discussão... Nunca estive aqui, não sei nada sobre a configuração do lugar. Tudo o que sei é o que Leonidas me contou. Ele pintou um quadro tão lindo quando todo o resto parecia tão sombrio e feio. Ele me contou como costumava disparar pelos corredores de ladrilhos, como os mosaicos brilhavam feito ouro ao sol do meio-dia, como esse era o lugar mais bonito do mundo. Disse que um dia viveríamos aqui juntos, quando tudo isso chegasse ao fim.

Ele engole em seco e vira o rosto, mas não há como disfarçar a voz embargada.

– E o restante da família dele? – pergunto. – Você disse que não sobrou ninguém. Ninguém que tivesse direito à propriedade?

Ele balança a cabeça.

– Leo era o último.

Penso por um momento antes de tomar uma decisão.

– Então, se tivermos sucesso nesta guerra, ela é sua – digo. – Se você quiser.

Isso o pega de surpresa.

– Minha?

Dou de ombros.

– Ele fez uma promessa a você. Ele pode não estar aqui para cumprir, mas não há razão para que ela não seja mantida. Além disso, parece um lugar onde você seria feliz. Pacato, longe da capital, perto da mina do Ar... e que será o Templo do Ar, assim que for reconstruído. Você poderia supervisionar a obra, se desejar.

Por um momento, Heron apenas me encara, boquiaberto. Por fim, sorri.

– Acho que sim. Eu ia querer, sim, é o que quero dizer. Mas é uma casa muito nobre, Theo – responde ele, olhando para a quinta.

– Você é um homem muito nobre.

– Não deixe ninguém mais ouvir você prometendo coisas, senão vão começar a fazer fila – diz Artemisia. – E, além disso, você não vai ter nada para distribuir com benevolência, se não vencermos. Vamos focar nisso.

– Eu sei – apresso-me a responder. – Mas às vezes parece que esta guerra vai durar para sempre. É bom imaginar o que virá a seguir.

Artemisia, Heron e eu seguimos até a frente da nossa formação, onde Søren e Maile já estão liderando as tropas. Quando Maile vê que me aproximo, ela me olha de cima a baixo.

– Este vestido não é muito prático – comenta ela com franqueza, os olhos demorando-se em meu vestido verde-esmeralda.

– Os kalovaxianos não esperam que as mulheres se vistam de maneira prática – respondo. – Não vão ouvir uma única palavra do que eu disser se eu não tiver a aparência que eles esperam que uma governante tenha.

Maile franze a testa, aponta para o próprio traje, composto de calça justa de couro marrom e uma túnica branca de algodão que parece precisar de uma boa lavagem, e continua:

– E quanto a mim? Como princesa vecturiana, devo usar algo mais convencionalmente majestoso?

Peso minhas palavras com cuidado, temendo insultá-la, antes de me lembrar que Maile provavelmente ficaria mais ofendida se eu tentasse poupar seus sentimentos.

– Não – respondo com sinceridade. – Não se trata de impressionar os Ovelgans, mas de dar a eles o que esperam. E eles esperam que os vecturianos sejam sujos, mal-educados e esfarrapados. Para ser honesta, você poderia até estar um pouco pior. Não fale; finja que não entende a língua deles. Eles podem presumir que você não passa de uma pessoa simplória e vão subestimar você, o que sem dúvida será útil.

Por um instante, Maile parece ofendida e abro a boca para me desculpar, mas, antes que eu possa fazer isso, ela joga a cabeça para trás e ri tão alto que até assusta os cavalos.

– Muito bem – diz ela quando se recupera. – Você confiou no meu plano de tomar a mina da Água. Vou confiar neste seu plano aqui, por mais diabólico que pareça.

Quando estamos no meio do descampado, os portões da propriedade se abrem e o batalhão de guardas dos Ovelgans os transpõe, vindo ao nosso encontro, carregando bandeiras amarelas semelhantes às nossas. Trégua.

A última trégua que estabeleci com os kalovaxianos terminou em minha quase morte. Espero que esta transcorra melhor.

Respiro fundo para me acalmar quando Artemisia para o cavalo a fim de esperar a aproximação dos Ovelgans, e o restante das nossas tropas segue o exemplo. Søren desmonta em um movimento ágil e fluido, antes de me ajudar a descer da minha montaria de uma maneira bem menos graciosa. Assim que meus pés estão firmemente plantados no chão, endireito a saia do vestido e me forço a ficar com a coluna o mais ereta possível.

O trovão dos cascos que se aproximam faz eco ao meu batimento cardíaco acelerado. Søren parece sentir isso e me lança um olhar de lado. Ele faz um movimento para me estender a mão, mas pensa melhor e desiste do gesto aqui, na frente do meu exército. Fico grata por sua discrição, embora parte de mim deseje poder entrelaçar os dedos com os dele e absorver um pouco de sua força inabalável. Uma dose dela agora viria bem a calhar.

Os Ovelgans e seu exército param a uma boa distância, e duas figuras, que presumo sejam o próprio senhor e a senhora da quinta, desmontam.

– Vamos ao encontro deles a pé a partir daqui, apenas nós e apenas eles – diz Søren em voz baixa, só para mim.

Eu o sigo pelo campo aberto, longe da segurança do meu exército, embora saiba que pelo menos ainda tenho Søren, com a espada na bainha presa ao quadril. Os Ovelgans seguem nosso exemplo, as duas figuras avançando a pé, vindo ao nosso encontro.

À medida que se aproximam, posso ver melhor seus traços. Lorde Ovelgan deve estar se aproximando dos 40 anos, cabelos louros que descem até os ombros e um queixo forte, acentuado por uma barba bem cuidada. A esposa, lady Ovelgan, é apenas alguns anos mais jovem, 35 anos, talvez, com um rosto redondo e franco, além de uma expressão tão suave quanto pedra polida, totalmente indecifrável. É fácil ver por que foi considerada uma beldade quando estava na corte, embora eu saiba que a beleza na corte do falecido kaiser era mais maldição do que bênção. Ela tem a expressão de alguém no mar, orando a todos os seus deuses para que as águas permaneçam calmas e uma onda violenta não vire seu pequeno barco.

Quase sinto pena dela antes de lembrar que eu também nunca pedi essa guerra. Ela invadiu meu mundo sem minha permissão e tudo o que venho fazendo é tentar pôr um fim nela.

Søren fala primeiro, curvando a cabeça em uma demonstração de respeito.

– Lorde Ovelgan, lady Ovelgan – diz, dirigindo-se a um de cada vez. – Espero que estejam bem.

– Eu estaria bem melhor se você não estivesse tentando passar com um exército rebelde pelas minhas terras – responde lorde Ovelgan, a voz profunda e rouca, antes de acrescentar, relutante: – Vossa Alteza.

Por mais forçado que o título possa ter soado, o fato de ele ter usado tais palavras é promissor. Significa que Søren está certo: lorde Ovelgan ainda o vê como parte da realeza, alguém a ser respeitado. Significa que ele está disposto a ouvir Søren antes de tomar qualquer decisão e mandar um aviso para Cress. Quanto a mim, ele não me digna sequer um olhar.

Søren não perde tempo:

– Podemos sair do seu caminho em uma hora, se nos deixar passar em paz.

Lorde Ovelgan dá uma gargalhada curta.

– Sabe que não posso fazer isso – diz ele. – Você sempre foi um garoto corajoso e teimoso.

As palavras me provocam um sobressalto e eu olho para Søren. Todas as vezes que ele falou sobre os Ovelgans, fez parecer que mal os conhecia, mas lorde Ovelgan se dirige a ele de um modo muito familiar.

Alheio à minha confusão, lorde Ovelgan continua:

– Achei que você seria um kaiser melhor do que seu pai, mas vejo que escolheu um caminho diferente aos pés de uma garota.

Com isso, ele olha para mim e eu gostaria que voltasse a me ignorar, porque há tanto ódio nessa última palavra que até lady Ovelgan estremece.

Abro um sorriso forçado.

– É um prazer conhecê-los, lorde Ovelgan e lady Ovelgan – digo. – Acho que podemos deixar de lado as firulas. Todos sabemos que vocês concordarão em nos deixar passar. É apenas uma questão de qual será o preço e, como vocês foram suficientemente gentis para vir ao nosso encontro, imagino que já tenham seu preço em mente. Quanto mais cedo nos disserem qual é, mais cedo poderemos chegar a um acordo e retomar nosso caminho.

Lorde Ovelgan não parece ser um homem fácil de impressionar, mas acho que consegui. Ele me encara boquiaberto por alguns segundos, até que Søren tosse em uma tentativa fraca de esconder a risada com a expressão ridícula do homem.

Lady Ovelgan põe uma mão delicada e coberta de joias no braço do marido e sorri graciosamente para mim, embora eu conheça bem o seu tipo para perceber a tensão no maxilar e a irritação nos olhos.

– Vocês vão jantar conosco esta noite – anuncia ela, mais como quem dá uma ordem do que quem faz um convite. – O que quer que tenhamos para discutir pode ser feito de maneira mais confortável. E eu sei que as crianças gostariam de rever o prinz Søren. Vocês dois vão passar a noite também...

Afinal, já está quase escuro. Seus homens ficarão aqui para não alarmar nossa aldeia.

Ali está outra vez a familiaridade calorosa transparecendo através das boas maneiras. Søren conhece essas pessoas melhor do que fez parecer. Conhece os filhos deles. Por que teria escondido isso de mim?

– Vamos providenciar para que nossas tropas permaneçam do lado de fora do portão da quinta – diz Søren, com delicadeza. – Mas perto o suficiente para nossa segurança. E vamos entrar acompanhados por vinte guardas, dez para cada um de nós, além do imperador Erik de Goraki.

Os olhos de lady Ovelgan se arregalam, embora pareça mais atuação do que surpresa genuína. Um sorriso mais natural curva sua boca.

– Não confia em nós, prinz Søren, depois de tudo que fizemos por você? – pergunta ela, uma nota de deboche na voz. – Que irônico. Afinal, foi você quem nos traiu.

Søren desconsidera a alfinetada, mas mantém o olhar fixo em lady Ovelgan.

– Seu marido me treinou para ser cauteloso com qualquer pessoa que queira prejudicar a mim ou a minha tropa – retruca ele, agora olhando de um para o outro. – Eu não acredito que vocês queiram me ferir, mas a rainha Theodosia é a tropa que escolhi e não duvido que, se ela estivesse diante de vocês sozinha agora, vocês não hesitariam em feri-la como pudessem. Portanto, não, lady Ovelgan, e me dói dizer isso, mas não confio em vocês. Talvez a senhora devesse fazer essa queixa ao seu marido, que me treinou tão sabiamente.

À sua declaração segue-se um silêncio e, por um momento, temo que Søren os tenha ofendido de maneira tão profunda que os Ovelgans retirem o convite para jantar e tenhamos que dar meia-volta. Em vez disso, lorde Ovelgan me surpreende com uma gargalhada estrondosa, o som claro e alto o suficiente para ser ouvido pelas tropas de ambos os lados.

Quase suspiro de alívio quando lorde Ovelgan avança um passo e dá tapinhas no ombro de Søren.

– Aconteça o que acontecer, garoto, é bom ver que você não mudou.

Søren retribui o sorriso, mas este não chega aos seus olhos.

– Tenho que discordar, senhor – retruca ele. – Mudei bastante desde que fui seu aluno. – Ele se desvencilha do toque de lorde Ovelgan. – Obrigado por sua hospitalidade – diz a ambos. – Vamos instalar as tropas e reunir nossos guardas. Veremos vocês ao pôr do sol.

Quando Søren e eu voltamos para nossas tropas, seguro seu braço, forçando-o a olhar para mim.

– Você não me contou que conhecia lorde Ovelgan tão bem – digo. – Do jeito que vocês falaram agora, pareciam uma família.

Ele dá de ombros, mas não me encara por mais de um segundo.

– Eu disse que o conhecia – afirma ele, mas isso não é uma resposta e ele sabe disso.

– Você deu a entender que era um conhecido casual. É mais do que isso. Ele *treinou* você. Você o respeita. É possível até que você goste dele.

Com isso, ele olha de fato para mim, os olhos pesados.

– O que você quer que eu diga, Theo? Que quatro anos atrás passei um ano nesta quinta, com o homem, a esposa e a família, sendo tratado como um dos seus filhos? Que eu os admirava, que gostava deles? Claro que sim. Depois de crescer com meu pai, este lugar me pareceu um paraíso. Mas isso não muda nada.

– Não? Você não é mais o filho "adotivo" deles, Søren. Não importa o acordo que façamos com eles, estamos em lados opostos nisto. Eu preciso saber que você está ciente desse fato.

Por um momento, ele não fala nada, os olhos fixos em um ponto à frente.

– *Yana crebesti* – diz ele, por fim. – Eu confio em você, Theo. Você confia em mim?

As palavras pouco servem para acalmar minha mente, embora eu saiba que ele tem razão. Søren teve incontáveis oportunidades de me virar as costas, incontáveis oportunidades de ficar do lado de outra pessoa, incontáveis oportunidades de escolher um caminho mais fácil, mas nunca agiu assim. No fim, ele sempre escolheu ficar do meu lado, e não tenho qualquer razão para acreditar que desta vez será diferente.

Aperto seu braço antes de soltá-lo.

– *Yana crebesti* – respondo.

OVELGAN

◆

D E LONGE, A QUINTA É LINDA, mas, à medida que nosso grupo se aproxima, ela vai se tornando maior e mais escura. Com o sol totalmente posto, ela já não brilha como ouro. Agora, parece uma sombra, um fantasma do que era.

Os Ovelgans estão esperando no interior da mansão, ao pé de uma ampla escadaria de mármore, acompanhados por duas de suas filhas – nenhuma das quais tem mais de 10 anos. Ambas têm cabelos dourados, expressão séria e olhos atentos; ambas estão espremidas em vestidos de veludo rígidos que parecem apertados demais até para deixá-las respirar.

A mais jovem fita o tapete fofo a seus pés, mas os olhos da irmã nos examinam, observando o grupo de 23 pessoas que se acotovelam na entrada. Eles me capturam por um segundo, depois se demoram em Erik. Com o tempo e a ajuda da cura de Heron, seu olho inchado está novamente aberto, e um lenço vermelho amarrado diagonalmente cobre o olho que falta. Ele mantém a mão no braço de Heron para se orientar. A menina encara sem pudor e boquiaberta o cabelo azul de Artemisia. Mas, quando vê Søren, um sorriso se abre em seu rosto e ela não consegue resistir a levantar a mão e acenar para ele.

– Søren! – exclama ela.

A menina se apoia na ponta dos pés tamanha a empolgação, antes que a mãe a silencie, tomando-lhe a mão que acenava e segurando-a com firmeza.

Søren, por sua vez, sorri para ela, como se tudo estivesse normal e tivéssemos vindo apenas para um jantar normal, discutindo coisas normais como o tempo.

– Bem-vindo à nossa casa, prinz Søren – diz lorde Ovelgan, inclinando a cabeça na direção de Søren.

Ele faz uma pausa longa e deliberada antes de se virar para mim e acrescentar:

– Rainha Theodosia.

Sorrio, satisfeita. Por mais banal que seja essa atitude, ouvir meu nome verdadeiro na boca de um kalovaxiano é, por si só, um triunfo. Não *lady Thora*, não *Princesa das Cinzas*, mas *rainha Theodosia*. Afinal, há poder nos nomes e o fato de ele me chamar assim seria considerado uma grande traição por Cress. Então é um bom sinal.

– Conhece o imperador Erik de Goraki? – pergunto, apontando para Erik.

Erik pega a deixa e faz uma mesura mais graciosa do que eu conseguiria fazer, mesmo com minha visão plena. O lenço amarrado sobre o olho ausente não o torna menos bonito, principalmente vestido com sua túnica de brocado gorakiano. Ao contrário: dá a ele um ar de mistério e malandragem, como o herói trágico em uma balada. Ele não parece ser o mesmo homem que conheci, em suas roupas kalovaxianas mal ajustadas, um estrangeiro que nunca se sentiu confortável em sua própria pele.

– Imperador – diz lorde Ovelgan, um tanto hesitante. – É um prazer revê-lo.

– Gostaria de poder dizer o mesmo, meu senhor – retruca Erik com um sorriso sombrio. – Mas, como pode imaginar, não estou enxergando muito bem ultimamente.

Lorde Ovelgan muda de posição, desconfortável, os olhos correndo ao redor como se procurasse ajuda.

– Pude perceber – responde ele com cuidado. – Tenho certeza de que é uma história e tanto.

Lorde Ovelgan faz um gesto, indicando a entrada da sala, iluminada apenas pelo lustre no teto, e apenas o suficiente para que eu veja a escada ornamentada, o tapete vermelho escuro, as paredes pintadas em cinza e dourado.

– Bem-vindos à nossa casa. Seus guardas podem esperar aqui no saguão, mas no jantar seremos somente nós – anuncia ele antes de olhar para as filhas, pousando a mão no ombro de ambas. – Karolina, Elfriede, para a cama, as duas. Digam boa-noite aos nossos convidados.

– Mas, pai... – objeta a mais velha, fazendo beicinho. – Não é justo. Eu já tenho 10 anos, sou velha o suficiente para ficar acordada. Quero falar com Søren.

– Com o prinz – corrige lady Ovelgan, com gentileza, pegando as mãos das filhas e entregando-as para a criada kalovaxiana que aguardava: a babá, imagino. – E haverá tempo para isso outro dia. Mas, agora, precisamos que vocês sejam boas meninas e vão direto para a cama. Está bem?

Com um suspiro de protesto, as meninas deixam a babá conduzi-las.

– Onde está Fritz? – pergunta Søren, observando-as ir. – Ele não passava de um bebê da última vez que o vi, mas agora deve ter quase 5 anos...

– Ele está doente – corta-o lorde Ovelgan de um jeito um tanto brusco. – Podemos prosseguir para a sala de jantar e resolver este assunto?

Søren dá um passo para trás, como se lorde Ovelgan o tivesse golpeado fisicamente. Em seguida, assente.

– Peço desculpas, meu senhor. Tem razão. Há muito o que discutir.

– Wilhelmina, você deveria ir ver como está Fritz. Não há necessidade de se juntar a nós – indica lorde Ovelgan para a esposa.

Lady Ovelgan olha para a escada, uma pitada de anseio em sua expressão estoica, antes de se voltar para nós.

– Não, eu vou ficar – responde ela com calma. – Venham, antes que a comida esfrie.

Ela lidera o caminho pelo corredor, não dando ao restante de nós outra escolha senão segui-la.

– Se precisarmos de ajuda – digo aos guardas antes de nos separarmos –, eu grito. Afora isso, você sabem o que fazer.

Heron assente, soltando os dedos de Erik de seu braço e ajudando-o a se apoiar em Søren. Seus olhos me fitam de um jeito intenso.

– Tenha cuidado – pede ele.

– E você também – respondo.

● ● ●

A mesa do jantar está posta, com pratos e utensílios de ouro e taças de cristal cravejadas de Pedras da Água. Os castiçais são cobertos por Pedras do Fogo. O cabelo louro de lady Ovelgan foi trançado com Pedras do Ar e da Água, e até mesmo o casaco de lorde Ovelgan tem Pedras da Terra no lugar dos botões. Com tantas Pedras do Espírito, só entrar nessa sala já é opressor. Sinto o peso delas em meus ombros, no meu peito, mexendo com meu sangue e dificultando minha respiração.

Ninguém mais parece ser tão afetado, por isso tento manter a expressão neutra enquanto os criados dos Ovelgans nos conduzem até nossos lugares. Sou acomodada entre Søren e Erik, diretamente à frente de lorde Ovelgan.

Assim que todos estão instalados, uma escrava se aproxima com uma garrafa de vinho tinto e serve um pouco em cada uma de nossas taças. Eu a vejo servir o vinho com os olhos baixos. O mesmo vinho é despejado em todas as taças, portanto não pode estar envenenado, mas as taças...

– Incomoda-se de trocar sua taça comigo? – pergunto a lady Ovelgan, estendendo minha taça para ela.

– Como? – replica ela, surpresa.

– Não é minha intenção ofender – explico a ela com um sorriso. – Mas aprendi da maneira mais difícil a ter cuidado com as bebidas oferecidas por aqueles cujas motivações não me são totalmente claras.

Lady Ovelgan franze a testa, olhando para o marido, que faz um gesto afirmativo com a cabeça, os olhos fixos em mim.

– Ridículo – comenta lady Ovelgan, bufando, embora pegue minha taça e me estenda a dela. – Como se eu fosse envenenar um convidado.

– Nenhum cuidado é demais nestes dias – digo. – Søren, Erik, lorde Ovelgan... importam-se de fazer o mesmo?

A troca de taças produz um certo ruído à mesa. No fim, ninguém tem diante de si a taça de vinho original, embora a Erik caiba a de Søren, porque ele parece ser o único de nós que os Ovelgans gostariam de manter vivo. Todos tomam um gole hesitante.

O vinho é frutado, com um toque de especiarias, e não consigo discernir veneno algum. Pouso a taça na mesa outra vez. Isso, porém, não quer dizer muita coisa; em Sta'Crivero, eu também não senti o gosto do veneno de bolenza que Coltania pôs em meu chá.

Talvez eu vá sempre ser cautelosa com estranhos me oferecendo bebidas, mas é melhor ter cautela em excesso do que ser ligeiramente descuidado.

– Então – começo a falar, olhando para lorde Ovelgan –, vocês sabem o que queremos de vocês, e não imagino que tenham concordado em nos hospedar esta noite se não quisessem algo em troca. O que é?

Lorde Ovelgan mal olha para mim antes de voltar sua atenção para Søren.

– Uma aliança – responde ele, como se Søren tivesse feito a pergunta, e não eu. – Quando tudo isto acabar, alguém terá que se sentar no trono kalovaxiano. A resposta óbvia é você, prinz Søren, e eu não sou o único kalovaxiano a acreditar nisso. Há muitos... talvez até mesmo a *maioria*... que preferem vê-lo no trono em vez de a vadia que está sentada lá agora.

Eu sou a última pessoa que defenderia Cress, mas a maneira como lorde Ovelgan se refere a ela me incomoda e me contenho para não falar nada.

– Quando tudo isso acabar, lorde Ovelgan – diz Søren com cuidado –, pode nem haver mais um trono onde alguém se sentar, nem eu nem qualquer outro kalovaxiano.

Lorde Ovelgan bufa com desdém.

– Não aqui, talvez – rebate ele. – Se você perguntar a minha opinião... o que seu pai não fez... para começar, não deveríamos ter vindo para este país. Não havia nada de errado com Goraki, nada de errado com Yoxi antes, ou com qualquer um dos outros países que conquistamos. Para que ter todo o trabalho de conquistar um país só para abandonar tudo uma década depois?

– A pergunta é: para que ter o trabalho de conquistar um país? – intervenho antes que possa me segurar. – Erik é o governante legítimo de Goraki e não há lugar para vocês lá. Eu imagino que esse também seja o caso de Yoxi e de todos os outros países que vocês atacaram.

– Então o que acha que devemos fazer? – pergunta lorde Ovelgan, por fim olhando para mim. – Kalovaxia é um deserto... uma terra estéril. Não pode nos sustentar. Digamos que, por algum milagre, você realmente consiga triunfar e retomar seu trono, *Vossa Alteza*. O que viria a seguir para todos os kalovaxianos que fizeram desta terra nossa casa?

– É *Vossa Majestade* que se diz em Astrea – replico, mantendo a voz firme. – E a resposta a essa pergunta é um problema exclusivo de vocês, meu senhor. Pessoalmente, não vejo razão para ter mais misericórdia com vocês do que tiveram com meu povo nesta última década. Mas, uma vez que o senhor se encontra agora em posição de mudar minha opinião sobre esse fato, eu poderia ser persuadida a buscar outras opções. Existem campos de refugiados em Sta'Crivero e em alguns outros países dos quais vocês ainda não se tornaram inimigos. Talvez eles sejam gentis o suficiente para recebê-los.

O maxilar de lorde Ovelgan se contrai.

– Sugiro que vá com cuidado, *Vossa Majestade* – sugere ele, cada palavra um punhal. – Afinal, vocês ainda precisam da minha ajuda.

Ergo as sobrancelhas.

– E eu aqui pensando que estávamos ajudando um ao outro – replico.

– Theo – diz Søren em tom de advertência, antes de voltar sua atenção para lorde Ovelgan. – O que vocês querem de mim, então? – pergunta a eles. – Vocês me querem no trono... em algum trono, onde quer que nosso povo vá quando esta guerra acabar... mas acho que isso não é tudo.

Tenho a sensação de que não estou mais na sala. Fui inteiramente excluída, assim como Erik. Ali estão apenas Søren e os Ovelgans.

Os anfitriões trocam um olhar entre si.

– Como dissemos... uma aliança. Do tipo mais permanente – diz lady Ovelgan. – Queremos que Karolina seja a kaiserin.

Isso pega Søren de surpresa.

– Ela é uma criança! – exclama ele.

– Naturalmente – interrompe lorde Ovelgan –, seria apenas um compromisso de noivado, até que ela atinja a maioridade. Mas queremos uma promessa sua, por escrito.

– Vocês estão presumindo que eu tenha alguma intenção de assumir o trono do meu pai – observa Søren.

– Conheço você, Søren – diz lorde Ovelgan. – Você sempre fez o que era necessário fazer. E agora seu povo precisa de você para liderá-los.

– O que o senhor quer dizer, lorde Ovelgan, é que sempre fui bom em seguir ordens – retruca Søren, escolhendo as palavras com cuidado. – O senhor quer no trono alguém que possa controlar e acha que serei controlado com facilidade.

Lorde Ovelgan não nega. Ele toma um gole do vinho, imperturbável.

– Temos um acordo, Søren? – pergunta ele.

Søren balança a cabeça.

– Não sou mais tão fácil de controlar – diz ele. – Receio que não possa me comprometer com esse acordo.

Eu o olho de lado, surpresa. Isso não faz parte do plano. O plano era que eu fosse espinhosa e teimosa – exatamente o que eles esperavam que uma rainha astreana fosse –, enquanto Søren seria o seu gentil prinz salvador, que estava ali para apoiá-los e dar-lhes o que pedissem para nos deixar passar. Ele deveria ser afável, não os antagonizar ainda mais.

– Mas vocês não esperavam de fato um acordo, não é? No fundo, não – continua Søren, olhando para a porta. – Onde está Fritz?

Os olhos de lady Ovelgan se arregalam e ela olha para o marido antes de responder.

– Nós já dissemos – afirma ela, mas agora há uma nota de pânico em sua voz. – Ele está doente. Dormindo lá em cima.

– Eles estão nos enrolando – afirma Søren a Erik e a mim. – Só não consigo entender por quê.

Olho de um anfitrião para o outro, sabendo que Søren está certo, mas há algo mais... Lorde e lady Ovelgan não parecem arrogantes, nem orgulhosos, nem triunfantes. Eles parecem estar com medo.

– Se enviaram um mensageiro, tenho más notícias para vocês – diz Erik, inclinando-se para a frente. – Nossos homens estão prontos, patrulhando o perímetro norte da sua aldeia. Eles interceptarão qualquer um que deixe a propriedade.

– Oh, mas nem todas as mensagens precisam de um mensageiro – diz uma voz vindo da porta, com um toque de aspereza.

Sentindo um peso no estômago, me viro e vejo Rigga Stratlan parada ali, em um vestido de seda cinza drapeado que mostra a pele negra carbonizada de seu pescoço. A última vez que a vi, seu cabelo era comprido, da cor do ouro rosa, mas agora está opaco e acinzentado, as pontas quebradiças indo até a clavícula pronunciada. Quando seus olhos encontram os meus, os lábios negros se curvam em um sorriso satisfeito.

– Lady Thora – diz ela, embora não haja uma surpresa verdadeira em sua voz, apenas diversão. – Ah, Cress vai ficar tão interessada em saber que você está viva.

RIGGA

—◆—

Em um instante Søren está de pé, sacando a espada da bainha, mas o sorriso de Rigga apenas se amplia.

– Você me machucaria de verdade, prinz Søren? – pergunta ela, inclinando a cabeça para um dos lados. – Não me parece muito cavalheiresco da sua parte, não é? Machucar uma mulher?

Søren não abaixa a espada.

– Se achasse que você é inofensiva, eu nem sonharia com isso – responde Søren, no mesmo tom casual dela. – Mas você não tem nada de inofensiva, não é, lady Rigga?

Ela ri.

– Não, não sou. E é uma sensação maravilhosa, não ser nem inofensiva, nem indefesa.

Ela se vira para a esquerda e estende a mão para algo que não posso ver. Um segundo depois, porém, ela puxa para a luz… uma criança. Um garotinho de não mais do que 5 anos, com cabelo louro claro e olhos verdes grandes e assustados, que estão vermelhos, como se ele estivesse chorando. À visão dele, lorde e lady Ovelgan também se levantam.

– Fritz! – grita lady Ovelgan.

O menino tenta correr para a mãe, mas a mão de Rigga em seu braço o segura com força, como se fosse um escudo; o que, suponho, é exatamente o que ele é para ela.

– O que está acontecendo, Theo? – sussurra Erik para mim, sua voz parecendo casual, mas com um tom de urgência latente. – A iluminação está muito fraca e estou forçando meu olho bom… mas não consigo ver muito mais do que formas vagas.

Abro a boca para responder, mas não há tempo para o tipo de explicação que a situação exige.

– Nada de bom – respondo a ele, pegando sua mão e dando um aperto tranquilizador. – Não se mexa, não fale. Apenas ouça.

Erik franze a testa e eu quase espero que ele proteste, mas ele faz que sim com a cabeça.

– Solte o garoto – diz Søren, baixando a ponta da espada.

– Fritz e eu só estamos fazendo uma brincadeira – replica Rigga, deslizando um dedo de ponta enegrecida pela bochecha do menino.

A criança se encolhe, esquivando-se do toque dela, e fecha os olhos com força.

– Por favor, tia – pede ele, tão baixinho que quase não o ouço. – Por favor, me solte. Eu vou ser bonzinho, prometo.

– Ah, logo, logo, Fritz – murmura ela. – Assim que todo mundo fizer o que precisa fazer.

– E o que é isso, exatamente? – pergunta Søren, entre dentes.

– Bem, antes de tudo, você vai largar essa espada antes que machuque alguém – ordena Rigga, avançando pela sala de jantar e arrastando um Fritz trêmulo com ela. – E você – acrescenta ela, virando-se para a prima – vai mandar os criados servirem o jantar como se não houvesse nada de errado. Estou morrendo de fome. E, então, vamos esperar aqui, juntos, até que a kaiserin chegue.

Com isso, ela se senta à mesa entre Søren e lady Ovelgan, colocando Fritz em seu colo e mantendo um dos braços em torno dele, o que poderia parecer um gesto de proteção, se ela não o estivesse segurando com tanta força. Uma das mãos do menino se estende para segurar a da mãe.

– Interceptamos todas as mensagens que deixaram a quinta – repete Søren. – A kaiserin não virá.

Rigga ri e o pavor se acumula no fundo do meu estômago quando compreendo o porquê.

– Ela não precisou enviar uma mensagem – digo. – O encatrio que ela tomou foi feito com o sangue de Cress... Ele as une. Assim como posso ver Cress em meus sonhos, como vi Dagmær, Rigga também pode. Pode se comunicar com elas. Cress sabe que estamos aqui.

– Bastou uma gota de uma poção sonífera e um cochilo rápido assim que recebemos a notícia de que suas tropas estavam se aproximando, embora eu não soubesse que você estava viva na ocasião. Vai ser uma surpresa maravilhosa para ela, não acha? – completa Rigga, mal conseguindo conter sua alegria. – Imagine só... Ela me enviou aqui para oferecer à minha prima e às filhas a mesma opção que ela me deu. Fiquei muito desapontada quando elas recusaram. Wilhelmina na verdade teve a coragem de jogar as poções que eu trouxe pela janela... provocando um incêndio pequeno, porém desagradável. Eu estava com medo de dizer à minha kaiserin que fracassei em minha missão e desperdicei o encatrio. Mas, puxa! Aqui está você, e com certeza ela agora não vai me ver como um fracasso. Daqui a uns dois dias ela estará aqui, então temos uma espera considerável pela frente. Peça o jantar – ordena ela, olhando para a prima.

Lady Ovelgan mantém os olhos arregalados e assustados fixos no filho enquanto pigarreia.

– Jantar – chama ela, sua voz soando límpida como um sino, sem qualquer indício de medo ou hesitação.

Um momento de silêncio se passa, mas nada acontece. A porta para o corredor que leva à cozinha continua fechada. Nenhum som de passos ou de vozes vem dali. Somente o silêncio.

Søren e eu trocamos um olhar.

Lady Ovelgan olha para a porta, franzindo a testa.

– Jantar! – repete ela, desta vez mais alto.

Ainda nenhuma resposta.

– Bem – diz Rigga entre dentes. – Vá ver o que há com eles.

Lady Ovelgan não se mexe, os olhos fixos no filho, a mão segurando a dele.

– Eu vou – oferece-se lorde Ovelgan, arrastando a cadeira para trás.

– Não – opõem-se Rigga, os olhos se estreitando. – Você fica onde está. Wilhelmina, vá ver o que os está impedindo.

Com uma expressão de dor, lady Ovelgan solta de sua mão os dedos do filho e se levanta, dirigindo-se na sequência à porta que leva à cozinha com os ombros trêmulos.

Søren e eu trocamos outro olhar. Ambos sabemos o que ela vai encontrar na cozinha e ambos podemos imaginar o que vai acontecer depois.

– Bem – digo, uma ideia ganhando forma em minha mente –, então Cress a tornou poderosa, dando mais poder do que você poderia conquistar sozinha.

Rigga se vira para mim, uma única sobrancelha levantada. É a maneira como ela costumava me olhar no palácio, como se eu fosse um inseto sob seu sapato, indigna de sua atenção.

– Isso mesmo – responde, devagar.

– Mas não tão poderosa quanto ela – comento. – Não é mesmo?

As palavras atingem o alvo. Os cantos da boca de Rigga caem um pouquinho antes de sua expressão voltar ao normal.

– Não sei do que você está falando – diz ela com frieza. – Ela pôs fogo em minhas veias e vingança em meu coração. Ela me fez forte.

Abro um sorriso e dirijo a ela o mesmo olhar de desprezo e pena que ela costumava me dirigir quando eu era apenas a Princesa das Cinzas.

– Mas não forte o suficiente – repito. – Eu vi Cress, vi o poder dela, vi o que ela pode fazer com ele. Ela deu um pouco do próprio dom para você, claro, mas fez de você uma sombra do que ela é, nada mais. Ela não vê você como uma igual, e sim como uma serva.

Desta vez, Rigga se encolhe, apertando o braço em torno de Fritz até o menino gritar de dor.

– Theo – diz Søren. – Não.

Eu o ignoro e insisto.

– Aposto que ela só deu a você algumas gotas do encatrio, uma simples prova do que ela teve.

Rigga aperta os lábios.

– É um veneno – retruca ela com calma. – Precisa ser dosado, gota a gota. Senão poderia me matar.

Levanto as sobrancelhas e rio.

– *Gota a gota?* – pergunto, balançando a cabeça. – Deuses, dei a Cress um frasco inteiro e ela sobreviveu. Uma gota… Ela deve fazer muito pouco caso de você.

– Foi o bastante – rebate ela, erguendo a mão livre e invocando uma bola de fogo que mal era do tamanho da unha de seu dedo mínimo.

Rio ainda mais alto.

– Desculpe – consigo dizer. – Eu não devia rir, é grosseiro. É que… Isso foi mesmo tudo que ela deu a você? Sério, o que você pode fazer com esse poderzinho de nada? Ora, Dagmær teve poder suficiente para matar o marido e todos os filhos dele. O que você pode fazer? Acender umas velinhas?

Ela range os dentes, aproximando o fogo em sua mão do rosto de Fritz. Ele se contorce, tentando se afastar, mas ela o segura com força.

– Está vendo? – pergunta ela, dirigindo-se a mim. – Posso fazer o suficiente.

– Theo – insiste Søren, mas eu continuo a ignorá-lo.

– Sim, sim, muito impressionante – comento, erguendo a mão e invocando também uma chama, tão grande que mal consigo contê-la. Com a mesma rapidez com que a invoco, fecho a mão e a apago. – Se você se cansar de ameaçar crianças e quiser ganhar um pouco mais de poder, me avisa, sim?

Os olhos de Rigga cintilam, mas, antes que ela possa responder, lady Ovelgan entra novamente na sala, a expressão perplexa.

– Os criados... – começa ela, a voz aguda com o pânico.

– Silêncio, Wilhelmina – interrompe Rigga, sem sequer lhe dirigir um olhar. Ela tem os olhos fixos em mim, famintos. – Do que você está falando?

Eu me obrigo a controlar a mão para que ela não trema quando pego o frasco de encatrio no bolso do vestido.

– Eu estava guardando para mim, para o caso de precisar de outra dose – digo a ela, antes de fazer uma pausa. – Mas posso trocar pelo menino. Solte a criança e eu dou isso para você.

Os olhos dela correm pela sala, no entanto há um brilho de loucura neles. Ela está mais do que tentada pela oferta.

– E o que vai me impedir de simplesmente tomar esse frasco de você? – pergunta ela.

Estendo o braço, segurando o frasco de vidro acima do piso de ladrilhos.

– Se tentar, eu jogo no chão – ameaço.

– Isso poderia matar todos nós – diz lorde Ovelgan, em pânico. – Não tome nenhuma atitude precipitada.

– Não tomarei – garanto, mantendo os olhos em Rigga. – Estou apenas oferecendo a ela uma escolha. Deixe o menino subir e ir para junto das irmãs, fora do caminho. Nós ficaremos aqui, com você, até Cress chegar. Você vai perder seu refém criança, mas terá poder suficiente para nos manter aqui sem ele.

Rigga pondera, passando a língua pelos lábios negros rachados.

– Não – responde ela, baixinho, embora a negativa pareça lhe custar. – Há algum truque nessa oferta. Afinal, não é uma troca justa para você.

Dou de ombros.

– Não tenho problemas em ficar aqui com você, Rigga – digo antes de apontar para Erik e Søren. – Estávamos a caminho de enfrentar Cress no palácio. Ao trazer Cress para cá, você está me fazendo um favor. Minha única preocupação agora é que você machuque esse menino. Você não quer isso de verdade. Então, faça um favor a nós duas e deixe-o ir, e eu darei a você a poção. Pense em como Cress ficará feliz em saber que você é mais forte do que ela pensava, que é igual a ela.

Rigga se inclina para a frente, os olhos obstinados, os dedos se enterrando na pele de Fritz até ele gritar de dor. Depois do que parece uma eternidade, ela o solta, empurrando-o de seu colo. Ele corre para a mãe, envolve a cintura dela com os braços e enterra o rosto em seu vestido, chorando.

– Psiu – diz lady Ovelgan, alisando o cabelo do filho. – Agora vá esperar com suas irmãs, está bem, meu amor? Logo estarei com vocês.

Com alguma relutância, Fritz obedece, saindo da sala o mais rápido que pode. Quando ele está a uma distância segura, entrego a Rigga o frasco de encatrio.

– Como você conseguiu isso? – pergunta ela, inspecionando o líquido opalescente com espanto. – É exatamente igual ao que tomei.

Não há razão para mentir, por isso digo a verdade.

– Foi Cress quem me deu. Ela pensava que eu era outra pessoa, alguém que ela queria transformar. Fiquei com ele, para o caso de precisar.

Tudo indica que a resposta é suficiente para ela. Com olhos selvagens que parecem reluzir à luz das velas, ela destampa o veneno e o derrama na taça cheia de vinho da prima.

– Não beba demais – digo a ela, tentando parecer preocupada. – Você não sabe o que vai acontecer. Cress e eu conseguimos beber tudo, mas você pode não ser tão forte quanto nós.

Rigga faz pouco caso da minha preocupação, vendo as palavras como o desafio que eu pretendia que fossem. Ela respira fundo e, em seguida, vira tudo, bebendo o vinho envenenado em alguns goles, antes de pousar a taça novamente na mesa com um ruído surdo que ecoa por todo o espaço.

Com um grito rouco e silencioso, ela desaba no chão, o corpo se contorcendo em agonia enquanto a marca negra em sua garganta começa a se espalhar, queimando a pele enquanto avança.

A única outra pessoa que vi beber encatrio foi Elpis e, embora não sinta pena de Rigga, não posso deixar de me lembrar de Elpis agora, enquanto observo o pescoço, o peito e o resto do corpo de Rigga começarem a queimar de dentro para fora, deixando o ar rançoso com o cheiro de carne carbonizada. É uma visão tenebrosa, mas não permito que meus olhos deixem seu corpo antes que ela enfim pare de se mover; completamente morta.

No silêncio que se segue, ouço lorde Ovelgan soltar um suspiro de alívio.

– Obrigado – agradece ele, parecendo sincero. – Você tem a nossa gratidão. Está livre para passar por nossas terras.

Ele diz isso de forma tão magnânima que não consigo conter uma risada.

– Claro que estamos – retruco. – Afinal, elas não são mais suas terras. São minhas, propriedade da coroa astreana, o que significa que são vocês os invasores.

Ele leva algum tempo para registrar minhas palavras, mas, quando isso acontece, lorde Ovelgan se levanta mais uma vez.

– Guardas! – grita, mas ninguém aparece.

– Não há ninguém – informa lady Ovelgan, a voz trêmula. – Era o que eu estava tentando dizer. Não há guardas, nem criados, nem escravos. Ninguém em casa.

– Eles foram todos reunidos na aldeia – digo, antes de começar a explicar a segunda metade do nosso plano.

Quando ainda estávamos na mina da Água, Søren disse que os Ovelgans nos ouviriam, que nos convidariam à sua casa. A partir de então, passou a ser uma questão de o que faríamos quando chegássemos aqui. Continuo a explicação:

– Aqueles que reagiram foram mortos na hora, com as armas que meus soldados trouxeram escondidas para seus escravos. Muitos dos meus soldados são Guardiões da Água e suas armas foram escondidas com a ajuda de seus dons de ilusão. Os que se renderam vão ficar aqui na aldeia, sob a vigilância atenta de seus ex-escravos, até que possamos decidir o que fazer com eles. Vocês são bem-vindos para se juntar a eles, com seus filhos, desde que cooperem.

Lorde Ovelgan se volta para Søren.

– Você não pode permitir que ela faça isso – diz ele, a voz se elevando. – Não sou aliado da kaiserin. Decerto que podemos fazer um acordo.

Por um instante, Søren vacila, mas logo põe as dúvidas de lado e diz:

– Não cabe a mim dar permissão para que a rainha Theodosia faça qualquer coisa, meu senhor. Vocês não são aliados da kaiserin, é verdade, e isso será levado em consideração. Mas o senhor e sua esposa ainda são criminosos de guerra aos olhos dos astreanos. Vocês tomaram suas terras e escravizaram seu povo e existem consequências para esses atos.

– E quanto a você? – pergunta lorde Ovelgan, a voz se tornando um rugido. – Que consequências você vai sofrer?

A pergunta faz Søren hesitar, mas depois de um segundo ele encontra a resposta.

– Acho que já comecei a pagar. E vou continuar até o dia da minha morte, como a minha rainha decidir que devo.

– Mas e as crianças? – pergunta lady Ovelgan. – Elas são muito jovens... não fizeram nada errado.

– E se eu dissesse que as trataríamos com a mesma gentileza com que vocês trataram nossos filhos quando chegaram aqui? – pergunto, incapaz de evitar que minha voz se eleve. Sinto uma certa satisfação ao ver o horror cruzar o rosto de ambos diante dessa perspectiva. – Para a sorte de vocês, não somos assim tão monstruosos. Elas serão bem tratadas. Alimentadas, vestidas e cuidadas... um tratamento muito melhor do que o que vocês dispensaram às crianças de Astrea. Posso lhes assegurar.

Søren puxa a espada outra vez e a mão de lorde Ovelgan vai imediatamente para o punho da sua própria. A esposa dele, porém, a cobre com a mão, detendo-o.

– Não – pede ela, a voz pouco mais que um sussurro. – Não. Vamos nos render. Iremos pacificamente e faremos como vocês mandarem. Contanto que as crianças estejam seguras.

Por um instante, parece que lorde Ovelgan vai discutir, no entanto ele acaba abaixando a cabeça e soltando a espada, erguendo as mãos em rendição e permitindo, sem protestar, que Søren o desarme e amarre seus braços atrás das costas.

RESULTADO

◆

QUANDO CHEGAMOS À PRAÇA DA ALDEIA, ela se encontra iluminada com fogueiras e tochas e frenética com uma energia que é parte terror, parte triunfo. Avisto rostos familiares na praça lotada, das tropas que trouxemos conosco e também muitos estranhos, com uma expressão atormentada e desorientada com a qual me acostumei ao longo dos últimos meses: a expressão de pessoas que ainda podem sentir o peso das correntes na pele, mesmo depois de tudo ser removido.

Søren conduz lorde e lady Ovelgan ao que costumava ser as acomodações dos escravos. Ele providenciou para que os dois permaneçam separados dos outros kalovaxianos, apenas com seus filhos, embora isso seja menos uma gentileza do que uma precaução. Se aprendi alguma coisa com o kaiser, foi a necessidade de manter meus inimigos isolados, para tê-los sob controle e impedi-los de conspirar com outros como eles.

As crianças serão bem tratadas, fui sincera ao afirmar isso. Já vi o suficiente para saber que o ódio é algo aprendido, não inato. Vivi isso em primeira mão com Cress, na forma como ela me tratou quando éramos crianças e como passou a me tratar depois que seu pai e o mundo a convenceram de que eu era inferior a ela.

Talvez haja esperança de que Fritz, Karolina, Elfriede e todas as outras crianças desta aldeia possam crescer de forma diferente. Tenho que me agarrar a essa esperança sob pena de não saber pelo que estou lutando. Para ser igual aos kalovaxianos? Tratar suas crianças como trataram as nossas, como me trataram? Para dar a eles todo o ódio que armazenamos até que um dia revidem da mesma forma que estamos revidando agora?

Seria um ciclo sem fim. Tem que haver uma maneira melhor.

– Theo.

Eu me viro e deparo com Blaise, Artemisia e Heron vindo em minha direção, todos parecendo exaustos, porém sem ferimentos, até onde posso ver. Deixo escapar um suspiro de alívio.

– Alguma complicação? – pergunto a eles.

Os três balançam a cabeça em negativa.

– Foi exatamente como Søren disse: ao todo, havia mais escravos do que kalovaxianos. Assim que demos as armas a eles e os ajudamos a usar isso para assumir o controle da aldeia, foi tudo muito fácil.

– Na mansão foi a mesma coisa – acrescenta Heron. – Assim que vocês e os Ovelgans se fecharam na sala de jantar, os outros guardas e eu atravessamos a casa, armando todos os astreanos que víamos com as coisas que os Guardiões da Água tinham disfarçado. Deixamos as crianças e a babá lá em cima, como você pediu.

– Não era só a babá que estava com elas – digo, antes de explicar o que aconteceu com Rigga.

Quando concluo, todos ficam em silêncio.

– Tem certeza de que ela está morta? – pergunta Blaise.

Faço que sim com a cabeça.

– Não sobrou nada dela depois que o veneno terminou o trabalho. Apenas cinzas. Mas agora temos um problema maior: Cress está vindo para cá. Ela deve chegar em dois dias, o que significa que esta é uma vitória temporária. Mesmo que a gente vá embora, ela e seus homens vão apenas tomar a vila de volta e devolver os astreanos que estão aqui às correntes... Isso se não os matarem simplesmente.

– Poderíamos ficar aqui e lutar – sugere Artemisia. – É um lugar tão bom quanto qualquer outro e, como temos mais informações do que ela sobre a situação, há uma boa chance de que a gente possa vencer.

Balanço a cabeça.

– Não. Seria uma vitória temporária, mesmo que a conseguíssemos – afirmo. – Envie uma mensagem para sua mãe. Faça com que ela altere o curso e nos encontre no rio Savria antes de ir para a mina da Terra. Enviaremos com ela os prisioneiros e um grupo de astreanos que não possam ou não queiram lutar enquanto seguimos para a mina do Ar conforme o planejado. Quando Cress chegar, não haverá nada aqui.

Todos refletem por um momento.

– Ganharíamos mais tempo se deixássemos um punhado de kalovaxianos aqui – diz Heron. – Dê a eles uma mensagem que possam transmitir à kaiserin, deixe-os acreditar que estamos marchando em direção à floresta Etta para nos prepararmos para um cerco à capital.

Franzo os lábios.

– Lorde Ovelgan – digo. – Vamos deixá-lo aqui, sozinho. Levaremos sua esposa e os filhos e tenho certeza de que ele dirá tudo que pedirmos em troca de alguma medida de clemência.

– Você não vai perdoá-lo? – pergunta Artemisia, franzindo a testa.

– Deuses, não – respondo. – Mas, de qualquer maneira, não acho que ele acreditaria se oferecêssemos isso. Não, vamos combinar de poupar a mulher e os filhos, enviá-los para algum lugar para viverem em paz. Se Cress não o matar e ele conseguir sobreviver à guerra, será julgado por seus crimes e pagará o preço que for considerado justo, como qualquer outro kalovaxiano. Se viver o suficiente para expiar seus crimes, poderá ir se juntar à família.

Os três se entreolham.

– Não parece muita coisa – diz Artemisia após um momento.

– Eu sei – afirmo. – Mas o que você faria? Mataria todos eles?

Art não responde e tenho a sensação de que era exatamente isso que ela estava prestes a sugerir.

– Eu compreendo a tentação – explico. – Acredite, entendo muito. Mas isso só serviria para manter esse círculo vicioso em movimento. Essas crianças cresceriam pensando em nós como os inimigos que chacinaram suas famílias, acumulando raiva até organizarem uma rebelião para vingar seus entes queridos, exatamente como estamos fazendo agora. Quero pôr um ponto-final nisso em definitivo.

Heron assente.

– Vou falar com Søren. Se alguém pode convencer lorde Ovelgan a cooperar, esse alguém é ele.

Agradeço e observo-o enquanto se afasta, antes de me voltar para Artemisia:

– Não creio que haja qualquer punição, qualquer tipo de vingança, que seja suficiente para compensar o que eles fizeram a nós... a você – acrescento, pensando em seu tempo na mina da Água: a morte do irmão, seu estupro nas mãos de um guarda, – Até a morte parece boa demais para muitos deles. No entanto, há outros que foram apenas cúmplices. É um crime por si só e não ficará impune, mas há nuances nisso, níveis. Se matarmos todos eles, não seremos melhores do que eles. Pelo que estaríamos lutando?

Artemisia desvia o olhar, mas assente.

– Não sou a única que vai discordar de você nesta questão – diz ela. – Você sabe disso. Existem outros que vão querer enterrar todos os kalovaxianos, alguns que podem não querer poupar nem mesmo as crianças.

– Eu sei – respondo, um poço de pavor se aprofundando em meu estômago. – Mas esta é a única maneira de ter paz... não por eles, mas por nós. Eu gostaria de viver em paz depois que tudo isto tiver acabado, e não vai ser possível se esta guerra continuar renascendo a cada nova geração.

Ela não protesta, mas tampouco concorda.

– Vou enviar a mensagem para minha mãe e começar a formar os grupos daqueles que querem ficar conosco e daqueles que querem ir com ela – diz Art, por fim, antes de caminhar em direção ao centro da vila e me deixar sozinha com Blaise.

– Você está calado – comento. – Acha que foi a decisão certa a tomar?

Ele pensa antes de dar de ombros.

– Não creio que algum de nós possa afirmar isso, Theo. Não sei se teremos de fato essa resposta antes de se passarem alguns anos. Décadas, até. Mas compreendo o seu raciocínio e, se estivesse no seu lugar, gosto de pensar que tomaria a mesma decisão.

Faço que sim, mordendo o lábio inferior.

– Obrigada – digo enfim. – Por isso, e por ficar fora da batalha.

– Não fiz isso por você – diz ele antes que o peso dessas palavras caia totalmente sobre ele. A seguir, ri. – É estranho. Acho que não sou capaz de dizer isso de verdade há algum tempo, desde que estávamos no palácio. Desde então, tudo o que fiz foi por você.

– Blaise... – começo, mas ele me interrompe.

– Não, isso é uma coisa boa – diz, olhando para mim. – Desta vez, agi por mim mesmo, porque sei que era o melhor para Astrea. E saber disso... é muito bom.

CONFIANÇA

◆

PARTIMOS NO DIA SEGUINTE AO AMANHECER e cavalgamos até o sol estar alto, quando chega a hora do almoço. Antes que eu possa pegar minhas rações e aquietar minha barriga, Blaise me puxa de lado.

– Você não pratica há algum tempo – observa. – Devíamos aproveitar a parada. Art pode pegar uma ração extra para você comer depois.

Meu estômago protesta ruidosamente diante dessa opção, mas eu sei que Blaise tem razão. Explosões de fogo são uma coisa, e foram suficientes na mina da Água, mas controlar meu dom ainda é difícil, e eu sei que chegará o dia em que vou precisar manejá-lo como um punhal, não como uma bola de canhão.

– Tem certeza de que isso é sensato? Outra pessoa pode me ensinar...

– Pensei que tivéssemos chegado ao consenso de que não é esse o caso – observa ele com um sorriso irônico. – E você estava se aprimorando comigo, não estava?

Isso eu não posso negar. Artemisia e Heron tentaram, mas a maneira como falavam de seus poderes não ressoava em absoluto com o meu; era como um arqueiro tentando ensinar um esgrimista.

– É que você não devia usar os seus dons – observo.

– Eu sei – diz ele rapidamente. – Mas não preciso usar os meus dons para ajudar você a controlar os seus.

Meu ceticismo deve estar claro, porque ele suspira.

– Eu estou conseguindo, Theo. Não é fácil, mas as coisas estão melhorando. Eu não jogaria fora esse progresso só para me exibir aqui e agora. Se você preferir comer ou descansar, tudo bem, só que eu acho que um pouco mais de prática seria importante antes de chegarmos à mina do Ar.

Penso no episódio com Rigga na quinta Ovelgan. Consegui resolver a situação sem atacá-la, porém nem sempre será esse o caso. E agora é apenas uma questão de tempo antes que eu tenha que enfrentar Cress.

– Tudo bem – acato, ignorando os roncos do meu estômago.

Ele me leva para um local afastado das tropas: uma área longe o bastante para não sermos vistos. Não há árvores com as quais praticar desta vez, apenas terra seca e estéril, interrompida por uma pilha de pedras.

– Você já dominou a distância – diz Blaise, caminhando até as pedras. Ali ele se abaixa e pega uma pequena, do tamanho da palma de sua mão. Ele a joga no ar algumas vezes, pegando-a com facilidade. – A precisão, porém, ainda não.

Ele segura a pedra no ar, abrindo a mão, de modo que ela descansa em sua palma.

– Você consegue acertar a pedra?

Olho para ele, a boca escancarada.

– Vou acertar você – digo.

Ele dá de ombros.

– Prefiro que não, mas isso é com você.

– Ponha a pedra no chão e eu tento. Alvo do mesmo tamanho, risco menor.

– Você precisa do risco – argumenta ele, balançando a cabeça. – Se tivéssemos mais tempo... meses, anos até... poderíamos começar do básico. Mas não temos tempo. Vá em frente. Eu acredito em você.

– Não deveria – respondo, sufocando uma risada. – Nunca tentei algo assim. Não pratiquei ou treinei o suficiente...

– O fogo é uma parte de você. Todo o treinamento dos Guardiões, todas as aulas, tem como objetivo encontrar esse elo. Você já o encontrou, Theo. Não conseguiria manejar o fogo como faz se não tivesse encontrado. Agora a questão é encontrar os limites dessa conexão.

– Com certeza existem métodos melhores.

– Métodos mais seguros, pode ser. Mas você trabalha melhor sob pressão.

Suspiro.

– Você vai se machucar – insisto.

– Não seria a pior dor que já sofri – diz ele, dando de ombros. – E Heron não está muito longe. Ele vai poder me curar, se for preciso. Mas não acho que vamos precisar dele. Vamos logo, pare de enrolar.

– Não estou enrolando. Estou tentando fazer você ser racional.

Mas ele me lança um olhar sem expressão e eu balanço a cabeça, erguendo a mão e invocando uma chama. Uma chama pequena, do tamanho da unha do meu polegar.

Blaise está a cerca de três metros de mim. O alvo não é tão pequeno, considerando-se todos os fatores, mas se eu errar...

Então não erre, penso.

Eu me concentro na pedra, deixando que tudo em torno dela se esvaneça até que Blaise e a clareira deixam de existir por completo. E, então, eu a faço voar.

A chama atinge a pedra, mas assim que ela a toca Blaise a deixa cair com um berro, agitando a mão no ar.

– Desculpe! – grito para ele. – Eu disse que não era uma boa ideia.

– Não, você fez tudo certo – garante Blaise, balançando a cabeça. – Você não me queimou, é só que a pedra ficou quente.

Ele pega outra pedrinha e dá alguns passos para trás, de modo que agora são cerca de cinco metros entre nós.

– De novo.

• • •

Prosseguimos durante mais ou menos meia hora, até que as mãos de Blaise ficam vermelhas e eu já estou um pouco tonta. No entanto, começo a entender o que ele quis dizer quando falou que o fogo era uma parte de mim. Sinto isso agora ainda mais do que quando lançava as bolas de fogo em direção à mina da Água. Com fragmentos de magia menores, parece mais pessoal, mais meu.

Nas últimas vezes que acerto a pedra, quase consigo senti-la quente em meus dedos no instante em que o fogo a atinge.

Blaise parece satisfeito também, embora sua expressão esteja inacessível, como nunca vi. Ele me passa um cantil com água e, quando tomo um gole, fala.

– É estranho – diz devagar. – Pensei que estar perto da magia, vendo você usar a magia, me faria sentir falta dela.

Enxugo a boca com as costas da mão, meu estômago já dando nós.

– E...? – pergunto, devolvendo-lhe o cantil. – Sentiu?

– Senti. Mas não da maneira que pensei que sentiria. Às vezes, sinto uma necessidade, sobretudo aqui, na floresta. Posso sentir essa coisa me chamando, tentando me alcançar. Não sei como explicar.

Mordo o lábio.

– Acho que entendo. Antes de entrar na mina, até mesmo antes de Cress me dar o veneno, eu sentia algo semelhante. Todas as vezes que estava perto de Pedras do Espírito, elas me chamavam. E quando estava com raiva também sentia. Às vezes era impossível ignorar.

Penso em minhas mãos quentes, na vez que queimei os lençóis, depois de um pesadelo. Eu não conseguia me controlar, mas espero que não seja assim para Blaise.

Ele assente uma vez, a testa franzida.

– Mas o estranho é que, na verdade, não *quero* usar a magia outra vez. Desde a mina da Água, minha mente ficou mais clara. É como se fosse minha de novo. Essa voz que costumava viver dentro de mim, sussurrando sobre poder, ávida por magia... tem estado mais quieta. Consigo ouvir meus pensamentos agora. Senti falta disso.

– Você parece melhor.

Quando digo isso, noto que é verdade: os círculos sob os olhos ainda estão lá, porém menos pronunciados. A cor voltou à sua pele. Ele ainda está quente; dá para saber mesmo sem tocá-lo. O calor irradia dele de tal forma que, mesmo estando a alguns centímetros de distância, eu o sinto.

– Você parece mais você mesmo.

– Desculpe, Theo – diz ele, parecendo fazer um esforço para pronunciar as palavras.

Balanço a cabeça.

– Já superamos isso. Você se desculpou pela mina da Água...

– Não, não é isso. Lamento não ter dado ouvidos a você, mesmo antes disso. Você tentou me avisar que havia algo errado, mas eu não quis ouvir. Esse sussurro em minha mente que mencionei... era uma coisa terrível, só que a sensação era de que eu precisava dele. Como se fosse eu. Como se, sem isso, sem a sensação da magia correndo em minhas veias, eu não existisse mais.

– Você não sabia quem você era sem o seu poder – digo, lembrando de uma conversa que tivemos sobre isso, em Sta'Crivero, na primeira vez que pedi que desistisse dele.

Ele assente.

– Mas agora eu sei – afirma ele, com um sorriso hesitante. – Eu ainda sou eu. Ainda tenho valor. Posso lutar de outras maneiras. Mas devo desculpas a você. Várias dezenas de desculpas. Se eu tivesse escutado você em Sta'Crivero, as coisas seriam diferentes agora entre nós. Você não me olharia do jeito que olha. Com um quê de medo.

Quero negar, dizer a Blaise que é claro que não tenho medo dele. Ele mudou, dá para ver isso. O que aconteceu na mina da Água não vai se repetir. Contudo, o medo perdura. Queria que não fosse assim, mas o medo não é algo facilmente controlado.

– Um dia, não vou mais olhar para você assim – digo a ele por fim.

– Um dia – concorda ele. – Nós vamos chegar lá, nós dois.

Mordo o lábio inferior.

– Você se lembra de quando éramos crianças e o castelo estava se preparando para o aniversário da minha mãe? Roubei dois bolinhos de limão da cozinha e dei um para você. Quando a cozinheira nos encontrou, era eu que estava com migalhas no rosto todo. Ela ia contar para minha mãe, mas você assumiu a culpa.

Blaise franze a testa e seus olhos parecem distantes.

– Lembro.

– E você se lembra de quando Ampelio trouxe aqueles bonecos de madeira de Vestra para nós dois? O meu quebrou logo e eu fiquei arrasada, mas você me deixou ficar com o seu.

Ele faz que sim com a cabeça.

– Lembro – repete ele, parecendo mais confuso.

– E você se lembra – continuo eu – de quando arriscou sua vida para entrar no palácio e me resgatar? E, quando tornei tudo mais difícil, você teve que arriscar sua vida várias vezes, você me apoiou. Você lutou ao meu lado. Você confiou em mim.

– Theo...

– Existem muitas versões de você que vivem na minha memória, Blaise. Nem todas são agradáveis, mas a maioria é. Na maior parte delas, você é o meu amigo mais próximo e querido, alguém que sempre foi firme e verdadeiro. Alguém em quem eu confiaria minha vida. E, um dia, a sua versão da mina da Água será tão pequena e distante em comparação com todas as outras que não terá mais qualquer importância. Eu acredito nisso.

Ele olha para as próprias mãos, os olhos começando a ficar vermelhos, como sempre acontece antes que comece chorar. Ele desvia o olhar, apressando-se a enxugar os olhos com as costas da mão. Em seguida, abre a boca para falar, mas não sai nenhuma palavra. No lugar delas, lágrimas silenciosas escorrem pelo seu rosto.

Não há mais nada a ser dito entre nós, não agora. Então eu o tomo em meus braços e o deixo chorar.

JORNADA

A JORNADA ATÉ A MINA DO AR é de apenas um dia, porém queremos esperar o amanhecer para poder atacar, a fim de obter o máximo de vantagem do fator surpresa contra os kalovaxianos. Por isso, ao pôr do sol, montamos acampamento a um bom quilômetro de distância. Ao contrário das minas do Fogo e da Água, a mina do Ar não é cercada por montanhas, nem lagos, nem florestas. Fica no meio de um terreno plano, interrompido apenas por uma ou outra moita de oliveiras, o que significa que nossas opções de abrigo são limitadas e não podemos correr o risco de acender qualquer tipo de fogo, sob pena de sermos descobertos.

Nós nos dividimos igualmente em três grupos e nos espalhamos por três olivais diferentes: a leste, sul e oeste da mina. As tendas são armadas. Rações são distribuídas. Há algumas queixas em relação à falta de fogueiras e, consequentemente, à falta de carne cozida, mas são reclamações sem muita convicção. Na verdade, o cerco um tanto quanto fácil da quinta Ovelgan levantou o moral de todos.

Pela primeira vez, não nos sentimos como um grupo desorganizado de guerreiros se esforçando ao máximo e recorrendo à sorte para compensar nossas fraquezas. Pela primeira vez, nós nos sentimos fortes e capazes. Pela primeira vez, há uma luz no final deste túnel sombrio e interminável, e ela vai parecendo cada vez mais próxima, a cada dia que passa.

Eu vou com o grupo do acampamento sul, junto com Artemisia, Heron, Blaise, Søren e Erik. Armamos o mínimo possível de tendas para economizar espaço no olival e, em vez de ter uma só para mim, nós cinco dividimos uma única barraca grande, com seis sacos de dormir alinhados um ao lado do outro, como um grupo de crianças numa festa do pijama.

Mesmo quando nos deitamos, a energia é demais para permitir que o sono venha. Estamos inebriados, otimistas e entusiasmados para o dia que virá, o dia em que estaremos um passo mais perto da vitória. E, quando Erik apresenta duas garrafas de um bom vinho astreano trazidas da quinta Ovelgan, ficamos ainda mais inebriados.

– Como você conseguiu roubar isto? – pergunta Blaise a ele, usando uma faca para tirar a rolha de uma das garrafas.

Erik dá de ombros.

– Ninguém presta muita atenção a um sujeito meio cego remexendo no armário de vinhos em pleno caos. E, em segundo lugar, tecnicamente não roubei nada, porque tudo naquela propriedade agora pertence a Theo. Você considera isso roubo? – pergunta ele a mim.

– Você tem que perguntar a Heron – replico. – Eu disse a ele que, se tomássemos a quinta, ela seria dele.

As sobrancelhas de Heron se erguem.

– Você estava falando sério? Achei que só estivesse fazendo promessas grandiosas para esconder o medo de fracassarmos.

– Bem, isso também – admito com um suspiro.

Blaise me passa a garrafa e eu tomo um gole. É um tinto intenso, quente e picante. Limpo os lábios com as costas da mão, no que tenho certeza ser um gesto digno da realeza.

– Mas eu falei sério, sim. Os deuses sabem que você vai precisar de um lugar bom e tranquilo quando isso tudo terminar. E era o que Leonidas queria.

– Mas Artemisia estava certa – diz Heron. – Se você começar a distribuir coisas, todos vão querer algo.

– Eu sei – concordo, correndo os olhos pela tenda. – Mas isso fica só entre nós. Suponho que esteja implícito que Blaise assumirá o antigo título de seu pai e, com ele, seus bens imóveis. Artemisia é mais do que bem-vinda para adotar o título de princesa de Astrea e todas as joias e propriedades que vêm com o título, mas tenho o pressentimento…

– Prefiro não – corta Artemisia, franzindo o nariz e me fazendo rir.

– Para onde você vai, então? – pergunta Blaise. – Quando tudo isso acabar?

Art dá de ombros, pegando a garrafa de vinho da minha mão.

– Acho que vou ficar no palácio por uns tempos – responde ela, bebendo um pouco antes de passá-la para Heron. – Afinal, alguém precisa se certificar de que Theo conserve a cabeça por tempo suficiente para de fato usar aquela coroa. Depois que ela estiver segura e em boas mãos… quem sabe?

Talvez eu assuma o comando de um dos navios da minha mãe. Talvez me ocupe em garantir que os kalovaxianos que exilamos não causem problemas.

Isso não deveria me surpreender, vindo de Art, mas não é uma vida que eu consiga imaginar alguém aspirando a levar depois de toda essa guerra.

– Você não vai se cansar de lutar? – pergunto a ela.

Art franze a testa.

– Acho mais provável que eu me canse de respirar do que de lutar. É isso o que eu sou. – Ela se volta para Heron. – Não podemos continuar chamando o lugar de quinta Ovelgan se é sua.

– Bem, não é como se eu tivesse um nome de família… – diz ele. – Além disso, era da família de Leonidas antes. A quinta Talvera. Gostaria que continuasse assim.

– Então você gostaria de ser o novo lorde Talvera? – pergunto. – Era o que Leonidas queria, não era?

Heron fica em silêncio por um momento antes de assentir.

– É. Acho que eu gostaria. Acho que ele também teria gostado.

– É uma homenagem adequada – afirmo. – Restaurar a propriedade da família dele e colocar você como responsável.

Heron assente, embora seus olhos estejam distantes.

– Lorde Talvera – diz ele, mais para si mesmo do que para nós.

– Muito bem – respondo, pondo-me de pé e sinalizando para que Heron se levante também.

Hesitante, ele obedece, soltando a mão de Erik. A tenda é tão baixa que ele precisa se curvar ao ficar de pé.

Estendo minha mão na direção de Artemisia.

– Posso pegar sua espada emprestada por um instante? – pergunto a ela.

Ela me olha, boquiaberta, como se eu tivesse pedido emprestados seus pulmões ou seu coração, mas, um segundo depois, com relutância, ela a desembainha e me entrega, segurando-a pela lâmina para que eu a pegue pelo punho. Recebo a arma e a seguro diante de mim, a prata da lâmina brilhando na luz fraca.

– Fique de joelhos – peço a Heron, e ele o faz, parecendo perplexo.

Percebo que ele nunca viu uma cerimônia dos Guardiões. Tenho uma vaga lembrança delas, sobretudo de como ficava entediada nessas ocasiões, observando Guardião após Guardião indo até a minha mãe para receber sua bênção e a recompensa que ela achasse adequada por seu serviço.

Agora tento me lembrar dos detalhes: o que ela dizia, exatamente, as palavras em si uma espécie de magia. Mas é possível que não haja mais uma só pessoa no mundo que saiba quais eram essas palavras, então suponho que eu tenha que criar minhas próprias palavras e incutir nelas a magia.

Limpo a garganta.

– Todo Guardião é corajoso – começo, mais uma vez correndo os olhos pela tenda. – Todo Guardião é forte. Mas não é muito comum encontrar um Guardião tão generoso quanto você, Heron. Sobretudo neste mundo, nestes tempos, um Guardião com um coração tão puro, equilibrado e misericordioso quanto o seu é algo raro. Você não apenas ajudou a recuperar nosso país, a salvar nosso povo, mas com seu discernimento e sua orientação garantiremos que, quando a fumaça se dissipar e estivermos livres, do outro lado desta guerra, o mundo que reconstruiremos será melhor.

Vejo os outros na tenda me observando. Artemisia balança a cabeça, concordando comigo. Blaise enxuga uma lágrima. Søren se inclina para a frente, os olhos brilhando. Erik sorri.

Toco os ombros de Heron com a lâmina, um de cada vez.

– Levante-se agora, Heron, lorde Talvera. Para sempre, recorrerei a você por sua mente justa e seu bom senso.

Heron se levanta, as pernas trêmulas, e sorri para mim.

– Obrigada, Vossa Majestade – agradece ele, a voz baixa e embargada com o que talvez sejam lágrimas. – Espero que eu possa lhe servir bem.

Balanço a cabeça, devolvendo a espada a Artemisia antes de pousar a mão no ombro de Heron.

– Espero que *eu* possa *lhe* servir bem – respondo.

Heron me puxa para um abraço, envolvendo-me em seus braços. Enterro meu rosto em seu peito e o abraço com força, ouvindo as batidas do seu coração. Sem qualquer aviso, ele me ergue no ar, girando comigo até nós dois gargalharmos. Quando se senta novamente ao lado de Erik, ele pega a garrafa com Blaise e a ergue.

– À rainha Theodosia! – brada com a voz clara.

– À rainha Theodosia! – ecoam os outros, e a garrafa segue outra rodada antes de chegar por último a Søren.

Eu o observo levar a garrafa aos lábios e beber um grande gole, terminando o vinho.

– O que você vai fazer quando tudo isto acabar? – pergunto a ele.

Søren abaixa a garrafa e me encara. Ele pensa na pergunta por um momento antes de dar de ombros.

– Não sei – admite. – Acho que depende de muitas coisas. Mas eu ainda preciso pagar uma dívida a você e ao seu povo, Theo. Ainda tenho muito o que compensar.

– Quando Astrea for nossa outra vez, acho que você pode considerar sua dívida mais do que paga – replico.

– Diabos, eu a considerei paga depois que você conseguiu sobreviver à tortura da kaiserin – diz Blaise.

– Antes disso ainda – acrescenta Heron. – Na mina do Fogo. Não poderíamos ter tomado o lugar sem você.

– Sendo sincera, achei que estávamos quites depois que deixamos Sta'Crivero – diz Artemisia. – Pensei que você já tinha sido punido o suficiente.

Søren olha para o próprio colo, os lábios ligeiramente curvados em um sorriso que não alcança os olhos.

– Obrigado – diz ele. – Mas não sei se algum dia terei de verdade a sensação de ter compensado toda a dor que causei. Vou continuar tentando até conseguir.

LUTO

—◆—

CRESS USA UM VESTIDO DE SEDA preta com espirais de contas de ônix que se movem por seu corpo como nuvens de fumaça. Embora ele a cubra do pescoço aos pulsos e tornozelos, sua pele branquíssima aparece bastante. É o tipo do traje que no passado ela zombaria de Dagmær por usar, mas agora parece tão à vontade nele que é como se tivesse nascido assim.

Ela me examina sobre a borda de uma taça de vinho de ouro, sentada no trono da minha mãe com as pernas cruzadas, joias enfeitando todos os seus dedos – todas incrustadas com Pedras do Fogo de diferentes formas e tamanhos. Há uma delas em seu pescoço também, engastada em uma gargantilha de ouro que não esconde a pele carbonizada; ao contrário, a destaca.

Bem devagar, ela leva a taça de vinho aos lábios negros e toma um gole.

– Ah – diz, a voz quase entediada. – Aí está você.

Por mais que tente parecer desinteressada, há em seus olhos uma fome tão feroz que sinto o impulso de dar um passo atrás, embora me force a ficar onde estou. Vim aqui por um motivo, lembro a mim mesma. Cress tem a mãe e um falso Jian em suas garras há alguns dias. Preciso saber até onde chegou com eles.

Ela não sabe que estou viva, repito para mim mesma.

– Aqui estou – replico, equiparando meu tom ao dela. – O que você quer me mostrar hoje? Seus prisioneiros, talvez? A mãe que a abandonou, como eu fiz?

Ela se encolhe com a pergunta, mas não morde a isca. Ainda assim, não há nada triunfante em seus olhos, nada alegre. Eles só mostram frieza, mesmo quando a boca se abre em um largo sorriso. Ela se levanta.

– Não. Esta noite vamos a uma festa – anuncia ela, erguendo a saia do vestido com afetação enquanto desce do estrado para o chão de mármore.

Olho para baixo e vejo que eu também estou usando um vestido de noite – não mais a camisola surrada com que dormia. O vestido que uso é de um branco incandescente, feito de chiffon, com minúsculas pérolas costuradas no corpete em desenhos florais elaborados. Meus ombros estão nus, mas, pela primeira vez na minha memória, não tenho consciência das cicatrizes nas minhas costas, embora eu saiba que deveria ter. Elas não estão ali, eu percebo. Não há rigidez nem pontadas de dor. A sensação é de ter apenas pele.

Cress passa o braço pelo meu e me reboca para fora da sala do trono, a pele muito quente tocando a minha.

– Você está atrasada, é claro, mas só como manda a elegância – diz ela enquanto percorremos os corredores do palácio.

Ela está me conduzindo em direção ao salão de baile, percebo. Para a festa que está acontecendo lá. Mas, quando ela abre a porta, o salão cavernoso está quase vazio. Todas as outras vezes que estive aqui, o lugar transbordava com pessoas em vestidos brilhantes de todas as cores, girando sob a luz do candelabro. Agora, porém, conto apenas meia dúzia de outras garotas, todas com menos de 20 anos (duas das quais não devem passar de 8), todas vestidas de seda preta. Todas com o mesmo pescoço carbonizado, os lábios pretos e os cabelos brancos de Cress.

O som de música de harpa inunda a sala, embora eu não veja sua origem antes de Cress me puxar para uma dança, tomando minhas duas mãos nas dela e me fazendo girar pelo piso. As outras meninas se juntam a nós, dançando, um turbilhão interminável de seda preta se desenrolando pela pista de dança. Exceto eu, a única vestida de branco.

– Era para ser uma ocasião fúnebre – comenta Cress em tom casual, a voz soando acima da música. – Mas Rigga adorava dançar, então parece apropriado, você não acha?

O nome se enterra sob a minha pele, mas me forço a manter a expressão neutra enquanto procuro algo para dizer. O cheiro de fogo e fumaça é intenso no ar e me faz tossir.

– Não posso dizer que a conhecia bem – observo.

Ao me recuperar, corro os olhos pela sala em busca da origem da fumaça. Mas não há qualquer sinal de fogo ali. Algo está errado, fora do lugar, porém não consigo precisar o que é.

– Mas eu me lembro de quanto ela gostava de você.

Cress inclina a cabeça de lado, me olhando, pensativa, com um sorrisinho repuxando seus lábios.

– É disso que você se lembra? – pergunta ela. – Achei que ver Rigga morrer depois de tomar o seu veneno causaria uma impressão mais forte.

Ela fala em um tom casual, no entanto o gelo desce pela minha espinha. Tento me soltar dela, mas Cress segura minhas mãos com força, com tanta força que sinto a pressão em meus ossos. As outras garotas pararam de dançar. Elas agora formam um círculo ao nosso redor, observando com olhos famintos, os lábios negros rosnando. Não existem mais as lindas e risonhas damas da corte de que me lembro no palácio; agora são bestas selvagens, à espreita, prontas para atacar. O cheiro de fumaça fica mais forte, fazendo meus olhos lacrimejarem.

Volto os olhos para Cress, que ainda se mantém calma e sorridente, como se não houvesse nada de errado.

– Cress... – começo.

Ela, porém, não me deixa terminar.

– Sei que eu nunca vou esquecer a sensação da vida deixando o corpo dela, mesmo a quilômetros e quilômetros de distância. Eu senti assim que ela mergulhou na inconsciência, vi o seu rosto na mente dela, vendo Rigga morrer. Você parecia tão satisfeita, tão aliviada, tão *viva*. Foi assim que se sentiu quando pensou que tinha me matado? – pergunta ela.

– Não – consigo falar. – Não sei o que você pensa que viu...

– Psiu – diz ela.

Cress solta uma das minhas mãos a fim de trazer um dedo aos meus lábios. O sorriso dela se abre mais, mostrando os dentes. Eu quase espero descobrir que ela agora tem presas, mas não tem.

– Chega de mentir, Thora. É indigno.

Vejo apenas o breve lampejo de prata deslizar da manga do seu vestido antes que ela crave a lâmina em minha barriga, deslizando até o cabo. Olho para baixo e o vejo se projetando de mim, o vestido de seda branca desabrochando com um carmesim escuro, que vai se espalhando a cada segundo que passa.

Um grito perfura o ar e eu sei, vagamente, que é meu, mas não o sinto. Não sinto nada além da dor inundando cada centímetro do meu corpo. No entanto, o grito apenas torna o sorriso dela mais largo. Cress me puxa para perto, enterrando o punhal ainda mais fundo na minha barriga enquanto se inclina para falar ao meu ouvido. O cheiro está vindo dela, percebo. Ela cheira a fogo, a fumaça, a lenha e carne queimando.

– Vejo você em breve, Thora – sussurra ela, a voz macia e delicada, enquanto gira o punhal. – Nesse meio-tempo, espero que aprecie a minha surpresinha.

Então, ela beija meu rosto e me solta, arrancando o punhal do meu corpo e me deixando desabar no chão frio de mármore em uma pilha de seda branca manchada de sangue.

● ● ●

Acordo com um arquejo, a dor aguda provocada pelo punhal de Cress ainda tão excruciante quanto no sonho, o cheiro de fumaça persistindo em meus pulmões. Eu tusso, sentando-me e agarrando a barriga, só para sentir uma nova onda de dor. Afasto os dedos, pegajosos e úmidos, manchados de um vermelho brilhante visível mesmo na escuridão.

Meu cérebro leva alguns segundos para se soltar dos tentáculos do sonho o suficiente para perceber que estou acordada, a quilômetros e quilômetros de distância de Cress, mas que o ferimento que ela provocou é muito real.

O grito que sai da minha garganta não é totalmente humano, nem totalmente meu. Desabo de volta no saco de dormir, as mãos agarrando a barriga.

Em questão de segundos, os outros estão acordados, alertas e reunidos à minha volta. Soam palavras de pânico e mãos tocam o ferimento, mas eu mal os ouço e sinto. A agonia é insuportável e piora a cada respiração.

– É profundo – diz uma voz. Heron. – Mas não fatal. Consigo curar.

Assim que ele pronuncia essas palavras o ferimento se torna dormente, como se um vento gelado houvesse soprado sobre ele, congelando-o. A dor ainda está ali, mas não passa de um zumbido surdo sob a minha pele. Já não experimento mais a sensação de estar sendo rasgada por dentro.

Abro os olhos e deparo com cinco rostos preocupados me fitando. As mãos de Heron estão cobertas de sangue... meu sangue.

– O que aconteceu? – pergunta Blaise. – Você foi atacada?

Ele está de pé, procurando em nossa tenda algum sinal de intrusos, mas eu balanço a cabeça.

– Não aqui – consigo dizer.

Sento-me com cuidado e tusso. A fumaça ainda está nos meus pulmões. Parece estar ficando mais forte.

– No sonho. Cress. Ela sabe que estou viva, sabe que matei Rigga. Ela me apunhalou e eu acordei...

– Você acordou apunhalada – diz Artemisia baixinho.

– Não é possível – comenta Blaise, ainda andando pela tenda, procurando outra explicação.

Mas não há nenhuma.

– E no entanto...

A voz de Artemisia morre, os olhos fixos em minha ferida.

– Isso não é possível – repete Blaise, parando de andar de um lado para o outro para nos fitar. – Vocês não podem acreditar de verdade nessa loucura.

– Já vi coisas mais malucas do que isto – diz Erik, voltando o rosto na direção de Blaise. – Inclusive você mesmo, se me permite dizer. A verdadeira loucura estaria em ignorar a verdade quando ela exige ser reconhecida.

Blaise não tem resposta para isso. Ele só fecha a cara antes de se virar para mim.

– Você está bem?

É uma pergunta tão ridícula que não posso deixar de rir, mas o movimento faz o ferimento do punhal voltar a doer.

– Aqui – diz Heron. – Deite-se e eu vou curar tudo de uma vez.

Obedeço e puxo o cobertor, cobrindo meus quadris, para que Heron possa levantar a camisola e expor minha barriga. Há muito sangue, embora o ferimento de fato ainda esteja congelado.

– Tenho que descongelar o ferimento antes de qualquer coisa – avisa Heron. – Vai doer por alguns instantes... muito... mas então ficará completamente curado.

Respiro fundo, preparando-me, antes de assentir.

– Vá em frente – digo a ele.

Søren pega minha mão, apertando-a com força para me distrair, mas não funciona. Assim que Heron começa a trabalhar, a dor inunda o meu corpo outra vez, embaçando a visão e transformando minha mente em um redemoinho de cores e agonia. Eu me ouço gritar, embora o som pareça distante, não uma parte de mim.

– Respire – pede Heron, a voz baixa.

Sinto suas mãos em mim, quentes e reconfortantes, mas sempre afastando-se rápido demais. Posso sentir a pele se fechando, os tecidos tornando a se unir, lenta e dolorosamente.

– Não vai ficar cicatriz alguma – continua ele, provavelmente acreditando que isso sirva de consolo, mas a ideia não me incomoda. O que é mais uma cicatriz, afinal?

Depois do que parece uma eternidade, a dor começa a diminuir e posso respirar normalmente outra vez, embora não consiga me livrar do cheiro de fumaça. Ele permanece em meus pulmões, como os dedos de Cress, recusando-se a me soltar por completo.

– Pronto – diz Heron, afastando as mãos da minha barriga e puxando o cobertor para me cobrir. – Você está nova em folha, ou quase isso.

– O que aconteceu exatamente? – pergunta Søren.

– Achei que pudesse descobrir como ela estava progredindo com Brigitta e Jian... ou melhor, Laius.

– Descobriu? – indaga Artemisia.

– Não exatamente, mas, quando mencionei a mãe, Cress fechou a cara. Pareceu irritada. Não acho que ela já tenha conseguido dobrar Brigitta. Sobre Jian, eu não sei.

– O que ela *disse*, então? – pergunta Heron.

Conto a eles o sonho, falando da meia dúzia de outras meninas que Cress transformou. Conto sobre o momento em que ela revelou que sabia que eu estava viva e o momento em que cravou o punhal na minha carne, com a facilidade de quem corta, com uma faca, um pedaço de manteiga.

– Ela mencionou uma surpresa depois – digo, balançando a cabeça. – "Espero que goste da minha surpresinha." Foi o que disse. E ela cheirava a fumaça, a coisas queimando. Eu ainda sinto o cheiro agora – admito, franzindo o nariz.

Søren franze a testa, olhando a tenda ao redor. Em seguida, fareja o ar, e os outros fazem o mesmo.

– Eu também estou sentindo – diz ele baixinho. – Fumaça.

Blaise balança a cabeça.

– É uma alucinação – insiste ele. – Ela disse que sentiu cheiro de fumaça e agora todos estamos sentindo o mesmo cheiro.

Mas, quando os gritos soam fora da tenda, percebo que Blaise está errado: não é uma alucinação. Tampouco é um resquício do sonho que teima em perdurar. Um instante depois, Maile irrompe na tenda, ainda vestida com a roupa de dormir, o rosto vermelho, sem fôlego.

– O acampamento na mina do Ar – ela consegue dizer entre um arquejo e outro. – Nossos batedores acabam de voltar. Está pegando fogo. A coisa toda.

FUMAÇA

— ◆ —

ORA DA TENDA, A FUMAÇA É tão espessa que me faz sufocar e eu seguro a manga da camisola ensanguentada para cobrir o nariz e a boca a fim de filtrar um pouco o ar. No nosso pequeno acampamento, as pessoas estão em pânico, correndo de um lado para o outro, ainda sonolentas e tentando descobrir o que está acontecendo.

Maile nos leva até a extremidade norte do olival, onde se vê a mina do Ar erguendo-se sobre o horizonte tingido com tons pastel. À primeira vista, eu poderia confundi-la com o próprio sol nascente. A estrutura toda está em chamas, o brilho das labaredas é tão intenso que tenho que proteger os olhos ao fitá-la.

– Como? – pergunta Artemisia atrás de mim, incapaz de dizer mais do que uma única palavra.

Não consigo me forçar a responder, embora no fundo eu saiba exatamente como e exatamente por quê. Eu me lembro do momento em que Cress, inclinando-se, retorceu o punhal cravado em minha barriga e sussurrou: "Espero que goste da minha surpresinha." Achei que ela se referia à punhalada, mas não era isso, Cress tinha outro truque na manga. Ela sabia o que tinha acontecido na quinta Ovelgan e, então, sabia para onde iríamos em seguida.

Maile estava certa quando disse que aquele era o curso previsível.

– Estão queimando tudo – diz Søren, arrancando-me dos meus pensamentos. – A mina e os depósitos e o acampamento de escravos... tudo. Por que fariam isso?

– Porque ela sabia que íamos tomar a mina e não havia tempo para mandar guerreiros para proteger o lugar – explico. – E ela prefere destruir tudo a perder para mim.

Sem esperar resposta, eu me viro e volto ao nosso acampamento. Horror e medo duelam em minha mente, mas me forço a falar alto o suficiente para abafá-los.

– Quero todos agindo agora – ordeno aos homens e mulheres reunidos. – Precisamos avisar aos outros grupos também, especialmente os Guardiões do Fogo e da Água. Vamos extinguir e controlar o fogo da melhor maneira possível, enquanto o restante do nosso exército enfrenta os guardas. Tenho certeza de que muitos deles ainda estão por perto, esperando para nos emboscar.

– Você não pode estar falando sério – diz Maile, acompanhando meu passo. – Isso é uma armadilha. Você deve saber.

– Eu sei – respondo. – Mas há pessoas lá dentro.

– Que já podem ser dadas como mortas – replica ela. – Qual é o sentido de perder mais pessoas tentando salvá-las?

Sei que o que ela está dizendo faz sentido, mas eu mal a ouço. O sangue lateja em meus ouvidos, me impelindo adiante, exigindo ação.

– Você não precisa aceitar ordens minhas – digo a ela. – Mas essa é a ordem que estou dando ao meu pessoal e, visto que a maioria deles poderia facilmente ter se encontrado em uma mina em chamas, não posso imaginar que alguém decida ficar de fora. No entanto, você também é bem-vinda.

Por um instante, ela não diz nada, mas logo acelera o passo e corre à minha frente.

– Como se eu fosse deixar você ficar com toda a glória! – grita ela por cima do ombro. – Vou avisar ao grupo do leste.

– Então eu vou para o oeste! – berra Blaise antes de sair correndo naquela direção.

Heron me alcança, Erik ao lado dele.

– Há Guardiões do Ar lá – lembra Heron. – Eu deveria entrar também. Se conseguir chegar até eles, talvez possamos coordenar vento suficiente para ajudar a extinguir o fogo.

– Ou vocês vão acabar por alimentar ainda mais o fogo – respondo. – Fique do lado de fora. Haverá escravos feridos saindo e eles vão precisar da sua ajuda.

– E eu? – pergunta Erik.

– Fique no acampamento com Søren – digo a ele.

– Theo... – começa Søren, aproximando-se do meu outro lado.

Balanço a cabeça, já antecipando seus protestos.

– Está escuro e não sabemos em que tipo de armadilha estamos entrando. A última coisa de que precisamos é você ser confundido com um guarda kalovaxiano. Fique aqui com Erik e vigie. Se vir algo novo vindo em nossa direção, avise.

Søren não gosta de ser um vigia, consigo ver em sua boca retorcida, mas ele assente.

– Vá – responde ele, e à luz escassa posso ver a preocupação claramente delineada em seu rosto. – Não preciso dizer para você ter cuidado, então direi apenas que volte sã e salva, está bem?

...

Sei que Artemisia está cavalgando o mais rápido que pode, mas, enquanto olho as chamas ardendo a distância, não parece rápido o bastante. Gritos chicoteiam o ar, fazendo minha pele arrepiar e meu coração disparar. Não percebo que estou apertando demais Artemisia até ela me dar uma cotovelada leve, mas sólida, na lateral do corpo.

– Controle-se! – grita ela por cima do ombro. – Não vai conseguir fazer nada de útil se estiver em pânico.

Eu sei que ela está certa, só que é difícil me manter calma e controlada quando os gritos agonizantes de inocentes estão soando em meus ouvidos.

Chegamos o mais perto possível do acampamento antes que o cavalo comece a entrar em pânico e completamos o restante do caminho a pé. Não olho para trás, toda a minha atenção está voltada para o que resta do muro em chamas que cerca o acampamento, mas sei que os outros estão atrás de mim. De perto, o fogo é ainda maior do que eu esperava; não parece haver um só centímetro do acampamento intacto.

Parados diante do inferno, e até Artemisia parece assustada.

– Por onde começamos? – grita ela para mim.

Não sei que resposta dar a ela. Eu mesma me sinto paralisada. Mas me preparo e ergo as mãos. Então me concentro, sentindo o pingente de Ampelio quente sobre o meu coração.

Junto e pressiono as palmas das mãos, e de súbito as separo, abrindo bem os braços. Com isso, as chamas do acampamento também se abrem, espelhando o movimento. É apenas uma fresta, que mal dá para ver os restos de onde ficava o muro, mas é grande o suficiente para criar um caminho até o acampamento, e isso é tudo que importa.

– Você e os outros Guardiões da Água comecem pelo lado de fora e vão seguindo para o centro! – grito para ela. – Os outros Guardiões do Fogo e eu abriremos caminhos para tirar as pessoas de lá.

Artemisia assente e ergue os braços, mas não posso ficar e assistir. Volto para o caminho que criei e começo a percorrê-lo, tomando o cuidado de manter minha concentração estável. Estreito como está, um deslize e o caminho todo pode se fechar sobre mim. Embora o fogo nunca tenha me queimado em pequenas doses, não estou disposta a testar quanto essa proteção pode suportar.

Os gritos estão mais altos agora, tão altos e penetrantes que os pelos nos meus braços se arrepiam. Eu sigo o grito mais próximo, ampliando o caminho à frente e deixando-o se fechar atrás de mim até chegar a uma ruptura nas chamas onde ficava uma das casernas. Agora, porém, tudo que resta é o esqueleto da estrutura. Entro e abaixo os braços antes de levar a manga ao nariz e à boca para filtrar a fumaça espessa no ar, assim como um cheiro ao qual prefiro não dar nome.

– Olá? – grito em astreano.

É impossível ver alguma coisa através da cortina de fumaça, mas os gritos soam ainda mais altos, sublinhados por um choro suave.

– Aqui! – responde uma voz, assustada e rouca.

Dou um passo em direção a ela, tropeçando em alguma coisa no chão, e tenho a nítida sensação de que se trata de um corpo sem vida. Eu me agacho para ver se ele está vivo, mas a voz me detém.

– Morto – diz antes que eu possa estender a mão para tocar o corpo. – Aqui, por favor.

Meu estômago se revira e eu me aprumo. A voz é mais jovem do que pensei a princípio, falando astreano de forma hesitante e insegura.

– Você está só? – pergunto, mas, como ninguém responde, repito a pergunta em kalovaxiano.

Em vez de uma resposta, ouço alguém inspirar subitamente, antes de um sopro ruidoso e forte o suficiente para me lançar um passo atrás. Com a rajada, o fogo próximo ruge e recrudesce, mas a fumaça se dissipa e eu me vejo cara a cara com cinco pessoas assustadas. A mais nova não pode ter mais de 6 anos, e a mais velha – a Guardiã do Ar que soprou a fumaça – é uma mulher de cerca de 20 anos.

Quero perguntar se eles estão bem, mas dá para ver que não. Estão assustados e cobertos de cinzas e fuligem, para não falar das queimaduras. Estavam amontoados no chão, mas agora que o ar está limpo eles se levantam rápido.

– Venham – chamo, estendendo a mão na direção eles. – Venham atrás de mim e fiquem bem perto.

A Guardiã concorda, embora me olhe com cautela. Ela se vira e pega as mãos das duas crianças mais novas antes de me seguir. Todos têm um pano amarrado na metade inferior do rosto, cobrindo a boca.

Quando alcançamos o muro de fogo, respiro fundo para me acalmar antes de usar meu dom para separar as chamas outra vez, tentando abrir um espaço mais amplo e profundo em que caibam todos. É um esforço imenso manter um espaço tão grande, mas eu consigo e os levo para fora.

– Quem é ela? – sussurra uma voz atrás de mim, que é logo silenciada.

Volto a me concentrar na passagem à frente, no que acredito ser o mesmo caminho por onde entrei, embora eu não possa dizer com certeza. Nas chamas, tudo parece igual. Ouço mais gritos, altos e próximos, mas me obrigo a ignorá-los. Por enquanto, digo a mim mesma. Posso voltar, mas primeiro preciso deixar essas pessoas em segurança.

A fumaça na minha garganta é tão espessa e quente que mal consigo respirar, mesmo através da manga do vestido. É como se eu bebesse o encatrio de novo e ele descesse queimando.

Justamente quando penso que não aguento mais, eu me choco contra uma parede de água, que me encharca da cabeça aos pés. Arquejo buscando o ar, chocada e aliviada ao mesmo tempo.

Ouço meu nome, abafado e distante, e a água diminui, revelando Artemisia parada à minha frente.

– Você está bem? – pergunta ela antes de ver os outros que eu trouxe.

Então pragueja baixinho e volta a atenção para eles. Ela grita, chamando Heron, que vem correndo, com uma caixa de gaze e pomada prontas.

– Vou voltar – aviso. – Havia tantos outros.

– Theo – chama Artemisia. – Está fora de controle. Você não pode se arriscar.

No entanto, Heron não protesta. Em vez disso, ele pega um pano em sua caixa e o entrega a Artemisia.

– Encharque isto com água – pede ele. – Vai ajudar você a respirar na fumaça.

Artemisia parece pronta para discutir, mas acaba fazendo o que ele diz e Heron me entrega o pano molhado.

– Você está respirando fumaça demais, mesmo com isto – diz ele. – Quando sair, me procure na mesma hora, está bem? E não entre mais do que pode. Você conhece seus limites, Theo. E sabe que não pode ajudar ninguém se estiver morta.

– Eu sei – confirmo, pegando o pano e amarrando-o em volta da minha cabeça de forma a cobrir meu nariz e boca.

O pano molhado ajuda na segunda vez que entro no meio das chamas, mas não impede que a fumaça queime meus olhos. Sigo os gritos e consigo encontrar outro grupo de quatro homens e mulheres amontoados no que parece ter sido o refeitório. Eles me seguem como os outros fizeram e eu só descanso alguns segundos antes de voltar mais uma vez.

Com os Guardiões da Água trabalhando de fora em direção ao centro para extinguir o fogo, a cada viagem o resgate vai se tornando mais fácil. Há menos fumaça, menos fogo a atravessar, mas meu corpo dói a cada passo e meus pulmões queimam tanto que respirar é uma agonia. No entanto, ainda ouço os gritos clamando por ajuda, por isso continuo voltando.

– Theo, chega – diz Heron depois que trago o quarto grupo.

Ele está empenhado na cura de um menino de 10 anos, suas mãos no pequeno tórax, ajudando a expulsar a fumaça dos pulmões.

– Descanse alguns minutos. Beba um pouco de água. Tem tempo.

Mas os gritos me puxam, arrastam-me de volta para as chamas sem nem sequer um momento de descanso.

– Só mais uma vez – afirmo, e deixo Artemisia me encharcar novamente da cabeça aos pés com água antes de voltar para as chamas.

Ouço Heron chamando meu nome no momento em que entro, mas então sua voz se perde e tudo que ouço é o crepitar do fogo e os gritos intermináveis. Sigo tropeçando às cegas em direção ao som de um dos gritos, vagamente ciente de quanto cada centímetro do meu corpo dói, queima e se arrasta com o esforço de colocar um pé na frente do outro. O mundo ao meu redor gira, o rugido das chamas se tornando indistintos. Fecho os olhos e respiro fundo para me firmar, abrindo-os apenas quando soa outro grito, claro e próximo.

Corro nessa direção. *Só mais um*, lembro a mim mesma. *Então posso descansar.*

As chamas lambem minha pele enquanto corro, mas eu mal as noto. Agora só sinto o sangue pulsando em meu cérebro e me pressionando a seguir em frente.

Abre-se um espaço entre as chamas e eu entro nele, procurando ao redor a fonte do grito, porém tudo que posso ver é fogo e fumaça. Ouço o grito novamente, desta vez vindo de trás de mim, e me viro, mas não há nada ali.

– Olá? Tem alguém aí? Vim ajudar você, só que eu preciso saber onde está.

Outro grito, desta vez bem ao meu lado. No entanto, assim que me viro em sua direção, o grito se transforma em uma risada: aguda, histérica e áspera.

Procuro no meio da fumaça, em busca de sua origem, mesmo quando aquela risada penetra em minha pele, ressoando com uma familiaridade que não consigo identificar, até que uma figura surge através da fumaça, uma imagem nebulosa e desfocada.

Dagmær, toda vestida de preto, exatamente como no sonho que tive com Cress no salão de baile. E ela não está sozinha. Ladeando-a estão duas outras mulheres com o mesmo tipo de vestido de luto, os rostos cobertos por véus fúnebres.

– Olá, Thora – diz Dagmær com um sorriso irônico. – Pode deixar que contarei para Cress quanto você gostou da surpresinha dela.

INFERNO

MINHA VISÃO ESTÁ EMBAÇADA, MINHA MENTE gira sem parar. Elas não são reais, não podem ser reais. Mas é claro que são. Claro que este não é um incêndio normal, causado por alguns fósforos riscados. É claro que Cress tinha um plano maior em mente. Quase posso imaginar as três partindo do palácio assim que Cress soube para onde estávamos indo, cavalgando dia e noite, sem o peso de armas ou outros suprimentos. Elas devem ter chegado ao acampamento há uma hora, evacuando os guardas antes de usarem seus poderes para dar início aos focos de incêndio, tornando-os cada vez maiores até todo o acampamento arder em chamas.

Cress não poderia vir ela mesma, não com a ameaça de um golpe pairando sobre sua cabeça, mas imagino que esta seja a sua segunda melhor opção.

É um grande esforço focar em Dagmær, focar em qualquer uma delas. Minha visão continua embaçada, meus olhos queimam e lacrimejam com a fumaça. Ainda assim, eu recorro ao meu dom e invoco uma bola de fogo e a lanço em Dagmær, que não precisa nem se esquivar. O fogo passa por ela, inofensivo, uns trinta centímetros para a direita. Ela o observa, quase entediada, antes de se virar para mim com as sobrancelhas levantadas.

– Ah, puxa. Alguém aí não está em boa forma – comenta ela, estalando a língua enquanto vem em minha direção.

A cauda de seu vestido preto está incendiada e vem arrastando chamas atrás de cada um de seus passos, mas Dagmær não parece nem um pouco preocupada com isso.

– Está cansadinha? – pergunta, a voz melosa, como se fosse alguém falando com uma criança.

Ela estende o braço para tocar meu rosto com os dedos escaldantes. Afasto sua mão com um tapa e, na falta de uma arma, faço a primeira coisa que me vem à mente. Fecho a mão e desfiro contra ela o soco mais forte que consigo. O movimento parece pesado e fraco, mas é o suficiente para provocar um estalo nauseante quando os nós dos meus dedos colidem com seu nariz.

Dagmær cambaleia alguns passos para trás, levando a mão ao nariz quebrado. Ela afasta os dedos e, com uma espécie distante de fascínio, examina o sangue que os cobre, antes de voltar o olhar para mim. O sangue escorrendo por seu rosto a deixa ainda mais apavorante do que antes.

– Acho que ainda resta um pouco de energia em você, afinal de contas – diz ela, a boca se curvando em um sorriso malicioso. – Ótimo. Assim vai ficar mais divertido.

Ela invoca fogo à ponta dos dedos e as duas garotas atrás dela fazem o mesmo. A seguir, avançam em minha direção, cada passo angustiantemente lento.

Exijo ainda mais dos meus ossos doloridos, meus pulmões em chamas, minha tontura e me obrigo a me concentrar, invocando meu próprio poder de criar o fogo. Isso, pelo menos, não custa muito esforço. Aqui, cercada por ele, minha magia é a única coisa que tem força. A sensação é que tenho um suprimento ilimitado dela.

Dagmær olha o fogo em minhas mãos, pensativa.

– Nada mal – elogia ela. – Com certeza direi a Cress que você morreu bem.

– Temos que levar Thora viva – diz uma das outras garotas.

– Calada, Maeve – sibila Dagmær. – É claro que vamos tentar capturar Thora, mas… bem… acidentes acontecem, não é?

Ela se vira para mim.

– E não imagino que você venha conosco pacificamente.

Por um instante, penso no que aconteceria se eu fosse. Estaria de volta ao palácio, cara a cara com Cress, no mundo real desta vez, não em sonhos, sem usar o rosto de outra pessoa e… e eu estaria sozinha lá, sem nenhum plano, sem aliados, nada além de mim e do meu poder. E isso não seria suficiente. Mesmo que eu conseguisse matá-la, ainda estaria presa em um palácio cercada de inimigos, sem saída.

Não. Não posso fazer isso sozinha. Achei que poderia em nossos sonhos, mas foi um erro. Um erro que custou muitas vidas. Preciso voltar para os outros, preciso desenhar um plano, preciso fazer isso direito.

Em vez de responder, lanço a bola de fogo que tenho na mão contra Dagmær, que se desvia com facilidade.

– Muito bem, então – diz ela com um sorriso. – Eu esperava mesmo que você dificultasse as coisas.

Ela dispara fogo contra mim e eu tento sair do caminho, mas ele acerta meu quadril, fazendo os nervos ali explodirem de dor. Felizmente, minha camisola ainda está ensopada e o fogo logo morre. Eu paro, o corpo dobrado.

– Isso é tudo que você tem, Dagmær? – pergunto a ela, endireitando-me. – Acho que não sou tão fácil de matar quanto seu enteado de 6 anos. Quando matou essa criança, você se sentiu forte e poderosa?

Ela nem pisca.

– Você não sabe nada sobre poder, Thora. Como poderia saber? Com sua coroa de cinzas, sempre dependendo da ajuda dos outros. Primeiro foi Cress, depois os rebeldes que a resgataram. Em seguida foi o prinz Søren, não foi? Todo o seu poder é de segunda mão, dado por outros nos termos deles. Até mesmo isso, o que você é, foi Cress quem lhe deu. Você não queria, nem mesmo tentou conquistar esse poder.

Ela conjura mais fogo e atira três pequenas chamas em mim. Eu me esquivo de duas delas, mas a terceira atinge meu ombro e eu grito de dor.

Em algum ponto a distância, alguém chama meu nome, mas eu mal ouço, mal ouço qualquer coisa além do sangue latejando em meus ouvidos.

– Cress não me deu isto – digo a Dagmær, cada palavra saindo nítida e segura. – Se você vir Cress de novo, conte isso a ela. O poder que ela me deu não era nada, a sombra de uma sombra, mal dava para acender um fósforo. Eu escolhi este poder, como eu estava destinada a ter, na mina do Fogo. Eu lutei por ele. Ele é *meu*.

Dagmær ri, avançando em minha direção de novo, com chamas nas duas mãos.

– Bem. Veremos se isso faz alguma diferença, não é? – provoca ela, os olhos brilhantes, as chamas à nossa volta se refletindo em suas pupilas.

Eu me aprumo, invocando meu próprio fogo e me preparando para atacar. No entanto, antes que uma de nós possa agir, ouve-se um grito alto atrás de mim e uma explosão de água atinge Dagmær no peito, jogando-a para trás, de encontro às duas outras garotas, apagando o fogo em suas mãos.

As três cospem a água, engasgadas, e se levantam, olhando ao redor, perplexas, enquanto Artemisia surge do meio das chamas, postando-se ao meu lado com a espada em uma das mãos e a outra a postos para outra explosão.

– Você estava demorando muito – explica ela. – Achei que alguma ajuda viria a calhar.

– Momento perfeito – digo.

– Mais uma vez alguém vindo em seu socorro, estou vendo – rosna Dagmær, o sorriso zombeteiro totalmente apagado.

Ela não se mostra mais presunçosa... Está com raiva, e ver sua fúria só acende a minha.

– Desculpe se não posso explicar devidamente o conceito de amizade – digo.

Atiro nela uma bola de fogo que acerta sua barriga, chiando contra o vestido molhado, e ela solta um grito capaz de furar os tímpanos antes de avançar em nossa direção, as outras duas em seus calcanhares.

Artemisia lança outra rajada de água nelas, só que desta vez elas estão preparadas e o jato só as faz recuar um passo. Artemisia ataca com a espada.

Só me resta ficar fora do caminho dela, embora eu tente acertar algumas bolas de fogo também, quando tenho certeza de que não vão atingir Art. A maioria delas passa longe, servindo mais para assustar do que qualquer outra coisa, mas algumas acertam em cheio, chiando ao bater nos vestidos molhados e, de vez em quando, encontrando um pedaço de pele nua.

Mas para cada golpe que desferimos parece que elas acertam dois. Há uma parede de fogo incessante vindo em nossa direção. O Dom da Água de Art consegue bloquear muitas bolas de fogo, mas não todas. Diversas ainda escapam, queimando a pele e chamuscando as roupas.

Uma chama maior, lançada por Dagmær, me atinge com tanta força no ombro que eu sou lançada para trás e caio no chão com um baque. Percebendo minha posição de fraqueza, uma das outras garotas, Maeve, avança sobre mim com um sorriso selvagem e faminto, sabendo que sou um alvo estático. Artemisia está ocupada com as outras duas e creio que não vê o que está acontecendo.

"Sempre dependendo da ajuda dos outros." As palavras de Dagmær ecoam em minha mente. É verdade, eu posso recorrer ao fogo, mas Maeve também pode, e agora ela está com a vantagem. As chamas atrás de Maeve mudam ligeiramente e, neste instante, uma ideia me ocorre.

Estendo a mão e Maeve recua antes de perceber que não há fogo nela. Ela gargalha.

– Já acabou, Thora? – pergunta ela. – Toda aquela conversa sobre ser mais forte...

Antes que ela possa terminar, eu puxo bruscamente a mão de volta para mim e, atrás dela, um fio de fogo se estende como uma mão, envolvendo a cintura de Maeve e arrastando-a para as chamas. Seus gritos são ensurdecedores antes de se extinguirem por completo.

Artemisia olha na minha direção, os olhos se iluminando como sempre acontece no calor da batalha, sua expressão beatífica.

– Impressionante, Theo...

Antes que ela possa terminar, Dagmær ataca, toda a sua graça felina esquecida quando ela derruba Artemisia no chão e envolve seu pescoço com as mãos, apertando-o e queimando-o ao mesmo tempo.

– Não! – grito.

Tento fazer o mesmo que fiz com Maeve, mas Dagmær consegue se esquivar, soltando Artemisia no processo e deixando no caminho das chamas a outra garota, que é engolida pela parede de fogo antes que sequer tenha tempo de gritar.

Dagmær se volta novamente para Art, mas desta vez eu sou mais rápida. Sem pensar, jogo meu corpo sobre o de Art, protegendo-a. E invoco cada partícula restante do meu poder, criando chamas cada vez maiores, imaginando todo o acampamento como se nada ali houvesse além de fogo, cada centímetro ardendo em chamas. Tão logo essa imagem me vem à mente, ouço o rugido em meus ouvidos, sinto as labaredas lambendo minha pele, sinto o grito de Dagmær vibrando no ar. Então abafo o fogo em minha mente. Empurro-o para o chão até que não haja mais nada, apenas cinzas.

A seguir, só resta o silêncio, a fumaça e o mundo paralisado. No entanto, posso sentir o coração de Artemisia batendo e seu peito subindo e descendo continuamente, e isso é suficiente.

Ergo a cabeça com dificuldade, forço meus olhos a se abrir e vejo apenas o solo carbonizado à minha volta, os restos dos edifícios queimados, pedaços de uma parede destruída. E corpos; tantos que não dá para contar, inclusive um a apenas alguns centímetros de mim que, de alguma forma, sei que é de Dagmær, embora não reste nada nele que me permita reconhecê-lo de fato.

Ouço alguém gritar meu nome e uma cacofonia de vozes, mas neste momento minha visão escurece e não escuto mais nada.

ESCURO

A ESCURIDÃO ME CERCA, UMA NOITE SEM estrelas, sem lua, absolutamente nada que me ajude a ver. Eu a sinto se enroscando em meus braços e pernas, deslizando sobre minha pele como uma dúzia de cobras. Eu a sinto no ar, a cada vez que inspiro o ar gelado.

Não há chão sob meus pés, nada ao meu redor, exceto a imensidão como breu. Abro a boca, mas não sai nenhum som, mesmo quando grito a plenos pulmões.

Talvez seja isto a morte, nada de Além, nada de reencontro com minha mãe e Ampelio e Hoa e Elpis e todos os outros que perdi. Talvez eu não mereça isso, talvez eles tenham me rejeitado. Lembro vagamente por que fariam isso, como deixei Cress entrar na minha mente e como milhares de astreanos na mina do Ar pagaram por isso. Talvez seja isto que eu mereça: a eternidade de um nada consciente.

O tempo é incomensurável, uma extensão interminável onde uma hora pode facilmente ser um segundo ou uma semana, e eu não tenho como saber. É ao mesmo tempo infinito e infinitesimal.

Fecho os olhos e, quando torno a abri-los, não estou mais sozinha na escuridão. Cress se encontra a alguns metros à minha frente, os cabelos descoloridos flutuando em torno de sua cabeça, como se ela estivesse suspensa na água, o vestido de renda preto ondulando em uma corrente invisível. Por um instante, ela parece em paz, os olhos fechados e a expressão relaxada, mas de repente seus olhos se abrem e se fixam nos meus, e eu vejo a fúria fria e efervescente à qual eu estou mais acostumada.

Talvez este seja o Além que mereço, um nada eterno, tendo apenas Cress como conforto. Talvez seja isto que nós duas merecemos.

Já acreditei que, quando nos víssemos no Além, talvez já tivéssemos nos perdoado, mas isso foi antes que as transgressões se acumulassem. Agora, olhando para ela, sei que não há perdão à espera, nenhuma tolerância, somente o ódio nos sustentará por toda a eternidade.

Ela estende a mão, mas não consegue esticar todo o braço antes que ele se choque com algum tipo de barreira. O ruído da colisão ecoa ao meu redor, como um baque contra um painel de vidro espesso. Eu também estendo a mão, sentindo eu mesma a barreira fria, dura e sólida.

Cress franze a testa. Ela abre a boca e posso vê-la formando palavras, falando, embora não eu consiga ouvir nada. Ela deve perceber isso também porque as rugas em sua testa se aprofundam e ela apoia as duas mãos na barreira que nos separa. Então se inclina, aproximando-se dela, as feições distorcidas. Respira fundo e abre bem a boca, e desta vez consigo ouvir o grito ensurdecedor. A pele dos meus braços se arrepia e os cabelos da nuca se eriçam.

Ela grita tão alto que a barreira entre nós estremece e racha, uma teia de aranha de rachaduras se espalhando pela superfície antes de se estilhaçar por completo.

...

Volto a mim com um arquejo, o ar em meus pulmões não mais gelado. Dói respirar, cada vez que o ar entra é pura agonia, mas é um lembrete de que estou viva, então saboreio esse fato. Com esforço, obrigo-me a abrir os olhos pesados. A princípio, a claridade me cega, porém, quando pisco algumas vezes, percebo que a luz na tenda escura vem de uma única vela que está ao meu lado.

Quando tento me sentar, a cabeça lateja e tenho que me deitar mais uma vez com um gemido, cobrindo os olhos com um dos braços para bloquear a luz, embora até mesmo esse pequeno movimento dispare uma onda de dor por todo o meu corpo.

– Theo? – chama uma voz, quase um sussurro.

Abaixo o braço, estreitando os olhos no escuro para ver Heron sentado ao lado, entre meu saco de dormir e um outro.

Embora o ocupante esteja de costas para mim, posso distinguir os cabelos azulados esparramados. Artemisia.

– Ela está bem? – pergunto.

Minha voz sai rouca e áspera, quase inaudível, e cada sílaba dói, mas Heron entende.

– Eu tratei tudo que pude – diz ele, olhando para ela. – Está viva. Está respirando. Mas ainda não acordou.

Engulo em seco, o que só faz piorar a dor na minha garganta.

– Quanto tempo se passou?

– Pouco mais de um dia. Está quase amanhecendo – responde ele.

Então faz uma pausa antes de formular a pergunta inevitável.

– O que aconteceu, Theo?

Fecho os olhos com força, as lembranças começam a voltar aos poucos até que vêm todas de uma vez.

– O grito… o último que me fez entrar no acampamento… era uma armadilha – explico, antes de contar a ele sobre Dagmær e as outras garotas, como Dagmær agarrou a garganta de Artemisia, sufocando e queimando-a ao mesmo tempo.

– Ela ia matar Art – digo. – Então eu…

Interrompo minha fala, hesitando em continuar, mas me obrigo a contar a ele.

– Tentei proteger Art e então causei a explosão. Foi a única coisa que me ocorreu para deter Dagmær.

Por um segundo, Heron não diz nada.

– Mas você conseguiu. Você a deteve.

Faço que sim com a cabeça, olhando de novo para Artemisia. A seguir, obrigo-me a não pensar o pior, que pode não ter sido o bastante para salvar Art.

– E quanto aos outros? – pergunto. – Alguém mais se machucou na explosão?

Heron faz uma pausa antes de balançar a cabeça.

– Não na explosão. Àquela altura, já tínhamos tirado todos que podíamos – diz ele, mas não continua.

Ele não me olha tampouco, os olhos fixos na chama da vela.

– Fale, Heron – peço, a voz baixa mas firme. – Preciso saber.

Ele respira fundo.

– Nossas melhores estimativas são de que havia três mil pessoas no acampamento, não incluindo os guardas, que abandonaram tudo quando o fogo começou. No fim, perto de quinhentos sobreviveram.

Fecho os olhos com força. Duas mil e quinhentas pessoas, mortas. A ideia é inimaginável, mas Heron ainda não acabou.

– E nós também tivemos baixas – acrescenta ele. – Havia guardas esperando em emboscadas, prontos para lutar, como você pensou que haveria. Além disso, alguns que entraram no meio das chamas para ajudar não tornaram a sair.

Não quero saber a resposta, mas preciso fazer a pergunta.

– Quantos perdemos? – indago.

– Uma centena, ao todo – diz ele. – A princípio, somente os Guardiões entraram no meio do fogo, mas depois pessoas não abençoadas entraram também. Elas salvaram vidas, todas elas, só que... – Sua voz falha. – Perdemos Guardiões e também não Guardiões.

Minha mente é um tumulto de pensamentos e, ainda assim, somente um consegue passar pelos meus lábios.

– É minha culpa – afirmo.

Heron devia estar esperando que eu dissesse isso, porque ele não perde um só segundo.

– Foi a escolha delas, Theo – diz ele, aproximando-se e segurando minha mão.

Minha pele ainda está sensível e meus ossos doem; apesar disso, eu não retiro a mão.

– Elas poderiam ter ficado no acampamento, poderiam ter encontrado outras maneiras de ajudar. Elas *escolheram* entrar no meio do fogo, sabendo perfeitamente que estavam arriscando a vida. Não é sua culpa.

Eu me viro para ele e balanço a cabeça.

– Não é só isso. O incêndio em si. Ela fez isso para me provocar, porque estava com raiva por causa de Rigga. *Uma surpresinha*, foi o que disse. Se eu tivesse ouvido você, ou Blaise, ou qualquer um que me disse para tomar a poção para um sono sem sonhos e bloquear minha mente para ela...

– Ainda poderia ter acontecido o mesmo – interrompe Heron. – Ela ainda poderia ter enviado seus fantasmas aqui. Ela poderia não ter provocado você em relação a isso, poderia não ter levado para o lado pessoal, mas você mesma disse: se ela não podia ter a mina, então preferia destruir tudo. Nada em relação a isso seria diferente.

Eu sei que ele está certo, no entanto isso não ajuda a aliviar minha culpa. Duas mil e seiscentas vidas perdidas.

Heron aperta minha mão com força.

– Você tomou a melhor decisão que pôde com as informações de que dispunha. Não poderia ter previsto isso.

– Eu *deveria* – digo, um soluço escapando em minha voz. – Eu conheço Cress, deveria saber o que ela faria.

Heron solta um suspiro.

– O que você deve fazer é dormir um pouco mais. Fiz você engolir um pouco da poção para um sono sem sonhos assim que pude depois que você desmaiou, mas tenho mais aqui.

Penso no meu sonho, com Cress do outro lado da parede de vidro, inicialmente incapaz de rompê-la, até que conseguiu. Heron enfia a mão no bolso, apresenta um frasco com um líquido azul e eu o pego, hesitante. É frio. Quero dizer a ele que não tenho certeza de quanto isso adianta, mas não posso. Ele apenas se preocuparia. Além disso, aguentou o suficiente e, quando não pôde mais resistir, eu despertei.

– O que vamos fazer agora? – pergunto a ele.

Heron faz uma pausa.

– Enquanto você dormia, tomamos algumas decisões. Mandamos uma mensagem para Dragonsbane e ela está a caminho do rio Savria agora. Vai nos encontrar lá daqui a dois dias para pegar nossos feridos antes de seguir para a mina da Terra.

– Mas... e se Cress tiver mandado seus fantasmas para a mina da Terra também?

– Blaise pensou a mesma coisa. Estamos enviando um grupo para lá, para o caso de algo semelhante acontecer, mas não queremos enviar todos, pois pode ser que estejamos a caminho de outra armadilha.

Concordo. Faz sentido e, a esta altura, não acho que haja algo que Cress não seja capaz de fazer.

– Blaise vai liderar – acrescenta ele, quase hesitante.

Com isso, eu me sento, ignorando a cabeça latejando.

– Blaise – repito. – O mesmo Blaise que está tentando evitar o uso de seus dons vai perambular por uma área com dezenas de milhares de Pedras da Terra implorando que ele as use?

Heron também não parece feliz com isso, mas faz um gesto afirmativo com a cabeça.

– Ele é o único que esteve lá. Conhece o acampamento, conhece a configuração do lugar. É necessário.

Quero argumentar, mas sei que ele tem razão.

– E quanto ao restante de nós? – pergunto. – Para onde iremos depois de encontrar Dragonsbane?

– É você quem vai decidir. É claro que Maile tem aproveitado para defender suas muitas ideias. A maioria delas gira em torno de um ataque ao palácio, apesar de nossos números reduzidos.

Eu suspiro, balançando a cabeça.

– Seria uma investida mortal – digo.

Heron franze a testa.

– Investida mortal?

Eu me dou conta de que se trata de um termo kalovaxiano, então explico.

– É como os kalovaxianos se referem à situação em que travam uma batalha que sabem que vão perder, seja para enfraquecer o inimigo ou abrir caminho para uma vitória maior ou qualquer que seja o objetivo final. Mas é um sacrifício por um bem maior. Normalmente, os comandantes mandam seus guerreiros inferiores nessa manobra, sabendo que não sobreviverão, para que os mais importantes vivam e façam a próxima batalha valer a pena.

– Não temos guerreiros inferiores ou mais importantes – observa Heron. – Não seria uma investida mortal. Seria apenas a morte.

Concordo, mas a verdade é que não sei o que fazer agora, que caminho seguir a partir daqui. É difícil acreditar que, há apenas duas noites, estávamos comemorando o que pensávamos ser uma vitória iminente. Como é possível que tudo tenha mudado tão rápido?

Enfio a poção para um sono sem sonhos no bolso da camisola.

– Vou ter que dormir mais tarde – digo a ele. – Agora, há muito o que fazer.

– Você deveria descansar, de verdade. Tratei você o melhor que pude, mas existem algumas coisas que seu corpo tem que fazer sozinho.

– Vou descansar logo, prometo. Mas não podemos ficar aqui. Você sabe disso. Somos um alvo fácil e Cress sabe exatamente onde estamos. Você pode convocar os outros? Precisamos discutir nossas opções.

– Theo...

– Vou descansar depois. E vou ficar de olho em Artemisia enquanto você não volta. Quando ela acordar, você será o primeiro a saber.

Eu não digo *se*. Tento nem pensar nisso, mas Heron deve ter captado mesmo assim, porque sua testa se franze e ele olha para trás, preocupado, para a figura adormecida da jovem.

– Tudo bem – concorda, dando um suspiro e levantando-se devagar. – Vou buscar comida também. Você precisa comer alguma coisa.

ADEUS

——— ◆ ———

N**ÃO AFASTO MEUS OLHOS DE** A**RTEMISIA** por um só segundo enquanto Heron está fora. Eu mal pisco. Percebo cada vez que o peito dela sobe, cada movimento sutil que ela faz enquanto dorme.

Acorde, penso. *Acorde, acorde, acorde.*

No entanto, ela continua dormindo, inconsciente, e eu espero que seus sonhos pelo menos sejam mais tranquilos que os meus.

Embora cada movimento me cause dor, saio do meu saco de dormir e me aproximo dela para poder ver seu rosto à luz bruxuleante da vela. Adormecida, ela é quase irreconhecível, com a expressão relaxada e pacífica. *Pacífica* é uma palavra que jamais imaginei usar para descrever Artemisia; uma palavra sem luta, sem fúria, sem ferocidade. Pacífica não combina com ela, em absoluto.

Pego uma de suas mãos, mas está sem forças.

– Eu sinto muito, Art. Por favor, acorde – sussurro.

Artemisia, porém, nunca foi de obedecer ordens, então não fico totalmente surpresa que ela não me dê qualquer atenção.

Ouço um farfalhar quando a tenda se abre e uma lâmina de luz entra. Enxugo as lágrimas que se formaram em meus olhos antes de me virar para ver quem é.

Søren encontra-se parado na entrada da tenda, sem jeito, os olhos indo e vindo entre mim e Art.

– Você está acordada – diz ele quando não falo, e percebo que mais uma vez o fiz pensar que eu ia morrer.

Faço que sim, mordendo o lábio.

– Estou. O que é mais do que tantos outros podem dizer.

Ele dá um passo em minha direção, com uma expressão arrasada.

– Não faça isso, Theo – pede ele, deixando-se cair ao meu lado de modo que ficamos cara a cara. – Esse é um caminho perigoso para deixar sua mente seguir e não há nada no final dele. Acredite em mim. Já estive lá.

– Não é um caminho sobre o qual a minha mente tenha algum controle.

– Ela venceu esta batalha – diz ele devagar. – Ela levou muito mais do que nós desta vez. Não há nada que você possa fazer para mudar isso agora. Tudo o que pode fazer é se assegurar de que vença a guerra. Você não vai conseguir fazer isso se estiver tão dominada pela culpa que não consegue enxergar direito. Não posso dizer para você como se desvencilhar disso, não sei nem se isso é possível, não inteiramente, mas não perca de vista o que você já conseguiu. Não perca de vista o fato de que Cress fez isso para incapacitar você, e, se você não reagir, então ela venceu.

Faço que sim com a cabeça, olhando para Artemisia.

– Ela vai acordar, não vai?

Com isso, Søren ri, mas parece forçado.

– Art? – diz ele. – Ela não sobreviveu a tudo que passou só para morrer nas mãos de uma socialite com gosto duvidoso para roupas.

Eu não posso deixar de rir, sobretudo porque eu sei que ele está certo. Art sobreviverá nem que seja para contradizer todos que duvidaram que ela conseguiria.

– Como você sabe sobre Dagmær? – pergunto.

Ele desvia o olhar.

– Encontramos o corpo dela nas ruínas. Quase impossível de identificar, a não ser pelo fato de estar usando uma gargantilha com Pedras do Fogo com o próprio nome inscrito na parte de trás.

– Um presente de Cress – adivinho.

Ele concorda.

– Havia mais duas – acrescenta ele. – Umas tais Maeve e Freya. Os nomes não me dizem nada, mas é fácil supor quem eram.

– Parte do exército de assombrações de Cress. Estavam todas mortas?

Eu me lembro de ver seus corpos enegrecidos antes de perder a consciência, mas ainda assim preciso ouvi-lo dizer isso.

– Todas mortas – confirma ele, hesitando em seguida. – Você...

Ele não consegue terminar a frase, mas não é preciso.

– Matei todas elas. Eu... eu não só segurei o fogo ou o lancei em uma direção ou outra. Søren, era como se o fogo fosse parte de mim, como se eu fosse parte dele. Era como se eu estendesse o braço e agarrasse cada uma delas. Como se eu sentisse a vida deixando os corpos delas sob meus dedos.

Ele não diz nada por um momento. Em vez disso, coloca a mão na minha nuca e encosta a testa na minha. Seus olhos se fecham e ele suspira suavemente. Sinto sua respiração em meus lábios, adocicada pelo café que ele deve ter tomado esta manhã.

– Você salvou muitas vidas – murmura ele. – Sei que não parece o suficiente agora, mas é alguma coisa. E você sobreviveu. Isso também é um feito e tanto.

Solto um suspiro também, apoiando meu peso nele. Quero ficar assim por mais um momento, ou uma hora, ou mesmo um dia, mas, ao ouvir o som de vozes familiares do lado de fora da tenda, nós nos afastamos, justo quando Blaise, Heron, Erik e Maile entram em rápida sucessão.

Cada par de olhos dirige-se primeiro a Artemisia antes de se mover para mim.

– Nenhuma mudança – informo a Heron, soltando com relutância a mão dela e voltando a atenção para eles. – Então? O que fazemos agora?

Há apenas alguns dias, tivemos essa mesma conversa e todos apresentaram uma ideia diferente, um plano diferente pronto, completo, com as possíveis vantagens e desvantagens. Dias atrás, ninguém conseguia chegar a um acordo sobre um caminho porque havia muitos que poderíamos seguir.

Agora, porém, ninguém tem absolutamente nenhum plano a apresentar. Nenhuma ideia. Nenhuma sugestão. Em vez disso, a tenda é preenchida apenas com um silêncio pesado e impenetrável.

– Blaise – digo, rompendo esse silêncio. – Você vai para a mina da Terra, não é?

Ele hesita um instante antes de confirmar.

– Não havia como a kaiserin saber com certeza que estávamos indo para a mina do Ar. Faz sentido que ela tenha enviado seu pessoal para as duas minas, só por garantia.

– Mas, se for esse o caso, eles já chegaram lá – diz Maile, balançando a cabeça. – Você não vai encontrar nada além de cinzas.

Meu estômago se revira só de pensar em todas essas novas mortes adicionadas à nossa contagem. Outros milhares de vidas perdidas.

– Não necessariamente – discorda Blaise, a testa franzida.

– O que você quer dizer? – pergunto a ele.

Blaise passa a língua pelos lábios e diz:

– A mina. Se eu estivesse no acampamento e um incêndio começasse e os guardas nos abandonassem para morrer... eu entraria na mina. Descobrimos que foi esse o caso aqui também. Havia algumas centenas de escravos na mina do Ar, mas eles não saíram até saberem que era seguro. Os escravos da mina da Terra não sabem que ela é segura. Eles estão escondidos lá, sem ideia do que está acontecendo. Pretendo ir buscar quem estiver vivo.

– Você não pode entrar na mina, Blaise – afirmo, surpresa.

Ele dá de ombros.

– Na verdade, eu sou o único que deveria entrar – replica ele, a voz soando firme, embora eu possa ver o nervosismo em seus olhos. – Conheço a configuração do lugar, conheço os caminhos. Qualquer outra pessoa se perderia lá.

Quero protestar, dizer a ele que está sendo imprudente e que pensei que já tínhamos deixado a fase de mártir para trás, mas seguro minha língua. Embora eu não queira admitir, nem para mim mesma, entendo a lógica de suas palavras. Faz sentido, mas isso não significa que eu goste. Tem que haver outra maneira.

Antes que eu possa responder, Maile intervém.

– Não podemos ir todos para a mina da Terra. Se os batedores kalovaxianos virem nosso exército inteiro seguindo para lá, o exército deles estará pronto para nos encontrar. E isso não vai acabar bem.

– Eu sei – concordo.

– Podemos ir para o oeste – sugere Erik. – Ao encontro dos navios de Dragonsbane, como tínhamos planejado, mas, em vez de somente deixar com ela nossos feridos, partimos todos. Tiramos alguns meses para nos recompor e recuperar nossos recursos antes de atacarmos outra vez.

Søren balança a cabeça.

– Se fugirmos agora, perderemos tudo aquilo por que trabalhamos, tudo que ganhamos. Eles recuperarão as minas do Fogo e da Água e a quinta Ovelgan. Tudo que perdemos para chegar aonde estamos agora terá sido um desperdício.

Embora ele não diga o nome de Artemisia, seus olhos se voltam para ela quando fala. *Nós* não *a perdemos*, quero dizer, mas entendo a sua intenção.

– Não podemos fugir – concordo. – Nem mesmo tendo o intuito de voltar. Ou atacamos agora ou nunca teremos outra chance. Se fugirmos, não seremos mais os atacantes, seremos os atacados, e Cre... a kaiserin não vai parar até ter destruído todos nós.

Penso na Cress que aparece nos meus sonhos, vagando por seu palácio, dando ordens e enviando outras pessoas para fazer o trabalho por ela, sem nunca se colocar em perigo, sem nunca arriscar a própria vida. Não há fenda em sua armadura, mas se a tirarmos de lá ela não é nada.

– Theo – diz Søren, me olhando com cautela. – Você está com aquele olhar. Ou você tem um plano ou está prestes a fazer alguma tolice.

– Eu tenho... o início de um plano – admito. – Vamos nos encontrar com Dragonsbane, como planejamos. E então atacaremos o palácio, por terra e pelo mar.

– Isso é uma investida mortal – diz Erik. – Não temos o contingente necessário, não temos as armas. Vai ser o mesmo que jogar pedrinhas em um gigante.

Esboço um sorriso, mas não passa de uma linha tensa e triste.

– Não se conseguirmos transpor o muro da capital, alcançando o coração do palácio antes que eles entendam o que está acontecendo.

Blaise compreende primeiro, os olhos ganhando brilho.

– Você quer usar os túneis – diz ele.

Faço que sim com a cabeça.

– Sabemos que existe um que parte do mar e leva à sala do trono e às masmorras – afirmo. – Você se lembra de mais algum com entrada externa?

Blaise franze a testa, pensando.

– Uns dois, mas devem ter sido fechados a esta altura. Nunca tentei passar por eles.

Heron procura alguma coisa em sua mochila, tira um mapa enrolado e o abre.

– Onde? – pergunta, passando a Blaise um pedaço de carvão.

Blaise examina o mapa com a testa franzida antes de marcar ali, com o pedaço de carvão, dois xis, seguidos por linhas que levam ao palácio.

– Este aqui vai dar na despensa – diz ele. – É o que usei para entrar no palácio na primeira vez, o que significa que há alguns meses estava ativo. Este aqui, porém, não tenho tanta certeza. Em teoria, vai dar na adega, mas eu não testei. Só sei dele por meio de outras pessoas. Mas são todos caminhos estreitos. Não dá para mandar um exército inteiro por eles. Os kalovaxianos perceberiam e nos exterminariam, um por um, à medida que emergíssemos.

– Não tenho qualquer intenção de fazer isso – digo, antes de explicar o que tenho em mente.

Quando finalizo, o silêncio reina na tenda, todos revolvendo minhas palavras.

– É um plano maluco – opina Maile, quebrando o silêncio.

– Você tem um melhor? – pergunto a ela.

Maile balança a cabeça.

– Eu disse que é um plano maluco – replica ela. – Não disse que era um plano ruim. Se funcionar, será um milagre, mas pode funcionar.

Søren assente.

– Vou começar a organizar as tropas e definir quem vai aonde – diz ele.

– E eu vou avisar Dragonsbane – afirma Heron.

Concordo, olhando para Artemisia.

– Não conte a ela o que aconteceu. Não por mensagem. Algumas coisas precisam ser explicadas pessoalmente – digo.

Embora eu saiba que essa é a decisão certa, temo o momento de contar à minha tia sobre Art. Heron e Søren foram gentis o suficiente para insistir que não foi culpa minha, mas não duvido que Dragonsbane verá as coisas de forma bem diferente. Ela já perdeu um filho. Não posso permitir que perca outro.

•••

Quando todos se dispersam, sigo Blaise. Ele não parece particularmente surpreso quando o alcanço e começo a acompanhar o seu passo.

– Veio se despedir? – pergunta ele, me olhando de lado.

– Estou presumindo que não há motivo para pedir a você que tenha cuidado. Então suponho que sim, vim me despedir.

Isso o faz pensar por um segundo.

– Eu estava falando sério, Theo – afirma ele. – Não quero morrer. Pretendo fazer tudo que estiver ao meu alcance para encontrar você no palácio, de preferência levando mais guerreiros comigo.

– Então faça isso – peço.

Ele hesita novamente, revirando as palavras em sua mente.

– Você se lembra de quando nos encontramos na despensa da cozinha? – pergunta ele. – Eu pedi para você fugir, para deixar tudo isso para trás e viver.

Posso ver aonde ele está querendo chegar e isso me deixa inquieta, mas não tenho escolha a não ser assentir.

– Lembro – digo. – Fiquei tentada a ir com você, mais tentada do que tenho orgulho de admitir.

– Só que você não fugiu. Você não queria morrer, mas também não queria viver em um mundo onde não fizesse tudo ao seu alcance para ajudar as pessoas que precisavam de você.

Ele segura minha mão enquanto caminhamos e a aperta.

– Eu não quero morrer – repete ele. – Mas não posso viver em paz comigo mesmo se ficar só olhando enquanto os outros sofrem. Acho que você entende isso.

Eu engulo um protesto e concordo.

– Entendo – afirmo. – Mas se você entrar naquela mina, Blaise, vai estar cercado por Pedras da Terra. Esse tipo de erupção de poder não mataria apenas você.

– Eu sei – afirma ele rapidamente, desviando o olhar do meu. – Não vou deixar isso acontecer.

Ele diz isso com tanta facilidade que quase acredito que seria simples assim. Mas nós dois sabemos que não será.

– Eu confio em você – digo a ele. – Confio no seu julgamento.

Ele concorda.

– E eu confio no seu – replica ele, parando e se virando para mim, procurando as palavras certas. – Eu sei que já disse isso antes, mas eu te amo, Theo…

– Blaise…

Eu o interrompo, no entanto ele continua, sem se intimidar.

– Não do mesmo jeito de antes. Não do jeito que acho que amaria se tivéssemos crescido em um mundo sem os kalovaxianos, mas ainda assim é amor. Ainda significa algo. E eu quero que você ouça, e saiba disso, para o caso de eu não ter a chance de dizer mais tarde.

Quero protestar, dizer a ele que não se despeça assim, como se nunca mais fôssemos nos ver. *Nós não vamos morrer*, quero dizer a ele. *Vamos sobreviver a isto, juntos. E um dia, em breve, andaremos novamente pelo palácio e mais uma vez nos sentiremos em casa.*

Mas então penso em Artemisia, deitada inconsciente na tenda, sendo cuidada por Heron. Penso em Erik, que teve o olho arrancado da órbita por dedos em chamas. Não estamos seguros. Não somos intocáveis. E talvez seja melhor reconhecer isso, dizer o que precisa ser dito enquanto podemos.

– Eu também te amo – digo a ele, levando minha mão livre até o seu rosto.

Sua pele está quente como sempre, quase quente demais para tocar. Perto dele assim, eu me lembro de como foi beijá-lo, como foi me perder em seus braços. Como ele sempre me transmitiu segurança. São lembranças boas, sim, mas parece que pertencem a uma outra pessoa, uma versão de mim que não existe mais. Ainda assim, sombras dela persistem. Dou um beijo em seus lábios, rápido e leve.

– Tenha coragem – peço. – Confie em você. Vejo você em breve, acompanhado por um exército.

Não lhe digo que fique seguro e ele também não diz o mesmo a mim. Deixamos a segurança para trás há muito tempo e, de uma forma estranha, é libertador poder admitir isso.

Ele beija a minha testa antes de me soltar e afastar-se sem dizer outra palavra.

MISERICÓRDIA

———◆———

NESTA NOITE, DEPOIS QUE BLAISE E sua legião partem e os outros adormecem, fico acordada na cama, virando o frasco da poção para um sono sem sonhos que Heron me deu. Eu disse a ele que a tomaria, mas agora que chegou a hora não consigo me convencer a bebê-la.

Cress pode me machucar em meus sonhos; ela já me apunhalou. Sem dúvida, no último sonho, queria me fazer mal também. Com a morte de Dagmær e das outras duas garotas em mente, não tenho dúvidas de que ela tentará fazer isso de novo. Mas desta vez estarei pronta. Desta vez tenho um plano. Tenho perguntas. Tenho uma saída.

Eu me viro no saco de dormir, enfiando a poção embaixo do travesseiro. Demora um pouco para o sono me levar, mas, quando isso acontece, estou pronta, a mão segurando com força o meu punhal.

● ● ●

Desta vez consigo surpreender Cress. Ela se encontra sentada no trono da minha mãe, a postura displicente, usando a coroa que também foi da minha mãe e um vestido preto coberto de rubis e Pedras do Fogo, e está sozinha, sem sua comitiva de assombrações. Ela me parece menor, mais vulnerável, apequenada pelo tamanho da sala e do próprio trono. Quando me vê, ela franze a testa, sentando-se um pouco mais ereta.

– Você voltou – diz, como se não acreditasse de fato.

Caminho em direção a ela, girando meu punhal entre os dedos, como Art me ensinou. Depois de tudo que Cress fez, todos que ela machucou, eu deveria ser capaz de cravá-lo em seu coração sem um pingo de culpa. Ela não parecia ter qualquer problema em me machucar, então por que eu deveria? Mas eu tenho.

– Voltei – digo.

Ela recupera um pouco de sua frieza, mas há um tremor em seu sorriso quando ela se inclina para trás, olhando para mim, pensativa.

– Então você gostou da minha surpresa? – pergunta.

Penso no incêndio, no cheiro de carne queimada no ar, nos gritos que vão assombrar meus pesadelos por muitos anos. Penso em Artemisia, que pode nunca acordar. Aperto os dedos em torno do cabo do punhal, mas me forço a retribuir o sorriso.

– Eu costumava dizer a mim mesma que você não era como o seu pai – começo. – Mas eu estava errada. Ele ficaria muito orgulhoso da sua crueldade.

Isso não é um elogio e, apesar do amor que sei que nutre pelo pai, ela não parece recebê-lo como tal.

– Fiz o que foi necessário, Thora – afirma ela. – E vou fazer de novo e de novo até você entender.

– Eu entendo.

Isso faz com que ela se aprume na cadeira.

– Entende? – pergunta, cautelosa, como se eu estivesse lhe pregando uma peça. – Você veio pedir misericórdia, então? Não vai ser fácil conceder, mas talvez, se você implor...

– Eu não quero a sua misericórdia. Até duvido que você seja capaz desse sentimento. Não, eu quis dizer que entendo você: quem você é, o que quer. Entendo que você é um monstro e que não há como salvá-la. Entendo que a única maneira de acabar com isso é ver você queimar.

– Talvez para você – diz ela, os olhos brilhando. – Mas minha mãe me mostrou outra maneira de pôr um ponto-final nas coisas, de uma vez por todas. Quer ver?

Minha garganta fica seca.

– Sua mãe – repito devagar.

O sorriso de Cress se alarga e ela se levanta, passa por mim e se encaminha para a porta. Acelero o passo seguindo-a pelos corredores sinuosos do palácio.

– Ela disse que contou a você sobre a arma que ela e o amante criaram. Velastra. Um nome bonito, não é, para uma arma dessas?

Meu estômago se revira. Vi o que Cress fez com Erik e Søren, só posso imaginar o que fez com Brigitta. O que deve ter feito com Laius também.

– Ela é sua mãe – digo.

– É – retruca Cress, olhando para mim por cima do ombro. – Eu me pergunto se vou fazer a mesma cara patética ao morrer. Prefiro pensar que não, embora tenhamos traços bem semelhantes.

– Para onde você está me levando, Cress?

Pergunto, mas tenho quase certeza de que já sei. Depois de todos estes meses, estes corredores ainda estão gravados na minha memória. Lembro--me da minha última noite aqui, sendo arrastada por este mesmo caminho quando os guardas me levaram para a masmorra.

– A memória dela não estava tão boa, depois de tantos anos, e foi difícil reproduzir as ferramentas exatas de que ela dispunha naquela época. E, é claro, minha mãe não tem os mesmos talentos alquímicos do amante. Demorou mais do que eu esperava, mas tivemos um certo avanço na criação da Velastra – informa Cress. – Achei que você gostaria de ver por si mesma.

Meu corpo parece pesado, cada passo é um esforço, mas eu a sigo descendo os degraus escurecidos, apertando o punhal com tanta força na mão que sinto a filigrana do cabo gravando meus dedos.

Quando alcançamos os guardas de plantão, ela simplesmente faz um gesto de cabeça para cada um deles e passa, virando outra esquina, depois outra, antes de parar diante de uma cela ocupada por uma única figura, encolhida contra a parede dos fundos, com as mãos presas por pesados grilhões de ferro.

Ela ergue os olhos quando ouve Cress se aproximando e eu dou um passo para trás, cambaleando.

Laius.

Ele veio aqui para morrer, então era mais fácil pensar nele como se estivesse morto a partir do momento em que nos deixou na mina da Água, seu sacrifício nobre e heroico. O melhor que eu havia esperado para ele era uma morte rápida, mas eu sabia, no fundo do coração, que Cress não é tão misericordiosa.

Ainda assim, é uma coisa inteiramente diferente vê-lo de perto, as maçãs do rosto encovadas e os olhos castanho-escuros arregalados, os três dedos ausentes em suas mãos e as ataduras cobrindo-lhe os braços e pernas, de onde imagino que mais pedaços tenham sido arrancados.

– Eu confesso, Theo, que fiquei um pouco aborrecida ao descobrir a sua trapaça, mandando um garoto no lugar de um alquimista, mas no fim você me deu um presente melhor do que imaginava.

– Laius – digo, porque é a única palavra que consigo formar.

Ele não pode me ver, não pode me ouvir, mas eu digo assim mesmo.

– É esse o nome dele? – pergunta Cress antes de dar de ombros. – Bem, acontece que a Velastra é uma combinação de alquimia e Pedras do Espírito. Pelo menos, foi o que minha mãe disse, e duvido que ela pudesse ter inventado uma mentira decente no estado de dor em que se encontrava. No entanto, ainda assim, não conseguíamos acertar, não conseguíamos fazer o efeito durar mais do que alguns minutos, mesmo quando encontramos a fórmula no sangue dela. Mas foi isso que me deu a ideia: sangue. É o segredo da vida, não é? É onde está meu poder, então por que não deveria conter o dele também? Sangue, mil vezes mais forte do que qualquer pedra poderia ser.

– Como assim? – pergunto, embora eu não tire os olhos de Laius.

Ele deve estar assustado com isto: Cress diante dele, falando sozinha. Mas eu me lembro do que Søren disse, talvez seja normal para ele. Esse pensamento me dá náuseas.

– Ainda não chegamos a uma solução permanente, infelizmente, mas agora já dura bem mais. Horas para a maioria, dias para alguns. Só que é mais fácil mostrar do que descrever, acho – anuncia ela, antes de ir até as barras.

Ela enfia a mão no bolso e pega um frasco vazio. Não, não está vazio. O ar dentro dele brilha, quase opalescente, à luz fraca das velas.

– Laius – chama ela, a voz doce e enjoativa.

Ele estremece, mas ergue os olhos devagar para encarar Cress.

– Diga: o que sua rainha diria se visse você agora? Acabado e despedaçado, uma criatura fraca e patética? – pergunta ela, inclinando a cabeça de lado.

Ele se encolhe com essas palavras.

– Não – digo com firmeza, embora saiba que ele não pode me ouvir.

Ele não é fraco e patético. Ele é corajoso e firme e fui eu quem falhou com ele, não o contrário.

Laius desvia o olhar por um momento antes de tornar a encarar Cress e, apesar de sua dor, do rosto ensanguentado e dos dedos e pedaços faltando, seus olhos brilham de raiva. Seu olhar não vacila.

– Eu imagino que ela a lembraria do que aconteceu quando você a julgou acabada, despedaçada e fraca. Imagino que minha rainha então mostraria a você, sem deixar espaço para dúvidas, que as coisas despedaçadas são as mais perigosas de todas.

A boca de Cress se contorce em uma careta e, com um grito selvagem, ela joga o frasco de vidro no interior da cela, aos pés de Laius.

Por um momento, nada acontece, o ar ao redor de Laius cintila apenas levemente. Então, de repente, os olhos dele ficam vidrados e distantes, a expressão, sem vida.

– Laius – ela o chama de novo, um sorriso cruel repuxando seus lábios. – Você deve mostrar respeito pela sua kaiserin. De pé.

Como se estivesse se movendo em areia movediça, ele se levanta.

– Curve-se para mim – ordena ela.

Ele dobra o corpo na altura do quadril, uma reverência desajeitada, mas mesmo assim uma reverência. Uma cortesia que ele não quer fazer. Posso ver em sua expressão, o brilho de ódio por trás daqueles olhos mortos, tão discreto e distante que eu não veria se não estivesse procurando. Tão fraco que não faz diferença. Ele obedece a ordem que recebe porque não tem escolha.

– Não tem o alcance que eu gostaria que tivesse – explica Cress, voltando sua atenção para mim. – A pessoa tem que estar perto do gás quando ele é liberado antes que ele se dissipe no ar e enfraqueça. E, como eu disse, não dura. Em algumas horas, ele voltará a si. Esta não é a primeira vez que experimentamos nele, sabe? Ele é uma excelente cobaia... tão desafiador, tão rebelde, até o instante em que inala a Velastra.

Ela fala em um tom tão alegre que tenho vontade de matá-la. De cravar meu punhal em seu peito, na altura do coração, embora eu não tenha tanta certeza de que ela tenha um. Antes, eu me perguntava se conseguiria fazer isso. Eu não achava que teria coragem. E talvez isso fosse verdade até alguns momentos atrás, mas agora, vendo Laius com os olhos mortos e a vontade arrancada dele, eu sei, sem a menor dúvida, que seria capaz de fazer isso. Que eu poderia pegar a vida de Cress em minhas mãos e destruí-la. Mas também sei que a morte seria algo muito bom para ela.

Eu tento falar, mas ela continua:

– Mas acho que ele já não tem mais nenhuma utilidade – comenta, voltando-se para Laius.

Antes que eu possa entender o que ela está pretendendo, Cress enfia a mão no bolso do vestido e pega o seu punhal. Meus dedos se apertam em torno do meu punhal e eu me preparo para uma luta, mas ela não vira a arma para mim. Em vez disso, ela o passa por entre as barras, o punho primeiro.

– Pegue, Laius – ordena ela.

– Não – a palavra me escapa em um sussurro e eu me vejo paralisada quando a mão de Laius se estende para pegar o punhal. – Cress, não. Não faça isso.

Ela não parece me ouvir, os olhos plácidos pousados em Laius. Embora segure o punhal com firmeza, as mãos dele tremem e eu sei que, em algum lugar, embaixo do filme que a Velastra deixou em sua mente, ele sabe o que está acontecendo, e está lutando com todas as suas forças. E sei que não será suficiente.

– Agora, Laius – diz Cress, a voz se tornando suave e melosa. – Você vai cortar sua própria garganta.

Eu não consigo formar palavras. Não consigo me mover. Não posso fazer nada além de assistir enquanto Laius cumpre a ordem que recebeu, a lâmina de prata deixando um corte vermelho em seu pescoço. Como a faca do theyn cortou o pescoço da minha mãe há muito tempo. Meus dedos se estendem para agarrar as barras de ferro da cela, como eu se pudesse abri-las e alcançá-lo, como eu se pudesse salvar Laius.

Mas não posso. Tudo o que posso fazer é observar enquanto ele cai de joelhos e, em seguida, desaba no chão, completamente imóvel.

A próxima coisa que sei é que tenho Cress espremida contra a parede do corredor, meu punhal em seu pescoço carbonizado descamando. Eu pressiono a ponta da arma com força suficiente contra sua pele para que o sangue apareça borbulhando, carmesim.

O gesto não parece sequer intimidá-la. Ela me olha, inclinando a cabeça para um lado.

– Vai me matar, então? – pergunta, o deboche gotejando de cada palavra.

Eu deveria. *Eu quero.* Mas não é assim que termina. Se eu matar Cress agora, deste jeito, não vai resolver nada. Algum outro vai tomar seu lugar, alguém pior, talvez.

Quem poderia ser pior? Acho que eu a colocaria até acima do kaiser.

Mas eu conheço Cress, eu a entendo e estamos perto demais do fim agora para mudar as regras do jogo.

– Não – digo a ela, a palavra arrancada do meu peito. – Não aqui. Não assim. Não, mas eu virei atrás de você. Com toda a minha força, minha fúria e meu ódio. Eu virei atrás de você com tudo que tenho. E quero que você saiba que, quando chegar o momento, quando você se der conta de que venci... quando me implorar por misericórdia... suas súplicas serão ignoradas.

Ela continua calada e eu prossigo:

– E, quando você estiver morta, quando seu povo for derrotado e Astrea estiver sob meu comando, ninguém mais vai falar seu nome. Não haverá qualquer registro da sua existência, nenhuma história para passar às gerações futuras, nenhuma canção tocada em sua homenagem. A história vai esquecer você, Cress. E, quando eu morrer, ninguém se lembrará de você. Você não vai passar de um punhado de cinzas espalhadas ao vento. Perdida. Apagada. Esquecida.

Cress sustenta meu olhar e fico satisfeita ao ver que ela parece um pouco abalada.

– Fomos amigas um dia, Cress. Você era minha irmã do coração, e de certa forma meu coração sempre estará de luto por você. No entanto, da próxima vez que nos encontrarmos, vou me certificar de que pague por seus crimes, cada um de seus crimes horríveis. Inclusive este.

– Esta é a parte em que me rendo? – pergunta Cress com um sorriso debochado.

Balanço a cabeça.

– Não. Esta é a parte em que você faz as pazes com seus deuses e reza para que eles tenham misericórdia de você. Porque eu não terei.

Cress apenas me encara, mas não preciso que ela diga mais nada. Já acabei o que vim fazer aqui.

Pego a ponta do punhal e pressiono contra a ponta do meu polegar, usando a dor aguda para me arrancar do sono e retornar para a relativa segurança da minha cama.

• • •

A aspereza da colcha puída é bem-vinda, assim como o barítono dos roncos de Heron. Sento-me devagar, esfregando o sono dos olhos. A luz pastel do sol nascente está apenas começando a perfurar o tecido da tenda e já posso ouvir as pessoas lá fora, as vozes baixas e cansadas, enquanto começam a levantar acampamento.

Eu poderia dormir por mais meia hora – mesmo esse bocadinho de sono extra teria valor em face do dia agitado que está por vir, mas sei que não vou conseguir fechar os olhos sem ver o rosto de Laius, sem ouvir sua voz ecoando em minha mente, sem ser assombrada pela expressão vazia de seus olhos no instante em que a Velastra se apoderou dele.

Um avanço, foi como ela chamou, mas ainda muito pequeno, muito moderado para causar o dano que ela deseja. Contudo, o dano que já causa... É suficiente para destruir uma pessoa, tirar sua vontade, prender sua alma numa gaiola.

Enterro o rosto nas mãos, respirando fundo várias vezes e tentando me concentrar, tentando evitar que minha mente gire em torno do horror disso tudo, em torno do tipo de pesadelo que Cress espera pôr em ação se conseguir tornar a Velastra mais forte.

Não teremos chance contra isso; tenho tanta certeza desse fato quanto tenho do meu próprio nome, e essa compreensão cala fundo em minha alma e ali fica.

Um som atravessa o turbilhão de pensamentos que ameaça me afogar, um som que não é mais forte do que o miado de um gatinho recém-nascido.

– Theo? – chama Artemisia.

PREPARADOS

———◆———

E MBORA TENHA DESPERTADO, ARTEMISIA AINDA NÃO voltou ao que era antes. À medida que o sol se levanta, caminhamos juntas pelo acampamento, ela apoiando grande parte do peso em mim, porque suas pernas ainda estão muito fracas para sustentá-la. Ambas fingimos não notar.

Ela está acordada, digo a mim mesma. É o que basta.

Todos no acampamento têm um trabalho a fazer, uma tarefa a cumprir, a fim de que possamos partir o mais rápido possível – isto é, todos exceto Art e eu. Heron a aconselhou a ficar na cama, mas ela não conseguiu ficar parada e insistiu em andar um pouco enquanto eu a atualizava sobre o que perdeu e meu recente – e último, creio – sonho com Cress.

Seu maxilar permanece firmemente cerrado a cada passo que dá e, embora eu creia que jamais saberei com certeza, acho que ela está lutando para não gritar de dor. Eu a distraio repassando nosso plano, contando sobre as passagens subterrâneas e como vamos usá-las.

Quando termino, ela permanece quieta, a testa profundamente franzida, embora se de dor ou de preocupação, eu não sei dizer.

– É o melhor plano que conseguimos traçar – afirmo. – Nós o formulamos antes do meu sonho, antes de Laius…

Minha voz falha, meu estômago se contorce, embora eu me force a prosseguir.

– Mas ainda é o plano mais sólido. Ele nos levará ao palácio, e isso agora é mais urgente do que nunca. Sua mãe já respondeu à mensagem. Ela estará à nossa espera no rio com um grupo de barcos para transportar cerca de metade das nossas tropas para o porto.

– E a outra metade?

– Continuará a pé e a cavalo daqui até a entrada das duas passagens.

Tenho batedores seguindo para lá agora a fim de nos garantir que os dois túneis estão funcionando.

– Suponho que você saiba que não pode colocar muitos guerreiros em uma despensa ou adega sem que alguém perceba, não é? Claro que quem anda por ali provavelmente é astreano, mas...

Ela se interrompe, porém não é preciso terminar o pensamento.

Lembro-me da traição de Gazzi e de que isso custou a vida de Elpis. Lembro-me de Ion virando as costas para seus deuses e usando seu dom para ajudar os inimigos e me machucar. Lembro-me de minha antiga criada Felicie, me entregando para o kaiser quando eu tinha apenas 7 anos.

O fato de alguém ser astreano não significa que seja de confiança. E, na verdade, eu nem posso culpá-los por isso. Foram massacrados por tanto tempo que talvez se contentem com a segurança e não queiram o risco que existe em lutar pela liberdade.

– Temos alguns Guardiões do Ar se recuperando do incêndio – lembro a ela. – Vamos dividir quem estiver bem entre os grupos, para deixar nossos guerreiros invisíveis sempre que alguém aparecer nesses dois ambientes. E será apenas um dia de espera, talvez dois, antes do nosso ataque.

– Muita coisa pode acontecer em um dia, talvez dois.

– Eu sei – concordo, sentindo um frio na barriga. – Mas é o melhor plano que temos.

– Não estou dizendo que seja ruim – ela se apressa a afirmar. – Mas, quando tanto depende da sorte, ajuda estar preparado para todas as situações.

Ela olha para baixo, as pernas da calça enroladas até acima do joelho, mostrando ataduras grossas cobrindo cada centímetro de pele. Vi rapidamente as queimaduras quando Heron reaplicou a pomada e trocou a gaze esta manhã: grossos cordões vermelhos de pele em carne viva, retorcidos e nodosos. Eu não posso acreditar que ela esteja de pé agora, muito menos que esteja andando e falando, mas Artemisia sempre foi mais forte do que eu jamais poderia imaginar ser.

– Sinto muito – digo a ela.

Art segue meu olhar para suas pernas e franze a testa, dando de ombros.

– Você não entra em um incêndio daqueles esperando sair ileso – responde ela. – Não preciso dizer isso a você. E, além do mais, você salvou minha vida.

– Depois que a coloquei em perigo. Depois de decidir ir para a mina do Ar, ignorando os conselhos contrários. Depois de entrar no meio das chamas mais uma vez, levando nós duas para uma armadilha.

– E eu aqui pensando que você estava se desculpando comigo.

– E estou.

– E eu já perdoei você. Se eu estivesse no seu lugar, não sei se teria feito alguma coisa diferente. Além do mais, se você não tivesse decidido que deveríamos ir para a mina do Ar, o que teria mudado? Ela ainda teria enviado suas assombrações. Só que não teríamos sido capazes de salvar tantas pessoas quanto salvamos. Portanto, parece que você não precisa do meu perdão... É você quem precisa se perdoar.

Abro a boca, mas torno a fechá-la.

– Eu poderia ter matado você – argumento.

Ela bufa.

– As assombrações da kaiserin poderiam ter me matado – corrige ela. – Você me salvou. Gostaria de pensar que, depois das vezes que *eu* salvei *você*, poderíamos apenas nos considerar quites, mas acho que tenho que dizer em voz alta: obrigada, Theo. Obrigada por me salvar. Minhas pernas vão sarar. Vou recuperar minha força. Graças a você. Então, por favor, fique quieta e deixe que eu me recupere em paz, está bem?

Seguro a língua e caminhamos em silêncio por mais alguns minutos, o silêncio das oliveiras à nossa volta, o ar ainda carregando o cheiro da fumaça.

– Essa é uma inversão de papéis, não é? – digo, passado um tempo. – É quase como se eu fosse sua protetora agora, em vez de você ser a minha.

– Você *não* é minha protetora, de jeito nenhum – rebate Artemisia, me dando um empurrão, ela mesma tropeçando. – Não preciso de uma protetora e, *se precisasse*, me certificaria de que essa pessoa pudesse pelo menos empunhar uma espada sem que seus braços tremessem.

Dou uma risada.

– Estou feliz que você tenha acordado antes de encontrarmos Dragonsbane – digo. – Rainha ou não, acho que ela ia me matar.

– Talvez – replica ela, mas há uma ruga em sua testa.

– Você está preocupada porque vai revê-la assim? – pergunto, hesitante.

Artemisia raramente fala sobre questões pessoais e, mesmo no estado em que está agora, tenho um pouco de medo dela. No entanto, em vez de me responder com rispidez, ela apenas suspira.

– Estou preocupada em revê-la e ponto – admite, embora as palavras saiam tão pesadas que parece que estão sendo arrancadas de seus lábios, sílaba por sílaba. – Deixamos as coisas bem da última vez. Vê-la outra vez significa uma chance de estragar tudo. E isto… não, isto não ajuda as coisas – acrescenta ela, apontando as pernas. – Minha mãe nunca soube como tolerar a fraqueza.

– Isto não é fraqueza. E não posso imaginar que ela vá discordar disso.

Artemisia faz que sim com a cabeça, porém não parece de todo convencida. Espero ter razão, mas acho que as opiniões de Dragonsbane sempre serão um mistério para mim e talvez seja tolice tentar adivinhá-las.

• • •

Quando o acampamento já está empacotado e os cavalos estão prontos para partir, Søren me ajuda a montar em seu corcel e sobe na minha frente, pois desta vez não posso ir com Artemisia. Ela vai com Maile, e eu não sei quem está mais irritada: Art, por ter que ser a passageira de alguém, ou a própria Maile, embora sua expressão seja uma carranca permanente.

Eu me concentro no caminho à frente, meus olhos acima do ombro de Søren e meus braços segurando com firmeza sua cintura enquanto galopamos pela vastidão do interior de Astrea. Meu coração troveja acompanhando os cascos do cavalo no chão e me pergunto se Søren pode senti-lo em suas costas e se o coração dele também bate nesse ritmo irregular.

A última escolha que fiz foi ruim. Custou milhares de vidas e feriu outras centenas. Não importa o que digam, sinto essa culpa alojada em meu coração. Mas os outros também têm razão: essa escolha foi feita e agora ficou para trás. O que importa é o que faremos a partir de então, para onde iremos, como atacaremos.

"Eu virei atrás de você", prometi a Cress no sonho. E espero que desta vez minha escolha seja a certa. No entanto, suponho que não haja como ter certeza até que seja tarde demais – de uma forma ou de outra.

DRAGONSBANE

— ◆ —

L EVAMOS APENAS UM DIA E MEIO para chegar ao rio Savria com metade das nossas tropas, embora *rio* não seja a palavra certa para descrevê-lo. Está mais para uma enseada, levando do mar Calodeano para o interior em uma passagem longa e serpenteante, que corta quase todo o caminho até as montanhas Dalzia. No entanto, suponho que "enseada Savria" não seja um nome tão bom, já que a maioria dos mapas usa o termo rio. Não importa como chamam, é a maneira mais rápida de nos reunirmos com Dragons-bane e seus navios.

A viagem passa como em um transe. Quando nosso exército para à noite para acampar, eu praticamente saio da sela direto para o saco de dormir, mal parando para engolir alguns pedaços de biscoito de massa dura e car-ne-seca, meu corpo inteiro gritando de exaustão, os músculos doloridos por conta do dia de cavalgada. Com a ajuda da poção de Heron para que eu não tenha sonhos, consigo dormir em paz.

Søren também se mantém calado quase o tempo todo enquanto caval-gamos à frente das tropas, mas de vez em quando vira a cabeça para fazer uma piada irônica ou para mencionar um detalhe de nosso plano no qual eu não pensei, e sei que sua mente está longe de se encontrar ociosa.

– Uma distração – diz ele para mim no segundo dia, quando começo a distinguir o fiapo azul do rio no horizonte.

– Como? – pergunto, em meio à névoa que é a minha mente.

– Você disse a Cress que íamos atrás dela, embora eu tenha certeza de que ela já tivesse essa suspeita. Isso significa que eles estarão à nossa espera. Vão colocar uma grande quantidade de guerreiros em alerta, mas eles vão esperar por uma invasão pelos portões da frente, certo? E se não os desa-pontássemos? Se conseguirmos manter todos ocupados lá na frente, isso pode nos dar mais tempo para entrar pelos túneis.

Sorrio de encontro ao seu ombro.

– Uma distração – murmuro. – Acho que conheço alguns Guardiões do Fogo que poderiam fazer isso.

Ele não fala, apenas balança a cabeça.

– Ainda não falamos sobre onde você estará durante a batalha – comenta ele, a voz hesitante.

– Eu tenho que enfrentar Cress. Depois de tudo que ela fez, tudo que *pode* fazer, sou a única capaz disso.

Fico esperando que ele me diga que é muito perigoso, que preciso ficar em segurança, mas ele não diz. Ele simplesmente concorda com a cabeça.

– Nunca pensei que sentiria pena de Cress – comenta ele, e eu praticamente posso senti-lo sorrir. – Quer dizer, ainda não sinto, depois de tudo, mas, em circunstâncias diferentes, eu sentiria.

Heron está mais perto de nós, com Erik de seu outro lado, mas mesmo eles não estão perto o suficiente para verem quando beijo o ponto na nuca de Søren em que a pele encontra a gola da camisa. Um arrepio percorre sua espinha; eu sorrio e beijo o mesmo local outra vez.

– A que devo a honra? – pergunta ele, virando a cabeça e me olhando com uma expressão divertida.

Dou de ombros.

– Por não tentar me convencer a não enfrentar Cress – respondo.

– Teria funcionado se eu tivesse tentado?

Solto uma risada, mas não me dou ao trabalho de responder. Ele já sabe mesmo a resposta.

$$\bullet \ \bullet \ \bullet$$

Dragonsbane já está esperando quando chegamos ao rio, parada em pé na margem com um punhado de homens e três navios na água atrás dela: pequenos o suficiente para navegar no rio sem problemas, mas grandes o bastante para receber os guerreiros que trouxemos conosco.

Søren desmonta e me ajuda a descer, e estou ciente do olhar dela em mim, me avaliando. Como sempre, não posso deixar de sentir que sou considerada inepta, porém, quando ela diminui a distância entre nós, um sorriso enfeita seus lábios. Ela pode ter o rosto da minha mãe, mas não é o mesmo sorriso. Ainda assim, ele me traz algum conforto.

Ela põe a mão no meu ombro e o aperta; para Dragonsbane, acho que é o equivalente a um abraço carinhoso.

– Você está viva – constata ela, e não posso deixar de rir.

– Tente não parecer tão surpresa.

– Estamos numa guerra, Theo – diz ela, balançando a cabeça. – É normal esperar que todos morram. Assim, você tem uma agradável surpresa ao ver que estava errada.

Seus olhos correm para Søren, que está atrás de mim, e ela dirige a ele um breve aceno de cabeça.

– E o *prinkiti* também, estou vendo – comenta ela. – Pensei que ele com certeza estaria morto.

– Eu também – replica Søren, embora ainda tropece um pouco nas palavras astreanas, fazendo-a rir.

– Seu astreano melhorou – observa ela, erguendo uma sobrancelha.

Ele dá de ombros.

– Eu aprendo rápido – responde ele ainda em astreano, antes de voltar para o kalovaxiano. – E não havia muita escolha… Pareceu-me cruel obrigar as pessoas a falar a língua de seus opressores por minha causa.

Ela assente, mas posso ver que não está mais atenta. Ela varre com o olhar as tropas reunidas atrás de mim, à procura de uma pessoa em particular.

– Artemisia está viva – digo a ela, atraindo seus olhos de volta a mim.

Ela franze a testa.

– Por que ela não está com você? – pergunta. – Ela é sua protetora, não é?

Eu hesito antes de explicar:

– Ela foi ferida. Agora está fora de perigo e se recuperando bem, mas há queimaduras em suas pernas e cavalgar é doloroso, então eles estão vindo mais devagar, na retaguarda.

Os olhos de Dragonsbane se estreitam e eu me preparo para sua ira – afinal, eu a mereço –, mas, após uma pausa, ela faz um único movimento afirmativo com a cabeça.

– Ela está viva?

– Está viva.

– Vai se recuperar?

– Vai se recuperar.

O alívio percorre seu corpo e seus ombros se curvam. Ela pode ter esperado que todos morressem, mas não tenho dúvidas de que não estava pronta para enfrentar a realidade de perder a filha.

– Então não há necessidade de alvoroço – diz ela, voltando ao trabalho. – Vamos embarcar os refugiados antes que sejamos vistos.

– Ah, eu espero que sejamos vistos – retruco, seguindo Dragonsbane em direção à rampa que leva ao navio maior. – Vamos deixar que digam à kaiserin que estamos fugindo. Deixar que ela acredite que venceu. Assim, ela não vai ver nosso ataque chegando.

Dragonsbane me olha de lado, como se eu fosse uma estranha, mas uma estranha de quem ela pode vir a gostar. E assente.

– Desta vez não vou conseguir levar os refugiados para Doraz. Vamos ficar ao largo da costa enquanto você e suas tropas estão na capital. Se precisar de mim, pode mandar um recado, mas...

– Mas tente não precisar? – completo antes de balançar a cabeça. – Se estivermos com esse nível de problemas, não imagino que haja algo que você possa fazer com uma frota de navios cheia de pessoas com ferimentos tão graves que as impedem de lutar. Se você for notificada de que estamos com problemas, deixe todo mundo para trás e encontre um lugar seguro para as pessoas sob sua responsabilidade.

Ela ergue as sobrancelhas antes de assentir.

– Sim, Vossa Majestade.

– Não achei que viesse pessoalmente ao nosso encontro. Pelo menos não sem um disfarce para esconder sua identidade.

Dragonsbane deixa escapar um som que é meio suspiro e meio sibilo.

– Sim, bem, descobri que era muito mais difícil manter minha identidade oculta depois que nossas fileiras aumentaram quase dez vezes com os refugiados. As pessoas falam, querendo ou não, e decidi que o melhor a fazer é aceitar isso. Que contem histórias de uma mulher pirata... Desde que me façam parecer assustadora, elas podem dizer o que quiserem.

Esboço um sorriso, mas sei que estar tão exposta a incomoda mais do que ela deixa transparecer.

– Sinto muito – digo. – Eu sei que você valorizava sua privacidade.

Ela dá de ombros.

– Estes são tempos sem precedentes, Theo. Quem não se adaptar nem evoluir com ele vai se afogar.

Disso eu não posso discordar, mas, quando Søren e eu fazemos menção de segui-la pela rampa, ela nos detém.

– Ah, vocês não vão para o meu navio.

Enquanto diz isso, ela ergue a mão para apontar um barco bem atrás dos outros, um pequeno barco kalovaxiano que parece ainda menor pela proximidade dos seus navios.

– *Wås* – diz Søren, incapaz de esconder sua surpresa.

– Deduzi que seria mais fácil entrar furtivamente em um porto kalovaxiano em um navio kalovaxiano – observa ela. – E entendo que você já sabe como manejar essa embarcação, *prinkiti*.

Søren está atordoado demais para fazer mais do que assentir, o olhar fixo em seu barco, como se fosse um velho amigo.

– Obrigado – agradece ele depois de um minuto, seus olhos retornando a Dragonsbane.

A emoção na voz dele parece constrangê-la e ela dispensa sua gratidão.

– É só um barco – desmerece. – E nem é um dos grandes.

Ruídos de cascos de cavalo se aproximam; eu me viro e vejo Maile vindo em nossa direção, Artemisia atrás dela na sela, cavalgando com as duas pernas para um lado só, como uma debutante kalovaxiana. Eu sei que isso a deixa furiosa, mas era isso ou ser puxada por um cavalo em uma carroça, e Art não aceitaria tal coisa. Ao menos dessa forma suas pernas ficam mais seguras, fortemente protegidas por Heron com gaze e algodão.

Ao meu lado, Dragonsbane fica rígida, observando a filha desmontar. Quando suas pernas entram em contato com o chão, o impacto faz Artemisia estremecer de dor e Dragonsbane faz o mesmo, como se ela sentisse a mesma agonia. Contudo, quando Artemisia se aproxima, com passos lentos e instáveis, Dragonsbane se mantém imóvel, a expressão calma e equilibrada.

– Você está bem? – pergunta ela quando Artemisia está perto.

Da mesma maneira que perguntaria a qualquer um de sua tripulação: preocupada, porém não excessivamente envolvida.

Artemisia assente.

– Estou bem, capitã – responde.

– Ótimo – replica Dragonsbane. – Então você vem comigo no meu navio.

É uma ordem, não uma pergunta, mas Art balança a cabeça.

– Eu vou com Theo – afirma ela.

Com isso, Dragonsbane perde a compostura e fecha a cara.

– Você está ferida, Artemisia – diz, cada sílaba cortante. – Não vou permitir que corra para a linha de frente da batalha na condição em que está. Você enviaria um soldado ferido para uma batalha como esta? Além disso, deixando a sua segurança de lado, você é um ponto fraco.

Artemisia se encolhe com a última palavra, mas se mantém firme.

– Heron diz que daqui a dois dias minhas pernas estarão melhores. Quando chegarmos ao porto, estarei bem. Pretendo terminar esta guerra exatamente como a comecei: ao lado da rainha.

Os olhos de Dragonsbane disparam para mim, a testa franzida. Apesar de insistir que a segurança de Art não é sua principal preocupação, vejo o medo espreitando em sua expressão.

– Então, Vossa Majestade? – diz ela para mim, um tanto ríspida. – Você já mutilou minha filha. Vai fazer isso de novo ou vai ordenar que ela venha comigo?

– Capi… – começa Art, porém muda tom. – *Mãe*. Foi graças a Theo que não me machuquei ainda mais. Enquanto ela me aceitar, eu lutarei ao lado dela.

Essa é, sem dúvida, a coisa mais sentimental que Artemisia já me disse.

– Enquanto eu tiver um lado, você é bem-vinda – digo a ela.

Dragonsbane cerra o maxilar, olhando de uma para a outra com olhos fervilhando, no entanto após um momento ela engole sua fúria. Então dá um passo em nossa direção, estendendo a mão e pousando-a na bochecha de Artemisia.

– Você vai voltar dessa batalha sã e salva, Artemisia – diz ela, outra ordem sem espaço para negociação. – E, quando voltar, você e eu teremos uma longa conversa. Acho que já passou da hora de isso acontecer – acrescenta, a voz baixa e assustadora.

Quando ela se vira e começa a subir a rampa de seu navio, solto um suspiro de alívio. Atrás de nós, Maile pigarreia.

– Essa mulher é apavorante – comenta ela, ao mesmo tempo perplexa e admirada.

Artemisia dá de ombros, mas um sorrisinho brinca em seus lábios.

– Bem – diz ela, olhando para Maile –, ela é minha mãe. A quem você acha que eu puxei?

WÅS

---◆---

A CABINE DO *WÅS* FOI PLANEJADA PARA acomodar, no máximo, duas pessoas na cama. Apertadas, mais duas podem abrir espaço no chão. Seis, porém, está muito além dos limites. Não houve discussão de que Art deveria dormir na cama. Com as pernas ainda não curadas, ela precisava do conforto de um colchão macio. Quanto ao restante de nós, cada um escolheu um número para determinar quem compartilharia com ela a cama e, com relutância, Art admitiu que Maile havia escolhido o número sorteado.

– É melhor você não chutar – resmungou Art, rolando para um lado a fim de abrir espaço.

– Não que você possa revidar o chute se eu fizer isso – retrucou Maile.

Ela se enfiou sob as cobertas, os olhos se fechando assim que a cabeça pousou no travesseiro.

Por um instante, parecia que Art bateria nela, mas então surpreendeu a todos dando uma gargalhada.

Resolvida essa questão, Heron e Erik abriram espaço no chão com travesseiros e cobertores extras, e os dois também adormeceram logo.

Foram dias agitados desde que saímos da mina do Ar, e passei a maior parte do tempo exausta, mas, agora que de fato tenho a chance de ter uma noite inteira de descanso, há uma energia constante percorrendo meu corpo e de repente não me sinto nem um pouco cansada. Em vez de tentar me forçar a dormir, eu me levanto e enrolo os ombros com o cobertor, para me proteger da brisa do mar antes de ir para o convés.

As estrelas se espalham sobre o céu como cristais de açúcar derramado no veludo preto, brilhantes e abundantes; no entanto, não há lua esta noite. Eu tinha me esquecido de como é estar no mar, o balanço constante do navio, o cheiro de sal e de outras coisas inomináveis no ar e a maneira como o vento penteia seus cabelos, como se fossem dedos.

– Heron está roncando? – pergunta Søren de seu posto ao leme.

Ele também fica com uma aparência melhor no mar. Não que tenha uma aparência ruim em terra, mas aqui ele parece mais vivo, mais relaxado. Parece totalmente ele mesmo.

– Ainda não – respondo, atravessando o convés em sua direção. – Mas dê a ele um pouco de tempo... Tenho certeza de que vai começar a qualquer minuto.

Ele sorri.

– Parece um pouco com a última vez que estivemos aqui, não é? – pergunta ele.

Eu rio.

– A última vez que estivemos juntos neste barco, Søren, eu traí você e fiz com que acabasse preso.

– Ah, certo – diz ele, estremecendo. – Acho que bloqueei *essa* viagem da minha memória. Eu me referi à vez antes dessa. Quando éramos só você e eu.

Aquela foi uma noite completamente diferente, com um outro tipo de expectativa no ar. Entre nós existia uma energia que não passava de possibilidade.

– Éramos outras pessoas naquela época – afirmo. – Nós nem nos conhecíamos.

No entanto, enquanto digo essas palavras, lembro-me da pressão de seus lábios nos meus, do gosto dele, da maneira como ele me segurava. Lembro-me de ter a sensação de que não havia ninguém no mundo que me conhecesse melhor do que ele. Era uma mentira naquele momento; ele nem sabia meu nome verdadeiro. Ainda assim, não posso deixar de sentir que, não importa quem tenhamos sido, não importa quem sejamos, há uma parte de sua alma que entende a minha por inteiro.

Søren solta o leme por um segundo, agachando-se junto à sua base. Quando ele torna a se levantar, tem nas mãos uma garrafa de vinho.

– Torci para que isto ainda estivesse aqui. Mas não queria ter que dividir com os outros. Só daria um gole para cada um.

– Suponho que você não tenha taças...

– Agora você é uma rainha – diz ele com um suspiro dramático, levantando as sobrancelhas. – Imagino que beber na garrafa seja muito bárbaro...

– Vou abrir uma exceção para você – brinco.

Ele ri e puxa uma alavanca na lateral do leme, travando-o, e em seguida pega minha mão e me guia até a proa do navio. Juntos, estendemos meu cobertor e nos sentamos. Quando estremeço sem a proteção nos ombros, Søren me puxa para junto dele e eu fico sentada entre suas pernas, as costas apoiadas em seu peito e os braços dele em volta dos meus ombros, me mantendo aquecida enquanto ele tenta abrir o vinho.

Ele demora um pouco para conseguir tirar a rolha da garrafa com o punhal, mas enfim ela se solta e ele pousa a ferramenta no chão, a rolha ainda presa em sua ponta. Durante alguns momentos, ficamos sentados em silêncio, passando a garrafa de um para o outro e ouvindo as ondas baterem no casco.

Quando a garrafa está pela metade, Søren fala, seu hálito quente em meu ouvido.

– Às vezes, penso no que teria acontecido se tivéssemos realmente fugido naquela noite – diz ele em voz baixa, fazendo um arrepio correr ao longo da minha espinha.

– Se tivéssemos ido para Brakka e nos regalado com *intu nakara*? – provoco.

Ele ri e toma outro gole.

– Às vezes é bom, por um momento, imaginar uma vida fácil – comenta ele. – Só você e eu, em alguma costa estrangeira onde ninguém nos conheça, sem qualquer responsabilidade.

Inclino a cabeça para trás, apoiando-a na curva do seu pescoço.

– É uma bela fantasia – admito.

– É, mas não passa disso... uma fantasia. É tentadora na superfície, mas não é profunda o suficiente para sustentar nenhum de nós. Não teríamos sido felizes em nenhum outro lugar.

Penso nisso por um momento.

– Eu não seria eu em outro lugar – concluo, por fim. – Tecnicamente, eu me tornei rainha quando minha mãe morreu, mas acho que o momento em que de fato me senti assim foi quando enfrentei seu pai, defendendo Astrea e a mim mesma. E também não acho que você naquela época era quem é hoje. Você se definiu em relação ao seu pai, mas ainda não sabia quem era sozinho.

Pego a garrafa e bebo outro gole antes de continuar.

– Talvez pudéssemos ser felizes em outro lugar, com uma vida mais simples e mais fácil, juntos. Mas não seríamos nós. E eu prefiro isto, aqui, com você, como estamos agora, a qualquer outra coisa.

Ele não responde. Em vez disso, tira meu cabelo do caminho e dá um beijo demorado no meu ombro, onde a alça da camisola encontra minha pele. Então ele repete, subindo pelo pescoço. E de novo. E de novo.

Um arrepio percorre meu corpo e ele sente, sua boca sorrindo junto ao meu pescoço. Suas mãos se movem, descendo por minhas costelas, pela curva da cintura, parando em meus quadris. Através do tecido fino da camisola, posso sentir as calosidades em seus dedos.

Com as mãos trêmulas, tiro a garrafa do caminho e me ajoelho, virando--me para que fiquemos cara a cara e eu possa ver meu próprio nervosismo refletido em seus olhos azul-claros.

– Theo – diz ele, a voz pouco mais que um sussurro.

Somente uma palavra, somente o meu nome, que inunda meu corpo de calor, me transformando em luz.

Há tantas coisas que quero dizer a ele, tantas palavras que sei que nunca serão suficientes para resumir o que sinto. Por isso, não tento dizer nada: só mostro. Eu o beijo, lenta e intensamente, arrastando a mão por seus cabelos louros e curtos. Meus dedos deslizam por suas costas, sentindo suas vértebras através da camisa. Ele solta um gemido suave de encontro aos meus lábios, e um estremecimento me percorre.

Eu fiz isso com ele e me pergunto o que mais posso fazer.

– Theodosia – diz ele, soprando o nome em minha boca como se fosse algo perigoso e sagrado.

Suas mãos correm dos meus quadris aos joelhos, onde encontram a barra da camisola, os dedos insinuando-se muito levemente por baixo do tecido, inseguros.

Levo a mão à frente da camisa dele e abro o botão inferior, depois o próximo, depois o próximo. Quando estão todos livres, puxo a camisa e olho para seu peito nu, marcado com cicatrizes e palavras feias que nunca vão sumir por completo. Vê-las parte meu coração, mas lembro a mim mesma que também significam que ele sobreviveu. Lembro a mim mesma que, de certa forma, essas cicatrizes combinam com as minhas.

As palavras me vêm, no entanto não confio em mim para falar, com medo de que minha voz denuncie como tudo em mim está se desfazendo com o toque dele. Em vez disso, eu o beijo de novo, por mais tempo e mais devagar, e deixo minhas mãos percorrerem seu peito, as palavras e as cicatrizes, porque elas são algo lindo e sagrado.

As mãos dele tremem quando levantam minha camisola, e eu me afasto, incapaz de conter uma risada.

– O que foi? – pergunta ele, sem fôlego, soltando a barra da camisola e deixando-a cair de volta. – Qual é a graça?

A preocupação se estampa em seu rosto e eu tento afastá-la com beijos.

– Não tem graça nenhuma – digo a ele, sem conseguir parar de sorrir. – É só que nunca pensei que veria você com medo... E aqui está você, com medo de mim.

Ele engole em seco, tentando retribuir o sorriso. Seus olhos estão escuros e bem abertos, fixos nos meus com tamanha intensidade que quero desviar o olhar, mas, ao mesmo tempo, não ouso.

– É natural – diz ele. – Você é uma criatura assustadora.

Meu sorriso se abre mais e eu o beijo de novo, rapidamente. Antes que eu possa pensar muito, tiro eu mesma a camisola, de modo que não há mais nada sobre a minha pele, exceto a brisa do ar marinho.

Søren deixa escapar um som que não parece de todo humano, um som que arrepia minha pele. Seus braços me envolvem mais uma vez, me deitando sobre o cobertor e me beijando, beijando o canto da minha boca, beijando meu queixo, tudo isso enquanto suas mãos estão por toda parte, explorando. Quando uma delas abre caminho entre minhas coxas, eu arquejo, cravando as unhas em suas costas.

Søren se afasta, seu rosto pairando sobre o meu.

– Você tem certeza disso? – sussurra ele, como se houvesse alguém por perto que pudesse ouvir além de mim.

Não há muitas coisas de que tenho certeza neste mundo. Não tenho certeza do que o amanhã vai trazer, ou o depois de amanhã. Não tenho certeza se algum de nós viverá o suficiente para descobrir. Não tenho certeza do que acontecerá com Astrea ou Kalovaxia ou se a paz é algo que um dia vamos encontrar. Mas tenho certeza dele, tenho certeza de nós, tenho certeza disto.

– *Yana crebesti* – sussurro antes de cruzar os braços atrás de seu pescoço e puxá-lo para outro beijo.

LAR

———◆———

E MANHÃ, EVITO SØREN ATÉ ONDE é possível em um barco tão pequeno, com medo de que, se ele olhar para mim por muito tempo, eu entre em combustão. Meu dom se tornou mais fácil de controlar desde que entrei na mina, e ainda mais fácil depois que comecei a treinar com Blaise, porém, todas as vezes que meus olhos e os de Søren se cruzam durante o parco café da manhã no convés, parece que tudo que fizemos ontem à noite está exposto aos olhos de todos. Termino meu café em dois grandes goles antes de me levantar.

– Você ainda se sente disposta a puxar as marés? – pergunto a Artemisia.

Art franze a testa e me encara por um segundo, confusa, antes de dar de ombros e enfiar o último pedaço de sua cota de pão velho na boca.

– Vamos lá – diz ela, levantando-se.

O movimento a faz estremecer de dor, mesmo assim Art consegue ficar de pé sem ajuda.

– Você está bem? – pergunta Heron.

– Estou bem – responde ela com os dentes cerrados, engolindo seu desconforto e dando um passo em direção à proa do navio, depois outro.

Satisfeita consigo mesma, ela sorri.

– Estão vendo? – dispara de volta para nós. – Eu disse que ficaria melhor. Quando chegarmos à capital amanhã à noite, estarei como nova.

A testa de Maile se franze.

– Você não pode estar falando sério – diz ela. – Você está com dor. Só vai nos atrasar.

– Não, amanhã à noite estarei bem – insiste Artemisia, uma expressão dura nos olhos escuros. – Fale para ela, Heron.

Heron se encolhe um pouco sob o olhar de Artemisia, mas depois de um segundo ele concorda.

– Ela está se curando rápido – admite, embora pareça que preferiria não dizer nada. – No ritmo em que ela está indo, amanhã estará quase em sua capacidade normal.

Quase em sua capacidade normal ainda é melhor do que a maioria dos guerreiros no auge. Eu sei disso e os outros também sabem, porque ninguém protesta.

– Se você morrer – começo a falar, enlaçando meu braço com o dela para que ela tenha algum apoio –, sua mãe vai me matar. E, então, eu vou encontrar você no Além e vou matá-la de novo.

Artemisia sorri e me dá uma cotovelada nas costelas.

– Combinado – diz ela.

Na sequência, nós duas nos sentamos na frente do barco, onde a figura de proa se projeta da madeira, a cabeça de um *drakkon* esculpida em ferro.

– Você está estranha – comenta Artemisia.

Ela se acomoda no convés e estica as pernas à frente do corpo. Elas ainda estão enfaixadas, porém com menos ataduras do que ontem.

– Como eu devo agir? – pergunto a ela, com uma risada por trás da qual espero que ela não veja. – Amanhã à noite vamos sitiar o palácio... o *meu* palácio. Esta noite vou dormir novamente neste navio, mas na noite seguinte? Posso estar na minha própria cama.

– Ou – diz Artemisia, erguendo os braços e começando seu complexo padrão de movimentos – você pode estar morta.

Há algo admirável na maneira como ela expressa isso de forma tão simples, um mero fato.

Artemisia olha para mim, e eu posso jurar que seus olhos veem todos os meus segredos.

– Você se lembra de quando eu disse que não éramos o tipo de amigas que fofocam e falam sobre beijos e outras bobagens? – começa ela, e meu coração quase pula do peito.

– Eu me lembro – respondo com cuidado. – Você disse que não era Cress... a kaiserin. E você não é. Não temos que ser esse tipo de amigas.

A fluidez dos movimentos de Art não mostra a menor alteração, mesmo quando ela solta um suspiro pesado e dramático.

– Você tem um minuto – diz ela. – Um minuto desse tipo de conversa. Tire sua mente do que está por vir amanhã... só por um minuto.

Olho para ela, surpresa.

– Você está falando sério? – pergunto.

Ela franze a testa.

– Você está desperdiçando seu minuto.

Balanço a cabeça, então me forço a dizer as palavras antes que eu desista.

– Søren e eu dormimos juntos.

Artemisia solta um muxoxo.

– *Disso* eu sei. Vocês não foram muito sutis... Não estavam na cabine esta manhã e ele nunca foi tão discreto ao se esgueirar para a sua cama quanto parecia pensar que era...

Ela se interrompe, virando-se para me encarar completamente, os braços se imobilizando no ar.

– Ah – conclui ela, baixando o tom de voz. – Você está dizendo...

De repente, não consigo olhar para ela. Então olho para o mar à frente, as ondas pequenas batendo no casco do navio.

– Você... você já...? – pergunto, incapaz até de formular a pergunta.

– Não – admite Artemisia, antes de fazer uma pausa. – Bem, exceto o que aconteceu com o guarda. No acampamento.

Ela também está tentando encontrar as palavras e eu me obrigo a olhar para ela.

– Isso não conta – digo a ela, a voz firme.

Por um instante, acho que ela vai protestar, mas Art apenas assente.

– Não conta – repete.

Ela reflete por um segundo, olhando para o mar e continuando seu trabalho.

– Eu beijei Maile – conta ela depois de um momento, sua voz neutra e casual.

– Você o quê? – pergunto tão alto que chamo a atenção dos outros na popa do barco, que ainda estão tomando o café da manhã, e eles nos olham, alarmados.

Dirijo um leve aceno para eles, assegurando-lhes que estamos bem, antes de me voltar para Artemisia.

– Quando? Como? *Por quê?*

Art limita-se a dar de ombros.

– Não sei – responde ela, parecendo um pouco irritada consigo mesma. – Foi quando estávamos cavalgando para ir ao encontro da minha mãe. Tivemos que parar para trocar as ataduras nas minhas pernas e ela disse algo desagradável, então começamos a discutir e, de repente... estávamos nos beijando.

– Você… quis? – indago, hesitante.

Essa pergunta parece aumentar ainda mais sua confusão, mas ela finalmente faz que sim com a cabeça.

– Eu não sei. Eu já disse a você que não me sentia assim em relação a ninguém. Ainda não tenho certeza se me sinto. Não tenho certeza se não é apenas não me sentir assim com homens ou se só sinto isso com ela. Não tenho certeza se foi um incidente. Não tenho certeza de nada, na verdade.

– Ah – comento.

É a única coisa que eu *posso* dizer. À primeira vista, não faz o menor sentido… Acho que não ouvi as duas dirigirem uma à outra uma só palavra que não fosse uma farpa. Mas, ao mesmo tempo, faz todo o sentido.

– Bem, se sobrevivermos amanhã, você terá muito tempo para descobrir, suponho.

Artemisia bufa, balançando a cabeça.

– Acabou o minuto. Você ainda está com medo de amanhã?

Franzo a testa, olhando para o horizonte onde a costa leste de Astrea é apenas visível à luz da manhã.

– Não – respondo. – Não estou com o menor medo, na verdade. Eu sei que deveria estar. Sei o que está em jogo e, todas as vezes que fecho os olhos, vejo Laius, vejo Cress usando a Velastra nele. Eu a vejo usando a Velastra em você, nos outros, em mim… tirando nossas vontades até não passarmos de fantoches. Isso me apavora mais do que consigo dizer, mais do que a própria morte, e não vou fingir que não. Sei todas as coisas que podem dar errado, sei que é tudo muito assustador. Mas não, não estou com medo de amanhã. Nem um pouco. Eu estou pronta. Só quero ir para casa.

A boca de Artemisia se abre em um sorriso fino, os olhos também estão fixos no horizonte. Ela assente uma vez.

– Muito bem, então – diz ela, os movimentos de seus braços se tornando mais rápidos, as mãos cortando o ar com uma energia frenética. – Vamos levar você para casa.

Sorrio antes que um pensamento me ocorra.

– E onde é a sua casa, Art? – pergunto.

Não creio que ela já tenha se referido a Astrea, ou mesmo ao navio onde cresceu, como seu lar.

Ela franze a testa.

– Nosso minuto de falar sobre sentimentos já acabou – observa ela.

– Estou perguntando assim mesmo.

– Como rainha? – Sua voz é zombeteira, mas é assim que sei que encontrei uma fenda em sua armadura.

– Como sua amiga. E sua prima. E você sabe, em algumas culturas, filhos de irmãos gêmeos são considerados irmãos...

– Eu sou a minha própria casa – diz ela, acho que, acima de tudo, para que eu pare de falar.

– Isso parece solitário.

Ela dá de ombros.

– Você pode achar solitário – retruca ela. – Mas como posso me sentir solitária se gosto tanto da minha própria companhia?

– Seja como for, você sempre terá um quarto no palácio, para quando quiser.

Ela fica em silêncio por um momento.

– Acho que ter um lugar para descansar pode ser bom – comenta ela. – De vez em quando.

Nós duas mergulhamos no silêncio, nossos olhares fixos na extensão do oceano à frente, as ondas do mais puro azul formando cristas em um ritmo infinito.

– Vamos para casa, Vossa Majestade – emenda Art, sua voz apenas levemente debochada desta vez. – Vamos quebrar aquelas correntes e pôr você naquele trono e acabar com cada kalovaxiano que já se pôs no caminho de qualquer um de nós.

Faço que sim com a cabeça, meu olhar ainda fixo no horizonte.

– Isso – digo. – Vamos.

PRONTOS

◆

O DIA SE ARRASTA COMO AREIA ESCORRENDO por uma ampulheta parcialmente bloqueada. O barco parece ficar menor a cada momento, encolhendo à nossa volta de modo que não há um refúgio, nenhuma paz. Por mais que eu goste de todos ali, eu daria tudo por um momento sozinha. Embora saiba que cada milha que percorremos nos deixa mais perto da guerra e da inevitável carnificina, começo a ansiar por isso, por qualquer coisa que me permita sair deste barco.

Os outros parecem sentir o mesmo. Ontem estávamos todos alvoroçados com as conversas quando subimos a bordo, agora o silêncio reina quase o tempo todo, pesado e agourento. Søren e eu nem mesmo conversamos nessa noite quando nos deitamos juntos no convés. Em vez disso, apenas nos abraçamos até cairmos no sono.

...

Eu não deveria sonhar com Cress, mas sonho, mesmo com a poção de Heron.

Ela está sentada no abraço sombrio do trono, tentáculos sombrios serpenteando por seus braços e suas pernas, em contraste gritante com a pele branca como osso – o monstro que imaginei na minha infância, prendendo-a ali em suas garras. A faixa de pele carbonizada em seu pescoço é exibida orgulhosamente acima do decote do vestido prateado, como uma cicatriz de batalha. A coroa de ouro negro da minha mãe circunda sua cabeça, descansando pouco acima das sobrancelhas.

Eu não deveria vê-la, sei que não deveria, mas vejo, e levo um segundo para perceber por quê. Demoro um pouco para ver além de Cress, além do trono que a segura com força. Ela não está na sala do trono, não no palácio. Está na mina. Eu estou de volta à mina.

Acontece que este não é um sonho. Esta percepção se apodera de mim: é uma lembrança, como minha mãe no jardim ou os mortos tentando me agarrar até que eu os liberte da minha culpa. Isso já aconteceu, já foi resolvido. Eu já passei neste teste. No entanto, a maneira como Cress me olha dá a impressão de que ela me vê através do tempo e do espaço, e não parece uma lembrança. Tenho a sensação de que nunca deixei a mina, como se tivesse estado aqui todo esse tempo, perdida em suas profundezas e alternando entre a consciência e a inconsciência.

Só que agora não estou sozinha.

Por um momento que parece uma eternidade, Cress e eu apenas nos entreolhamos. O silêncio se estende entre nós, um abismo intransponível.

– Valeu a pena?

As palavras não parecem minhas. Não tenho a intenção de dizê-las, não escolho dizê-las. Simplesmente as digo. Como se fossem o texto de uma peça que decorei.

– Você tem seu trono, sua coroa. Valeu a pena se casar com ele?

Suas mãos apertam os braços do trono.

– Eu tenho tudo e você não tem nada… Você não é nada. Que importa como venci? Eu venci e ponto.

– Você venceu. Então era só essa a questão?

– É uma guerra – responde ela, dando de ombros. – Você fez o primeiro ataque; eu fiz o melhor ataque. Você quer um pedido de desculpas?

Se ela oferecesse um, eu não aceitaria de qualquer forma.

– Eu quero esse trono – digo a ela então.

– Ninguém dá nada a ninguém – desdenha Cress. – É preciso tomar o que você quer. Meu pai me ensinou isso e ensinou a você também.

Vejo o theyn diante de mim, cortando a garganta da minha mãe, tomando-a de mim, e engulo palavras amargas.

Cress tenta erguer os braços, porém os tentáculos de fumaça a seguram no trono, prendendo-a ali. Ela franze os lábios negros.

– Nós fomos amigas, não fomos? – pergunta.

– Irmãs do coração – respondo, as palavras ameaçando me sufocar.

Ela ri, um som dissonante.

– Um termo tão ridículo, não é? Como nossos corações podem ser irmãos? Sempre estivemos destinadas a ficar em lados opostos de uma guerra.

– Pode ser – concedo, dando um passo cauteloso em sua direção. – Mas, se você tivesse me perguntado antes de tudo isso, eu teria dito que não poderia imaginar um futuro sem você ao meu lado. Às vezes, ainda não consigo.

– Essa é a sua fraqueza – diz ela, mas algo cintila por trás de seus olhos.

– Talvez. Mas não é só minha, é?

Eu invoco o fogo que há em mim e, desta vez, ele vem na mesma hora, as chamas saltando para a ponta dos meus dedos como se fossem uma extensão do meu corpo.

Cress vê isso e seus olhos se arregalam.

– Não faça isso, Thora – pede ela, a voz trêmula. – Por favor.

Dou um passo em sua direção, depois mais um.

– Meu nome não é *Thora*. Sou Theodosia Eirene Houzzara, a rainha de Astrea – digo antes de descarregar o fogo.

Ele a atinge no peito e, exatamente como os espíritos dos mortos, ela desaparece assim que ele a toca, deixando o trono vazio.

Eu preciso assumi-lo. Sei disso com a mesma certeza com que sei o meu nome, no entanto não consigo forçar meus pés a se moverem. O trono se ergue diante de mim, imenso, sombrio e ameaçador. Se eu me sentar nele, não serei mais a mesma. Nunca mais conseguirei me levantar sem suas sombras se agarrando a mim.

– Alguém precisa sentar aí.

Minha mãe surge ao meu lado. É a mãe das minhas lembranças mais puras, incólume ao tempo ou aos horrores dos kalovaxianos.

Engulo as lágrimas.

– Mas e se eu não conseguir? – pergunto a ela, minha voz pouco mais que um sussurro.

– Ah, minha querida – diz ela, sua mão descansando no meu ombro.

E isso tampouco parece um sonho, uma lembrança ou qualquer outra coisa, porque *eu a sinto*. Como se ela estivesse bem ao meu lado. Como se nunca tivesse partido.

– É um caminho difícil esse pelo qual os deuses a enviaram, mas eles nunca dariam mais do que você pode suportar.

Ela diz isso com tamanha convicção, contudo as palavras não despertam nada em mim.

– Você ainda acredita nos deuses? – indago.

Parece uma pergunta perigosa para se fazer, na mina do Fogo entre todos os lugares, mas não sei quando terei outra chance de perguntar isso a ela. Continuo:

– Depois de tudo que eles permitiram que acontecesse conosco?

Ela reflete por um momento.

– Não acredito que os deuses existam para resolver nossos problemas – responde ela. – Mas acho, de verdade, que eles nos dão as ferramentas de que precisamos para triunfar. Acredito que eles nos deram você, forjada no fogo.

Não é uma resposta, mas suponho que não haja uma. Algumas questões são muito complexas para que exista uma solução para elas, contudo talvez isso não seja um problema.

Minha mãe pega minha mão e caminhamos juntas em direção ao trono. O medo ainda me corrói, mas, com ela ao meu lado, meus passos são firmes. Quando alcançamos a base, beijo sua bochecha.

– Eu te amo – digo a ela. – E vou tentar fazer com que você sinta orgulho de mim.

Então subo os degraus de ouro e me sento no trono de obsidiana.

• • •

Quando acordo, o sol espia de um dos lados do navio e, do outro, posso distinguir a orla nordeste de Astrea. Eu me levanto e me debruço na amurada, fitando a costa: os penhascos que se projetam, o aglomerado de navios no porto tão distante que suas velas são meros pontos vermelhos. E mais adiante, se eu estreitar bem os olhos, consigo ver os domos dourados do palácio, as torres brancas, a bandeira kalovaxiana hasteada na mais alta delas.

Prendo a respiração diante dessa visão e sinto a mão da minha mãe no meu ombro, um espectro da lembrança, do sonho, seja o que for. Eu a imagino ao meu lado, a caminho de casa, pronta para retomar o que foi roubado de nós.

Apesar de tudo, gostaria que Blaise também estivesse aqui ao meu lado. É o nosso lar, o lugar onde nascemos, o lugar em que fomos criados. Eu queria que ele pudesse ver tudo isso comigo, assim. Queria que estivéssemos navegando juntos, prontos para tomar o que é nosso, lado a lado.

Eu vou ver Blaise em breve, digo a mim mesma, esperando que, se repetir as palavras muitas vezes, passe a acreditar de fato nelas.

– Lá está ela – diz Søren atrás de mim, sentando-se no cobertor, o sono ainda se agarrando aos seus olhos.

– Lá está ela – repito. – Amanhã, a esta hora, será nossa.

– Amanhã, a esta hora, será sua – corrige ele.

Eu entendo por que ele diz isso, mas parte de mim deseja que ele não diga. É um fardo pesado para eu carregar sozinha. Até agora não pensei muito nisso, em como será governar Astrea quando a guerra ficar para trás. Em um mundo ideal, minha mãe estaria lá, para me orientar, para me preparar. Mas ela não está e eu não posso deixar de sentir que nunca estarei preparada para isso.

Suas palavras, ditas na mina, voltam à minha mente.

"É um caminho difícil esse pelo qual os deuses a enviaram, mas eles nunca dariam mais do que você pode suportar."

Por todos os deuses, espero que ela esteja certa, embora só haja uma maneira de saber com certeza.

– Você está pronto? – pergunto a ele, recostando-me no casco para observá-lo.

À luz do sol nascente, ele parece ter sido esculpido em ouro pálido. As cicatrizes que cobrem seu peito nu são mais suaves assim; não se destacam tanto. É quase como se fossem uma parte dele, tão vitais quanto os pulmões ou o coração; afinal, de certa forma, elas o forjaram.

Ele sorri e balança a cabeça, alheio aos meus pensamentos.

– Já estive em muitas batalhas, Theo. Muito mais do que posso contar. Mas não creio que tenha me sentido pronto para nenhuma delas. Não creio que seja possível estar pronto para atirar-se de cabeça em sua possível… *provável* morte. Não creio que esse seja o tipo de coisa para a qual você consiga se preparar.

Suas palavras empoçam no fundo do meu estômago como piche, pegajosas e sombrias. Dou de ombros e tento parecer despreocupada e confiante.

– Pois bem – digo, forçando a voz a soar descontraída –, acho então que vamos ter que nos esforçar para não morrer.

Ele ri e me estende a mão. Eu a aceito, entrelaçando meus dedos com os dele e deixando-o me puxar de volta para o cobertor e para seus braços. Nós nos beijamos suavemente na luz morna do amanhecer e, quando sua boca se afasta, ele mantém a testa encostada na minha, os olhos fechados, os longos cílios louros sobre suas bochechas.

– Isso parece fácil. – Ele suspira. – Não morrer. Por que não tentei isso antes?

– Não importa o passado – digo a ele. – Tente agora.

Ele deve perceber a preocupação escapulindo em minha voz, pois abre os olhos, olhando no fundo dos meus.

– Depois disso tudo, Theo, pretendo ver você naquele trono – afirma ele, a voz baixa e séria. – Não em espírito, não do Além ou o que quer que exista depois desta vida... Pretendo vê-la ali com meus próprios olhos, e tenho pena do deus que tentar me levar antes disso.

Eu o beijo até o sol se levantar por completo no céu, até estarmos banhados pela sua luz, até os outros começarem a se movimentar na cabine sob o convés. Eu o beijo até a hora de começarmos a nos preparar para nossa última batalha.

• • •

Quando o sol se põe, o *Wås* se aproxima da costa astreana. A essa proximidade do porto, com tantas embarcações kalovaxianas ancoradas, ninguém presta muita atenção em um barco tão pequeno quanto o nosso. Provavelmente pensam que é pilotado por um pescador, trazendo sua produção diária para vender no mercado pela manhã.

Ainda assim, quando desaparecemos nas sombras das rochas, escondidos da vista e perto o suficiente da caverna para que possamos chegar lá, solto um suspiro de alívio.

– Dependendo das marés, você pode ter problemas para sair – diz Søren a Erik, o único de nós que vai permanecer no barco.

Aparentemente, havia uma brincadeira entre os dois sobre Erik poder pilotar um barco com um olho só, mas, depois de alguns testes realizados mais cedo, parece haver alguma verdade nela.

– As marés não serão um problema – afirma Artemisia, entregando-me um pacote de Pedras do Espírito embrulhadas.

Mesmo através da espessa aniagem, posso sentir a pulsação das pedras em meu sangue: Pedras do Fogo, da Água e do Ar, extraídas das minas, todas misturadas, também algumas Pedras da Terra que arrancamos da armadura e das armas dos kalovaxianos com quem lutamos até agora. Eu deveria estar acostumada com essa sensação depois de mais de um mês usando a Pedra do Fogo de Ampelio perto do coração, mas ter um número tão grande nas mãos ainda me parece errado.

Pelo menos não vou segurá-las por muito tempo.

Søren desce do barco e sobe na pequena jangada, agarrando-se à amurada para não se afastar. Heron pula em seguida e ajuda Artemisia e a mim a descermos. Ela não se contrai mais de dor quando a água atinge suas pernas, tampouco quando anda. Diz que está curada e não há razão para eu não acreditar nela, mas é difícil não me preocupar, e é mais fácil me preocupar com ela do que com todo o resto.

Søren também tenta ajudar Maile a descer, no entanto ela apenas o fuzila com o olhar antes de pular sozinha.

– Fique aqui o máximo que puder! – grita Heron para Erik, empurrando nossa jangada para longe da amurada e em direção à boca escancarada da caverna.

Erik assente.

– Tentem ser rápidos – responde ele, com ironia. – Estou ansioso por uma refeição servida no salão de banquetes, com um cálice de vinho incrustado com joias, não aguento mais biscoito duro.

Por mais boba que seja, a brincadeira traz um sorriso aos meus lábios e, por isso, me sinto grata.

– Quando vencermos – prometo –, haverá um banquete de dez pratos para celebrarmos.

CAVERNA

———— ◆ ————

A ÚLTIMA VEZ QUE ESTIVE NESTA CAVERNA foi com Søren, depois de termos atravessado o túnel, de mãos dadas e tremendo no escuro. Foi depois que ele perdeu a minha confiança, na batalha vecturiana, pouco antes de eu perder a dele, a bordo do *Wås*. E, no entanto, aqui estamos nós, lado a lado em nosso retorno ao palácio, e há poucas pessoas neste mundo em quem confio mais. Além disso, desta vez não estamos sozinhos.

– Theo, você poderia… – pede Heron por trás do meu ombro direito, tendo Artemisia ao seu lado e Maile atrás deles.

Mesmo na maré baixa, a água na caverna chega aos nossos joelhos.

Crio uma bola de fogo na palma da mão, do tamanho suficiente apenas para iluminar o fundo da caverna e o pequeno túnel escondido nas reentrâncias das rochas. Eu entro primeiro e os outros me seguem, em fila única, guiados pela minha luz.

O túnel é mais curto do que eu me lembrava, mas pode ser porque me sinto menos infeliz do que da primeira vez. Não estou exausta de tanto correr, faminta depois de uma noite passada sozinha numa cela, gelada em razão da friagem da noite. Em vez de durar uma eternidade, parece que apenas alguns minutos se passam antes de eu chegar à bifurcação no túnel.

Um caminho leva à sala do trono, onde Cress pode se encontrar sentada neste exato momento. Por mais tentador que seja ir para lá primeiro, eu me forço a seguir o outro caminho, o que leva à masmorra.

Pensar nesse lugar nunca deixa de me causar arrepios. Lembro-me da última vez que estive lá, quando encontrei os três Guardiões que haviam jurado proteger minha mãe. Eu me lembro do que fora feito a eles: tiraram seu sangue, cortaram-lhes os dedos, mantiveram os três no subsolo por anos e anos como experimentos para os planos malucos do kaiser.

Mas, se o kaiser era louco, o que dizer de Crescentia? Afinal, ela fez praticamente a mesma coisa com Laius. Sem mencionar como usou o próprio sangue para envenenar aquelas que chamava de amigas. Quem ela estará mantendo na masmorra? Não vai demorar para que eu descubra, mas só minha imaginação já é suficientemente horrível.

– Sua mão está tremendo – observa Artemisia, aproximando-se do meu ombro esquerdo.

Olho e percebo que ela tem razão: minha mão treme e, com ela, a chama, lançando sombras oscilantes nas paredes de pedra molhadas.

– Está frio – digo, o que é mesmo verdade.

Faz frio no túnel, mas, com a chama na mão, não sinto sua ferroada. Ainda assim, Artemisia não se abala com a desculpa.

– Esta não é a hora de perder a coragem – diz ela e, embora seu tom seja suave, posso ouvir a advertência implícita.

Você não pode desmoronar. Agora não.

É um aviso de que não preciso, mas sou grata por ele mesmo assim. Respiro fundo, para me acalmar, e obrigo minha mão a se firmar.

– Ali está – indica Søren, chapinhando na água enquanto se aproxima pelo meu outro lado. Em seguida, ele passa por mim e vai até a extensão da parede de pedra à nossa frente.

A princípio, parece um beco sem saída, mas, quando examino de perto, posso distinguir a emenda na parede, o contorno de uma porta. Søren pousa a mão ali e se vira para nos olhar, a expressão tensa, mas os olhos selvagens à luz da chama.

– Prontos? – pergunta ele.

Não, penso de repente. *Não, eu não estou nem um pouco pronta.* Mas penso no que ele disse naquela manhã: nunca estamos prontos para entrar numa batalha, mas entramos assim mesmo.

– Pronta – respondo.

Søren assente e empurra a porta com o ombro, com força. Com um rangido, ela se abre o suficiente para que ele se esgueire por ela.

Nós ficamos ali parados, atentos.

Passos pesados. Vozes, baixas e ásperas falando em kalovaxiano. Depois, o ruído de um punho colidindo com osso, um estalo que ecoa, movimentos de uma briga. Na sequência, por alguns instantes, silêncio total.

Prendo a respiração quando ouvimos passos outra vez, vindo em nossa direção.

Søren espia pela abertura, sangue respingado no rosto, mas um sorriso sombrio nos lábios.

– Está feito – diz ele, nos guiando para a masmorra.

Ele segura um kalovaxiano pelo braço. Um guarda, presumo, embora o homem tenha sido despojado de seu uniforme. Quando estamos fora do túnel, Søren o arrasta para ele, empurrando-o de qualquer jeito para o lado.

Ele retorna à aura de luz da minha chama e eu o examino. Não parece haver nada de errado com ele, mas agora está vestindo o uniforme do guarda sobre a camisa e a calça. À luz fraca, passa por um deles.

– Pegou as chaves? – pergunto.

Ele ergue um aro de latão com três chaves: duas para os portões que separam a masmorra do restante do palácio e uma chave-mestra para as celas, recordo.

Começamos na parte mais profunda da masmorra, destrancando as celas e verificando as pessoas que estão em seu interior. Muitos, percebo, não são Guardiões, nem perigosos. São apenas astreanos famintos, feridos e presos à vida por um fio.

– Eu só roubei uma ponta de pão – diz uma mulher, agarrando-se a mim com dedos ensanguentados, os olhos selvagens e os cabelos emaranhados. – Meu mestre tinha jogado fora e eu não comia há dias.

Meu coração dói com os relatos, contudo eu me obrigo a ouvi-los. Fico ao lado deles enquanto Heron cura os que não conseguem andar por conta própria, um por um. Em seguida, Artemisia, Maile e eu os conduzimos de volta ao túnel com as instruções: Encontrem Erik. Encontrem o barco. Subam o mais alto que puderem nas rochas em torno da caverna e esperem o resgate.

Søren finge patrulhar o próximo bloco de celas, mas, na verdade, está procurando outro guarda e outro conjunto de chaves para que possamos passar por essas celas mais rápido.

Precisamos tirar todos os prisioneiros antes de pormos o plano em ação.

Depois de cerca de vinte minutos, Søren volta correndo até onde estamos, sem fôlego e segurando dois novos aros de chaves. Ele entrega um a mim e outro a Maile.

– Depressa – diz ele. – Há mais guardas aqui embaixo do que eu esperava. Esses dois não me reconheceram, mas os próximos podem me reconhecer.

Faço que sim com a cabeça, encontrando a chave semelhante à que Heron está usando.

– Levem os que podem caminhar para a segurança – ordena Heron, sem tirar os olhos do rosto de uma mulher com uma perna quebrada. – Deixem nas celas aqueles que não podem se locomover e eu irei até eles assim que puder.

Não perco tempo com uma resposta. Maile e eu seguimos em direções diferentes, com as chaves nas mãos.

Quando destranco a primeira cela, encontro cinco Guardiões, embora o espaço seja apertado até para um único ocupante. Não posso dizer como sei que são Guardiões, mas pressinto isso assim que entro.

– Vocês conseguem andar? – pergunto em voz baixa.

Um homem ergue para mim os olhos salientes no rosto encovado.

– Quem quer saber? – replica ele, a voz áspera e rouca.

Quando ele fala, vejo que lhe faltam vários dentes.

Diferentemente da última vez que alguém me fez uma pergunta semelhante nestas celas, eu não hesito.

– Rainha Theodosia Eirene Houzzara – respondo.

O homem se senta um pouco mais ereto e alguns dos outros murmuram para si mesmos, o tom de voz baixo demais para que eu consiga entender as palavras.

– É mesmo? – indaga o homem, encarando-me com olhos pensativos.

– Ficarei feliz em dar um resumo da história da minha família em algum outro dia, só que neste momento preciso que vocês venham comigo para um lugar seguro.

– Lugar seguro – repete uma mulher com escárnio. – Caso você não tenha percebido, criança, este mundo não é um lugar seguro.

– Eu realmente não tenho tempo para convencer vocês a escapar se não quiserem – digo, olhando para a longa fileira de celas que ainda preciso abrir, aponto para o caminho que eles devem seguir e falo: – Há uma saída para um túnel seguindo aquele corredor. Se vocês não conseguem chegar lá sozinhos, tenho um amigo Guardião do Ar que pode ajudar.

– Verdade? – questiona o homem. – Não creio que você precise de outro...

Enfio a mão no saco de aniagem que trouxe, retiro uma Pedra do Ar e a jogo para o homem, que a pega habilmente.

– Alguém mais? – pergunto.

Depois disso, há um clamor pelas pedras: outra do Ar, duas da Água e uma da Terra. Eu as distribuo e dou novas ordens para que ajudem os outros que já partiram e para guiar aqueles que virão.

– Levem todos para lugares elevados ou para o *Wås* o mais rápido possível.

– Sim, minha rainha – diz o homem, apertando sua pedra na mão.

Eu sorrio brevemente antes de correr para a próxima cela, depois para a seguinte e a depois da seguinte.

Quando chego ao fim da fileira de celas que me coube, não tenho mais pedras na bolsa e todas as celas estão vazias. Os Guardiões do Ar que encontrei não perderam tempo e correram para ajudar a curar os feridos; os Guardiões da Terra carregaram outros. O que poderia ter levado uma hora é feito na metade do tempo.

– Todos estão no túnel? – pergunto, voltando ao grupo.

Heron faz que sim.

– Algum sinal de mais guardas? – pergunta ele.

– Não que eu tenha visto – responde Søren. – Devem estar posicionados mais perto da entrada ou no refeitório fora da masmorra.

– Bem – digo –, vamos dar aos prisioneiros mais alguns minutos para deixarem o túnel. Então você pode soar o alarme e convocar os guardas.

INVASÃO

◆

Heron, Maile e eu precisamos empurrar juntos para abrir a porta do túnel o máximo possível, enquanto Artemisia cuida para que os prisioneiros saiam em segurança. Quando ela retorna, seus olhos estão brilhando.

– Tudo certo – informa.

– Tem certeza de que está em condições? – pergunta Heron, mas Art dispensa suas preocupações.

– Estou bem – insiste ela. – Muito bem, até. Depois de dois dias no mar, meu dom está implorando para ser usado.

– Então não vamos mais frustrar esse desejo – digo, fazendo um gesto com a cabeça em direção a Søren, que não hesita.

Ele sai em disparada pelo corredor, gritando em kalovaxiano:

– Prisioneiros fugindo! Rebelião! Todos escaparam!

Ele prossegue, já fora do alcance de nossos ouvidos, tirando os guardas de seus postos na entrada da masmorra e atraindo-os para dentro dela.

Corro para a cela mais ao fundo e conduzo os outros para seu interior. Nós nos apertamos no pequeno espaço, alguma parte da pele de Heron tocando alguma parte da nossa.

– Prontos? – pergunto.

Eles assentem, mas eu sinto o medo. Isso é algo que não conseguimos praticar antes da hora. É uma teoria. Uma teoria sólida, mas mesmo assim uma teoria. E se não funcionar... Interrompo essa linha de raciocínio. Tem que funcionar, e pronto.

– Feche a cela – diz Maile.

Mas eu balanço a cabeça.

– Não até Søren voltar – ordeno.

Gritos kalovaxianos chegam até nós, ainda longe e ininteligíveis, no entanto eu me mantenho firme, uma das mãos na porta da cela, os olhos grudados no canto escuro do corredor, torcendo para que Søren apareça.

– Ele pode ter sido reconhecido – diz Maile. – Pode não vir. Você quer mesmo arriscar tudo por um kalov...

– Ah, cale a boca – corta Artemisia. – Podemos esperar mais um minuto.

Mas há preocupação em sua voz também. Nunca pensei que veria Artemisia temendo por Søren, mas estou preocupada demais para provocá-la por esse motivo.

O que acontece se Søren não voltar a tempo? É uma pergunta que eu não quero me fazer. É uma pergunta a que não sei responder... Não, isso não é exatamente verdade. Eu sei a resposta. Sei que farei o que tenho que fazer: fechar a porta da cela e dar a ordem para que Artemisia entre em ação, custe o que custar.

"Você está sempre lutando por Astrea, acima de qualquer coisa", Blaise me disse uma vez, e estava certo. Vou sempre pôr Astrea acima de tudo e de todos, mesmo quando eu me odiar por isso.

Os gritos ficam mais altos e vão tomando a forma de palavras.

– As celas estão vazias! – grita um guarda. – Todas elas!

– Eles não podem ter ido longe – responde outro, mas há um tom agudo em sua voz, e me pergunto se ele seria um dos guardas que pensavam o mesmo de mim quando escapuli por entre seus dedos.

– Theo – diz Heron, a voz insegura. – Eles estão chegando perto.

– Só mais um minuto – peço, mantendo meu olhar no canto, enquanto murmuro: – Vamos, Søren.

– Você vai estragar tudo – acusa Maile. – Tudo por causa de um garoto.

– Quieta – Artemisia a repreende novamente antes de suavizar a voz. – Theo, Søren diria para você dar a ordem.

– Ele diria – repito com os dentes cerrados. – Mas, se estivéssemos em posições trocadas, ele nunca faria isso. Mais um minuto. À primeira aparição dos guardas, eu fecho. Prometo.

– Sem hesitação – diz Artemisia.

– Sem hesitação – repito.

Os gritos ficam ainda mais altos e o som pesado de passos faz eco com os batimentos do meu coração. Meus dedos apertam a porta e eu me imagino fechando-a, excluindo qualquer esperança de Søren sobreviver. Eu sei que posso fazer isso. Sei que, se for necessário, não hesitarei. Mas não quero fazer isso e não farei antes que seja absolutamente necessário.

Uma figura nas sombras vira a esquina e meu coração salta no peito. Tudo o que posso ver são cabelos louros e um uniforme de guarda.

– Feche! – grita ele, e eu solto um suspiro de alívio antes de compreender o que está dizendo. – Feche agora!

Ele fala isso assim que uma multidão aparece em seus calcanhares. Eles estão perto... perto demais. Não há tempo para Søren chegar até nós, chegar à segurança. Se ele nos alcançar, eles também nos alcançarão, e então tudo estará perdido.

– Feche, Theo! – grita ele outra vez. – Dê a ordem agora!

Eu deixo meu corpo agir, desligando o cérebro antes que eu cometa uma tolice. Começo a fechar a porta sem pensar no que estou fazendo, no que isso vai me custar. Começo a fechar a porta porque sempre vou escolher meu país em detrimento de qualquer pessoa: de meus amigos, de Søren, até de mim mesma.

Acima da minha, outra mão agarra a porta e sua dona a abre praguejando baixinho. Antes que eu possa processar o que está acontecendo, Maile avança alguns passos apressados pelo corredor, levando a mão às costas para pegar o arco. Sem hesitar, ela dispara três flechas em rápida sucessão, derrubando os três guardas mais próximos de Søren e fazendo com que os outros vacilem. Com isso ganhamos apenas alguns segundos, mas é o suficiente para Søren chegar perto o bastante para Maile agarrá-lo e puxá-lo para o interior da cela, fechando a porta com violência atrás dela.

Pego a mão de Søren, coloco-a no braço nu de Heron de modo que todos nós temos algum tipo de contato com a pele de Heron.

Respirando fundo, Artemisia ergue os braços e os abaixa em um movimento fluido, emitindo um grito que sinto nos ossos, um grito capaz de furar os tímpanos. Com ele, ela traz a maré.

A água invade a masmorra pela porta aberta do túnel, inundando o corredor, derrubando os guardas e arrastando-os para baixo da superfície.

Ela também chega até nós, esparramando-se entre as barras da cela até cobrir meus pés, meus joelhos, minha cintura. Vai subindo cada vez mais até que minha cabeça também submerge, mas estou preparada para isso; todos nós estamos. Sabemos que é preciso nos agarrar a Heron, aconteça o que acontecer. Mesmo quando a água entra em meus pulmões, mesmo quando a maré tenta me arrastar com ela, eu me seguro com todas as minhas forças. Justamente quando meus pulmões começam a queimar insuportavelmente, quando penso que não consigo mais suportar, a água se esvai do espaço ao nosso redor, ou melhor, Heron usa seu dom para criar uma bolha de ar.

Eu consigo respirar outra vez, e esse simples ato nunca foi tão doce. Quando me recupero, corro os olhos à nossa volta, observando o cenário.

Fora de nossa bolha, a masmorra está totalmente tomada pela água, até onde posso ver, do piso ao teto. Na água escura e turva, posso distinguir alguns corpos flutuando, imóveis, uniformes ondulando em torno de formas flácidas.

Os olhos de Artemisia estão fechados, sua expressão é tensa, concentrada. Suas mãos, estendidas, tremem com o poder do que estão fazendo, do que estão sustentando.

Uma pessoa pode levar até cinco minutos para morrer afogada, dependendo de alguns fatores. Artemisia explicou isso com um número assustador de detalhes, quando estávamos no *Wǎs*. Embora muitos dos guardas estejam inconscientes agora, e muitos terão quebrado o pescoço ou batido a cabeça com a violência inicial da maré, se quisermos estar seguros, ela tem que sustentar isso por cinco minutos inteiros, o que significa que Heron tem que manter sua bolha de ar pelo mesmo tempo.

Ele tem uma das mãos no ombro de Artemisia, a outra no meu, enquanto Søren e Maile seguram seus braços.

– Quanto tempo já se passou? – pergunta Maile em um sussurro.

– Um minuto, no máximo – respondo. – Deixe que Art se concentre.

Fora de nossa bolha, avisto um guarda que ainda está consciente, nadando e buscando ar. Ele chega à nossa cela, quase alcança a bolha que Heron está mantendo, mas, mesmo não conseguindo entrar, está perto o suficiente para que eu veja o desespero em seus olhos, que saltam nas órbitas, enlouquecidos de medo.

"O afogamento é uma forma horrível de morrer", advertiu Artemisia quando estávamos formulando o plano.

"É o que eles merecem", rebati, e ninguém discordou.

Mas, ainda assim, é totalmente diferente ao vivo, assistir ao seu rosto ficando azul, vê-lo ser tomado por um frenesi não comparável a nada que eu tenha visto antes, vê-lo arranhar as barras que nos separam até os dedos sangrarem, sem fazer nada para ajudar. Ver seu rosto relaxar quando a inconsciência enfim o domina, os dedos se soltando das barras à medida que a maré o puxa, levando-o para a escuridão da água.

Ao meu lado, sinto Søren estremecer e, quando penso quanto ele esteve perto de compartilhar o mesmo destino, eu também estremeço.

Depois do que parece uma eternidade, Artemisia abre os olhos e abaixa os braços, escorando-se em Heron com um gemido, e a água à nossa volta recua para o túnel, arrastando com ela os corpos dos guardas.

– Você conseguiu – diz Heron a Art, mantendo a mão firme em seu ombro mesmo quando me solta e se desvencilha dos outros.

Embora ele também deva estar exausto, o ar ao nosso redor continua carregado enquanto ele usa seu dom para repor a energia de Art e garantir que toda aquela atividade não piore as pernas dela.

Artemisia assente rigidamente, mas até ela consegue dar um breve sorriso de orgulho.

Heron leva a mão ao bolso da calça e tira um pequeno pedaço de *molo varu*. Antes de nos despedirmos de Dragonsbane, eu derreti a pedra e a separei em quatro partes: uma para nós, outra para Blaise, outra para o grupo na adega e a última para o grupo na despensa.

Ele o joga para mim e eu uso meu dom para aquecê-lo. Dividido assim em quatro, ficou muito pequeno para escrever, mas posso pelo menos aquecê-lo de modo que os outros sintam. É o sinal que estavam esperando, informando que é hora de invadir o palácio.

COMBATE

◆

QUANDO SAÍMOS DA MASMORRA E SUBIMOS as escadas para o primeiro andar do palácio – passando por vários cadáveres encharcados no caminho –, o cerco já começou. Reina um pandemônio, uma cacofonia de espadas retinindo, berros de dor e gritos em tantas línguas que não dá para contar. Nós cinco avançamos em sincronia pelo corredor, Artemisia e Søren com as espadas em punho, Maile com uma flecha encaixada no arco, Heron e eu com as mãos erguidas, prontos para recorrer a nossos dons.

Um grupo de seis guardas kalovaxianos dobra uma esquina, vindo em nossa direção, de armadura completa e as espadas de ferro cravejadas de Pedras da Terra erguidas no ar.

Quando estão a três metros, eu ataco primeiro, atingindo-os com um fluxo constante de fogo, que pode não queimar por trás das armaduras, mas torna o metal insuportavelmente quente. Seus gritos de batalha se transformam em gritos de agonia, as espadas caindo no chão com estrépito, seguidas pelos capacetes segundos depois.

Em sequência, Artemisia e Søren caem sobre eles sem misericórdia, desferindo golpes mortais nos pescoços.

– Muito fácil – diz Maile. – Só precisamos fazer isso mais algumas dezenas de vezes.

– Talvez você possa até ajudar da próxima vez – resmunga Artemisia, mas não há um tom de crítica sincera em sua voz.

Ela está mais viva, do jeito que só a vejo quando tem uma espada na mão e o cheiro de sangue paira no ar.

Passamos por mais dois grupos de guardas com tanta facilidade quanto experimentamos com o primeiro, mas não consigo me livrar da sensação de pavor se acumulando em meu estômago. Maile estava certa... É fácil. E em todas as fantasias que criei em relação a essa batalha nunca imaginei que seria. Os kalovaxianos não facilitam as coisas. Cress não facilita as coisas.

– Onde estão os criados? – pergunto enquanto Maile dispara uma flecha no pescoço de um guarda aos pés de Artemisia, que já tinha a espada erguida, pronta para acabar com ele. Agora ela deixa o braço pender de lado, inerte, e lança um olhar furioso a Maile.

– O que foi? – indaga a vecturiana com um sorriso. – Você disse que eu não estava ajudando.

– Os criados – repito. – E os nobres também. Se estamos pegando todos de surpresa, deveria haver mais pessoas... não somente guardas.

– É hora da ceia – responde Søren, limpando um respingo de sangue em seu rosto com as costas da mão. – Talvez haja um banquete. Talvez estejam todos lá.

– Pode ser – replico, mas algo não se encaixa.

– Nós os estamos pegando de surpresa – afirma Heron. – Resolvendo tudo rápido. Isso é bom, Theo.

Faço que sim com a cabeça, tentando afastar meu desconforto.

– Vamos continuar e encontrar os outros grupos.

Os corredores pelos quais seguimos me são familiares, quer de uma de minhas vidas ou de outra, então eu vou à frente, passando pela capela, pela janela de vitral com um sol brilhante do tamanho da minha cabeça, pela escada que leva até as piscinas aquecidas.

Talvez haja kalovaxianos lá, escondidos. Talvez criados também, espero que sim, mas eles não são nossa preocupação no momento. Primeiro, precisamos subjugar qualquer um que possa oferecer resistência. É uma tática aprendida com os próprios kalovaxianos, que a usaram conosco há mais de uma década.

Os ruídos da batalha soam mais alto quando dobramos uma esquina, indo em direção ao salão de banquetes que fica no centro do palácio, ao norte do jardim cinzento.

Assim que viro a esquina, porém, um braço me puxa contra a parede, o frio do ferro de uma espada em meu pescoço.

– Theo! – grita Artemisia, vindo em minha direção antes de se deter, olhando a lâmina em minha garganta.

– Larguem as armas – ordena o homem que me segura, mas não posso ser a única que percebo o tremor em sua voz.

– Façam o que ele manda – pede Heron, uma nota de autoridade na voz que não creio ter ouvido antes.

Nossos olhares se encontram e vejo que ele tenta me tranquilizar.

Confie em mim, dizem seus olhos.

Søren e Artemisia põem a espada no chão e, com um pouco mais de hesitação, Maile também larga o arco.

O homem que está me segurando faz um movimento para me puxar com ele para trás, em direção a uma porta, mas Heron não o deixa dar mais do que um passo antes de acertá-lo com uma rajada de vento que se move como se fosse uma mão, afastando a espada do meu pescoço, arrancando-a da mão dele e arremessando-a longe. A arma bate na pedra com um estrondo que ecoa pelo corredor.

– O que... – começa o homem, mas não tem chance de terminar.

Com outra rajada de vento, Heron quebra seu pescoço e ele tomba no chão aos meus pés. Enquanto os outros se apressam a recuperar suas armas, Heron vem até mim.

– Você está bem? – pergunta ele.

Esfrego o pescoço. Há um pequeno corte na pele, mas não é profundo.

– Tudo bem. E você? – pergunto.

Heron não gosta de violência e muito menos de matar.

Ele assente, a testa franzida ao olhar para o corpo do homem.

– É uma guerra – diz ele. – Acho que os deuses vão entender.

Pouso a mão em seu braço e o puxo comigo pelo corredor, virando outra esquina, só para me deter de repente diante da cena que nos aguarda mais à frente no corredor.

É um banho de sangue, uma batalha tão enlouquecida que mal posso dizer quem está lutando de que lado. Tudo que consigo ver são espadas brilhando à luz de velas, sangue jorrando sobre a pele e olhos arregalados de fúria e medo. Uns cinquenta guerreiros, ao todo. Talvez até mais.

Um homem vem na minha direção, e é somente quando ele está a poucos metros de distância que vejo o vermelho kalovaxiano de seu uniforme aparecendo onde o capacete encontra a armadura. Sem pensar, miro uma bola de fogo nesse ponto e vejo o uniforme dele pegar fogo. Em sua pressa para apagar as chamas, ele só vê a flecha de Maile quando ela está cravada em seu peito, a ponta de aço tendo rompido a cota de malha e encontrado a carne.

E, assim, nos vemos tão envolvidos na batalha quanto os outros, embora nós cinco permaneçamos próximos, com os outros quatro fazendo de tudo para me cercar o tempo todo. Maile e eu encontramos um ritmo: ela ajusta as flechas no arco e eu uso meu dom para atear fogo nelas. Dessa forma, ganhamos algum tempo e o processo funciona decentemente, embora eu suspeite que parte disso nasceu do desejo dela de me manter a salvo e fora do caminho.

Ouço o ruído da espada cortando a carne antes de ver e, por um momento, tudo ao meu redor se move como em um sonho, lento e líquido. Então ouço o urro de dor de Heron e a cena se torna nítida mais uma vez. Eu vejo o sangue, o punho da espada se projetando do abdome de Heron, ouço o grito no ar que, tarde demais, percebo que é meu.

– Não! – berro e, mais uma vez, o mundo paralisa.

Desta vez, porém, não fico imobilizada. Nem um pouco; sou puro fogo, da cabeça aos pés. Nem mesmo vejo o rosto do guerreiro que feriu Heron. Não vejo o rosto de nenhum deles. De certa forma, parece que abandono completamente o meu corpo, estou de volta ao inferno na mina do Ar, e tudo que sinto é a fúria queimando dentro de mim, desesperada, quente e insaciável.

Passo por Heron e Artemisia, toco o guerreiro que cravou a espada em Heron e, embora meus dedos mal o rocem, ele explode em chamas, gritando, mas eu não fico ali para vê-lo morrer. Vou atravessando a multidão, tocando cada peça de armadura kalovaxiana que vejo, saboreando a visão de cada uma delas explodindo em chamas. Quando chego ao outro lado do corredor e toco o último kalovaxiano, um viva perplexo sobe da multidão, mas eu mal ouço. Não vejo praticamente nada.

Retorno até Heron com as pernas bambas. Søren o apoia de um lado, Artemisia do outro, a espada ainda está cravada em seu abdome. Seus olhos estão fechados com força e a expressão é de dor quando os dois o ajudam a se sentar, apoiado na parede.

– Não puxem – diz ele, a voz calma apesar de tudo, os dentes cerrados.

Depois que se senta, Artemisia se vira para a multidão de rebeldes que observa às nossas costas.

– Alguém aqui é Guardião do Ar? – pergunta ela, o desespero em sua voz.

Ninguém responde.

– Médico? Curandeiro? – insiste ela, sua voz ficando alta e aguda.

Mas ainda não há resposta. Ninguém aqui pode ajudar.

– Ele pode curar a si mesmo? – pergunta Maile.

É uma pergunta sobre a qual nunca tive que refletir. Todas as vezes que alguém foi ferido, Heron estava lá, pronto para, pelo menos, aliviar sua dor. Nunca me permiti pensar no que aconteceria se fosse ele o ferido.

– Eu nunca tentei – responde Heron, estremecendo quando sua mão encontra a lâmina. – Acho que a ferida não pegou os órgãos importantes, mas, se tirarmos a espada, perderei muito sangue, vou desmaiar e então não haverá chance de eu curar o ferimento.

Ele fala de forma tão calma, controlado como sempre. Abre os olhos e me encara, os olhos pesados.

– Theo – diz ele. – Você pode cauterizar a ferida.

– Cauterizar a...

Minha voz morre, as palavras parecendo não fazer o menor sentido para mim.

– Søren, você vai tirar a espada. Devagar e num ritmo constante – ordena Heron, e Søren assente. – Enquanto ele puxa, Theo, preciso que você use seu dom para queimar a carne ao redor e evitar que sangre.

A náusea faz minha visão oscilar.

– Eu... eu não consigo fazer isso – digo.

– Theo – repete Heron, atraindo meus olhos para os dele. – Preciso que faça isso.

Se não fizer, eu vou morrer. Ele não pronuncia essas palavras, porém elas pairam no ar entre nós da mesma forma. Faço que sim com a cabeça, pressionando os lábios em uma linha fina e erguendo as mãos um pouco acima do ferimento, as chamas surgindo nas pontas dos meus dedos.

– Estou pronta quando você estiver – digo a Søren.

Ele não responde, mas franze a testa, concentrado, enquanto lentamente passa a extrair a espada. Assim que ele começa, aproximo os dedos para que as chamas toquem a pele de Heron.

Ele grita de dor, apertando a mão de Artemisia com tanta força que, com a visão periférica, vejo os nós de seus dedos ficarem brancos, mas me concentro no ferimento, em Søren puxando devagar a espada, pouco a pouco. O cheiro de carne queimada permeia o ar, deixando-me tonta e enjoada; apesar disso, mantenho as mãos firmes, as chamas constantes, até que a ponta da espada deixa o abdome de Heron e eu queimo a pele uma última vez, fechando-a.

Deixo meus braços caírem e oscilo, mas a mão de Søren pousa no meu ombro, me firmando.

Os olhos de Heron se abrem de leve e ele olha para a pele queimada de onde antes se projetava a espada. Ele assente uma vez, uma fina camada de suor cobrindo seu rosto. Sua respiração é irregular quando ele descansa a mão sobre a ferida. Alguns segundos se passam em um silêncio tenso e imóvel antes que o corpo de Heron relaxe de exaustão, a mão escorregando do abdome. Onde havia um círculo de carne queimada um momento antes, agora há apenas uma cicatriz pálida.

Sua respiração se torna estável outra vez e ele ergue os olhos para mim.

– Obrigado.

Faço um gesto com a cabeça, incapaz de falar. O mundo ainda está girando ao meu redor, impreciso nas bordas.

– Ela se esforçou demais – diz Artemisia.

– Estou bem – afirmo, mas as palavras não soam convincentes nem aos meus próprios ouvidos.

Artemisia abre a boca para protestar, mas é interrompida por uma gritaria no corredor. Ela se vira para os outros guerreiros.

– Vão – ordena a eles. – Iremos em seguida.

Quando eles se apressam para seguir seu comando, Heron se põe de pé, mal fazendo uma careta de dor.

– O que há atrás daquela porta? – pergunta ele, indicando com a cabeça o corredor mal iluminado.

Sigo seu olhar, embora seja difícil distinguir qualquer coisa. Eu me esforço para lembrar onde estamos, aonde este corredor vai dar, o que há por trás daquela porta.

Quando me dou conta, uma risada borbulha na minha garganta, descontrolada e desequilibrada.

– Theo? – chama Heron, a voz cautelosa.

– É o meu quarto – respondo, ainda rindo. – Meu antigo quarto. Está vendo? A porta do quarto das Sombras?

Artemisia suspira.

– Ela tem razão – diz, antes de balançar a cabeça. – É um lugar tão bom quanto qualquer outro para vocês dois descansarem.

– Não preciso descansar – replica Heron. – De verdade. Estou novo em folha.

– Eu também – acrescento, embora, mesmo enquanto pronuncio as palavras, não tenha certeza se serei capaz de permanecer de pé se Søren tirar a mão do meu ombro.

– Só por alguns minutos – diz Artemisia. – Vamos liberar o resto desta ala e, em seguida, voltaremos para buscar vocês. Heron, acenda a lareira para ela... Vai ajudar Theo a recuperar as forças.

Heron parece querer discutir, mas, antes que ele possa, Artemisia continua:

– Ela não pode ficar sozinha.

Com isso, Heron assente, passando um braço pela minha cintura para me apoiar.

– Voltem logo – diz ele, a voz grave.

Ele não pede para ficarem em segurança ou para se manterem vivos, e sinto-me grata por isso.

RESOLVER

◆

MEU QUARTO ESTÁ EXATAMENTE IGUAL A como estava na noite em que deixei o castelo. Até a cama ainda está desfeita, os lençóis embolados. A toalha que usei para limpar meu rosto ainda está jogada na borda da bacia, manchada com o batom vermelho e o pó bronzeador que usei no banquete no início da noite. Eu sei, mesmo sem abrir o guarda-roupa, que meus vestidos ainda estão pendurados ali dentro: os chamativos enviados pelo kaiser e os outros, mais bonitos, que Cress me deu.

Este foi meu quarto, meu lar durante dez anos e, no entanto, estando aqui novamente, ele me parece muito menor.

Heron me ajuda a subir em minha antiga cama, recostando-me nos travesseiros antes de ir até a lareira e começar a acender o fogo com a estopa e a pederneira.

– O que aconteceu antes de você ajudar a me curar... – diz Heron, sem olhar para mim. – Vamos falar sobre isso? Como você transformou aqueles guerreiros em cinzas com apenas um toque.

– Sim, vamos – respondo, inclinando a cabeça para trás e fechando os olhos. – Mas não agora.

– O que mais vamos fazer? Nos consumir em preocupação? – pergunta ele, o que, tenho que admitir, é um argumento válido.

Solto um suspiro.

– Não sei o que foi ou o que deu em mim. Apenas aconteceu. Vi que você estava ferido e o instinto assumiu o controle. Tive a sensação de que meu sangue estava literalmente fervendo.

– Você conseguiria fazer aquilo de novo? – pergunta ele, mais curioso do que conspirador.

– Não sei. Mas acho que não. Eu não saberia nem por onde começar.

– Além disso, se é para ficar incapacitada depois de exercer esse tipo de poder, talvez não valha a pena.

– Não estou incapacitada.

Contudo, mais uma vez posso sentir a mentira com tanta clareza quanto posso sentir o instante em que ele risca a pederneira e uma pequena chama ganha vida na lareira. A sensação percorre o meu corpo como se eu estivesse entrando em um banho quente. Sem querer, deixo escapar um suspiro de alívio.

– Não há vergonha em atingir seus limites, Theo – diz ele, usando uma pequena rajada de ar para transformar a chama fraca em uma labareda plena. – Significa que você deu tudo de si em algo.

Bufo com desdém.

– É fácil para você falar – afirmo. – Quando precisa reabastecer o seu dom, basta *respirar*.

Ele ri de leve, mas não nega.

– Não consigo acreditar que você foi *ferido com uma espada* – comento.

– Eu consigo – diz ele. – Principalmente porque ainda posso sentir.

Eu me apoio nos cotovelos e olho para ele.

– Você disse que estava bem – observo.

Ele dá de ombros.

– Você também – replica.

Não posso negar, então me deito e deixo a energia do fogo tomar conta de mim. Quero perguntar se ele está bem. Se está com dor. Se precisa descansar. Mas nós dois sabemos que não há tempo para descanso, não há tempo para ele se sentir de outra forma que não seja bem. Então não digo nada e caímos em um silêncio pesado enquanto ambos tentamos nos recuperar ao máximo, o mais rápido possível.

Meus olhos se fecham e deixo a mente vagar, não para o que está acontecendo do outro lado da porta, mas para o que o amanhã pode trazer. E o dia depois de amanhã. E o dia depois do depois de amanhã. Lembro a mim mesma pelo que estamos lutando, o que nosso futuro reserva se ignorarmos a dor e o agarrarmos.

Uma mão quente pousa no meu ombro e eu me sento de um salto, abrindo os olhos de repente.

Não estou dormindo, sei que não estou, mas assim mesmo Cress se encontra diante de mim, vestida com uma túnica prateada presa no ombro com um broche de ouro e Pedras do Fogo. Um colar de Pedras do Fogo repousa em suas clavículas, brilhando à luz da lareira.

– Theo? – chama Heron, olhando alarmado para mim. – Você está bem?

Ele não a vê, embora ela seja tão real quanto eu.

Cress leva um dedo com a extremidade preta aos lábios.

– Tudo bem – consigo dizer com um sorriso. – Eu só cochilei por um segundo – minto.

Ele assente e se vira para o outro lado, concentrando-se no fogo e em seus próprios pensamentos.

Eu não deveria poder ver Cress – não estou dormindo, afinal –, mas aqui está ela. Quem sabe, o poder que usei pouco antes tenha me esgotado mais do que pensei, deixando minha mente aberta e vulnerável. Talvez seja o fato de Cress e eu estarmos muito próximas agora, a pequena distância desfocando os limites de nossas mentes. Talvez, qualquer que seja essa conexão, ela esteja se aprofundando.

Mas o *porquê* não importa. Não agora, pelo menos. O que importa é que ela está no quarto comigo, tão claramente quanto Heron, embora ele não possa vê-la.

– Esta batalha está me entediando, Thora – diz ela com um suspiro. – Encontre-me na sala do trono. Vamos ver se podemos resolver isto como damas em vez de bárbaros, certo? Sem guerreiros, sem guardas, apenas nós.

Há uma espécie de chiado no ar que nos cerca e eu a vejo na sala do trono, orgulhosamente sentada no trono da minha mãe, os olhos fechados. Sua mão pálida repousa preguiçosamente no ombro de uma menina astreana cujo cabelo castanho tem um tom tão escuro que chega a ser quase preto. Seus olhos estão fixos em Cress, arregalados e assustados. Ela não pode ter mais do que 8 anos. Cress abre os olhos e se volta para os guardas postados em torno de seu trono.

– Vão, juntem-se à luta – ordena ela, a voz ressoando com autoridade.

A garota choraminga, tentando se esquivar de Cress.

– Vossa Alteza… – diz um dos guardas, mas Cress não o deixa prosseguir.

– É uma ordem. Não quero um único guarda nesta sala ou no corredor do lado de fora. É um desperdício quando há rebeldes astreanos invadindo meu palácio. Entendido?

Os guardas assentem e desaparecem. Quando a porta se fecha atrás deles, Cress olha para mim mais uma vez. Ela ergue a outra mão e ali, girando preguiçosamente entre seus dedos, está o mesmo tipo de frasco que ela usou para drogar Laius – contendo, imagino, o mesmo gás que o transformou em uma marionete.

– Estou entediada – diz ela a mim, aproximando o frasco do rosto da menina, que a olha apavorada, tentando se afastar enquanto Cress a segura com firmeza pela gola do vestido simplório. – Não me faça procurar outras maneiras de me distrair.

Antes que eu possa responder, ela desaparece no ar feito fumaça. Deixo escapar um suspiro, pensando apenas por um segundo antes de descer da cama.

– O que você está fazendo? – pergunta Heron.

– Cress está na sala do trono – digo a ele. – Ela quer que eu vá até ela.

A testa de Heron se franze enquanto ele me observa calçar os sapatos.

– E...? – pergunta ele. – Você não pode, sinceramente, estar pensando em ir. Lembra o que aconteceu da última vez que ela solicitou uma reunião?

– Claro que sim. Ela tentou me matar. Não imagino que desta vez vá ser diferente.

– E ainda assim acha que é uma boa ideia ir?

– Ela tem uma refém. Uma menina, de uns 8 anos. Assustada.

Isso faz Heron hesitar, mas depois de um segundo ele balança a cabeça.

– Você sabe que, se aparecer lá, ela vai matar a menina mesmo assim. Vai matar vocês duas e seu sacrifício terá sido em vão. Que razão ela tem para não fazer isso?

Eu sei que ele está certo, mas, ao mesmo tempo, está errado.

Suspiro, tentando colocar meus pensamentos em palavras.

– Isso termina de uma só maneira – digo. – Com uma de nós morta. Acho que ela está exibindo essa isca, esperando que eu vá lá conversar, sob o pretexto de uma trégua. Acho que ela espera me preparar uma emboscada. Mas há uma falha em seu plano.

– E qual é?

Amarro a segunda bota e me levanto, olhando para ele.

– Eu sou mais forte do que ela pensa, e não vou às cegas. Estou indo pronta para o que ela tiver, pronta para responder à altura. Ela quer preparar uma armadilha para mim, mas desta vez nós vamos estar um passo à frente dela.

– Nós? – ecoa Heron.

Ergo as sobrancelhas.

– A menos que você não queira vir.

– É claro que vou com você – diz ele, pondo-se de pé. – Mas é melhor esperar pelos outros.

Desconsidero a ideia.

– Eles estão ocupados. Se ainda não voltaram, é porque estão no meio de uma batalha. Eu não vou tirar todo mundo de lá só para que possam servir de guarda-costas. Além disso, a menina não pode esperar.

Heron balança a cabeça.

– Você acha que nós dois, sozinhos, de alguma forma vamos conseguir ir daqui até a sala do trono? Nem precisamos nos preocupar com a possibilidade de Cress matar você... A ida até lá será suficiente.

– Que sorte, então, que você pode nos tornar invisíveis – digo.

– Mas isso não vai fazer com que nossos corpos desapareçam. Não vai adiantar de nada se formos empalados por uma espada destinada a outra pessoa.

– Existem três maneiras de chegarmos à sala do trono saindo daqui – digo, antes de indicá-las nos dedos. – O caminho mais óbvio, você tem razão, provavelmente estará lotado de guerreiros. Há também uma teia de corredores menores, geralmente usados pelos criados. É menos provável que eles estejam cheios, mas nunca se sabe.

– E o terceiro? – pergunta Heron, embora seu tom seja o de alguém que já se arrependeu de ter perguntado.

– Voltando à masmorra e descendo a passagem por onde entramos. Ela se bifurca... e um dos caminhos leva direto à sala do trono, o que também evita que sejamos vistos por guardas que Cress possa ter posicionado *diante* da sala.

Heron considera a informação por um momento, olhando para mim como quem pensa que eu devo ter enlouquecido completamente. Por fim, ele suspira.

– Suponho que você não possa ser convencida a desistir, certo?

– É a única maneira de pôr um ponto-final nisto – afirmo. – Antes que mais pessoas se machuquem.

• • •

Heron insiste em deixar um bilhete para informar aos outros aonde fui. Sei que é uma boa ideia, embora eu não possa deixar de imaginar a cara fechada de Artemisia ao ler.

Eles tinham uma única tarefa... ficar aqui e esperar, dirá ela, irritada.

Mas pelo menos saberá que não fomos capturados ou mortos.

Feito o bilhete, Heron pega minha mão e nos torna invisíveis.

– Você consegue nos manter assim até chegarmos à masmorra? – pergunto ao passarmos pela porta e entrarmos no corredor vazio, tomando o cuidado de não pisar nos cadáveres e nas pilhas de cinzas enquanto avançamos.

– Muito fácil – admite ele. – Como você disse, eu só preciso de ar para reabastecer o meu dom. Quanto ao meu ferimento, contanto que eu não tenha que fazer qualquer investida ou levantar peso, devo ficar bem. De qualquer maneira, lutar não é mesmo o meu forte...

Percorremos os corredores em silêncio, embora eles estejam desertos. Não vemos qualquer sinal de vida, apenas os corpos dos guerreiros kalovaxianos que deixamos em nosso rastro quando passamos pela primeira vez.

Só quando alcançamos a porta da escada que leva para a masmorra é que ouvimos vozes, abafadas e indecifráveis, vindas lá de dentro.

Heron aperta minha mão, eu aperto a sua de volta e nos encostamos à parede, esperando para ver quantos guerreiros teremos que enfrentar ou se será melhor apenas deixá-los passar.

As vozes vão ficando mais altas, acompanhadas por passos que se aproximam subindo as escadas e deixo escapar um suspiro de alívio. A língua que falam é o astreano.

– Não sabemos o que vamos encontrar – diz uma voz familiar, fazendo meu coração saltar no peito. – Mas vamos nos dividir e nos dispersar por todo o palácio, intervindo onde quer que precisem de nós.

Assim que o líder entra no corredor, solto a mão de Heron e me atiro em seu pescoço, fazendo-o quase perder o equilíbrio.

Por um instante, Blaise fica tenso, mas então me torno visível e ele suspira, me abraçando de volta.

– Graças aos deuses – murmura ele, a boca encostada em meus cabelos, antes de se afastar e me examinar. – Rainha Theodosia – diz ele, dirigindo-se ao grupo de guerreiros que o segue, tantos que não consigo ver todos.

Eles lotam a escada, estendendo-se até onde meus olhos alcançam.

– O que está acontecendo? Onde estão os outros? – continua Blaise.

Olho para Heron em busca de ajuda para explicar, mas ele balança a cabeça.

– Ah, não, este plano não é meu. Você conta a ele.

Eu balanço a cabeça e relato a Blaise, de forma resumida, tudo o que aconteceu desde que entramos no palácio, passando rapidamente pelos detalhes do ferimento de Heron e meu próprio ataque de fraqueza. Porém, quando conto a ele sobre a mensagem de Cress e a menina, ele franze a testa.

– Você não pode estar falando sério.

– Foi exatamente o que eu disse – afirma Heron. – Só que ela está.

Blaise suspira, mas não parece totalmente surpreso. Em vez disso, ele se vira para os guerreiros atrás dele.

– Gerard – diz a um dos homens na frente, de ombros largos e cujo rosto gravemente queimado lhe dá uma aparência hostil. – Você está no comando agora. Encontre os outros. Comecem na extremidade do palácio e vão se dirigindo para o centro. Matem qualquer um que resista; prendam quem se render.

Gerard assente, mas não fala nada.

– Você não precisa vir conosco – digo a Blaise.

Antes que eu termine de falar, ele já está balançando a cabeça.

– Claro que preciso – insiste, sem maiores justificativas.

Ele não tem que falar mais nada, suponho... Seu lugar é ao meu lado e estou feliz por tê-lo aqui.

Blaise, Heron e eu ficamos de lado para que os guerreiros passem em fila. Tento contá-los à medida que avançam, mas são muitos.

– Pouco mais de duzentos – diz Blaise para mim antes que eu possa perguntar. – O incêndio na mina da Terra não foi tão ruim quanto na mina do Ar. Os Guardiões que estavam lá conseguiram conter as chamas mais rápido, trabalhando juntos para criar uma tempestade de areia que sufocou o fogo.

Faço um meneio de cabeça, não confiando em mim mesma para falar. Quando o último deles passa, Blaise, Heron e eu descemos a escada para a masmorra inundada e deserta.

– Estou feliz que você esteja aqui, Blaise – digo a ele. – Estou feliz que esteja vivo. Estou feliz por você vir comigo.

Sua mão pousa no meu ombro e ele o aperta.

– Eu também, Theo.

Seguimos apressados e em silêncio pelo corredor da masmorra até chegarmos à entrada do túnel mais uma vez. Tento ignorar os cadáveres inchados dos guardas quando passamos. Quando Heron empurra a porta do túnel, Blaise e eu vamos atrás dele. A água fica mais alta à medida que nos aproximamos do oceano, até chegar à altura dos meus quadris. Enfim, alcançamos a bifurcação da passagem. O caminho pelo qual viemos avança mais fundo no mar lá fora, agora que a maré subiu, mas a outra ponta da bifurcação sobe, inclinando-se na direção da sala do trono. Não é um caminho pelo qual eu já tenha passado, mas Blaise parece conhecê-lo e lidera nossa caminhada. O percurso dura apenas cerca de quinze minutos antes de chegarmos ao que, à primeira vista, parece um beco sem saída.

– É aquela pedra ali – diz Blaise, apontando para uma pedra no canto inferior da parede, pouco maior que um seixo.

– Cress precisa pensar que estou sozinha – digo a eles. – Vocês dois fiquem atrás de mim, invisíveis, até que eu ataque.

Blaise acena com a cabeça, oferecendo o braço a Heron, que o segura. Espero até que a invisibilidade os faça desaparecer por completo antes de me agachar ao lado da pedra que Blaise apontou e pressioná-la.

Ela cede com facilidade e, com isso, uma porta se abre na parede.

Hesito por apenas um segundo antes de entrar.

JOGO

◆

A SALA DO TRONO ESTÁ ILUMINADA POR velas, lançando-a em uma luz quase ofuscante, muito embora a cúpula de vidro mostre as estrelas e a lua brilhando lá no alto. No trono, no centro da sala, Cress está sentada com as pernas cruzadas, vestindo a mesma túnica prateada com que a vi antes, os olhos fixos em mim. A menina astreana ainda está ao seu lado, sentada no estrado com os joelhos junto ao peito.

Cress não se surpreende com minha entrada pela parede. Não demonstra raiva ao me ver. Tampouco parece satisfeita por eu ter aceitado seu convite. Sua expressão é indecifrável.

A porta se fecha atrás de mim e, embora eu não possa ver Heron ou Blaise, ainda sinto a presença deles.

Por um momento, Cress e eu apenas nos encaramos a distância, em silêncio.

Então, devagar, ela se levanta e desce do trono, erguendo a saia da túnica com cuidado para não tropeçar. Ela estala os dedos, o som agudo ecoando no espaço silencioso e, em um instante, a menina está de pé, correndo para acompanhar Cress, mesmo com as lágrimas escorrendo pelo rosto.

– Eu sabia que você viria, Thora – diz Cress, seu olhar firme e inquietante enquanto ela caminha em minha direção, os saltos das sandálias batendo no chão de ladrilhos, seguidos pelo arrastar dos pés da menina. – É bom ver você, sabe? Aqui. Em carne e osso. Por muito tempo pensei que estivesse morta... Não sei se realmente acreditei que estava viva até este momento.

A maneira como ela me olha, os olhos cinzentos vidrados e distantes, como se visse tudo e nada ao mesmo tempo, é desconcertante. De repente, não tenho tanta certeza se não sou um fantasma, assombrando-a até a loucura.

Antes que eu possa falar, ela continua, a voz tranquila e o tom trivial.

– Uma vez você disse que eu ficaria louca como a kaiserin. Lembra? – pergunta ela, parando a uma pequena distância de mim.

– Lembro – respondo, recuperando a voz. – No entanto, kaiserin Anke não teve escolha em relação ao seu destino. Ele lhe foi imposto pelo kaiser o tempo todo. Talvez eu pudesse sentir pena de você antes, assim que se tornou kaiserin, mas depois da mina do Fogo, depois de tudo que você fez desde então... Foi escolha sua, Cress. Se está esperando piedade da minha parte, não vai encontrar.

Ela ri, mas o som é débil.

– Eu não quero piedade, Thora. – Ela faz uma pausa, inclinando a cabeça para um lado. – Você não veio em busca de trégua, não importa o quanto a gente finja. Não. Você veio aqui me matar, não foi?

Não nego.

Ela dá uma gargalhada, um som que, penso, vai assombrar meus pesadelos.

– Está perdendo seu tempo – diz ela.

Endireito os ombros e invoco o fogo à palma das minhas mãos, mas ela apenas observa, curiosa, porém despreocupada. Então agarra o braço da menina e a põe diante de si, provocando um grito de dor na criança.

– Sim, sim – diz Cress, fazendo um gesto de desdém com a mão. – Muito impressionante, com certeza. E, naturalmente, eu senti o que você fez com Dagmær e minhas outras garotas.

– Você queria resolver isto como damas, você disse – lembro a ela. – Não imagino que queira oferecer uma trégua.

Ela sorri.

– Não, é claro que não – replica. – Você deveria saber melhor do que ninguém que os kalovaxianos não oferecem tréguas.

– Então, por que me trouxe aqui?

O sorriso dela desaparece.

– Eu já disse – responde ela. – Porque você está perdendo seu tempo. Agora apague esse fogo.

– Para quê? Para você poder me atacar? Foi por isso que você me trouxe aqui, não foi?

Ela revira os olhos, mas não nega.

– Porque não tem sentido me matar – diz ela. – Este... dom ou seja lá como queira chamá-lo... já está fazendo isso.

Minhas mãos caem ao lado do corpo sem que eu tenha essa intenção e as chamas se apagam, mas Cress não faz qualquer movimento contra mim. Eu sinto um levíssimo movimento às minhas costas, embora não possa ter certeza se é Blaise ou Heron. Tenho que me esforçar para entender as palavras de Cress.

– Você está dizendo que está com a loucura das minas? – pergunto.

Isso não deveria ser possível. Cress nunca pôs os pés em uma mina. Mas então me lembro da explicação de Mina, sobre como panelas muito cheias transbordam ao ferver. E o poder de Cress sempre foi forte… mais forte do que o meu, talvez até mais forte do que o de Blaise. E, diferentemente de nós dois, ela nunca foi cautelosa ao usá-lo.

No entanto, aqueles que são acometidos pela loucura das minas não dormem, e Cress dorme, eu a vi em sonhos. Você não pode sonhar se estiver acordado. Exceto… exceto por aqueles sonhos que sempre ocorreram dentro ou perto do palácio, sempre em algum lugar onde ela realmente poderia estar. Apenas diferente, distorcido. Mas, se Cress estiver sofrendo da loucura das minas, sua mente pode estar fragmentada o suficiente para distorcer a realidade.

– Há quanto tempo você vem tendo alucinações? – pergunto baixinho.

Ela sustenta meu olhar, piscando de maneira lânguida.

– Desde que você me deu o veneno – responde ela. – Às vezes, acho que é um sonho. Ou um pesadelo. Mas não pode ser.

– Porque você não dorme.

– Não – confirma ela. – Irônico, não é? Você veio aqui, preparada para me matar, mas a verdade é que você já me matou. Só que está levando tempo, está me corroendo lenta e dolorosamente. Eu não sabia que você era capaz desse tipo de crueldade, Thora.

– Theodosia – corrijo, o nome forçando passagem entre meus lábios, embora eu não consiga compreender mais nada do que ela está dizendo. Pelo menos, isso eu sei. – Meu nome é *Theodosia*.

A esta altura, ela já deve saber disso; deve ter ouvido, em sussurros e gritos nas ruas. Ao ouvir de mim, no entanto, ela sorri.

– É bonito – diz ela. – Mas não combina com você. Você sempre será Thora para mim.

Não me surpreendo com as palavras dela, no entanto elas me machucam da mesma forma. Acho que teria gostado de ouvi-la me chamar pelo meu nome ao menos uma vez.

Com o coração pesado, invoco chamas às mãos mais uma vez e Cress as olha com os lábios franzidos. Finalmente, ela volta a atenção para o meu rosto, com um sorriso irônico.

– Venha agora – diz Cress, colocando as mãos nos ombros da menina e segurando-a com firmeza. – Você vai fazer o que acha que deve, mas com certeza não quer que a menina veja isso. Ela me lembra você, sabe? O nome dela é Adilia.

Deixo o olhar baixar e encontro os olhos assustados da menina. Conheço minha própria força, conheço minha precisão. Recordo como, no meio do incêndio na mina do Ar, pude controlar as chamas com a mesma facilidade com que movia os dedos. Se eu tentasse, tenho quase certeza de que poderia matar Cress sem machucar Adilia. Mas uma quase certeza não parece suficiente.

– Por que não a mandamos primeiro para sua família? – sugere Cress. – Eles não estão longe. E tenho certeza de que adorariam ver sua rainha também... Eles falaram muito de você, sabe? Semeando a rebelião aqui na minha cidade, tramando nefastas conspiraçõezinhas.

Sua voz assume um tom perigoso que faz minha pele pinicar. Sinto Blaise e Heron se aproximando, preparando-se para alguma coisa, mas nenhum de nós parece entender o que é.

Um arrepio percorre minha espinha.

– Onde eles estão? – pergunto.

Em vez de responder, ela estende a mão, me chamando.

– Venha.

Cress faz meia-volta e caminha em direção a uma das portas de saída da sala do trono, arrastando com ela Adilia, que continua chorando. Conheço esse caminho, é o que leva a uma sacada que dá vista para o jardim cinzento.

Quando percebe que não a estou seguindo, Cress se vira para me olhar por cima do ombro, um sorriso desconcertante nos lábios.

– Venha – chama ela outra vez, uma exigência e não um pedido. – Você e eu vamos fazer um joguinho.

– E se eu não quiser jogar? – pergunto, mal confiando em minha voz.

Ela dá de ombros.

– Então vou matá-los todos – diz ela, abrindo a porta.

Tenho a sensação de que meus pés são feitos de ferro enquanto a sigo em direção à porta, temendo o que me espera do outro lado, mas me obrigo a seguir em frente. É um consolo saber que Heron e Blaise estão atrás de mim, um consolo saber que não estou sozinha nisto, porém, quando chego à porta, percebo que a companhia não importa. Nada importa.

Porque, quando saio para a sacada e sigo Cress até o parapeito, vejo que o jardim lá embaixo está tão cheio de escravos astreanos que não consigo nem começar a contá-los. Muitos estão chorando, seus gritos enchendo o ar. Alguns mal têm idade para andar e estão nos braços dos pais.

E, em cada janela que dá para o jardim, encontra-se uma das assombrações de Cress, dez ao todo, vestidas de preto, cada uma com uma esfera de vidro nas mãos estendidas sobre a multidão, o interior das esferas cintilando com o inconfundível brilho opalescente da Velastra.

ESCOLHA

———— ◆ ————

SÓ ME RESTA OLHAR PARA OS milhares de pessoas reunidas lá embaixo, para a ameaça pairando sobre suas cabeças. Exatamente abaixo de cada janela, encontra-se um único astreano, tendo um punhal reluzente nas mãos. Cada um daqueles dez rostos mostra pavor e confusão, eles não têm ideia do que foram escolhidos para fazer. Talvez tenham até pensado que receber uma arma seja uma sorte, mas eu os vejo como aquilo em que Cress de fato os transformou: armas humanas, fantoches à espera de cordas.

Como são delicadas aquelas esferas de vidro, sustentadas acima de suas cabeças... Uma vez que caiam e se rompam, o gás se dispersará e a Velastra produzirá seu efeito. É mais veneno do que ela deu a Laius, mais do que eu pensei que ela poderia produzir, mas aqui está. Cress disse que o veneno ainda não tinha o alcance que ela pretendia, mas mesmo que cada esfera só tenha Velastra suficiente para afetar a pessoa com o punhal, não quero descobrir que tipo de destruição essas dez pessoas podem causar. Todos os milhares de outras estão presas no jardim, desarmadas e despreparadas. São cordeiros esperando o abate, e não fazem a menor ideia disso.

– Imagine só todas as ordens que eu poderia dar – diz Cress, passando a ponta dos dedos enegrecidos pelo parapeito. – Todas as coisas que eu poderia ordenar que fizessem com aqueles punhais antes de tirarem a própria vida, como Laius. Será um massacre, se você não fizer exatamente o que eu mandar.

Embora eu saiba que Blaise e Heron estão atrás de mim, não ouço qualquer sinal deles, não tenho certeza nem se estão respirando. Eu entendo. Independentemente do que eu acredite que Cress é capaz, ela sempre consegue me surpreender.

– O que você quer? – pergunto, surpresa que minha voz saia tão firme.

Por dentro, sou um caos trêmulo.

Cress desvia a atenção do jardim para mim, os olhos frios e cintilantes como prata sob a luz da lua cheia.

– O que você ia querer, se fosse eu? – pergunta ela, curiosa, inclinando a cabeça para um lado.

– Rendição – respondo.

Cress sorri, mas é um sorriso cruel e amargo.

– Depois de você invadir meu palácio? Depois de destruir duas das minhas minas ao me obrigar a queimar as outras antes que você pudesse chegar até elas? Depois de me fazer perder meus aliados de Sta'Crivero? Depois de roubar meus prisioneiros? Depois de matar minhas amigas? Você realmente acha que a rendição é o destino que você merece? Tente de novo.

Eu engulo em seco.

– Você me quer morta – digo.

Não se trata de algo que eu não esperasse. Afinal, já estivemos aqui antes, a mesma escolha, pode-se dizer, apresentada a mim. Eu sei o que escolhi então, e sei que vou fazer a mesma escolha agora. E, desta vez, a morte será de verdade.

Cress balança a cabeça.

– Ah, não – diz ela. – Isso ainda é muito fácil, ainda é muito bom depois de tudo que você fez. Não, pretendo que você tenha uma vida longa, cheia de todo tipo de tormentos. Alguns que eu nem imagino ainda… mas vou imaginar. Teremos muito tempo, afinal. Sobretudo assim que eu tiver um suprimento constante de Velastra para usar em você.

Engulo a bile que sobe pela minha garganta. Serei transformada em seu fantoche, meu corpo mantido vivo, mas minha mente tirada de mim, entregue a ela. É um destino pior que a morte, pior do que qualquer coisa que eu tenha imaginado. Mas me forço a assentir.

– O que mais? – indago, pois sei que isso não pode ser tudo. – E os meus exércitos?

– Não sou injusta – diz ela com um suspiro. – Se eles se renderem, vão ser poupados e enviados para as minas, para reconstruir tudo e trabalhar nelas, controlados com Velastra, assim que descobrirmos como produzir a poção em grande quantidade. Quem resistir será executado. Para mim, chega de rebeliões, Thora. Elas me entediam.

Por um momento, não digo nada, examinando o jardim e as janelas que dão para ele, em busca de alguma possibilidade de salvar aquelas pessoas, de todos nós sairmos ilesos disso. Mas não há saída. Apenas a realidade de milhares do meu povo enfrentando a morte certa, a menos que eu sacrifique milhares de outros.

É uma escolha impossível.

– Por que você não usou aquela dose de Velastra assim que coloquei os pés na sala do trono? – pergunto a ela.

Seu sorriso se torna instável.

– Porque teria sido bom demais para você – diz ela. – E eu quero ouvir você implorar por misericórdia… Não porque eu ordeno que faça isso, mas por sua própria vontade. Porque você precisa implorar.

– Você está com medo – afirmo, tentando ganhar tempo.

Tempo para o quê, eu não sei. Tempo para um milagre, tempo para outra opção, tempo que me resta em um mundo onde não sou atormentada pela culpa.

– Você acha que podemos realmente vencer.

Os olhos de Cress se estreitam.

– Acho que vocês superaram todas as expectativas – admite ela. – Mas vencer nunca foi uma possibilidade para vocês nesta luta.

– Então por que fazer um acordo? Se você acreditasse mesmo que poderia vencer, não teria me arrastado até aqui. Eu sei que você aprecia um bom espetáculo, Cress, mas seu pai ficaria muito decepcionado vendo isso ser colocado acima da lógica.

Essas palavras tocam na ferida, mas ela não responde. Em vez disso, olha por cima do parapeito e faz um gesto. Antes que eu me dê conta do que está acontecendo, uma de suas assombrações deixa cair a esfera de Velastra, que bate no chão, despedaçando-se aos pés da mulher astreana embaixo da janela, armada com o punhal.

Vejo o momento em que a Velastra entra em ação, a maneira como seus olhos ficam vidrados e seus ombros relaxam, exatamente como aconteceu com Laius.

– Você vai matar qualquer um que estiver na sua frente! – grita a assombração para ela, a voz alta e sonora, quase eufórica. – E não vai parar até que eu mande que pare.

A reação é imediata. A mão da mulher aperta o cabo do punhal e, sem hesitar, ela se lança para a frente, cravando a arma na barriga de um homem. Antes mesmo que o corpo dele desabe no chão, ela já está se dirigindo à pessoa seguinte. Na multidão tão compacta, é fácil para ela ir de pessoa em pessoa e, em questão de segundos, uma dúzia de corpos tombam e dezenas de gritos perfuram o ar. Mas ela é uma só e, por mais assustadas que as pessoas à sua volta estejam, ainda existem entre elas algumas dispostas a lutar, e logo elas a jogam no chão, e o punhal é arrancado de seus dedos.

Acabou mais rápido do que eu pensava e, embora haja muitos cadáveres empilhados em torno dela agora, o dano foi pelo menos contido. No entanto, assim que olho para Cress, percebo que isso é apenas parte de seu plano.

– Você sabe por que a escolhi? – pergunta ela, dirigindo-se a mim. – Por que escolhi cada um deles para serem minhas armas?

Sem esperar resposta, ela faz outro gesto para a assombração, que deixa cair algo mais no meio da loucura abaixo: uma Pedra do Espírito, percebo, uma cintilante Pedra da Água de um azul profundo.

– Não – sussurro, mas é tarde demais.

Sei o que vai acontecer um mero segundo antes que aconteça, antes que a mulher presa ao chão comece a se contorcer, um grito agudo escapando de sua garganta.

– Solte-se! – grita a assombração para ela. – E mate o maior número de pessoas que puder.

Assim que as palavras deixam a boca da assombração, a mulher começa a soltar faíscas, exatamente como a menina que vi no campo de batalha na mina do Fogo. Em um momento ela é uma mulher; no seguinte, há um tufão rasgando sua pele e as cerca de uma centena de pessoas ao seu redor estão se afogando no ar, cuspindo água, sufocando até cair de joelhos como cadáveres encharcados, inchados e azuis.

Os gritos morrem ao mesmo tempo que ela, e os astreanos que estão fora de seu raio de alcance se mostram tão chocados que o seu silêncio ecoa em meus ossos. Eu sinto náuseas, mas as assombrações apenas sorriem, observando o pandemônio se desenrolar, as outras nove ainda segurando suas esferas de Velastra, prontas para repetir o feito.

– Não! – grito, minhas mãos agarrando o parapeito. Engulo em seco, baixando a voz: – Pare com isso, Cress.

– Você concorda com meus termos? – pergunta ela, erguendo as sobrancelhas.

Não posso responder a essa pergunta. Minha mente está rodopiando. Há mais guerreiros lutando no interior do palácio agora do que escravos no pátio, a parte racional em mim sabe que não devo me render. Se as pessoas lá embaixo morrerem, Astrea ainda pode triunfar. Vamos reconquistar nosso país e reconstruí-lo. Mas vamos reconstruí-lo sobre os ossos de inocentes, e que tipo de país seria esse?

Um país livre. Um país com futuro.

"Você está sempre lutando por Astrea, acima de qualquer coisa", Blaise me disse uma vez. E ele estava certo.

É uma escolha difícil, sim, mas não impossível.

Engulo em seco e recuo um passo, estendendo as mãos para trás à procura de Heron ou Blaise, querendo encontrar alguma fonte de conforto antes de dar a ordem que vai condenar milhares de pessoas. Mas não há nada atrás de mim, exceto o vazio. Ouço com atenção e não detecto som nenhum, nenhuma respiração, nenhum movimento.

– O que você está fazendo? – pergunta Cress, franzindo o nariz.

– Pensando – digo, o que não é mentira.

Minha mente é um turbilhão de possibilidades, de onde Heron e Blaise podem estar, o que eles estão planejando. Parte de mim se preocupa com o que estão fazendo, se é perigoso para eles, se pode piorar a situação para todos. Mas eles me seguiram até aqui, confiaram em mim. Agora tenho que confiar neles, e isso significa tentar ganhar mais tempo.

– O que há para pensar? – desdenha Cress. – Acho que estou sendo muitíssimo generosa, levando tudo o que você fez em consideração. Você me matou, Theo… ou praticamente isso. E eu nem mesmo vou retribuir o favor. Se isso não é generosidade, eu não sei o que é.

– Preciso de mais informações antes de decidir qualquer coisa – argumento, examinando as janelas que dão para o jardim, as assombrações atrás de cada uma delas.

Se eu fosse Blaise ou Heron, começaria por elas. No entanto, eles só podem eliminar, no máximo, duas de cada vez, e há nove assombrações ainda com esferas. Assim que algo acontecer a duas delas, as outras sete vão lançar suas esferas de Velastra.

– E quanto aos vecturianos? – pergunto a Cress. – O que vai acontecer com eles?

Cress dá de ombros, desinteressada.

– Ouvi dizer que uma das filhas do chefe está lutando ao seu lado, liderando os vecturianos em seu exército. Talvez o chefe se interesse por uma troca, embora eu tenha ouvido dizer que ele tem tantos filhos que não posso imaginar que um vá fazer muita diferença para ele.

– E Søren? – pergunto, inclinando-me sobre o parapeito, tentando ver mais do jardim abaixo sem levantar suspeitas.

As cinco entradas para o jardim estão todas fechadas, o que não é nenhuma surpresa. Eu apostaria que elas estão trancadas, protegidas por guardas do outro lado. Cress não se arriscaria.

– Fui muito gentil com ele antes – pondera Cress. – Um traidor merece a morte de um traidor. Arrastado e esquartejado, a cabeça exibida na ponta de uma lança.

Eu escuto, mas não estou ouvindo de fato. Com o canto do olho, vejo algo brilhar ao luar, apenas um leve brilho que eu não veria se não estivesse procurando. Lá, em outra sacada bem acima do jardim. Alto demais para ser uma ameaça.

Franzo a testa, tentando entender o que Heron está fazendo.

– E então? – pergunta Cress, me obrigando a voltar a atenção para ela. – O que vai ser, Thora? O tempo acabou.

O ar ao meu redor se agita, impelindo-me para a frente, mas os galhos da árvore no centro do jardim permanecem imóveis. Com o coração batendo forte e os olhos fixos na sacada no alto, dou um passo em direção ao parapeito, apoiando ali as mãos, de ambos os lados do corpo.

– Thora? – pressiona Cress, a voz aguda.

O vento empurra com mais força as minhas costas e eu engulo em seco, entendendo o que Heron quer que eu faça. Um salto de fé, no sentido mais literal.

Olho por cima do ombro para Crescentia.

– Liberdade – digo a ela. – É isso que eu escolho. Liberdade para mim e para todos os astreanos.

Antes que ela possa responder, eu tomo impulso e pulo por cima da grade.

Por um instante, me vejo em queda livre, despencando na direção de uma multidão de astreanos aos gritos, mas, de repente, uma rajada de vento me pega, me levantando e levando até os galhos da solitária árvore esquelética. Eu agarro os galhos, seguro forte e encontro um apoio firme para o pé em um dos galhos mais grossos, perto do tronco.

– Ataque! – grita Cress, sua voz um berro ensurdecedor.

Suas assombrações não perdem tempo, lançando as esferas de Velastra no que parece um movimento sincronizado para a multidão abaixo. Mas as esferas não atingem as pedras do pátio. Elas não quebram. Em vez disso, pairam no ar por um momento antes de flutuar para o alto, bem acima das torres mais altas do palácio, onde se quebram, longe demais para afetar alguém.

Cress solta um grito de frustração que repercute em meus ouvidos.

– Fogo! – grita ela para as assombrações. – Queimem todos eles!

As assombrações não demoram a obedecer e começa a chover fogo, uma bola de chamas após a outra, ininterruptamente, mas essas também não alcançam o chão. Elas se extinguem logo acima da cabeça das pessoas. O vento de Heron, percebo.

– Continuem! – berra Cress. – Isso não pode durar para sempre.

Sinto um peso no estômago ao me dar conta de que ela está certa: mesmo Heron tem seus limites e é muito mais difícil manter um escudo de vento sobre todo o jardim do que lançar bolas de fogo. Eu invoco minha própria chama, mirando em Cress, apenas para perceber que o escudo funciona nos dois sentidos, não posso rompê-lo mais facilmente do que as assombrações.

Algo cintila no ar ao meu lado e o galho no qual estou me agarrando desce um pouco com um peso maior antes que Blaise apareça, seus olhos acesos e a boca formando uma linha fina.

– Ele não vai conseguir sustentar – digo.

Blaise não nega, mas seus olhos se afastam dos meus.

– Não – diz ele. – Vá para o chão e fique lá. Tente manter todos calmos, não importa o que aconteça.

Balanço a cabeça, lutando para entender suas palavras, o plano que ele tem em mente.

– O que você...

Ele não responde. Em vez disso, abre a mão, revelando uma única Pedra da Terra do tamanho de sua palma, já brilhando e pulsando com vida.

A compreensão surge em minha mente, não completa, mas suficiente.

– Blaise, não – peço, minha voz se elevando.

Ele então sorri para mim, um sorriso triste porém determinado, que não chega aos olhos.

– Vejo você no Além um dia, Theo. Não quero que esse dia chegue logo, mas demore bastante.

Fico paralisada enquanto ele beija meu rosto, a boca quente em minha pele, e a seguir ele salta para o chão, os pés se apoiando nas raízes desta árvore que está morta há quase uma década.

Recupero o controle do meu corpo, movendo-me automaticamente, sem qualquer outro pensamento que não seja: *Eu tenho que ir com ele.*

É mais difícil para mim descer os galhos da árvore, mas, um momento depois, meus pés tocam o chão, um choque subindo pelas minhas pernas, que eu mal sinto. As pessoas se espremem por toda parte, em pânico, gritando e chorando, mas eu só tenho consciência de Blaise e da pedra brilhante fechada com força em sua mão, cujos nós dos dedos estão brancos.

– Blaise – chamo, agarrando seu braço e arrancando-o do tronco da árvore. – Pare. Tem que haver outra maneira.

Com calma, Blaise coloca a outra mão na árvore, olhando para mim com determinação.

– Não há – diz ele. – Vá... mantenha a multidão calma. Não quero que você veja.

Balanço a cabeça, apertando sua mão com mais força.

– Se você vai se sacrificar, não vai fazer isso sozinho – digo a ele, a voz falhando. – Não vou deixar você morrer sozinho.

Por um instante, ele parece que vai discutir, mas sei que também não quer isso. Ele assente uma vez, desviando os olhos. Então me entrega sua espada, fechando minhas mãos sobre o punho.

– Quando começar... quando eu tiver feito tudo que posso e perder o controle... me detenha antes que eu comece a machucar nosso povo. Antes que eu machuque você.

Entorpecida, balanço a cabeça.

– Eu não posso fazer isso.

– Claro que você pode – diz Blaise com um sorriso amargo. – Por Astrea.

"Você está sempre lutando por Astrea, acima de qualquer coisa."

De repente, eu o odeio por essas palavras, pela brutalidade delas, pela verdade fria, desprezível e absoluta contida nelas. Eu o odeio por compreender o que esse sentimento significa, muito antes que eu mesma compreendesse.

– Por Astrea – repito, mas a voz não parece minha.

– Blaise! – grita Heron da sacada acima. – Não vou aguentar por muito tempo mais!

– Está na hora – diz Blaise.

Ele solta minhas mãos e bota as suas no tronco da árvore morta, respirando fundo.

Eu o abraço o mais forte que posso. Sinto a vibração do poder reverberar pelo seu corpo, tornando sua pele muito quente, escaldante, mas não o solto. Eu o aperto com mais força ainda, como se, ao segurá-lo, eu pudesse de alguma forma protegê-lo, como ele tantas vezes me protegeu.

A árvore morta responde ao seu toque, estendendo os galhos, despertando. Com o rosto pressionado contra seu peito, ouvindo o batimento irregular de seu coração, olho para cima, vendo, maravilhada, os galhos não só crescerem, como também brotarem folhas deles. Elas se desenvolvem rapidamente, espalhando-se cada vez mais, até que todo o jardim se encontra sob a copa.

É terrível e lindo e eu não consigo desviar o olhar.

A primeira bola de fogo atinge as folhas com um chiado, mas não consegue atravessá-las. O poder de Blaise mantém a copa da árvore firme e inflexível. Sua testa está franzida, em concentração, mas ele não está perdendo o controle. Ele está bem.

Por um lindo momento, acredito que ele vai sobreviver a isto. Tudo que ele precisa fazer é manter uma árvore no lugar, ele consegue fazer isso. Mas, então, ele abre os olhos e me encara, e percebo que ainda há mais a fazer. Não basta proteger o jardim; ele precisa extinguir a ameaça que está acima: Cress e suas assombrações.

O chão treme sob meus pés e gritos sobem dos escravos à nossa volta. Eles se agarram uns aos outros e eu me agarro a Blaise.

A parede do palácio, visível sobre seu ombro, se divide, uma rachadura correndo pela lateral, partindo do chão em direção à janela onde eu sei que uma das assombrações está. Ouve-se um estalo, o som inconfundível de pedra desmoronando, antes que um grito atravesse o ar. O tipo de grito que só pode preceder a morte.

– O que você está fazendo? – pergunto a Blaise, sem conseguir ver nada acima dos galhos grossos.

Outro tremor percorre o solo, outra parte do palácio desmorona, outro grito.

– Terremotos – responde Blaise entre os dentes cerrados. – Contidos, mas fortes o suficiente para derrubar as assombrações, para arrastar todas elas para o fundo da terra.

Imagino a cena, cada assombração caindo em meio aos destroços, sendo soterrada neles. Nada disso cai no jardim propriamente, o que, deduzo, é também obra do dom de Blaise, ou de Heron.

Uma rajada de vento varre o jardim e além, junto com outro terremoto; as forças combinadas espalhando a destruição. Mais gritos, mais mortes.

– Estou com medo, Theo – admite Blaise, seus olhos encontrando os meus.

Sua voz falha e, de repente, ele parece tão criança, como o menino com quem cresci.

– Está tudo bem – digo a ele. – Você já fez bastante. Pode parar agora.

Mas a chuva de fogo ainda não parou. Ainda existem assombrações lá em cima e, se ele parar, pessoas inocentes serão feridas. Ele sabe disso tão bem quanto eu, seus olhos determinados e intensos e também inconfundivelmente amedrontados. Ele balança a cabeça.

– Está na hora.

Não posso dissuadi-lo. Não posso pedir a ele que pare. Então não tento; não agora, no fim. Em vez disso, posiciono a ponta da espada onde está seu coração, pronta para quando chegar a hora.

– Vá em frente – digo, me odiando por essas palavras assim que elas deixam meus lábios, muito embora elas, pelo menos, pareçam lhe trazer paz.

Ele assente uma vez e torna a fechar os olhos.

O tremor que percorre a terra desta vez é tão forte que quase me derruba, mas eu me seguro com força a Blaise, à espada em minha mão. Por toda a nossa volta, ouço as paredes do palácio desmoronarem, sinto os escravos se espremerem ao meu redor, fugindo dos limites do jardim, onde temem que os destroços caiam. As salas em volta do jardim implodem, tombando para as bordas em montes de entulho, o ruído de destruição e gritos ecoando pelo ar.

Um dos gritos, eu sei, é de Cress, mas não posso pensar nisso agora. Só consigo pensar em Blaise em meus braços, queimando de dentro para fora, seu corpo tremendo de maneira tão violenta quanto a terra sob nossos pés. Ele força os olhos a se abrirem e neles eu o vejo lutando contra si mesmo, tentando manter o controle. Só que essa é uma batalha que ele está perdendo.

– Agora – diz ele, a voz exausta, forçando o caminho entre os dentes cerrados. – Theo, por favor.

A espada vacila em minha mão, mas eu me obrigo a segurá-la com força, a mantê-la pressionada contra seu coração. Fecho os olhos, ficando na ponta dos pés e puxando-o para baixo de modo a descansar minha cabeça contra a dele.

– Obrigada – digo, e então, em um único movimento, forço a espada para cima, enterrando-a em sua carne.

Blaise dá um último suspiro, os olhos se abrindo, vendo tudo e nada ao mesmo tempo. Por um momento, o mundo para à nossa volta. Então ele desaba no chão, sem vida.

TORPOR

◆

APÓS O COLAPSO DO CENTRO DO palácio, a batalha vai chegando ao fim, embora eu só tenha conhecimento disso por causa dos sons: o modo como a cacofonia da guerra se transforma em ruídos abafados, seguidos por gritos de celebração, o retinir de espadas sendo jogadas no chão.

Os gritos de celebração são em astreano e uma onda de triunfo atravessa meu torpor. *Vencemos*, penso. Apesar de tudo. Mas o sentimento é logo substituído por uma pontada de culpa. Porque nós vencemos e Blaise nunca poderá ver isso. Ele nunca verá Astrea livre, embora essa libertação não pudesse ter acontecido sem seu sacrifício.

Estou vagamente ciente da porta para o jardim se abrindo, de Heron e Artemisia passando por ela, indo até onde estou sentada, imobilizada, ao lado do corpo de Blaise. Os reféns que estavam encurralados no jardim já se foram, levados para algum lugar para comer e se lavar. Então somos apenas nós, cercados por escombros, com o corpo de Blaise frio no chão.

Todo esse tempo que passei me preocupando com a quentura da sua pele, nunca parei para pensar em como seria quando estivesse fria.

Ninguém fala. Heron deve ter contado a Art sobre Blaise, porque ela não se mostra surpresa em vê-lo, mas ainda assim está abalada, seus olhos grudados no corpo dele, frio e sem vida. Suponho que, mesmo sabendo, seja diferente ver.

– Acabou? – pergunto, mal olhando para eles.

Heron faz que sim com a cabeça, os olhos voltados para baixo.

Tantas vezes eu imaginei este momento, o triunfo que sentiria, quanto me sentiria feliz. Na minha imaginação, todos nós comemorávamos, ríamos e celebrávamos. Na minha imaginação, Blaise estava sempre lá, festejando com a gente.

– Ele morreu como um herói – diz Artemisia por fim, a voz suave.

Uma risada escapa de mim, áspera e feia.

– Que diferença isso faz? Um herói morto ainda está morto.

– Ele sabia o que estava fazendo – argumenta Heron depois de um momento.

– Ele queria morrer, você quer dizer – replico, minha voz soando rude. – É, eu sei. Ele me disse isso muitas vezes.

Heron balança a cabeça, franzindo a testa.

– Ele não queria morrer – afirma, procurando as palavras certas. – Ele queria que Astrea vivesse. Mas sabia que as duas coisas não eram possíveis ao mesmo tempo, então ele fez uma escolha. A mesma que qualquer um de nós aqui teria feito. A mesma que você fez com o encatrio.

Eu sei que há verdade em suas palavras, mas elas não me trazem conforto, não agora.

– Ela morreu no terremoto? – pergunto, olhando para Heron. – Cress? Encontraram o corpo dela?

Heron e Artemisia se entreolham e, por um momento, acho que Art vai me corrigir por me referir a Cress pelo primeiro nome outra vez. Se ela fizer isso, sinceramente, acho que sou capaz de bater nela.

– Não – responde ela, hesitante. – Quero dizer, sim, o corpo foi encontrado, mas não, ela não morreu no terremoto. Nós a encontramos nos escombros perto da sala do trono, inconsciente, mas viva. Ela está na masmorra agora, despojada de todas as Pedras do Fogo. A última notícia que tive é que ela ainda estava inconsciente.

Faço que sim com a cabeça, sem estar de fato surpresa com a notícia. Claro que um terremoto não mataria Cress. De repente, me sinto uma tola por pensar que sim, por esperar que os deuses lhe dessem uma morte tão fácil ou me permitissem não ter participação nela. Não. Eu sempre soube que isto só poderia terminar de uma maneira.

– Ela está sofrendo da loucura das minas – conto a eles. – Mesmo sem as pedras, ela pode ser perigosa. Deixem Guardiões da Água de vigia o tempo todo e preparem sua execução para o amanhecer.

Artemisia assente, não parecendo surpresa com qualquer das decisões. Suponho que eu não seja a única que se encontra em um torpor.

– Você precisa se levantar – diz ela para mim, com voz firme. – Astrea está livre, o povo está celebrando... o *seu* povo. Eles vão querer ouvir sua rainha.

Engulo em seco. A ideia de me postar diante de milhares de pessoas dando vivas, celebrando, me deixa nauseada.

– Ele ia querer que você fizesse isso – acrescenta Heron. – E o seu povo precisa de você. Muitos deles eram crianças quando houve o cerco, muitos eram escravos ainda esta manhã. Agora, eles não sabem o que fazer com a liberdade. Precisam de um líder neste momento. Precisam de um exemplo.

Não me sinto uma líder. Certamente não me sinto uma rainha. Mas sei que ele está certo. Olho mais uma vez para Blaise e toco sua mão, inerte e fria, ao seu lado.

– Mandem limpar o corpo dele – peço. – Preparem tudo para a cremação… uma cerimônia de herói.

Artemisia assente.

– Há muitos heróis mortos hoje, Theo – diz ela, a voz suave, mas com certa dureza.

Você não é a única que perdeu alguém hoje. Por mais duro que pareça, ela está certa.

– Amanhã à noite, vamos realizar uma cerimônia para todos eles – digo a ela. – E vamos homenagear essa data todos os anos daqui para a frente.

Não parece o suficiente, mas não acho que alguma coisa algum dia vá parecer suficiente.

Heron estende a mão para mim e eu a aceito, soltando Blaise. Artemisia passa um braço pela minha cintura, o braço de Heron nos meus ombros.

– Vencemos – afirma Art, experimentando a palavra. – Astrea está livre.

– Vencemos – concordo, torcendo para que, se eu repetir a palavra várias vezes, ela comece a parecer real.

Quando saímos do jardim, eu não olho para trás, temendo que, se olhar, será assim que me lembrarei de Blaise: frio, inerte e sem vida. Em vez disso, penso nele rindo, os olhos brilhantes, a boca macia. Penso nele no calor da batalha com uma expressão tensa e feroz. Eu me lembro dele cantando para mim, a voz trêmula e desafinada. Eu me lembro da sensação de quando ele me beijou.

É assim que gravo sua imagem em minha memória. Esse é o Blaise de quem quero me lembrar pelo resto dos meus dias.

● ● ●

Artemisia me ajuda a vestir uma roupa limpa, uma túnica de seda violeta-escuro com um alfinete de ouro no ombro que tem o formato de chamas. Acabamos voltando para o meu antigo quarto, embora eu saiba que agora a ala real é minha. Ainda não estou pronta para isso, para dormir na mesma cama em que o kaiser dormiu, na mesma cama em que Cress dormiu. Até que possamos conseguir móveis novos, este quarto vai servir para mim.

Quando estou vestida e meu rosto está limpo, Art me traz uma caixa de veludo vermelho, semelhante àquela que o kaiser costumava usar para me enviar a coroa de cinzas.

Sem precisar perguntar, sei que a coroa ali dentro não é feita de cinzas. Ainda assim, quando Art a apresenta, toco o objeto para ter certeza. O ouro negro é frio sob meus dedos, os rubis cintilando à luz das velas. Minha garganta se contrai quando me lembro de ver minha mãe usá-la, como ela ficava linda, a cabeça erguida, as pedras preciosas cintilando feito chamas. Eu me lembro de que, às vezes, ela a colocava na minha cabeça, seus dedos delicados e frios, e como ficava grande demais, descendo até o pescoço.

Eu me lembro de Hoa também. Como muitas e muitas vezes ela ergueu aquela coroa de cinzas da caixa com o máximo de delicadeza. Queria que ambas estivessem aqui agora, para ver este momento.

Mas é Artemisia quem levanta a coroa da caixa e a coloca no alto da minha cabeça, o ornamento se apoiando em minha testa, o metal frio em minha pele.

Ela já não é grande demais. Agora me serve perfeitamente.

• • •

Søren, Sandrin e Dragonsbane estão esperando diante do quarto quando Art e eu saímos, os três escorados na parede oposta, quietos como se estivessem mortos. Mas não estão mortos… Estão vivos, e vê-los expulsa todo o ar de meus pulmões, um alívio tão grande que me dá vontade de chorar, embora eu não creia que ainda tenha lágrimas.

Assim que me veem, os três se afastam da parede. Sandrin e Søren se curvam em uma reverência e, um segundo depois, Dragonsbane faz o mesmo.

– Vossa Majestade – diz Søren, aprumando-se.

Ele também trocou de roupa, tirando as ensanguentadas e vestindo uma camisa de algodão branco simples e calças pretas. Não parece um prinz, mas suponho que de fato ele não seja mais um, e isso parece cair bem nele.

Meus olhos pousam alternadamente nos três. Não consigo imaginar muitas coisas que os trariam juntos à minha porta, mas há um motivo que me vem à mente de imediato.

– Presumo que vocês três queiram discutir o destino dos prisioneiros kalovaxianos... – digo.

Seria muito esperar um adiamento, suponho, mas eles estão certos. Quanto mais cedo a pergunta for respondida, melhor.

– Isso pode esperar – informa Artemisia. – Há um banquete em sua homenagem e tenho certeza de que vai querer participar.

Penso por um segundo antes de balançar a cabeça.

– Ainda não – respondo. – Eu estava planejando ir até a masmorra primeiro. Vocês três podem ir até lá comigo, para que possamos discutir no caminho?

As sobrancelhas de Dragonsbane se erguem ligeiramente e ela assente.

– Claro.

Eu me viro para Artemisia.

– Encontro você no banquete – digo a ela, olhando sua roupa. É a mesma que estava usando esta manhã, com o acréscimo de algumas manchas de sangue. – Assim, você aproveita também para se trocar.

Artemisia olha para sua roupa, dando de ombros.

– Não sei para quê. Não demore muito. Ao que parece, é indelicado começar a beber antes que os brindes sejam feitos, e visto que você será a razão da maioria deles...

A voz dela morre.

– Estarei lá em breve – prometo.

Quando Artemisia desaparece numa curva do corredor, eu me lanço nos braços de Søren, enroscando os meus no seu pescoço. Dragonsbane solta um suspiro de irritação e até Sandrin pigarreia, sem jeito, mas eu ignoro os dois. Por um momento, ficamos assim, sem nos movermos. O único som é o de nossos corações batendo juntos, em conjunto.

– Conseguimos – digo a ele.

Ele assente, a cabeça no meu ombro.

– Sinto muito por Blaise.

– Eu também – replico.

Falar sobre ele é como esfregar uma ferida aberta, mas não sei como parar. Algumas feridas você não quer curar totalmente. De algumas, quer manter a cicatriz.

Eu me afasto e começo a andar pelo corredor em direção à masmorra, deixando os três me rodearem.

– Tenho certeza de que vocês querem discutir o que será feito com os kalovaxianos – digo, antes que um deles toque no assunto primeiro.

Sandrin hesita um segundo e então concorda.

– Sei que não é algo em que você gostaria de pensar agora. Você quer celebrar, e deve mesmo, mas...

– Mas há milhares de pessoas detidas na capital agora, sem mencionar outras dezenas de milhares que serão presas quando eu enviar tropas pela manhã – digo com um suspiro. – Além disso, venho pensando no assunto. Bastante, na verdade. Onde estão os prisioneiros kalovaxianos agora?

– Os guerreiros que sobreviveram estão na masmorra – informa Søren. – Mas os outros... a nobreza, sim, mas também crianças que não têm culpa dos erros dos pais... Eles estão sendo mantidos em prisão domiciliar até que seja decidido o que fazer. Sei que você tem que fazer julgamentos duros, mas também sei que é justa.

– Justa – repete Dragonsbane, a voz ácida. – Mas não idiota. Eles são inimigos, Theo. E crianças viram adultos.

– A verdadeira questão é como elas crescerão – pondera Sandrin com suavidade.

Dragonsbane lança um olhar cortante para ele.

– Não é hora de sentimentalismos – dispara ela.

– Não, não é. Mas também não é hora para tomarmos decisões com raiva – retruco, revirando o problema em minha mente.

Não se trata de um assunto novo para mim. Nestes últimos meses, quando não estava pensando em como chegar aqui, estava me perguntando o que aconteceria se tivesse êxito. Eles estão certos, é uma decisão complicada.

– Não quero outra guerra na próxima geração – digo, olhando para os três. – Quero acabar com isto de uma vez por todas. Mas a justiça deve ser feita. E Astrea será um país em recuperação por muito tempo. Mal seremos capazes de nos sustentar e aos refugiados de outros países aos quais prometi um lar.

Faço uma pausa, olhando para Søren.

– Quantos países a Kalovaxia conquistou no último século?

Ele precisa pensar um pouco.

– Nove – responde, enfim.

– Países que vocês deixaram em ruínas, não? – pergunto.

– Sim – admite ele, sem tentar eximir-se da culpa, embora pudesse fazer isso facilmente.

Ele sabe que colheu os benefícios daquelas invasões, ainda que ele mesmo não tivesse participado diretamente delas.

– Os kalovaxianos são criminosos. Criminosos de graus variados, sim, mas criminosos da mesma forma. – Olho para Sandrin. – O que minhas antepassadas faziam com os criminosos?

Ele considera a pergunta.

– Julgamentos – responde. – Os criminosos ouviam os crimes de que eram acusados e respondiam a eles, fosse para defender suas ações ou para implorar por perdão e misericórdia. Comitês eram formados para ouvir suas declarações, pesar os crimes e aplicar punições apropriadas.

– Então eu proponho julgamentos – digo.

Dragonsbane bufa.

– Você não acredita de verdade que algum deles seja inocente…

– Inocente, não – afirmo, balançando a cabeça. – Mas, como eu disse, houve graus variados de má conduta. Não me parece justo tratar estupradores, assassinos e escravizadores da mesma maneira que fazendeiros, comandantes de navios ou costureiras, pessoas que se beneficiaram com a má conduta, sim, que pactuaram com ela, mas que não cometeram efetivamente crimes. Proponho que os piores ofensores… os guerreiros, os escravizadores, os guardas das minas… que eles possam ser condenados à morte, dependendo de seu testemunho e do veredicto de um comitê formado por pessoas de todos os países que os kalovaxianos prejudicaram.

Sandrin reflete sobre minha proposta e, por um momento, não diz nada. Eu espero, porém, porque me importo com o que ele pensa da minha ideia. Afinal, ele tem uma natureza nobre, com uma mente justa e um espírito de sobrevivente.

– Acredito que esse seja o caminho mais limpo a seguir – diz ele após um momento.

– O caminho mais limpo seria não deixar sobreviventes, eliminar os kalovaxianos da mesma forma que eles fizeram com outros países, outras famílias – afirma Dragonsbane.

– Mas não somos os kalovaxianos, tia – digo, a voz firme. – Não vou matar crianças e tampouco serei o catalisador que as transformará em monstros sedentos de vingança daqui a uma década. Eu quero paz, e quero que essa paz dure. Quero julgamentos e condenações, sim, mas também quero redenção e misericórdia onde elas possam ser aplicadas. Quero plantar sementes de um futuro que durará mais do que o meu reinado.

Søren considera minhas palavras, assentindo.

– Isso é mais justo do que eu poderia esperar – admite ele. – E eu sei que haverá muitas execuções como resultado, mas e quanto aos outros? Os nobres, os fazendeiros, as pessoas que você mencionou que não cometeram crimes…

– Mas foram cúmplices – completo, antes de fazer uma pausa. – Não existe mais uma Kalovaxia para onde mandar todos de volta, mas há nove países destruídos que precisam ser reconstruídos. E se os separássemos em nove grupos e os enviássemos para cada um dos países que os kalovaxianos arruinaram? Seus filhos irão com eles, para serem cidadãos daquele país, tratados com justiça como qualquer outro. Frequentando escolas, aprendendo ofícios, todos membros da sociedade.

– E os pais? – pergunta Søren. – Escravos?

Balanço a cabeça, franzindo os lábios.

– Trabalhadores compulsórios – respondo. – Incumbidos da tarefa de reconstruir o país, como for necessário. Os comitês de julgamento podem determinar a duração de suas sentenças e, após esse período, eles serão livres, igualmente cidadãos. Como não podem voltar para Kalovaxia, devem ir para algum lugar.

Por um momento, ninguém diz nada e eu temo que eles protestem, que Sandrin considere a decisão muito dura, que Dragonsbane a ache muito leve, que Søren encontre alguma falha lógica que eu não percebi. No entanto, depois do que parece uma eternidade, Dragonsbane concorda.

– Mandarei meus navios para Doraz, e minha tripulação e eu começaremos a nos preparar para devolver os refugiados a seus países destruídos, para fazer um balanço do que precisa ser feito para restaurar tudo.

– E eu vou começar a formar comitês com os que estão aqui reunidos – anuncia Sandrin. – Podemos dar início aos julgamentos já na próxima semana, depois que os mortos forem pranteados e enterrados e tudo estiver resolvido.

O alívio toma conta de mim e eu concordo.

– Por favor, façam isso. Obrigada aos dois.

Sandrin e Dragonsbane acenam com a cabeça antes de começarem a voltar pelo corredor, me deixando sozinha com Søren diante da entrada da masmorra.

– E quanto a mim? – pergunta ele após um segundo.

Eu o fito por um momento. É difícil olhar para ele e ver o mesmo garoto que conheci meses atrás, um garoto que se sentia tão indissociavelmente ligado ao pai monstruoso que eu não conseguia enxergá-lo. Mas aqui está ele agora, dono do próprio nariz, sem que haja nada do kaiser nele.

– Eu falei sério antes – respondo. – Você já cumpriu sua pena três vezes, Søren. Você é livre para ir ou fazer o que quiser agora.

– E se eu escolher ficar com você? – pergunta ele baixinho.

Um calor se espalha pela minha pele e tenho que me conter para não tocar Søren. Mordo o lábio para não dizer quanto eu quero isso.

– Rainhas não se casam – respondo, porém. – Essa é uma tradição que não pretendo quebrar.

Ele ri.

– Posso assegurar a você que não tenho nenhum desejo de ser rei, kaiser ou qualquer coisa dessa natureza.

– Então o que você quer ser? – pergunto.

Ele não hesita.

– Ser um embaixador. Passar metade do ano aqui na corte e a outra metade navegando para aqueles outros oito países, garantindo o bem-estar do meu povo e reprimindo quaisquer indícios de rebelião que possam surgir entre eles, da forma mais pacífica possível.

– Seu povo – repito. – Achei que você não quisesse ser kaiser.

– E não quero. Mas você, mais do que ninguém, deve entender que nem sempre é uma escolha. Eu não quero uma coroa, não quero um reinado... mas eles ainda são meu povo, e é meu dever cuidar do seu bem-estar.

Sim, eu entendo.

– Muito bem – digo. – Isso é tudo que você quer?

Ele estende os braços e me puxa para ele, de modo que ficamos cara a cara.

– Bem, eu quero você, mas não achei que precisasse dizer isso. Qualquer que seja a forma que eu puder ter você, pelo tempo que me quiser, eu sou seu.

Eu sorrio, ficando na ponta dos pés para beijá-lo de leve.

– *Yana crebesti* – murmuro junto a seus lábios. – Venha o que vier.

DIGNIDADE

—•—

Deixo Søren no começo do bloco de celas de Cress. Ele parece entender, sem que eu explique, que algumas coisas eu preciso fazer sozinha. A masmorra está escura e eu invoco uma bola de fogo à minha mão para iluminar o caminho. O chão ainda está úmido sob meus pés depois da inundação, mas esse é o único sinal do passado. As celas já estão cheias de novo, desta vez com guerreiros kalovaxianos. Cada bloco é guardado por um astreano que se curva quando eu passo.

Quando alcanço a cela de Cress, tudo que vejo é seu corpo encolhido em um canto, a túnica prateada trocada por um vestido simplório, o cabelo platinado brilhando na pouca luminosidade. Por um instante, acho que ela ainda está dormindo, mas então ela se mexe, um gemido suave saindo de seus lábios.

Seus olhos se abrem, focando em mim, e por um momento ela não diz nada.

De repente, me vem a lembrança de uma noite muito diferente, quando ela me visitou em uma cela aqui e me olhou deste lado das grades com fúria nos olhos, anunciando minha execução dali a algumas horas.

Embora eu tenha vindo com sentimentos semelhantes, não sinto fúria alguma em mim. Qualquer raiva que eu tenha sentido por ela foi enterrada após o terremoto. Agora, tudo que sinto quando olho para ela é tristeza e cansaço.

Como chegamos aqui?, pergunto a mim mesma. Mas eu sei a resposta. Nós sempre estivemos aqui, em lados opostos de uma guerra que nem sabíamos que estávamos travando. Talvez, em outro mundo, esta história pudesse ter tomado um rumo diferente. Talvez, em outro mundo, eu teria contado a ela sobre a rebelião que estava planejando e ela teria ficado ao meu lado. Talvez, em outro mundo, eu não teria dado a Elpis o veneno para usar contra ela.

Mas não é esse o mundo em que vivemos.

– Veio se vangloriar? – pergunta Cress, sentando-se, as costas apoiadas na parede de pedra.

– Não – respondo, e estou sendo sincera. – Eu disse a você que, quando este momento chegasse, eu não ofereceria misericórdia.

Ela faz uma careta.

– Eu me lembro muito bem. Então por que está aqui? Se não para se vangloriar? Se não para oferecer misericórdia?

Levo a mão a um ponto embaixo da saia do meu vestido, ao coldre em minha coxa onde está o punhal.

– Talvez seja, sim, um ato de misericórdia, afinal – digo a ela, passando o dedo pela delicada filigrana do cabo, pela borda afiada da lâmina. – Pela manhã, você será executada publicamente na praça, diante de milhares de pessoas que vão comemorar a sua morte. Será um espetáculo violento e sem qualquer dignidade.

Ela estremece de leve.

– E…? – pergunta, os olhos ainda no punhal em minha mão. – Você está aqui para me dizer que guardará minha cabeça?

É um eco do que ela me disse há muito tempo. Eu me abaixo e passo o punhal pelas barras da cela, deslizando-o em direção a ela pelo chão. Em seguida, dou um passo para trás, saindo de seu alcance, antes que ela possa fazer algo insensato.

– Estou aqui para dar a você uma oportunidade de morrer com privacidade, longe dos olhos de estranhos que a odeiam – afirmo. – Longe da multidão e dos gritos. Você pode fazer isso com suas próprias mãos. Pôr um fim rápido.

Cress fita o punhal no chão à sua frente, hesitante. Ela ergue os olhos para mim.

– Por quê? – pergunta, por fim.

Eu não tenho essa resposta. A verdade é que não sei por que estou aqui, por que estou oferecendo a ela um presente que ela nunca teria me dado, estivéssemos nós em posições trocadas. Ainda assim, tento expressar o que sinto em palavras da melhor forma possível.

– Porque você foi generosa comigo no passado – explico. – Você foi generosa quando não precisava ser. E sua bondade pode ter vindo com espinhos, mas bastou para mim, naquela época. Considere este gesto exatamente isso: uma bondade com espinhos.

Cress aperta os lábios, pega o punhal e o vira de um lado para o outro nas mãos. Sem dizer nada, ela assente, lágrimas brotando em seus olhos.

Eu me viro para ir embora, mas sua voz me detém.

– Você pode...

Ela se interrompe antes de tentar outra vez:

– Você pode ficar comigo? Eu não quero morrer sozinha.

Ela parece estar tão assustada que meu coração se contorce no peito, apesar de tudo. *Você merece morrer sozinha*, quero dizer a ela, pensando em Blaise, naquele jardim cheio de escravos apavorados, nas minas que ela queimou com milhares de pessoas lá dentro. Mas não é o que digo. Eu volto, tomando o cuidado de manter distância das barras, caso ela tenha outras ideias do que fazer com aquele punhal.

Faço um sinal afirmativo com a cabeça, sem falar.

Ela posiciona a ponta do punhal em sua barriga, as mãos tremendo enquanto ela olha para mim.

– Se houver um Além, como você acredita – ela me diz –, espero um dia ver você lá.

Essas palavras não soam como uma ameaça, mas como um desejo genuíno. Talvez ontem elas tivessem me comovido, mas hoje não sinto nada.

– Se houver um Além – digo a ela –, você não terá permissão para entrar.

Ela fecha os olhos, as lágrimas escorrendo pelo rosto. Com um último e trêmulo suspiro, ela crava o punhal na própria barriga.

TRIUNFO

S UBO NO ESTRADO DO SALÃO DE banquetes, lotado com uma multidão: o meu povo, muitos deles ainda em seu uniforme, exibindo os rasgos, queimaduras e manchas de sangue como condecorações. Tenho a sensação de que não estou exatamente em meu corpo. De certa forma, não estou mesmo. De certa forma, ainda estou na masmorra, vendo a vida deixar os olhos de Cress, ou no jardim, segurando o corpo frio de Blaise.

Eu não deveria estar aqui, celebrando, quando hoje foi um dia com a sombra da morte tanto quanto a do triunfo. Mas eu sou a rainha de Astrea, lembro a mim mesma. Meu nome é Theodosia Eirene Houzzara, a Rainha das Chamas, e não resta ninguém que possa me chamar por outro nome.

Atrás de mim, Artemisia pigarreia, de seu lugar entre Maile e Heron, com Søren e Erik do outro lado de Heron. Quando olho em sua direção, ela me dirige um olhar significativo, me instando a falar.

Mas o que há para dizer? Diante da expectativa de tantas pessoas, penso que gostaria de ter planejado algo, porque agora nada parece apropriado, nada parece suficiente.

Respiro fundo para me acalmar.

– O dia de hoje assinala o fim do reinado das trevas que os kalovaxianos impuseram a este país há mais de uma década – afirmo. – Mas também assinala outra coisa: um começo. Deste dia em diante, Astrea é livre mais uma vez. Assim como Rajinka e Tiava e Lyria e Kota e Manadol e Yoxi e Goraki e Vecturia. Somos todos livres novamente e nunca mais seremos acorrentados.

Os aplausos se elevam, ensurdecedores e estrondosos o bastante para fazer estremecer o chão sob meus pés. Eu espero até se acalmarem antes de retomar a fala. Enquanto isso, examino os rostos, encontrando alguns familiares, que me fitam de volta. Ali está Sandrin, mais à frente, os olhos fixos em mim, com Mina ao seu lado. E no canto mais distante, encostada em uma coluna no fundo da sala, posso ver Dragonsbane, em suas usuais botas pretas de salto, os braços cruzados e olhos avaliadores, não exatamente misturando-se à multidão.

– Há muita gente que deveria estar aqui esta noite para celebrar nossa liberdade, pessoas que lutaram por ela, que deram a vida para que pudéssemos estar aqui hoje – continuo, pensando em minha mãe, em Ampelio e Elpis. Em Hoa. Em Laius. Em Blaise. Em tantos outros cujos nomes eu nunca soube. – Acredito que, neste momento, eles estão nos observando do Além, com orgulho.

Minha voz falha com a última palavra e meu rosto começa a queimar quando percebo a impressão que devo dar, parada aqui diante deles. Uma rainha tão fraca que chora em público.

Mas, assim que esse pensamento me ocorre, eu lembro que minha mãe não tinha vergonha de chorar quando era necessário. Ela nunca viu isso como uma fraqueza; ao contrário, ela acreditava que era um sinal de força ter uma alma. Eram apenas os kalovaxianos que acreditavam que havia vergonha nisso, e eles não têm mais o poder de me fazer sentir vergonha.

Olhando a multidão, percebo que não sou a única à beira das lágrimas, não sou a única que perdeu alguém, não sou a única a achar esta noite ao mesmo tempo doce e amarga. Fingir o contrário seria prestar um desserviço aos mortos e aos que deixamos para trás.

Então ergo minha taça e espero que a multidão faça o mesmo.

– A Astrea – anuncio, e desta vez minha voz sai clara e verdadeira, carregada de lágrimas, mas ainda forte. – À nossa terra, aos nossos deuses e ao nosso povo, tanto os vivos quanto os mortos, que nunca, *nunca* mesmo, voltarão a usar correntes.

– A Astrea – ecoa a multidão e, em um só movimento, bebemos.

EPÍLOGO

—◆—

A SALA DO TRONO ENCONTRA-SE SILENCIOSA COMO uma cripta, sem ninguém ali, só eu. Estou certa de que, se eu pusesse os pés para fora desta sala, ouviria os sons da festa de celebração vindos do salão de banquetes, mesmo agora com o sol subindo no céu e um novo dia já tendo despontado. Mas, com a porta fechada, não há qualquer ruído, exceto o farfalhar suave do meu vestido enquanto atravesso a vasta extensão em direção ao trono, com passos cautelosos.

O vinho dos brindes deixou minha mente meio nebulosa, mas ainda sinto tudo. Triunfo, sim, mas também tristeza por Blaise e pelos outros que perdemos, e até mesmo por Cress, para ser totalmente sincera.

No entanto, estou em casa, lembro a mim mesma.

Esta não é a sala do trono em que cresci. Embora os terremotos de Blaise tenham sido pequenos e direcionados o suficiente para deixar a maior parte da sala intacta, ela ainda parece arrasada. Depois de mais de uma década com os kalovaxianos, o piso de cerâmica não brilha mais à luz do sol do amanhecer filtrada pelos vitrais. Os ladrilhos estão rachados e sujos, e cada superfície aqui parece estar precisando de uma boa limpeza. O candelabro está empoeirado demais para que sua luz seja profusa. As paredes estão encardidas e manchadas. Até o próprio trono parece desgastado, a obsidiana opaca e sebosa.

Os kalovaxianos sempre foram bons em tomar o que queriam, mas não tanto em cuidar do que conquistavam.

A parede da sacada que dá para o jardim foi reparada às pressas por um grupo de Guardiões da Terra a fim de evitar que todo o palácio desmoronasse, mas as rachaduras ainda estão visíveis. Ainda é possível ver pequenos fragmentos de destroços espalhados pelo chão. Talvez eu mande deixar assim, com rachaduras e tudo, para que nunca esqueçamos o que aconteceu aqui.

À luz pálida do sol da manhã, a sala do trono é dourada e suave. Como o cenário de um sonho. Mesmo agora, não tenho certeza se é mesmo real. Talvez daqui a um instante eu acorde em uma tenda fora da capital, ou em um navio, ou em Sta'Crivero, ou talvez até mesmo em meu antigo quarto neste palácio, cercada pelas Sombras, uma prisioneira em meu próprio lar. Mas, se isto é um sonho, pretendo aproveitar o máximo que puder.

Quando eu era criança, odiava o trono da minha mãe. Eu o imaginava envolvendo-a em tentáculos sombrios, prendendo o corpo dela ali e transformando-a em alguém que eu não conhecia. Não mais minha mãe, mas a rainha. Eu me ressentia dele e o temia, e sempre procurei manter distância.

Agora, porém, caminho em sua direção. Imagino minha mãe sentada nele, como era antes do cerco. Eu a vejo confortável, as pernas cruzadas, as mãos entrelaçadas no colo. Vejo-a com a mesma coroa de ouro negro que uso agora, a cabeça erguida enquanto ouvia as pessoas que vinham vê-la e pedir sua ajuda. Acho que nunca vou saber com certeza, mas gosto de acreditar que ela era feliz neste trono, que era feliz como rainha.

O braço de obsidiana do trono é frio sob meus dedos enquanto percorro o desenho das chamas gravadas nele. Incontáveis gerações de minhas ancestrais sentaram-se neste trono. Eu aprenderia seus nomes um dia, mas todos que as conheciam, todo e qualquer registro de sua existência, provavelmente foram destruídos pelos kalovaxianos. Esse pensamento faz meu coração doer.

Embora eu não queira pensar nela, não posso deixar de imaginar Cress neste trono. Será que ela o achava confortável? Ou ele a assustava tanto quanto me assustava na infância? Eu me pergunto se ela vai me assombrar para sempre. Parte de mim espera que sim, espera que eu tenha sempre um fragmento dela, não importa o quão terrível.

Parte de mim ainda não sabe muito bem como viver neste mundo sem ela.

Eu dou a volta pela base, deixando minha mão percorrer as bordas duras e curvas do trono. Quando retorno à sua frente, inspiro, devagar e trêmula, antes de me sentar. Então descanso as mãos em seus braços e me sento o mais ereta possível.

Este não é mais o trono da minha mãe, percebo com um choque que sinto até os ossos. Não é do kaiser nem de Cress ou de qualquer uma das minhas ancestrais sem nome.

Este trono é meu, somente meu, e eu já não tenho medo dele.

AGRADECIMENTOS

É DIFÍCIL ACREDITAR QUE JÁ CHEGAMOS AO fim da história de Theo, mas, como Theo, eu não poderia ter chegado aqui sem uma equipe de pessoas brilhantes, perspicazes e generosas ao meu lado.

Minha editora, Krista Marino, que me ajudou a coordenar estratégias de batalha e mapear a trajetória de personagens. Obrigada por compreender Theo desde as primeiras páginas de *Princesa das Cinzas* e por sua paciência e entusiasmo ao longo da jornada de Theo. Astrea teria sido um lugar pior (e muito mais confuso) sem você.

Meus agentes: Laura Biagi, por se apaixonar por *Princesa das Cinzas* e defendê-la tão arduamente, e Jennifer Weltz e John Cusick, por seu apoio e conselhos inestimáveis ao longo desta aventura emocionante, frustrante e, às vezes, confusa.

Quando decidi que queria ser escritora, ainda na adolescência, olhei meus livros favoritos e percebi que muitos deles eram publicados pela Delacorte Press e, desde então, foi um pequeno e tímido sonho ter meus livros publicados por essa editora. Agora, aqui estamos: três livros lançados e um sonho tornado realidade. Não consigo imaginar ter um grupo melhor de pessoas respaldando meus livros. Beverly Horowitz, Monica Jean e todos os outros na Delacorte Press, sou muito grata a vocês.

Obrigada a todos na Random House Children's Books e a todos os profissionais diligentes que ajudaram a tornar meu livro o melhor possível e também o ajudaram a encontrar seus leitores. Minha assessora de imprensa, Jillian Vandall Miao, uma das pessoas mais adoráveis, inteligentes e dedicadas que já conheci. Tenho uma imensa admiração por sua criatividade. E a Elizabeth Ward, Kate Keating, Cayla Rasi, Mallory Matney, Janine Perez, Kelly McGauley, Colleen Fellingham, Tamar Schwartz e Stephanie Moss por todo o seu entusiasmo e trabalho árduo.

Dizem que não se deve julgar um livro pela capa, mas, com capas tão lindas como essas com as quais fui abençoada, podem julgar à vontade. Sou eternamente grata a Billelis e Alison Impey por criarem capas tão bonitas e que capturam de maneira perfeita o espírito da história. E a Isaac Stewart, por dar vida aos meus mapas muito mal desenhados e torná-los obras de arte por si só.

Obrigada ao meu pai, à minha madrasta e ao meu irmão, Jerry, por aguentar meus telefonemas estressados e/ou eufóricos e por estarem presentes a cada passo do caminho para comemorar comigo. Eu não seria a mulher que sou ou a autora que sou sem o seu amor e apoio incondicionais. E a Jef Pollock, Deb Brown e seus filhos, Jesse e Eden, que se tornaram minha família em Nova York e têm sido meus maiores incentivadores e defensores mais ferrenhos nos últimos seis anos.

Obrigada aos meus amigos, que me mantiveram sã e me incentivaram a ser mais produtiva e também me arrancaram da tela do computador quando necessário: Cara Schaeffer, Lexi Wangler, Sara Holland, Arvin Ahmadi, Patrice Caldwell, Jeremy West, Jeffrey West, Lauryn Chamberlain, Zoraida Cordova, Kamilla Benko, Lauren Spieller, Mark Oshiro, Dhonielle Clayton, Emily X.R. Pan, Cristina Arreola, MJ Franklin, Adam Silvera, Madison Levine, Jake Levine, Claribel Ortega, Kat Cho, Farrah Penn, Jessica Cluess, Tara Sim, Kiersten White, E.K. Johnston, Karen McManus, Melissa Albert, Amanda Quain, Julie Daly, Tara Sonin, Samira Ahmed, Shveta Thakrar e Katy Rose Pool. Tenho certeza de que me esqueci de alguém aqui, então, se é você, me desculpe, e eu pago o próximo drinque.

Por último, mas nunca menos importante, obrigada aos leitores, que acompanharam Theo em sua jornada da *Princesa das Cinzas* à *Rainha das Chamas*. Vocês são os melhores leitores que eu poderia ter e, por mais que esteja triste por estar deixando esta série para trás, mal posso esperar para que vocês vejam o que vem a seguir.

A maldição do tigre

COLLEEN HOUCK

Kelsey Hayes perdeu os pais recentemente e precisa arranjar um emprego para custear a faculdade. Contratada por um circo, ela é arrebatada pela principal atração: um lindo tigre branco.

Kelsey sente uma forte conexão com o misterioso animal de olhos azuis e, tocada por sua solidão, passa a maior parte do seu tempo livre ao lado dele.

O que a jovem órfã ainda não sabe é que seu tigre Ren é na verdade Alagan Dhiren Rajaram, um príncipe indiano que foi amaldiçoado por um mago há mais de 300 anos, e que ela pode ser a única pessoa capaz de ajudá-lo a quebrar esse feitiço.

Determinada a devolver a Ren sua humanidade, Kelsey embarca em uma perigosa jornada pela Índia, onde enfrenta forças sombrias, criaturas imortais e mundos místicos, tentando decifrar uma antiga profecia. Ao mesmo tempo, se apaixona perdidamente tanto pelo tigre quanto pelo homem.

A maldição do tigre é o primeiro volume de uma saga fantástica e épica, que apresenta mitos hindus, lugares exóticos e personagens sedutores.

Outlander: A viajante do tempo

Diana Gabaldon

Em 1945, no final da Segunda Guerra Mundial, a enfermeira Claire Randall volta para os braços do marido, com quem desfruta uma segunda lua de mel em Inverness, nas Ilhas Britânicas. Durante a viagem, ela é atraída para um antigo círculo de pedras, no qual testemunha rituais misteriosos. Dias depois, quando resolve retornar ao local, algo inexplicável acontece: de repente se vê no ano de 1743, numa Escócia violenta e dominada por clãs guerreiros.

Tão logo percebe que foi arrastada para o passado por forças que não compreende, Claire precisa enfrentar intrigas e perigos que podem ameaçar a sua vida e partir o seu coração. Ao conhecer Jamie, um jovem guerreiro das Terras Altas, sente-se cada vez mais dividida entre a fidelidade ao marido e o desejo pelo escocês. Será ela capaz de resistir a uma paixão arrebatadora e regressar ao presente?

O nome do vento

PATRICK ROTHFUSS

Ninguém sabe ao certo quem é o herói ou o vilão desse fascinante universo criado por Patrick Rothfuss. Na realidade, essas duas figuras se concentram em Kote, um homem enigmático que se esconde sob a identidade de proprietário da hospedaria Marco do Percurso.

Da infância numa trupe de artistas itinerantes, passando pelos anos vividos numa cidade hostil e pelo esforço para ingressar na escola de magia, *O nome do vento* acompanha a trajetória de Kote e as duas forças que movem sua vida: o desejo de aprender o mistério por trás da arte de nomear as coisas e a necessidade de reunir informações sobre o Chandriano – os lendários demônios que assassinaram sua família no passado.

Quando esses seres do mal reaparecem na cidade, um cronista suspeita de que o misterioso Kote seja o personagem principal de diversas histórias que rondam a região e decide aproximar-se dele para descobrir a verdade.

Pouco a pouco, a história de Kote vai sendo revelada, assim como sua multifacetada personalidade – notório mago, esmerado ladrão, amante viril, herói salvador, músico magistral, assassino infame.

Nesta provocante narrativa, o leitor é transportado para um mundo fantástico, repleto de mitos e seres fabulosos, heróis e vilões, ladrões e trovadores, amor e ódio, paixão e vingança.

Mais do que a trama bem construída e os personagens cativantes, o que torna *O nome do vento* uma obra tão especial – que levou Patrick Rothfuss ao topo da lista de mais vendidos do *The New York Times* – é sua capacidade de encantar leitores de todas as idades.